蜀學叢刊·珍稀文獻編

遂寧
張文端公全集

SUINING
ZHANG WENDUANGONG QUANJI

（清）張鵬翮/著

胡傳淮/主編

四川大學出版社
SICHUAN UNIVERSITY PRESS

圖書在版編目（CIP）數據

遂寧張文端公全集 /（清）張鵬翮原著 ；胡傳淮主編 . — 成都 ：四川大學出版社，2023.3
（蜀學叢刊）
ISBN 978-7-5690-3336-6

Ⅰ．①遂… Ⅱ．①張… ②胡… Ⅲ．①古典詩歌－詩集－中國－清代②古典散文－散文集－中國－清代 Ⅳ．① I214.92

中國版本圖書館 CIP 數據核字（2020）第 006214 號

書　　名：遂寧張文端公全集
　　　　　Suining Zhang Wenduangong Quanji
原　　著：（清）張鵬翮
主　　編：胡傳淮
叢 書 名：蜀學叢刊

選題策劃：舒　星　劉慧敏
責任編輯：舒　星
責任校對：劉慧敏
裝幀設計：墨創文化
責任印製：王　煒

出版發行：四川大學出版社有限責任公司
　　　　　地址：成都市一環路南一段 24 號（610065）
　　　　　電話：（028）85408311（發行部）、85400276（總編室）
　　　　　電子郵箱：scupress@vip.163.com
　　　　　網址：https://press.scu.edu.cn
印前製作：四川勝翔數碼印務設計有限公司
印刷裝訂：成都新恒川印務有限公司

成品尺寸：185mm×260mm
印　　張：24.25
插　　頁：1
字　　數：550 千字

版　　次：2023 年 3 月　第 1 版
印　　次：2023 年 3 月　第 1 次印刷
定　　價：188.00 圓

掃碼獲取數字資源

四川大學出版社
微信公眾號

張鵬翮畫像

"蜀學叢刊" 編委會

總　序

岷山巍巍，上應井絡；蜀學綿綿，下親坤維。

蠶叢與魚鳧，開國何茫然？《山經》及《禹記》，敘事多奇幻。往事渺渺，縉紳先生難言；先哲譚譚，青衿後學樂道。班孟堅謂："巴蜀文章，冠於天下。"謝嗇庵言："蜀之有學，先於中原。"言似誇誕，必有由焉。若乎三皇開運，神妙契乎天地人；五主繼軌，悠久毗於夏商周。天皇地皇人皇，是謂三皇；青赤白黑黃帝，茲爲五帝。三才合一，上契廣都神壇；五行生克，下符《洪範》八政。

禹興西羌，生於廣柔，卑彼宮室，而盡力於溝洫；菲吾飲食，而致孝乎鬼神。順天因地以定農本，報恩重始而興孝道。復得河圖演《連山》，三易因之肇始；又因洛書著《洪範》，九疇於焉成列。夏后世室，以奠明堂之制；禹會塗山，乃創一統之規。是故箕子陳治，首著崇伯；孔子述孝，無間大禹。

若乎三星神樹，明寓十日秘曆；金沙赤烏，已兆四時大法。萇弘碧珠，曾膺仲尼樂問；尸佼流放，嘗啓商君利源。及乎文翁化蜀，首立學校，建國君民，教學爲先；治郡牧民，德禮莫後。蜀士鱗比，學於京藩；儒風浩蕩，齊魯比肩。七經律令，首先暢行蜀滇；六藝詩騷，同化播於巴黔。相如、子雲，輝映漢家賦壇；車官、錦官，衣食住行居半。君平市隱，《老子指歸》遂書；儒道兼融，道德仁義禮備。往聖述作，孔裁六藝經傳；後賢續撰，雄制《太玄》《法言》。"伏犧之易，老子之無，孔子之元"，偕"揚雄之玄"以成四教；"志道據德，依仁由義，冠禮佩樂"，兼"形上形下"而鑄五德。落下主《太初》之曆，莊遵衍渾天之說。六略四部，不乏蜀人之文；八士四義，半膺國士之選。煥煥乎，文章冠冕天下；濟濟焉，人才充盈河漢。

自是厥後，蜀學統序不斷，文脈淵源賡連。兩漢鼎盛，可謂靈光魯殿；魏晋弘宣，堪比稷下學園。隋唐五代，異軍突起；天下詩人，胥皆入蜀。兩宋呈高峰之狀，三學數蜀洛及閩。蒙元兵燹，啼血西川；巴蜀學脈，續衍東南。明有升庵，足以振恥；清得張（問陶）李（調元），可堪不覷。洎乎晚清民國，文風丕振，教澤廣宣。玉壘浮雲，變幻古今星漢；錦江風雨，再續中西學緣。尊經存古，領袖群倫；中體西用，導引桅帆。於是乎誦經之聲盈耳，文章之美紹先。蜀學七期三峰，無愧華章；蜀勒六經七傳，播名國典。

蜀之人才不愧於殊方，蜀之文獻稱雄於震旦。言經藝則有"易學在蜀"之譽，言史冊而有"莫隆於蜀"之稱，言文章則贊其"冠於天下"，言術數則號曰"天數在蜀"。人才不世出，而曰"出則傑出"；名媛不常有，猶稱"蜀出才婦"。至若文有相如、子瞻，詩有太白、船山，曆有落下、思訓，易有資中、梁山，史有承祚、心傳，書有東坡、嗇庵，畫有文同、大千。博物君子，莫如李石、楊慎；義理哲思，當數子雲、南軒。開新則有六譯、槐軒，守文則如了翁、調元，宏通有若文通、君毅，講學則如子休、正元。方技術數，必舉慎微、九韶；道德文章，莫忘昌衡、張瀾。才士尤數東坡、升庵，才女無愧文君、花蕊，世遂謂"無學不有蜀，無蜀不成學"矣！宋人所謂"蜀學之盛，冠天下而垂無窮"云云者，亦有以哉！

蜀之經籍無慮萬千，蜀之成就充斥簡編。石室、禮殿，立我精神家園；蜀刻石經，示彼經籍典範。三皇五帝，別中原自爲一篇；道德仁義，合禮樂以裨五典。談天究玄妙之道，淑世著實效之驗。顯微無間，體用一源。

至乎身毒俀人愛人，已見《山經》；佛法北道南道，並名《丹鉛》。蜀士南航，求佛法於瀛寰；玄奘西來，受具足於慈殿。若夫蜀人一匹馬，踏殺天下；禪門千家宗，於茲爲大。開寶首雕，爰成大藏之經；圭峰破山，肇啟獨門之宗。菩薩在蜀，此説佛者不可不知也。

至若神農入川，本草於焉始備；黃帝問疾，岐伯推爲醫祖。涯涯水涘，雲隱涪翁奇技；莽莽山巒，霧鎖藥王仙跡。經效產寶，首創始於昝殷；政和證類，卒收功乎時珍。峨眉女醫，發明人工種痘；天回漢簡，重見扁鵲遺篇。雷神火神，既各呈其神通；川藥蜀醫，遂稱名乎海外矣。

又有客於此者，亦立不世之名，而得終身之緣。老子歸隱青羊之肆，張陵學道鶴鳴之山；女皇降誕於廣元，永叔復生乎左綿；司馬砸缸以著少年之奇，濂溪識圖而結先天之緣。橫渠侍父於涪，少成民胞物與之性；蠲叟隨親誕蜀，得近尊道貴德之染。是皆學於蜀者大，入於蜀者遠也。

系曰：巴山高兮蜀水遠，蜀有學兮自淵源。肇開郡學兮啟儒教，化育萬世兮德音宣。我所思兮在古賢，欲往從之兮道阻艱。仰彌高兮鑽彌堅，候人猗兮思綿綿。

舒大剛

"蜀學叢刊"編輯説明

  《巴蜀全書》計劃對先秦至清末民初的巴蜀文獻進行系統整理和研究。二〇一〇年項目立項時,中共四川省委常委會批准的方案是三個系列:一是編纂《巴蜀文獻聯合目録》,二是整理《巴蜀文獻精品集萃》,三是再造《巴蜀文獻珍本善本》。項目啓動時對三個系列各擬了整理書目,徵求《巴蜀全書》專家組意見,其修訂稿也經《巴蜀全書》評審組審議、《巴蜀全書》領導小組批准,然後逐步實施。目前這三個系列都在順利推進,各自取得部分階段性成果。

  我們在這個方案的執行中,發現巴蜀文獻需要整理和研究的實在太多,其狀况遠比當初的設想複雜,許多是以上三個系列無法概括的。有的因時代超出"先秦至清末民初"的界定而無法納入,有的因版本不够"珍本善本"的標準而無法"再造",有的因内容達不到"精品"的程度而難入"集萃",有的則因内容龐雜而無法歸類,有的則是項目啓動時没有列入整理目録而後出現的最新資料,更多的則是從事巴蜀文化專題研究的資料集成,如此等等,更僕難盡。前賢寫成,不忍割捨,今人研究,又十分急需。爲了盡可能多地搶救巴蜀文獻,也盡早地給學界提供盡可能多的研究資料,我們特在原定三個系列外别立"蜀學叢刊"系列,在目前政府支持經費之外另謀出版,作爲原擬計劃的補充。

  該系列或係原始資料,或經校勘整理,或係專家手稿,或係研究成果,或係鴻篇巨製,或係單篇輯録,只要能反映巴蜀文化和蜀學成就,形式不必整齊,内容也不必劃一。至於整理出版方式,或按原件影印,或予校勘研究,方式和時間都不必刻定,出版計劃也不必預設,有力則及時出版,無力則且待他日。靈活機動,可進可退。

  祈手握書稿、願意刊佈之學人,或饒於家資、心存善念之人士,施以援手,共襄此舉!庶可望文獻不墜,蜀學重興!

《巴蜀全書》編纂組

二〇一六年八月

凡　例

　　爲保證整理工作的規範性和準確性，根據古籍整理工作的基本規範，結合《遂寧張文端公全集》的具體情況，製訂本《凡例》。

　　一、本書以清代光緒八年刻本《遂寧張文端公全集》爲底本，進行點校整理。

　　二、原書之序跋、卷帙篇次，按原次序排列，以存原貌。重新編目，置於卷首。目録中標題以原書正文題目爲準，個別加以校正、增删。

　　三、全集點校包括標點、分段。原有的頂格、退格等行文方式，改爲現代通行版式。原雙行或單行夾注文字，一律改用單行小字。原文、原詩中的注釋性文字，一律移至校記中呈現，並注明"原注"。

　　四、底本中訛、脱、衍、倒文字，確有把握者直接改正，無明確依據者不做改動。

　　五、凡避聖諱、清諱之字，或出於避諱的缺筆字，一律徑改。

　　六、凡張氏引述文字，儘量覆檢原書，遇有差異者，出校説明；屬於略引、撮述大意及無礙文義的文字出入，則不加校改，不出校記。

　　七、凡字跡漫漶不清、空缺而無法校定者，以"□"標示。

　　八、凡本書收録治河相關奏疏，均以《治河全書》（清康熙年間抄本）爲校本，僅對涉及信息（如地名、人名、數據等）精確與否的異文加以校注，因異文校多，不一一出注。

前　言

胡傳淮

巴蜀炳靈，世載其英。數千年來，巴蜀文化孕育和造就出許多風流人物和文化精英，他們的道德、功業和著述永遠值得人們敬仰、研究和繼承。清代康雍時期文華殿大學士兼吏部尚書張鵬翮，集政治家、治河專家、外交家、教育家、文學家和理學名臣等身份於一身，爲有清一代巴蜀官位最高、政績最著、名聲最響的人物。

一

張鵬翮（1649—1725），清代四川省潼川府遂寧縣黑柏溝（今四川省遂寧市蓬溪縣任隆鎮黑柏溝村）人，祖籍湖北麻城縣孝感鄉白獺河（今湖北省麻城市龍池橋街道白塔河社區）之綠柳村，明代洪武二年（1369）遷入蜀中遂寧黑柏溝，入川始祖爲張萬，至張鵬翮，已歷九世。

張鵬翮生於清順治六年（1649）十一月十七日，因其父張烺夢祥雲繞室，覺而生子，希其大鵬展翅，翱翔天宇，鵬程萬里，故取名鵬翮，字運青，號寬宇。張鵬翮幼時聰穎好學，端静如成人。康熙八年（1669）參加四川鄉試，考中舉人；九年（1670）參加會試、殿試，中三甲第一百二十二名進士，同年有徐乾學、李光地、趙申喬、陸隴其、王掞、王原祁、葉燮、陳夢雷、郭琇等，皆一時之傑。張鵬翮年最少，立志遠大，選翰林院庶吉士。

康熙十二年（1673）起，張鵬翮歷任刑部主事、刑部員外郎、禮部郎中。十四年任順天鄉試同考官；十五年任會試同考官。十九年任蘇州知府；二十二年任山東兗州知府；二十四年任河東鹽運使；二十五年任通政司右參議、兵部督捕右理事官。曾隨索額圖勘定中俄東段邊界，爲簽訂《中俄尼布楚條約》做準備。二十七年任兵部督捕左理事官、大理寺少卿。二十八年任浙江巡撫；三十三年任兵部右侍郎、提督江南學政；三十六年五月任都察院左都御史。三十七年七月任刑部尚書；三十七年十一月任兩江總督；三十九年三月任河道總督；四十七年十月任刑部尚書；四十八年二月任户部尚書；五十二年二月任順天鄉試正考官，十月任吏部尚書；五十七年任會試正考官；六十年任會試正考官；六十一年加太子太傅。雍正元年（1723）二月拜武英殿大學士。

張鵬翮病逝於雍正三年（1725）二月十九日，享年七十有七。配唐氏，子二人：懋誠、懋齡，女三人。張鵬翮卒後，歸葬蜀中遂寧中安里慶元山金簪子坡（今屬重慶市潼南區小渡鎮月山村二社），其墓今存。

張鵬翮仕宦五十餘年，立志遠大，以身許國，品行高尚，作風嚴謹，一生精覃，清操自矢，才幹非凡，名滿天下，時稱"賢相""清官"。張鵬翮爲人廓然大度，心懷天下，輔弼帝業，剛正不阿，不畏強權，乃一代名相、治河專家、清代第一清官。他幾乎擔任過清王朝從建立到走向鼎盛時期內政外交的各種重要職務，具有實幹精神，政績卓著。清代著名思想家黃宗羲稱譽他是"當代正人"、清正範俗的表率；名臣張廷玉贊張鵬翮有"碩德偉望，四海皆知敬仰"；著名學者張希良把他比作中國古代的治水英雄大禹；著名政治家李紱稱他"於河工最著聲績"。清代著名文學家彭端淑《張文端公傳》云："公自弱冠入仕及爲相，凡五十餘年，名滿天下，主上不疑，同官不忌，考諸史册，往往難之。"張知銓評張鵬翮云："如二魏（魏裔介、魏象樞）之清介，李文貞（李光地）、湯文正（湯斌）之理學，郭清獻（郭琇）、趙忠毅（趙申喬）之面折廷爭，公皆與之上下。"清代著名學者趙慎畛《榆巢雜識》卷下《天下第一清官》載："遂寧張文端公（鵬翮）官巡撫，有清望，聖祖褒之爲天下第一清官，至今家堂猶懸此額。累葉外任，皆守清白家風。官開化太守者（名碩鍵），船山先生翁也。聞船山少時，禦冬嘗無絮袍云。"張鵬翮逝後，雍正帝深爲震悼，諭朝臣曰："張鵬翮志行修潔，風度端凝。……流芬竹帛，卓然一代之完人。"謚"文端"，入祀賢良祠，永爲人仰。

張鵬翮爲政清正廉潔，秉公辦事，勇於揭弊，銳意改革，康熙帝對他的評價是"天下廉吏無出其右"。張鵬翮是與狄仁傑、姚崇、包拯、況鍾、于謙、海瑞、于成龍齊名的中國古代最著名的八位清官之一。清末民初小説家儲仁遜撰有《八賢傳》二十回，敍述康熙時張鵬翮、于成龍、郭琇、彭鵬等八位賢臣匡扶社稷的故事，名滿天下。

張鵬翮生平事蹟載於《清史稿》卷二七九本傳、《清史列傳》卷一一一本傳、《國朝名臣傳》、《四川通志》、《錦里新編》、陸耀《治河名臣小傳》、李元度《國朝先正事略》、張廷玉《大學士謚文端張公傳》（《澄懷園文存》卷一一，乾隆間刻《澄懷園全集》本）、李紱《大學士謚文端張鵬翮傳》（《穆堂別稿》卷二九，道光十一年奉國堂刻本）、彭端淑《張文端公傳》等；《清詩別裁集》《國朝全蜀詩鈔》《蜀雅》《晚晴簃詩匯》等録有其詩。

二

張鵬翮爲學嚴謹，勤於著述，文學、理學造詣甚高。張鵬翮現存著作及其收藏單位如下：

經部：《四書大成》刻本（哈佛大學哈佛燕京圖書館）。

史部：《聖謨全書》鈔本二十五册（重慶圖書館藏抄本，中國國家圖書館藏縮微膠卷）；《張公奏議》刻本二十八册（中國國家圖書館）；《治河奏議》刻本二十四册（中國國家圖書館）；《治河全書》抄本（天津圖書館）；《河防志》刻本（美國國會圖書館，哥倫比亞大學東亞圖書館）；《治下河水論》刻本（中國國家圖書館）；《江防述略》刻本（四川大學圖書館）；《黃河圖說》手寫彩繪本（臺北"中央圖書館"）；《黃河全圖》手寫彩繪本（中國國家圖書館）；《奉使俄羅斯行程録》刻本（四川大學圖書館）；《重刊張運青先生治鏡録》刻本（東京大學東洋文化研究所）；《關夫子志》刻本（東京大學東洋文化研究所）；《忠武志附諸葛忠武侯年表》刻本（早稻田大學，中國國家圖書館）；《兗州府志》刻本（中國國家圖書館）；《遂寧縣志》刻本（中國國家圖書館）；《河防文編》（日本國會圖書館）；《家規輯略》（日本公文書館）。

　　子部：《敦行録》刻本（中國國家圖書館）；《信陽子卓録》刻本（中國國家圖書館）。

　　集部：《遂寧張文端公全集附年譜》刻本（四川大學圖書館）；《南軒詩集》張鵬翮鑒訂，清刊本（臺灣大學圖書館）。

　　張鵬翮是清代靳輔之後最傑出的治河專家，對清代水利事業的發展做出了卓越貢獻。《治河全書》是張鵬翮任河道總督時纂輯的，共二十四卷，卷一至卷二，輯録自康熙二十三至四十二年間治河上諭。卷三至卷一三，記載了我國運河、黃河、淮河三大水域的源流、支派、地理位置及歷年對其治理的情況等，其中對各河道的形成、流向、堤壩修築、防汛事宜等所記尤爲詳細。卷一四至卷二四，係歷任河道總督靳輔、王新命、張鵬翮等人有關治河的章奏，而以張鵬翮爲最多。書中還附有彩色繪圖，工細精緻，精確地反映了三大河流及各支流的全貌。該書内容翔實，史料性強，是研究清代治河工程的重要歷史資料，對今天的治河工程仍有重要的參考價值，既有益於當代，亦澤及後世。清代著名學者李紱云："鵬翮平生居官清儉，方整有器局，於河工最著聲績。"近代學者鄭肇經《中國水利史》高度評價了張鵬翮治河業績："不僅於國濟民生貢獻巨大，而且其科學水平也居於當時世界水利工程最先進的行列。"

　　張鵬翮工詩善文。《張文端公全集》凡八卷，内有詩二卷，詩風純實簡正，清新自然。清中葉四川學者李調元《蜀雅》云"文端論詩，以性情爲主"，並稱贊其《自嘆》詩"恬退實從肺腑中流出，不愧曲江（唐詩人張九齡）風度"。清末四川學者孫桐生《國朝全蜀詩鈔》云："文端平生居官以清節重，揚歷中外，早著循聲。……詩亦純實簡質，自是正聲。"民國大總統徐世昌輯《晚晴簃詩匯·詩話》云："文端爲治河名臣，行役之作，意境獨超。"清詩研究專家錢仲聯主編的《中國文學家大辭典》（清代卷）也對張鵬翮之詩做了中肯評價。張鵬翮現存詩六百餘首，題材廣泛，體裁多樣，語言清新，格調剛健。七言律絶，佳句絡繹。諸如民間疾苦、旅思羈愁、離懷別緒、英雄肝膽、兒女柔情、山川景色、鄉土民俗、歷史人文、異域風光等在其詩中均有呈現。尤其是康熙二十七年（1688），張鵬翮出使俄羅斯，往返百餘日，寫下不少紀行詩，表現出詩人強烈的愛國主義精神和堅毅頑強的意志。詞精句美，詩意濃鬱，氣格高亢，盛世英氣，勃勃有聲；俄羅斯異國風光，歷歷在目，這在整個中國古代詩歌史上也是前無古人的。張鵬翮論詩主性情，開清代性靈派之先聲。張鵬翮比清代性靈詩派主將袁枚早六十餘年，其詩論主張直接影響到其玄孫性靈派大詩人張問陶。著名學者吳庚舜說："張問陶的詩歌理論，一般文學史只着眼於袁枚對他的影響，而忽略了他的高祖張鵬翮對他的直接影響。"由此可見，張鵬翮對後世詩歌的影響是不小的。

三

《遂寧張文端公全集》八卷，由張鵬翮六世侄孫張知銓與四川中江縣學者李星根於清光緒七年（1881）編輯而成，光緒八年（1882）刊刻行世。卷首爲李星根《序》、張希良《〈河防志〉序》、《國朝名臣傳》本傳、張知銓撰《遂寧張文端公年譜》，附論説十三篇。卷一、卷二、卷三爲章奏，主要奏報修築河道事宜。卷四爲雜文，收錄有《御書澹泊寧静碑陰記》《御書河工告成詩碑陰記》《重修兗州府文廟碑記》《第一山精舍讀書記》《〈文廟禮樂考〉序》《〈四書大成〉序》《〈關夫子志〉序》《宋儒〈張南軒語錄〉序》《〈兗州府志〉後序》《〈奉使俄羅斯行程錄〉序》《〈遂寧縣志〉序》《〈敦行錄〉序》《〈治鏡錄〉題詞》《〈身鏡錄〉序》《〈士鏡錄〉序》《〈家規輯要〉序》《〈信陽子卓錄〉自序》《〈如意堂詩稿〉自序》《宰相論》《故光禄少卿李公傳》《桐城張文端公墓誌銘》《祭李子静文》《讀〈來子易注〉》《與浙閩總督王純峩》等文。卷五爲七言律詩、五言律詩。卷六爲七言絶句、五言絶句。卷末爲雜記，附親朋好友所記張鵬翮生平事蹟正文，如費朱報《文端公年譜後跋》、朱金山《後序》、徐潮《竹閣碑記》、戴綏《竹閣書院記》、秦松齡《江陰縣書院記》、佚名《南旺書院碑記》、張懋誠《河成賦》、張知銓《跋》。《遂寧張文端公全集》，收錄入《清代詩文集彙編》第一七六册，中國人民大學和北京大學聯合主持編纂，上海古籍出版社 2010 年影印出版。

《遂寧張文端公全集》問世一百三十餘年來，一直没有翻刻和再版，更没有校勘、整理注釋過。二十世紀八十年代，《遂寧張文端公全集》列入四川省古籍整理出版規劃，但未見整理出版成果。鑒於《遂寧張文端公全集》具有重大價值，經《巴蜀全書》評審組和編纂組專家審議，同意將《遂寧張文端公全集》納爲國家社科基金重大委託項目、四川省重大文化工程《巴蜀全書》之"蜀學叢刊"系列。自此，對《遂寧張文端公全集》的校勘出版纔成爲現實。

我們此次對《遂寧張文端公全集》加以整理，是以清光緒八年（1882）刻本爲底本進行點校。斯集點校，實爲首舉。倉促如斯，固有漏失，非求急功近利，實乃時不我待也。文化乃民族之血脈，典籍乃傳承之載體。整理斯集，抛磚引玉，尚望博雅君子，拾遺補闕，匡正體例，或校勘注疏，研發利用。唯冀來者修密，後出轉精，使吾遂之哲思文采，燭照千秋，資鑒後世，則非遂寧一地獨沾遺澤，亦可忝增泱泱華夏之燦爛文明以毫末之光也。

2016 年 5 月 8 日於蜀中赤城

目　録

卷　首

卷　一

卷　三

卷　四

卷 五

卷　六

卷　七

附　録

卷　首

序

李星根[1]

　　爲中主之臣易，爲聖主之臣難。中主待人而理，爲之臣者，皆得以事業、文章表見於世；聖主睿知聰明，坐照萬里，人臣稟受上旨，奉職宣力，惴惴焉猶恐不稱，又安能自出意見而表所長乎？然爲聖主之臣易，爲英主之臣難。聖主覆載含宏，人有不及，輒爲掩覆，俾之得盡所長；英主恩威不測，抑揚進退之際，蓋自有道焉。非夫忠能上乎，誠能内著者，雖事業、文章之盛，未見能臻一德之隆也。

　　文端公少以聖賢自期許，其爲文則明白曉暢之文也，惟聖主亦稱其奏事明晰，他人不能及，兼有清官之目，以故始終嚮用，一德相乎，聖聖相承，任之勿貳。自詞臣改部曹、歷外守、躋卿貳、膺方面，作司空而登揆席回翔者累年，觀其陳情未允，所以待世宗之枚卜也。

　　兩朝用人，鰍生謏聞，敢妄窺測？然氣象固自別焉。而公在康熙中治河爲較著，説者謂一稟睿算，若以未嘗一出智慮，遂底成績，陽爲譽之而陰實訿之者，不知聖人在上，但能將順其美亦難矣。且《虞書》所謂方命者，方執之命哉？方之則圮族，順之則成功。千古君臣治水之謨，必順水之性，其能更出意見，以補聖明之萬一乎？至於措之而當，施之而無不宜，以致平成再見者，則所謂有本者如是也。《書》曰“祇台德先，不距朕行”，此之謂也。世宗之知公也早，故以神武受命，即慨然晉任而不疑。惟公亦聞命即行，不辭艱苦，尤以表章聖祖大德爲己任，使其不遽薨逝，必更有可觀，惜乎相業尚未大顯耳。然而忠孝之旨不絶於聖賢之途，則具載書中。公且嘿嘿然不願以著述自鳴，故自河工外，詩文及他奏疏，皆藏於家，今百餘年矣。其五世孫知銓盡出以示余，余曰：“若不裒集而刊行之，不獨公之忠孝德業不具，亦無由表二聖之駿烈大德於無窮也。”乃亟裒刻並求爲之序云。

　　時光緒七年陽月，中江後學李星根書。

---

　　〔1〕李星根（1817—1899），字斗垣，晚年自號“不踐跡室老人”，四川中江人，以授徒爲業，從學者衆。著有《不踐跡室詩鈔》《不踐跡室文鈔》《爾雅纂義》等。

《河防志》序

張希良[1]

宇宙之患不大，則其功不奇。人臣之任不難，則其才不出。然自古平大患，建大功，又不專恃乎才，而賴有道以濟之，如大司馬遂寧張公之治水可觀焉。

淮南之苦昏墊越二十餘年矣：河身日高而淮不得出，海門日堙而黃河不得入，淮、黃交失其軌則旁挺橫溢、奔放四大，害民生，病國計，而淮揚之患不可勝言矣，天子憂之。時公方持節兩江，天子以河工重，特命公以大司馬攝司空之職。

公仰稟天子方略，相其緩急而次第布之。首拆攔黃壩，次擘清口，次塞洪塘六壩，次濬人字、芒稻等河，次建高堰土石諸堤工，次築時家馬頭、邵伯更樓諸決，次培黃河南北堤岸，次堤歸仁並濬引河，次大挑漕河積淤以及涇、澗、蝦、鬚、車路。入江入海之道，無不通流。而開七引河，改置新舊中河，底陶莊御橛之績，未易一二數焉。

公始至，當河工極敝之後，一望瀰漫，與天無際，雖素知公者亦以爲難。公不動聲色，一年而兩河循軌，又二年而諸患悉除，謂非天下之奇才哉？而愚則謂才不足以盡之也。夫前之治河者，非盡無才也，鑿空以爲治，乾沒以爲能，糜國家千百萬金錢而曾無尺寸之用，亦正惟才累耳。公負巨才而不自恃其才，以廉節費，以勤涖事，以胼胝率群工，以謀略歸之聖皇，以集衆思、廣衆益，盡一時人才之用，以至誠不欺、生平之所學達之爲拯民報國之經綸，豈只天下才云乎哉！

公蓋深於道矣。公自入中秘，即步趨聖賢，嚬笑不苟。及踐台斗，節鉞崢嶸，被服猶若寒素，造次不改其度，即一判事之細，猶不肯作草。書關閩濂洛之學，沉酣已久，不但博極河渠岳瀆諸家也。故愚謂公之治水，蓋深於道。夫古成瀜澹之勳者，獨推神禹。而先儒謂《洪範》九疇，即禹所得，以理水之要道之通於治水，其前此矣。宋元豐間，嘗語輔臣曰：“後世以事治水，不知以道治水。”公深於道，其平大患而建大功，不亦宜乎。而世但以才知公，亦淺之乎。窺公者矣，昔印川潘公治河工成，其門下士裒輯其一時綸音、章奏與其所規畫，以爲《河防一覽》，至今奉爲津梁。愚等從公往來河上，佩公訓誨，親見其經營苦心，退而筆之，勒成一編，以詔來者，其於河防未必無小補云。

---

[1] 張希良，清代官員、學者，字石虹。黃安（今湖北紅安）人。康熙二十四年進士，任職翰林。歷左右春坊贊善。累官侍郎，曾督學浙江，後辭官歸籍。長於詩文，著有《寶宸堂集》四卷等。

凡　例

　　公之書有《冰雪堂稿》《如意堂稿》《奉使俄羅斯行程紀略》《治河全書》，皆其自著。至於纂輯者，有《文廟禮樂考》《關夫子志》《兖州府志》《遂寧縣志》《信陽子卓録》，《身鏡》《士鏡》《治鏡》等録，《敦行録》《家規輯要》《女誡輯要》等名。至其門人幕僚纂集者，乃有《河防志》《奏議》《年譜》諸書。今二稿與《年譜》尚未刊行，故今此編之爲集，亦斷不可少之事。而離《年譜》爲二，删其頌美之詞而載入集之前後，觀者必自知之。

　　公生平不欲以詩文見長，故其所作，直抒己意而已，不加雕繪之功。故自《治河全書》奉旨進入《四庫》而外，餘惟《奏議》《河防志》《行程紀略》刊行，而板片又未知尚存何處。且非彙集詩文，《年譜》則刊行者，尚不足以盡公也。

　　《奏議》及《河防志》，篇帙浩繁。蓋一篇必具一事之首尾，故不求多而自多。今惟存公之本文僅足二卷，離之亦僅四卷，益以他文及各體詩，始哀然美富焉。

　　公生當盛時，上事聖明之主，下友理學、經濟、直亮之臣，故公獨以治河自見。而其實根本聖賢，以心學爲治績。及他憂深思遠、諫諍不諱之處與夫忠孝之大，他名臣或有不能及。使其集不出，世人亦無由盡知也。

　　《皇朝經世文編》所載諸題，皆公自作。或改之爲《河防志》，或改之爲《年譜》。知公所作，湮没多矣。而《奏議》中所附河圖，皆與今圖不合，故另圖之。而以《文編》所載附後。至《滑車》《下埽》諸篇，則公以前之督捕理事官周于漆之所作也。周書既殘，故亦附載至其爲圖例，宜從略。

　　集内《奏疏》較他文尤多，又公所注意，受主知者，故列於首。雖略年月，實已據年之先後次第。之後録雜文，又後録詩，作詩年月亦略。可考以非公注意，故不必也。

　　公疏焚稿者不少，而其他論著亦多闕，如文編所載，非進内庫之文，亦非見存各書之文也。姑成此集，當續求之。

　　《雜記》皆由删《年譜》而存天恩，稠疊時賢往來及公軼事略具於中，固不得而廢也。

國朝名臣傳

　　張鵬翮，四川遂寧人，康熙九年進士，選庶吉士，改刑部主事，遷員外郎，尋遷禮部郎中。十四年八月，充順天鄉試同考官。十五年二月，充會試同考官。十九年，授蘇州府知府，旋丁母憂。二十二年，服闋，補兗州府知府。二十四年，授河東鹽運司。二十五年十月，內遷通政司右參議；十一月，轉兵部督捕右理事官。二十七年，俄羅斯察罕擾邊，我兵困之於雅克薩城，悔罪乞恩。鵬翮奉使同內大臣索額圖、都統佟國綱、給事中陳世安等往定界。事竣還，擢大理寺少卿。二十八年二月，擢浙江巡撫。

　　二十九年疏言：“定海自建縣設官，民人漸集。捍衛必賴城垣，教化必資學校，倉儲、監獄亦須建立，庶足壯觀瞻而副規制。”詔允所請。

　　三十二年疏言：“浙省夏杪始雨，田雖補種獲米，未能堅實，難供漕糧，請將明年輪蠲之糧，於今歲免徵。”又言：“紹興府屬之餘姚、上虞、嵊縣，台州府屬之臨海、太平，旱後復遇颶風霪雨，漂沒田廬，並請賑濟。”從之。

　　三十三年疏言：“出洋貿易船，必需地方官印烙給票，方准攜帶軍器，恐日久弊生。內地商民在外國造船，攜帶軍器難以稽察，請嚴禁。”部議從之。初，鵬翮奏：“浙省紳民願每畝捐穀四合，力不能者聽之。”至是又奏：“杭、嘉等府，上年秋收歉薄，請勸輸之穀暫免一年。”上諭：“昨歲浙省被災，州縣方照例蠲豁，並移免漕糧，豈有仍強令捐輸之理？張鵬翮於原題‘力不能輸，聽從其便’之語自相矛盾，下部嚴加議處。”尋部議革職，特旨寬免，降五級留任。尋擢兵部右侍郎，命提督江南學政。

　　三十六年五月，遷右都御史，疏言：“淮、揚上年被水，及今春夏之交，百姓栖止堤上，以魚蝦野菜為食。茲見江蘇巡撫宋犖，揭稱鹽城、山陽、高郵、泰州、興化、寶應六州縣積水未消，加以霪雨連綿，麥禾未種，見委道員查勘。臣思此六州縣被災既重，本地倉穀去年支賑無餘，今秋成絕望，該撫並未聲明作何拯救。伏祈皇上敕該督撫或撥鄰郡倉穀，或捐官役俸工買米賑濟。”下部議行。

　　三十七年七月，遷刑部尚書。十一月，授江南江西總督。

　　三十八年春，上南巡，閱視河工畢，命鵬翮扈從入京，賜朝服、鞍馬、弓矢。先是，鵬翮同刑部尚書傅喇塔察審陝西侵蝕貧民籽粒銀兩一案，經戶部題覆。上諭大學士曰：“傅喇塔畏人懷怨，草率具覆。張鵬翮於此事亦稍罷軟。”六月，命復同傅喇塔赴陝西詳審，並原任陝西巡撫布喀控川陝總督吳赫侵蝕，及吳赫與原任寧夏道吳秉謙互參各案。鵬翮等審得醴泉知縣張鳴遠、涇縣知縣劉桂等因公挪用，同州知州藺佳選、蒲城知縣關琇、韓城知縣王宗旦皆侵蝕入己，布喀控吳赫侵蝕籽粒銀，及秉謙控吳赫浮開草料價值事，均虛。吳赫參吳秉謙收受屬員饋送屬實，餘係捏款誣參，均擬罪如律。

三十九年正月回京，上問鵬翮曰：“署總督事席爾達，居官如何？”奏曰：“居官頗優。”上又問：“巡撫貝和諾較巴錫何如？”奏曰：“巴錫爲人鄭重，貝和諾臨事精詳。”上謂大學士等曰：“張鵬翮前往陝西，朕留心察訪，果一介不取，天下廉吏無出其右者。”三月調河道總督，諭曰：“清、黃相會之處，所關最要。黃水高，故清水不得通泄，以致泛溢。今使清水何以得出？河身何以得深？爾宜努力。”鵬翮疏陳：“一、撤協理河務徐廷璽，以專總河之任。一、撤河工隨帶人員，以免糜帑。工部與河臣事關一體，請敕部臣毋以不應查駁事從中阻撓。”下部議行。四月，疏言：“臣過雲梯關，閱攔黃壩巍然如山，中間一綫之細如注，下流不暢，無怪上流之潰決也。於攔黃壩上流，計黃河水面寬八十三丈餘，則攔黃壩亦應照丈尺拆挑，一律寬深，方足宣泄。亟堵馬家港，使水勢不至旁泄。俟黃水大漲，開新挑之河，資其暢流衝刷淤墊，則黃水入海自能暢達。”又言：“清口爲淮、黃交匯處，目今糧艘北上，河身淤墊，竟成平陸，獨有黃河入運河。臣相度形勢，黃河北裴家場引河身高，爛泥淺引河地多活沙，即開濬深通。黃水大長，清水不能相敵，應於張福口開引河一千五十丈，深丈餘，寬十丈，引清水於黃河口相近處入運河，使之暢達，庶可敵黃。並建閘以時啓閉。”又言：“人字河自金灣閘至孔家渡爲河之腰絡，至芒稻山分爲二派，又名芒稻河，兩岸既狹，又有土嶺二處。今湖水方盛，應多集夫役掘，使暢流水口。下有芒稻閘，年久塌壞，磯心頗高，宜另建以防江潮。又，鳳凰橋引河從橋口至胡家樓，河水絕流，宜加濬。引水從王家樓入運鹽河，匯入芒稻河。又，雙橋、灣頭二河，見今同入芒稻，河底淤淺，應於冬月濬，使深通其灣。河閘雁翅塌卸，宜及時修砌。此三處之水，俱相繼入芒稻河，流十八里入江。見在委員分修，剋期竣工。”諸疏俱下部議行。五月疏言：“臣遵旨看視海口，將攔黃壩拆去，河身開濬深通。四月二十一日起至五月初九日工竣，水勢暢流入海。且自動工來，潮恬風靜，得以施工。工甫畢，即長水二尺，以資開放。此皆我皇上軫念民生，至誠上孚，海神效靈所致，請將攔黃壩之稱賜名大通口，並建海神廟以答神庥。”得旨俞允。

尋上諭大學士曰：“前張鵬翮赴任時，朕即指示，以爲必毀攔黃壩，挑濬芒稻河、人字河。今毀去攔黃壩而清水遂出，濬通海口而河勢亦稍減，觀此則河工大可望也。觀張鵬翮奏章，詞簡而意明，其辦事精詳，可知矣。朕昔與彼間論時務，彼曾云：‘在浙八年，每歲錢糧並無缺欠，今蒙朝廷擢用之恩，無可仰報，惟勉令江南錢糧，每歲必期完結。’朕尚止之云：‘爾勿輕出此言。’迄今思之，彼固有成見也。”是月，上命員外郎拖抗拖和、中書張古禮馳驛往，令鵬翮將河工修理情形入奏。鵬翮疏陳十九款：

一、修工葦柴多產海濱，舊有運料河，自清江浦起至海口止，年久淤塞，宜加濬深，以便轉運。

一、清水會黃入海，關鍵全在六壩，而六壩最要者在夏家橋一壩，以全湖水勢趨此故也。今夏水方盛，若急於堵塞，則高家堰危險可虞。且湖水洶湧，恐旋塞旋衝，虛費帑金，應俟水落堵塞，庶爲萬全。

一、高家堰容納七十二處山河之水，古人設壩原以泄異漲之水，非以泄平溏之水也。今冬六壩閉後，來年挑濬，黃、淮並漲，宣泄湖水，非壩不可。前河臣于成龍改六壩爲四滾水壩。臣相度地勢，相去不遠，宜併爲三。就原有之草字河、塘漕河爲引河，並築順水堤，則田廬無淹没之虞。

一、武家墩至小黄莊一帶，臨河舊有石堤，僅出水面二三尺，必須加高。

一、古溝至六壩以下，俱係土堤，宜改石以省歲修。

一、清河縣運口至高郵州界首裏河，頻年黄水入運，以致河身日高，水漲往往潰決，宜加濬。

一、高郵、寶應、江都西岸土石堤工，多爲湖水嚙浸，俟冬時興工。

一、高郵城南石壩，五改爲四，滾水壩下開引河，使水有去路。

一、歸仁堤臨河石工罅漏，見飭補砌。

一、運口至濱海兩岸，堤工必須加培高寬，以資捍禦。

一、王家營引河，飭革職道馮佑，作速挑濬深通，准其贖罪。

一、新改中河堤岸單薄，水漲可虞，應勒限修築完固。

一、王家營減水大壩，應酌開十丈餘，泄黄河漫水由鹽河出。

一、桃源縣黄河南岸堤工，近長湖一帶，土堤四千二百餘丈，應加培高厚。

一、駱馬湖口正對有竹絡壩，節宣黄、湖大漲。今黄、湖身高，去歲漫缺二次，黄河灌駱馬河口匯入中河，亟宜堵築以禦黄水。

一、王家營缺口，月堤單薄，應培修高厚以作正堤。

一、徐城對岸沙嘴挺入河心二里，應挑掘以殺大溜之勢。郭家嘴舊有石工至北門迤西，臣率河員相度自北至段家莊加砌石工，可保城池，且免歲修費。蘇家山石嘴挺出河心，致韓家山潰逼徐城，應自楊家樓至段家莊築月堤，以作重門之障。

一、黄、運堤岸，有領帑興修者，有捐工興修者，勒限完築。

一、徐、邳、睢寧、宿遷、桃源、清河、山陽、安東等州縣，黄河險工，應支歲修錢糧，進埽防護。飭河官當伏、秋二汛，晝夜防守。

疏入，詔下部速議行。

六月，又條奏河工九款：

一、堤工宜堅築加幫之堤，應將原堤夯杵，再加新土創築之堤。先將平地夯深，務期堅固。

一、運河、中河，因頂衝處湍急，恐傷土堤，是以排樁鑲壓用整木柴。今用整料截開，粉飾外觀，嗣後務與原估尺寸相符。

一、湖河堤岸有馬牙、梅花等樁，面裏、釘頭等石，鐵釘、鐵錮、米汁、柴灰等料，必依法修砌，方能永久。

一、歲、搶各工，不無虛冒、牽混之弊，嗣後呈報險工，估計申詳，如係假捏，即以謊報題參。

一、挑河工程，務將挑出之土堆於原估堤上，夯破成堤，以資捍禦。不許將散土堆集，滋假河之弊。

一、平常工料，俱用龍尾埽，遇風浪立見塌卸，虛糜帑金，應行停止。

一、河水頂衝處，對岸必有沙嘴挺出，此由河曲之故。從曲處挑引河，以殺水勢。誠有如聖諭指示者，而河員不即遵行，則以挑引河後，必引大溜，始能成河。若水緩沙淤，例應賠修。因之人心畏縮，臣思河工不如式者，理應賠修。若實心任事，偶致淤墊者，應請聖恩豁免。

一、實心任事之員，工成日優敘即用，否則嚴加治罪。

一、挑河築堤用夫，動至數千，寒暑風雨，極其勞苦，工成日應給印票，免其雜徭。

以上各條，仰請天語申飭，勒石河干，永遠遵行。

得旨：“覽奏河工弊端詳悉切要，極其周備，下九卿議。”尋議如所奏，上曰：“張鵬翮遇事精勤，從此久任河務，必能有益。”

九月，疏言：“前任河臣于成龍於四堡挑濬引河，由胡家溝出黃河。臣勘閱胡家溝迤東，地勢頗高，若在涵洞口至老堤頭迤東出，黃河地勢低窪。自涵洞口至九龍廟，見有舊河至黃河邊止，可挑引河。於黃河縷堤出水之地建造石閘，臨河處修築草壩，以防黃水倒灌。再於歸仁堤五堡建磯心石閘，於引河兩岸築束水堤，泄歸仁堤之水出黃河，可以衝刷河身，保護田廬。”得旨：“張鵬翮所奏歸仁堤修築事宜，甚爲合理，應及今年黃河水小興工。”

十月，疏言：“武家墩至小黃莊加砌石工，舊椿多壞，必須拆修堅固。今於舊殘石工上，疊柴壓土，以爲越壩。費省而工速，此工除撥銀四十萬兩外，尚有不足銀十八萬六千二百四十八兩有奇，請敕部撥給。”得旨：“著照該督所請，張鵬翮每事實能宣力，朕不之信，將誰信耶？”又疏言：“新中河必全身挑濬，兩岸子堤必全行培築，需費頗多。而河頭灣曲，糧艘經行不順。舊中河自三義壩下至仲莊閘十五里，河身甚深，南岸河身散漫，難築子堤。且距黃河最近，今議於三義壩將舊中河築堤，一道改入新中河，則舊中河之上段與新中河之下段合爲一河，糧艘通行無滯。”得旨：“張鵬翮所議中河事宜甚當，著照所奏行。”

十二月，疏言：“臣遵聖授方略，次第舉行。先疏海口，水有歸路，黃水不出岸矣。既挑芒稻河引湖水入江，高郵、寶應等處，水由地中行矣。再闢清口，開張福口、裴家場引河，淮水有出路矣。加修高家堰，堵塞六壩，逼清水復歸故道。今清水大半入黃，少半入運。一水兩分，若有神助，請加河神封號，下所司知之。”又疏言：“黃水下流最隘處，無如安東便益門及黃家莊，兩岸僅距六十餘丈，兼以時家馬頭至尹家莊，河身過曲，沙洲逼溜，南北互有衝激，應於兩處沙洲中開引河二，使黃流直下，以固城池。”又言：“下河水勢漸消，惟興化積水，一時不能全退。臣相度形勢，高郵、寶應、山陽、鹽城之水，宜疏蝦、鬚二溝，引入朦朧河，以達於海。鮑家莊至白駒口，地高水壅，宜挑濬深通，引河由白駒場入海。再挑撈魚港引河入海，挑老河口引水入湖，挑稻子河引水由苦水洋入海。如此則有去路，積水可消矣。”並從之。

是年遵旨詳議給事中幕琛條奏科場事宜，鵬翮奏：“江、浙等省既編南卷，山、陝等省既編北卷，又將雲南、貴州、四川、廣西四省各編字號，卷數甚少，分晰太明，不肖者易通關節，應將四省編入南卷。至監生回籍鄉試一段，臣思監生作弊，自有防之之法。平時責令祭酒力行考課，考課不缺者准其入場，臨時入監者不准，則弊無從出矣。”

四十年正月，疏言：“臣按《河南志》，清口至淮安建有五閘，遞相啓閉，以防河淤。又慮水發湍急，難於啓閉，則築壩以遏之。每歲糧艘過盡，即於閘外築壩，以遏橫流，則是伏秋黃水倒灌，自古已然。今運河初濬，海水出黃，轉盼伏秋二汛繼至，則宣泄之道，不可不急籌也。今於張福口、裴家場中間，開大引河一道，併力敵黃。若黃水大發，則閉裴家場口門，使清水由文華寺入運河。倘運河水大，山陽一帶由涇、潤二河泄水；寶應一帶由子嬰溝泄水，俱歸射陽湖入海；高郵一帶仍由城南、柏家墩二大壩泄水；江都一帶由人字河、鳳凰橋等河泄水入江。若遇黃、淮並漲，清水由翟家壩、天然壩泄水；黃水由王家營減水壩入鹽河，至平旺河入海。若糧船過完，黃水大發，則閉攔黃壩，使不得倒灌。黃水不漲，則堵塞運河頭壩，令清水全入黃河，官民船照例盤壩，即古人設天妃閘之意也。”疏入，上嘉其得治河秘要。

時江西巡撫馬如龍以年老乞休。諭大學士曰：“馬如龍雖年老，居官尚好，督撫之任如張鵬翮、李光地，居官更有何議？張鵬翮自到河工，在署之日甚少，每日乘馬巡視堤岸，不憚勞苦，朕深知之。”

三月，鵬翮以河工情形遣郎中王進楫入奏。上諭進楫曰：“爾往諭張鵬翮，高家堰須加意防守，必歷夏秋至冬，清水照常流通，斯爲有濟於事。”鵬翮增築高堰月堤及時家馬頭、童家營、陳家莊、龍潭口、歪枝套、辛家蕩、邢家河、馬家港等處堤壩，尋洪澤湖溢，泗洲、盱眙被災。上以修治善策詢之鵬翮，並飭會同江南江西總督阿山詳勘。尋，鵬翮奏泗洲、盱眙水災，自古已然，即六壩全開，亦不能免。且自閉六壩，高郵、寶應、興化、泰州、山陽、鹽城等處，田地涸出，民得耕種，皆河伯效靈所致。上曰：“堵塞六壩乃前河臣于成龍題請，不是張鵬翮始。頃因泗洲、盱眙被水，令同阿山設法修治，作何賑濟蠲租，並非欲開六壩救泗洲、盱眙之民，而令淮、揚百姓罹於水患也。張鵬翮奏章，昏瞶已甚，可將朕諭旨並張鵬翮奏章刻示於淮安、揚州、泗洲、盱眙等處，令眾人觀看。”

四十一年正月奏：“清河縣陶莊閘南岸，有挑水壩溜入，引河直走北岸，逼近黃河縷堤，請築創堤，並將臨河縷堤及護城堤皆加高厚。又於黃河南岸挑水壩西，添築創堤，並改建運口爲石閘，以省煩費。又因天妃閘塘基低窪，改築運口草壩，北建大石閘，東西各築縷堤。於舊堤衝破處建草壩，以固堤束水。清河縣黃河南岸卜家汪險工，當黃、淮二水交衝之處，內臨積水深潭，中僅一綫土堤，請改建石工。”下部議行。六月，桃源城西煙墩黃水大漲，積水未退，堤根甚危，鵬翮加築近城越堤，捍衛城垣。八月，疏言：“煙墩對岸沙灘挺出，河心逼溜南行，恐被衝刷，請於邵家莊開引河、建草壩，分水勢。又顏家莊水勢逼射北岸，亦請開引河一道，則水順流而險工不受衝矣。”上諭大學士等曰：“此本若飭部議，必致遲延，著即照所題行。”尋鵬翮題秋水情形。上曰：“覽奏挑水壩築成，逼黃河大溜直趨陶莊引河，循北岸而行，黃水從大通口暢出，海口極其深通，淮水從清口暢流敵黃，絶無黃流倒灌之患。高家堰堤工完固，加謹防守，經伏秋大汛，俱獲無虞。運河之水由涇、潤、芒稻河、人字河分泄，各處工程亦皆保固，觀此則河工大有望矣。”

　　四十二年春，上南巡，周視河工，賜御製《河臣箴》、《淮黃告成》詩，並賜鵬翮父張焗"鮐背神清""養志松齡"匾額。二月，上以山東泰安、沂州等州，新泰、蒙陰、郯城等縣民饑，命漕運總督桑額以漕米二萬石交鵬翮，選賢能官運至濟寧州、兗州府等處，減價平糶，有應賑處即行賑濟。鵬翮委河臣程兆麟等，動用倉穀二十八萬餘石散賑，疏稱將山東各官俸工補還。上命鵬翮與河員及山東巡撫以下各官分派，於四十三年、四十四年內賠完。嗣上復，面責之曰："爾常以經義奏對，經義以本心爲要，爾河工人員動用常平倉穀賑濟，邀取名譽，及令抵償，則委之山東官員，於心忍乎？"鵬翮叩首謝罪。十月，諭吏、工二部曰："張鵬翮在河數載，殫心宣力，不辭艱瘁，又清潔自持，朕心深爲嘉悅。爾部議敘具奏。"尋加太子太保。

　　四十四年二月疏："請修理徐州城外石堤及山、安黃河北岸三套堤工，建築越堤。"並從之。先是，康熙三十六年六月，時家馬頭河決，至三十九年五月堵築未就。鵬翮疏參山安同知佟世禄冒帑誤工，應革職追賠。詔鵬翮嚴訊。嗣世禄叩閽，訴鵬翮枉縱交江南江西總督阿山。河南巡撫徐潮會審阿山等，以時家馬頭承修銀兩，應於佟世禄追賠。馬家港東壩被衝，張鵬翮雖經題報，未將承修官賠補處聲明，應令鵬翮與疏防等官均賠。未幾，世禄復叩閽控訴，上遣戶部尚書徐潮等覆審，係誣參。世禄復職。鵬翮巧飾供詞，失人臣禮，應革職。淮（安）〔揚〕道王謙附會，山安同知裴陳佩欺隱，應罰賠，各擬杖徒。又工部侍郎趙世芳議鵬翮奏銷錢糧，浮冒十三萬餘兩，應交刑部治罪。九卿等以如所議奏，上曰："此案依前議。張鵬翮量甚窄，斷不認錯。河工錢糧，原不限數。一年水大則所需者多，水小則所需者少。謂張鵬翮小有所取，亦未可知，謂以十三萬兩入己，必無之事也。河工恃乎用人，張鵬翮所用之人，皆不勝事，故至如此耳。趙世芳奏事不公，本發還。"

　　三月，上南巡，諭鵬翮曰："朕至清口，見黃水倒灌，因以問爾，爾赧然不能答，反稱不曾倒灌，此即爾毫不認錯也。爾居官固好，却爲王謙、張弼所欺。頃令河工應追錢糧，著佟世禄、王謙、張弼均賠。部議甚明，爾又奏請欲免其追賠，開捐納以補原項，此特因王謙亦在數中，希圖爲之脱免耳。"鵬翮不能對。又諭曰："王謙爲人刻薄，人人怨恨，爾却偏信，任其恣意妄行，以致人心不服。朕非不知爾在河工能任勞苦，但聽信屬員，流於刻薄。從來大儒持身，當如光風霽月，何況大臣受朝廷委任，必須爲國爲民，事事皆有實濟，若徒飲食菲薄，自表廉潔，於國事何益耶？"閏四月，御舟渡黃河，閱九里崗，嘉鵬翮修理得法，賜御製詩扇。七月，淮、黃並漲，古溝、塘埂、清水溝、黃家莊四溢。鵬翮疏入，得諭："今春朕諭張鵬翮，大水時發，難以逆料，須晝夜防護。今古溝等處堤岸衝決，河工將有復壞之勢，此事著九卿、科道速議具奏。"尋議鵬翮不預籌開壩之期，力盡防險之法，應革職，帶罪督修。諭令革職留任，於是鵬翮督率河員，盡力堵塞，於九月次第竣工。

　　四十五年十一月，疏言："黃河萬里來源，匯聚百川，至清口與淮交會。總因衆水歸併一河，來源多而去路少，一時宣泄不及，所以兩年水長，堤工危險。臣率河員往來勘議，僉云去路一暢，則來可容受。惟有遵旨，預開鮑家營引河，俾黃河異漲，藉此減泄，黃河一帶工程可以保固，洪澤湖異漲，藉此暢流，高家堰工程得平穩矣。

再於中河橫堤建草壩二，於鮑家營開引河處建草壩一，相機啟閉，中河亦不虞淤塞矣。"下部議，從之。初，鵬翮同江南江西總督阿山、漕運總督桑額奏開溜淮套河，屢請上親臨指示。

四十六年二月，上閱視溜淮套，問鵬翮曰："爾何所見奏開溜淮套？"鵬翮奏曰："先因降通判徐光啓呈開溜淮套圖樣，臣與阿山、桑額會同具奏，恭請聖駕親躬閱定奪。"上曰："今日沿途閱視，見所列標竿錯雜，問爾全然不知，河工係爾專責，不留心可乎？"鵬翮不能對，免冠叩首。上因顧諸臣曰："阿山等奏，稱於溜淮套另開一河，出張福口分淮水，免洪澤湖之異漲，保高家堰之危險，繪圖進呈。今朕從清口至曹家廟，見地勢甚高，不能直達清口，與圖樣迥別。且所立標竿，多在人墳墓之上，依此開河，不惟壞民田廬，甚至毀民墳塚。張鵬翮以讀書人而爲此殘忍之事，讀書何爲？"又諭鵬翮曰："奏溜淮套開河，非地方官希圖射利，即河工官員安冀陞遷，至河工効力人員，無一方正者，何故置留河工？"鵬翮奏曰："臣誤聽小人，罪實難辭。"逾數日，上又嚴飭之，下九卿、科道議罪。尋議鵬翮革職，阿山革任，桑額同安徽巡撫劉光美、江蘇巡撫于準降五級調用。上諭大學士曰："聞驗視溜淮套之時，張鵬翮、桑額皆謂不可開，阿山強謂可開。公同奏請，著將阿山革任，張鵬翮去所加宮保，桑額降五級，劉光美、于準各降三級。"俱從寬留任。

四十七年九月，疏奏："黃運湖河，修防平穩。"得旨："張鵬翮自任總河以來，朕指示修築工程，殫心盡力，動用錢糧，絶無糜費。比年兩河安定，堤岸無虞，深爲可嘉。所帶革職，著與開復。應追銀兩，俱著豁免。"十月，內遷刑部尚書。

四十八年二月，調户部尚書。

四十九年正月，奉命往江南審布政司宜思恭兌收錢糧，勒索火耗，並收受屬員饋送，得實，擬絞。巡撫于準並不糾劾，擬革職。從之。

五十年三月，鵬翮以父逾八十，請假省親。得旨："卿簡任司農，清勤恪慎，積弊消除，部務關係緊要。聞卿父精力尚健，不必急請歸省。"

五十一年十一月，復命赴江南，審賄中舉人程光奎、吳泌。時江蘇巡撫張伯行疏，參總督噶禮通同舞弊於科場，索銀五十萬兩，噶禮亦砌款劾伯行。命鵬翮同總督赫壽察審。尋奏："副考官趙晉與吳泌、程光奎賄通關節屬實，擬罪如律。噶禮劾伯行不能清理案件是實，餘屬苛劾，應降一級留任，伯行劾噶禮索銀全虛，應革職贖徒。"上切責鵬翮等掩飾和解，復命尚書穆和倫、張廷樞再往嚴審。事詳《伯行傳》。

五十二年二月，充順天鄉試正考官，十月調吏部尚書。先是，張伯行疏劾布政使牟欽元匿通洋匪徒張令濤。上革欽元職，下總督赫壽察審。赫壽奏："令濤與海賊合夥無證據，欽元署中亦無令濤。"

五十三年十月，上命鵬翮及副都御史阿錫鼐至江南審理。鵬翮等以伯行誣參具奏，上責鵬翮等不能盡心審明原委，令再詳審。

五十四年五月，鵬翮等參伯行巧飾奸欺。得旨："張伯行著革職，看守審理。"七月奏伯行自認誣參，應復欽元職。從之。又奏伯行誣陷良民，妄生異議，應斬。上命伯行免罪來京。詳《伯行傳》。十一月，丁父憂，時尚書富甯安勦策妄阿拉布坦。上諭鵬翮暫留辦部務，俟富甯安回京，再回籍守制。

五十七年，充會試正考官。

六十年，復充會試正考官。會汶水旱涸，運道梗塞，奉旨往勘。疏言："臣會同河道總督趙世顯、巡撫李樹德查勘戴村壩，遏汶水出南旺，南北分流濟運。舊設玲瓏、亂石、滾水三壩年久衝刷，應補葺以資捍禦。再，山東運道全賴汶、泗二水上流泉源接濟。今天旱泉微，蜀山、馬踏、南旺諸水無多。臣等遵旨將坎河、鷄爪等泉疏濬，並嚴禁民間偷截灌田，補築諸湖子堤，禁侵種蓄湖水，毋致乾涸。至南旺分水口，係南北分流水脊，爲運道要區。臣等遵旨妥辦，淺於南則閉北閘，使分北之水歸於南；淺於北則閉南閘，使分南之水歸於北。留主事富明德、御史梅琮駐分水龍王廟，以時啓閉。再於彭水南岸建挑水壩一，北岸截去沙嘴，挑盡淤沙，使水挾沙暢流，直入微山湖，則蓄泄有資運道，自無阻滯。再查邳州邱家樓一帶，低窪之水並無積滯，太行堤延袤數百里。其曹、單、豐、沛等縣坍塌處，交河道總督及直隸、河南巡撫修築。下部知之。"九月，直隸總督趙宏燮奏："河南武陟縣黃、沁衝決堤岸，水溢至長垣等處。"山東巡撫李樹德奏："河水泛溢，自直隸開州流入山東張秋等處，由鹽河入海，致運河堤決，漕船阻滯。"命鵬翮同總漕施世綸查勘。十二月鵬翮等疏言："臣等由山東張秋循流而上，查黃河決口，在武陟縣之釘船幫支河口衝入詹家店之魏家莊及馬營口。今副都御史牛鈕、河南巡撫楊宗義於支河口築攔水壩。魏家莊已經堵塞，馬營口水已消落，指日成功。其引沁入運之處，臣相度地勢，西北高而東南下，若引水直下，恐牽動全沁灌入堤內，而黃河直躡其後，反覺無益。山東運道在張秋則有沙河等水，分水龍王廟則有南旺等湖，濟寧則有馬踏等湖，又有諸山泉，本可濟運，祇因湖堤殘缺，民間竊種湖旁之地，未有瀦水，而諸泉壅塞又未疏通，以致漕船時患淺澀。臣等已交李樹德築堤蓄水，疏濬泉流運道，自可通利。"得旨："回奏甚屬明晰，即令照依所奏，不得稍有更改。"

六十一年十二月，加太子太傅。

雍正元年二月，授武英殿大學士，賜御書"嘉謨偉量"匾額。六月，河南黃、沁漫溢，決馬營口，奉命查築。

三年二月，進明臣鄧鐘所著《籌海重編》，未幾卒。遺疏入，得旨："張鵬翮秉性孤介，持躬廉潔。前任總河，懋著勤勞，入領銓曹，恪謹供職，因効力有年，簡任機務，近值請假養疾，遣醫診視，必整肅衣冠，極其恭敬。忽聞溘逝，朕心深爲軫悼。著加少保，於恤典定例外，再加祭一次。"諭致祭日，命大小漢堂官、給事中、御史齊集。賜全葬，謚文端。八年，詔祀賢良祠。

遂寧張文端公年譜

		履　歷	官　聯	時　事	著　作
順治	六年己丑	十一月十七日壬申，公生於順慶府。	大學士譚泰、范文程、洪承疇，吏尚陳名夏，禮尚王崇簡，刑尚黨崇雅。	川督李國英、巡按郝浴皆駐保寧。時蜀初平，流移未復。	
	十八年辛丑	公年十三，撥入新寧縣學，以道遠不赴。	大學士甯完我、陳之遴，吏尚孫廷銓，戶尚王宏祚，兵尚霍達，工尚蘇納海。	學道席教事、河督楊方興。以前河凡六決。	
康熙	三年甲辰	公年十六，縣州道試皆第一，入學。	大學士魏裔介、吏尚伊圖、刑尚龔鼎孳。	學道孫堯表、河督朱之錫。	
	五年丙午	公年十八，娶同里唐君倫女。	大學士班布爾善、馮銓，禮尚李若琳。		有《信陽子卓録》上下卷。
	六　年丁未	公年十九，長子懋誠生。	刑尚李化熙。		有《第一精舍讀書記》。
	八　年己酉	公年二十一，以《詩經》中本省鄉試。	戶尚米思翰、刑尚朱之弼、左都馮溥。	典試戶郎崔爾仰、吏外白意、房考潘之彪。	
	九年庚戌	公年二十二，會試中式，賜進士出身。授內宏文院庶吉士，蒙覃恩誥封。	總裁大學士魏裔介、刑尚龔鼎孳、侍郎王清、學士田逢吉、房考主事丁蕙。	以前河凡八決。同科有王掞、李光地、徐乾學、趙申喬、牛鈕。	有《御試太和殿恭紀》一律，有館課《致知格物論》。
	十二年癸丑	公年二十五，改刑部主事，充律例館、會典館纂修官，京察一等，仍列詞臣班引見。	大學士莫洛、吏尚對納哈、戶尚梁清標、兵尚王熙、左都吳正治。	吳三桂反，川撫羅森、提督鄭蛟麟、總兵譚洪從賊。以周有德督川，張德地巡撫。	

續表

履　歷		官　聯	時　事	著　作
十四年乙卯	公年二十七，充順天鄉試同考官，取中《春秋》王瑞等十一人。	大學士圖海、熊賜履，刑尚張玉書，左都姚文然。	河督王光裕。以前河又五決。	奉旨學喇沙里，謂國書也。
十五年丙辰	公年二十八，充會試同考官，取中《禮記》王吉武等十六人；武會試同考官，取邢簡等三十八人；次子懋齡生。	大學士索額圖、戶尚伊桑阿、工尚冀如錫。	河督靳輔。	
十七年戊午	公年三十，陞禮部祠祭司郎中，磨勘試卷。	大學士明珠、刑尚宋德宜、左都魏象樞。		
十八年己未	公年三十一，充會試提調官、殿試執事官，廷試貢士閱卷官，取楊必億等人。	大學士李霨、馮溥、杜立德，掌院葉方藹。	開鴻博科；準部噶爾丹叛。	
十九年庚申	公年三十二，賜太液鮮鯉，銓補江南學道，改蘇州知府，丁內艱歸。	大學士吳正治、刑尚魏象樞、左都徐元文。	僞將軍汪文元、僞撫張文德降，四川平。	有《治蘇事宜疏》，不果上。
二十一年壬戌	公年三十四，侍遊漢陽。	大學士王熙、禮尚帥顏保、刑尚果斯海、兵尚李之芳、工尚伊桑阿、左都徐旭齡。	三藩平。	有《紀遊草》。
二十二年癸亥	公年三十五，服闋，補兗州知府。	左都余國柱。	川撫張德地、布政劉顯貴、成都府冀應熊。	釋冤民十三，全婚姻一；修學宮，修府志，成。
二十三年甲子	公年三十六，上謁孔林，召與陪祀主。補山東武鄉試，取王琦等六十人。	大學士宋德宜、吏尚伊桑阿、工尚撒木哈。	公舉天下清廉吏七人，公與焉。其六人格爾古德、范承勳、蘇赫、趙崙、崔華、陸隴其。	有登岱詩；釋冤民邱世榮等，凡六案；東撫徐旭齡薦公，凡十一條。
二十四年乙丑	公年三十七，抵前，陞河東運使任。	大學士李之芳、戶尚科爾坤、工尚陳廷敬。	鹽院勒信、撫圖納、布政馬齊、按察布雅努。	修歌薰樓，成，有詩；修《關夫子志》，成。

康熙

續表

	履 歷		官 聯	時 事	著 作
康熙	二十五年丙寅	公年三十八，陞通政司右參議，轉兵部督捕右理事官。	户尚佛倫、熊一瀟，工尚徐乾學，左都胡升猷。	與侍郎石□議督捕三弊，與湯潛庵、許西山、王岳生諸公講學不懈。	有《讀來矣鮮易記》，有《題丁夫子讀易圖》，判旗丁鍾直女歸民，薦黎城知縣陳大夏。
	二十六年丁卯	公年三十九，戀誠中本省鄉試。	吏尚陳廷敬、工尚阿蘭泰。	俄國約和。	聞家信，賦詩誌喜。
	二十七年戊辰	公年四十，出使俄國；八月，復命充武殿試讀卷官；轉左，再陞大理寺少卿。	内大臣索額圖、都統佟國綱、給事中陳世安偕行。	督河王新命。以前河決十二。	有《出使行程紀》一卷，《紀異詩》一卷，補幸魯詩於禮部。
	二十八年己巳	公年四十一，扈從南巡，閱視中河至支河口，歷覽名勝，陪祀禹陵，授浙撫。	大學士徐元文、伊桑阿，禮尚顧八代，左都郭琇。	詔議河工，時靳輔主塞下河。	有《趵突泉》詩、《與學士李光地論易》，頒條約六則。
	三十年辛未	公年四十三，上諭褒公修浙志。	大學士伊桑阿、吏尚李天馥、工尚張英。	川藩趙良璧。	剔漕弊二十四條、鹽弊四條、命案五條。
	三十一年壬申	公年四十四，元旦日食。	大學士阿蘭泰、禮尚熊賜履。	河督靳輔。	全完錢糧，親勘海塘；有《觀潮》詩。
	三十二年癸酉	公年四十五，上請免捐穀疏，上請陞見疏，部議革職，詔留任。	大學士張玉書、吏尚熊賜履、左都范承勳。		設救生船，修育嬰堂，放告刁誣者；刻《士鏡錄》《身鏡錄》，俾各自覽省。
	三十三年甲戌	公年四十六，陞兵部侍郎，改江南學政；長孫勤望生。			疏參朱焜違律重娶，爭奪封典。
	三十四年乙亥	公年四十七。		過丹陽吊孫堯表先生。	刊《學政條約》，行月課，興社學。
	三十五年丙子	公年四十八，上征噶爾丹還宮，行慶賀禮，聞天語優獎。		河督董安國。	有《蕩平漠北賀表》、紀行詩，多不具題。
	三十六年丁丑	公年四十九，陞見，蒙獎天下第一等人；拜左都御史，遣祭西嶽鎮瀆，便省親也。		川撫于養志回京，奏秦民受累，晋撫私漏。	紀行詩多。

		履　歷	官　聯	時　事	著　作
康熙	三十七年戊寅	公年五十，侍經筵，賜宴太和殿；赴陝審案，歸途復赴，督撫道得罪有差，陞刑尚。	大學士吳琠、刑尚傅臘塔、王士禎。	河督于成龍。	
	三十八年己卯	公年五十一，出督兩江，至揚州迎駕，再赴陝結案。	大學士伊桑阿、戶尚馬齊、禮尚韓菼。	江撫宋犖、安撫李鈵。	有《題承安寺鐘》詩。
	三十九年庚辰	公年五十二，回京，尋調河督。	大學士馬齊。	副總河徐廷璽裁任，薦靳讓、梁任等四人。	有《陳三事》《帶河員》等疏，餘不具題。
	四十年辛巳	公年五十三，在工所，賚本桌司趙世顯還，蒙賜多品。	大學士伊桑阿、馬齊、吳琠、熊賜履、張英。	黃河清三日。	有《請免河官賠累疏》《請賜河神封號疏》《改濬中河》等疏，《三義壩聽雨》詩。
	四十二年癸未	公年五十五，在工所，上南巡視河工，至邵伯更樓，賜《淮黃告成》詩及封公扁額，加公太子太保，河官各加級有差。	大學士馬齊、陳廷敬。		有《奉和聖製淮黃告成詩步韻》《河工疏》，多不具題。
	四十四年乙酉	公年五十七，在工所，上復南巡，見於舟中，賜坐並克食多品。	大學士李光地。		疏薦陳鵬年、蔣陳錫，有《德州石佛閣》詩、《安東途中口占》。
	四十六年丁亥	公年五十九，東光縣接駕，召籌河工，善後甚詳。	大學士馬齊、吏尚馬爾漢。	時江督阿山銳開溜套，公阻不能。及臨視，公撤宮保衛，阿山以下降革留任。	
	四十七年戊子	公年六十，東撫趙世顯接河督任，詔免賠款四萬餘，開復處分。	戶尚王鴻緒。	在工九年，命舉代者，故有是命。	
	四十八年己丑	公年六十一，回刑部任，旋轉戶尚，審案江南，復命再往。	吏尚富甯安、刑尚張廷樞。	時噶禮參宜思恭等數十員，大案也；噶必欲殺蘇州知府陳鵬年。	薦鳳陽知府李陳常爲鹽法道。

續表

	履 歷		官 聯	時 事	著 作
康熙	五十年辛卯	公年六十三,再往江南審結前案;科場案作,公偕漕督赫壽奉審,未結。	刑尚齊世武、卜永豐。	蘇撫張伯行參噶禮科場受賄。	
	五十二年癸巳	公年六十五,典順天鄉試,取中霍九錫等二百三十八人;封公入京,恭祝萬壽,御賜多品;公陞吏尚,充殿試讀卷官。	戶尚趙申喬、禮尚陳詵。	薦滇藩李發甲陞浙撫,薦許惟樸、田軒來爲御史。	有《議止通倉捐納疏》,有《萬壽頌》。
	五十三年甲午	公年六十六,審案江南,復命仍往者再,於山東新城過歲,帶張伯行回京。	大學士王掞、禮尚赫壽、左都揆敘。	詔舉似李陳常者,公舉陳鵬年。	鎮江、常州、上海所審各案定,擬具疏佚。
	五十四年乙未	公年六十七,按勘福建運米,鎮江聞訃,請奔喪,不許;疏凡十餘,上終不許。	大學士蕭永藻。	時準噶爾策妄阿拉布坦復叛,富甯安出師。	《陳情疏》,存者三。
	五十五年丙申	公年六十八,御賜多品。	吏尚赫碩色。	傅爾丹駐阿爾台山,凡行取不必盡由督撫出,奏亦不限錢糧,盜案依川督能泰奏議也。	
	五十六年丁酉	公年六十九,服滿傷懷;戀誠陞戶員。	大學士松桂、刑尚賴塔、左都徐元夢。	奏對川撫年羹堯平苗迅速。又對京尹余正健操守好,刑侍李濤無敗德,李,故公保。	
	五十七年戊戌	公年七十,充會試正考官,取中楊爾等一百七十四人;陪祭新陵;戀誠知遼陽州。	大學士王頊齡、戶尚趙申喬、工尚徐元夢。	薦陳鵬年宜往河工。	疏請歸葬,不許。
	五十八年己亥	公年七十一,元旦日食,不食,陪祭天壇鵬飛,調河官;戀誠派往陝西軍營。	禮尚陳詵、左都田從典。	西藏達哇南占巴叛;薦祭酒李周望、行取官陸師,以爲正詹吏郎。	

續表

		履　歷	官　聯	時　事	著　作
康熙	五十九年庚子	公年七十二，弟鵬翼、子懋文中本省鄉試。	禮尚貝和諾、蔡升元，左都朱軾。	年羹堯奏三路平藏。東撫請以火耗補虧空，公持不行。	有《元旦早朝》詩，有《僕張聲之墓誌銘》。
	六十年辛丑	公年七十三，充會試正考官，取中儲大文等一百七十四人，山東勘河，江南問案。	大學士馬齊、禮尚陳元龍。	河督趙世顯去任，爲提督趙珀虧空案故也；陳鵬年署總河。	有《復沁河不可入運疏》。
	六十一年壬寅	公年七十四，宴六十歲以上官一百六十七員，賜御稻。聖祖升遐。	大學士王掞、王頊齡與公同席。	牛鈕奏馬營決口，長樊大壩亦決。	有《早朝應製》七絕，有《自題小像》詩。
雍正	元年癸卯	公年七十五，拜大學士，仍管吏部事，御賜多品；懋誠陞御史；公出勘河，賜路費千金，賜宰輔誥命四代，命行掃青禮，得假旋蜀，賜詩寵行。	大學士公白潢、吏尚隆科多、戶尚田從典、禮尚張廷玉、刑尚勵廷儀。	黃、沁並溢姚期口；青海羅卜藏丹津叛；總河齊蘇勒，河撫石文焯，欽使侍郎稭曾筠。	有《辭新命疏》《堵塞馬營決口疏》《詳議築工疏》，有《請假省墓疏》。
	二年甲辰	公年七十六，歸於京師，御賜多品；有疾，御醫調治；懋誠轉給事中。	大學士田嵩、徐元夢，兵尚法海。	青海平。	舟中吟詠成帙，有《進海防疏》。
	三年乙巳	公年七十七，薨於京邸，賜內金千兩治喪，謐文端，歸葬遂寧；懋誠至右通政，勤望至萊州知府。	大學士田從典、朱軾。	川陝總督岳鍾琪。	有《日月合璧五星聯珠頌》《進聖學心法疏》《謝免賠累疏》。

論黃淮要領

　　自昔淮行於南，黃行於北，各自達海。黃與淮會，變也。宋元以後，黃、淮始合，資黃濟運，用淮刷黃，昔取其分，今取其合。淮不與黃會，又變也。大抵淮與黃合，其勢必強；與黃離，其勢必弱。數年來黃、淮失軌，運口淤爲平陸。臣鵬翮之膚簡命也，恭請訓旨。

上曰："黃河何以使之深？清水何以使之出？"大學士僉謂翩曰："宜敬繹斯語。"蓋黃不深，則攔入運河，所病者在國計；清不出，則漫入下河，所病者在民生。大哉，聖謨固已抉理水之精微，握平成之全算。黃、淮會萃，前定於片言中矣。既至河干，日講求所以深黃出清者，於是言人人殊。有欲用鐵龍爪、揚泥車往來蕩滌者，予曰："此黃庭堅之所傳，以為笑者也。前剔後淤，何損於河之尺寸乎？"有欲復老黃河者，予曰："昔季馴潘公已力排之矣。"有欲引睢水助清刷黃者，予曰："睢水涓流，無裨實用。且遠在百數十里外，費鉅難成，皆築舍也。"至出清，則全無一策。予於時不避暑雨，減騶從，挈一芥之舟，於河則自開、歸至雲梯關以下，於淮則溯洪湖至盱、泗以上。博考圖經，旁諏父老，憮然曰："欲深黃，其必開海口；欲出清，其必塞六壩乎？"夫海口不開，譬人之饕餮者，果於腹而尾閭不暢，未有不脹悶者也。六壩不塞，譬彼漏卮，隨注隨竭，未有停蓄而資吾之用者也。且夫深黃出清，其途似殊，其實相為用。黃不深則常虞倒灌而清不可出，是治河即所以治淮也。清不出則無由衝刷，而黃不能深，是導淮即所以導河也。於是拆攔黃壩，杜諸決口。培大河南北之堤，束水以攻沙。向之河身三四尺不等，今至四五丈而黃深矣。於是堤唐埂六壩，開張福諸引河。挽全湖之水，涓滴不使漏泄。向之清口堙為平陸者，今且浩然沛然而清出矣。清出則轉弱為強，黃深則化強為弱。強弱之勢既易，而後淮乃與黃會焉。蓋康熙三十九年十一月也。

夫自古之談治河者，紛如聚訟。漢爭屯氏，宋籌二股，終莫得要領。上無聰明果斷之君，遂以大患大災，任之氣數。我皇上以灑濬奇功約之兩言，千變萬化，罔不在其環中，卒使淮、黃順軌。上裨國計，下奠民生，叡聰首出，於此具見之矣，烏可以不書？

論逢灣取直

按《物理論》曰："黃河百里一小曲，千里一大曲。"楊慎謂黃河九曲，其說出《河圖·緯象》。河導崑崙山，名地首，為權勢星，一曲也；東流千里至規期山，名地契，上為距樓星，二曲也；却南千里至積石山，名地肩，上為別符星，三曲也；却南千里，入隴首間，名地根，上為營室星，四曲也；南流千里抵隴首，至卷重山，名地咽，上為卷舌星，五曲也；東流貫砥柱，觸閼流山，名地喉，上為樞星，以運七政，六曲也；西距卷重山，東至洛會，名地神，上為紀星，七曲也；東流至大伾山，名地肱，上為輔星，八曲也；東流過洚水，千里至大陸，名地腹，上為虛星，九曲也。惟其千里一大曲，百里一小曲，故河雖善淤，而無停滯之患。假令寸寸而為曲折，則水阻沙停，河之潰決，不可勝言矣。

皇上三十八年閱視河工畢，諭大學士曰："朕欲將黃河各險工頂溜灣處開直，使水直行刷沙，若黃河刷深一尺，則各河之水少一尺；深一丈，則各河之水淺一丈。如此刷去，則水由地中行，而各壩亦可不用，不但運河無漫溢之虞，而下河之水患似可永除矣。”四月，復奉旨：“黃河灣曲之處俱應挑挖引河。”前河臣奏稱徐州楊橫莊一帶，已遵旨陸續挑挖。奉旨凡有灣曲之處，俱各挑直。高郵等處運河越堤灣曲，亦著取直。會前河臣病沒，未及舉行。臣鵬翮至，獨棹小舟，沿湖南北河岸，審視水勢，見頂衝大溜之處，對岸必有沙吻挺出，此河曲之故也。於曲處挑挖引河，以殺其勢，則險工自平。因訊河官何故稽遲，皆稱挑挖引河需費多，挑後必逢大溜衝刷，乃能成河。若遇緩水，率致淤墊，例應追項，是以人心懼縮。予曰：追項之例，以警虛飾誤工者耳。若實心任事，挑後偶淤，非人力之罪，吾當仰乞聖恩，免其賠修。

乃申前諭，別緩急。於徐得楊橫莊，於邳得戚字堡，於桃得談家口，於安得汪家莊，凡四處河形屈曲之險工也。而時楊橫莊爲最急，莊在黃河南岸，於對岸掘去沙壖爲引河一，凡千八十丈，河首南岸置迎水壩一，迎挑水勢逼溜入河，而徐州之險可平矣。戚字堡在黃河北岸，於對岸挑引河一，如楊橫莊，凡五百七十丈，導河水直流南下，而邳州之險可平矣。談家口河勢改易，大溜外行，工可緩也，故前估而今寢之。惟張家莊在黃河南岸，大溜頂衝，宜對顧家灣挑引河一，凡九百一十丈，引河口下置攔壩一，約水匯入引河，而桃源之險可平矣。汪家莊在黃河北岸，以桃汛水發，沙吻刷卸，自然成河，無庸施工。疏上，上亟報，可遴員開挑。而安東黃河，其身最狹，僅六十餘丈，萬里水勢，收束太急。自時家馬頭至尹家莊，河身曲甚，對岸沙洲逼溜，直射韓家莊。韓莊以下又突出沙吻逼溜，直射便益門。堤高於城，人居釜底。此韓家莊、便益門於安東黃河兩岸，稱劇險也。乃自時家馬頭引河尾曲處挑直，使黃水順流而下，至韓莊對岸新淤截河沙洲，穿中引黃直下，衝刷沙吻，則尹、韓二莊，便益門，三險可平，而安東城郭人民可以高枕矣。北岸引河一，自時家馬頭東對南岸引河尾新河頭起，至便益門新河尾止，凡五百四十丈；南岸引河一，自韓家莊東對北岸引河尾新河頭止，凡五百二十丈。皆遵皇上挑曲取直之意。

疏上又報，可次第鳩工，往來程課，汛員以請豁賠修，罔不踴躍從事，六大溜平，河直如矢。依稀百里一小曲，千里一大曲之舊，歸墟向若，無所齟齬，永無旁挺橫溢之患，果不出睿算中矣。

論治清口 （一）

清口者，運河入黃之口，即淮水所從出之口也。前代未有黃河，惟泗水逕角城從西北來與之會，同入於海，皆清流也。而泗更清於淮，無石水六泥之濁以滓之，故唐宋以前不聞清口齟齬之患。清口之患，自有黃河始也。黃河之爲清口患，自淮水奪堰東注不能敵黃始也。按《史記·河渠書》：禹抑洪水，功施於三代。“自是以後，滎陽下引河東南爲鴻溝，以通宋、鄭、陳、蔡、曹、衛，與濟、汝、淮、泗會於楚；西方則通漢川、雲夢之際，東方則通鴻溝之間。於吳……”唐宋以後都會不同，至由淮以達帝都，清口爲之襟領，其勢一也。宋陳敏議戍守云長淮二千餘里河道，通北方者五，清、汴、渦、潁、蔡是也。通南方以入江者，惟楚州運河耳。周世宗自楚州北神堰鑿老灌河，通戰艦，以入大江。南唐遂失兩淮之地，將謀渡江，非得楚州運河無緣自達。由是觀之，清口一綫實關形勝，又非獨國計民生而已。顧以全淮之水會萃洪湖，環數百里，以一綫之口泄之。已可寒心，加以淤墊，如塞小兒口而止其啼，欲不旁挺橫溢爲淮揚患，得乎？

恭讀我皇上三十八年巡幸高家堰閱視畢，隨諭曰：“運口太直，黃水倒灌，兼之湖口淤墊，清水不能暢流，何以敵黃？宜於湖水深處，別鑿一引河，以導水出清口。”又曰：“清口最爲緊要，如不將清口挑濬，高堰堤工並運口堤工縱加高厚，均屬無益。”十二月復詔曰：“比年淮揚所屬地方，罹於水患，生業蕩然，朕懷深切軫念，屢經蠲租賑災，乃黃河墊高，清口低下，淮水不能流出，百姓仍被水災，弗獲寧宇。今或堅築高堰堤工，以束淮水，多開引河，使之衝黃，宜一一講求。”臣鵬翮之來也，上復訓之曰：“河底何以使之深？清水何以使之出？”鵬翮悚惕承命，至則凡上指所及者不敢悠忽以少需，於是開海口，黃有所歸矣；塞六壩，淮無所漏矣；開張福口、裴家場、張家莊、爛泥淺、三岔河，又益以天然、天賜，凡七引河，淮流沛湧而出矣。開七引河者，導淮以刷清口也；塞六壩者，束淮使歸清口也；開海門者，殺黃之勢不使倒灌清口也。時水患方殷，予東至海壖，南至江表，西至開、歸，北至徐、兖，殆無暖席。稍有寸晷之隙，必棹小舟徘徊於惠濟祠。蓋精神無時不注於清口，而治清口又無時不注於引河。迨七引河成，於是十餘年斷絕之清流，一旦奮湧而出，淮高於黃者尺餘，揚帆直渡，曾不移瞬。又清水初出，猶慮淮爲黃弱，題建兩攔壩備節宣，及七引河滂沛，蕩滌無餘，運口闊至九十三丈。皇上以宵旰憂勤，釋民墊隘，民之所欲，天必從之，不信而有徵哉！

論治清口（二）

江、淮、河、濟，謂之四瀆。瀆者，獨也，以其不因他水獨能達海也。考《禹貢》導淮自桐柏，東會於泗、沂，又東入於海。今自泗口以下，雖盡爲黃所奪，其勢固無殊也。惟是黃水薈萃衆流，來自萬里，力大而勢強。淮源近出豫州，北禦黃，南資運，力分而勢弱，此清口所以常齟齬也。況頃年六壩洞開，全淮東注，清口久爲平陸。上厪宸衷，臣受命請訓，以導淮機要，必於清口。因思淮之不治，全在門户。塞六壩，杜旁蹊也；闢清口，開正路也，二者難分輕重。而湖勢方盛，六壩且爲後圖，先闢清口，庶正路開而旁蹊之勢亦殺。

夫淮之涓滴，不至清口久矣，非多爲引河以導之則不出。於是獨棹小舟，溯三港，穿柳林，直造洪湖中流，歷審形勢，知淮水舊在湖西，其爲六壩牽引而東者，非經瀆也。按《南河志》，淮河舊有張福、王簡二河，季馴潘公慮其流分而力薄，爲堤塞之，今清口淤墊，入湖幾三十里，惟茲二港淳深，賈舶湊焉。其首適與張福口接，於此開挑引河，淮水必出。議上，天子然之。

乃量工命日，親自程督，不閱月而引河已成，凡一千三百三十五丈。又於河尾置挑水壩，由是清流奮迅，而淮、黃始會，以張福河爲首庸焉。時張福迤南，裴家場又開引河。既成，嘆其分而減，力不足刷黃也。乃會張福河於裴家場，而其流益沛。張福河底堅而裴場多沙，亦藉以衝刷也。迤南又有爛泥淺引河，屢濬未就，於是決其淤而深之。武家墩之北，舊有三岔河，自淮流久斷，惟此一綫僅存，然秋冬水落，仍爲陸地，乃督弁兵濬通之，於是有四引河矣。前此清口既淤，土囊無口，至是驚流蕩滌，闊至三十餘丈，猶慮不足暢全淮而發其浩瀚之氣也。維時唐埝六壩既堅塞之矣，乃亟走壩上，命工度其尺寸，六壩共得二百八十丈，憮然曰：“以三十餘丈之口，而欲泄二百八十丈初回之水，宜其趦趄而不盡出也。”乃詳度張福、裴場二河之間，迎湖大溜，復鑿大引河一道，闊二十丈，深一丈，長一千六百七十丈，名曰張家莊河。於時凡爲引淮之河者五。既會張福河於裴家場，又益以大引河專資其力以刷黃，又會爛泥淺於三岔，從七里河徑文華寺，專用其力以濟運，又虞其勢之偏注也，於清口之上築壩臺一座，逼淮水三分濟運，七分敵黃。諸河頭水勢相連，沛然而出，會淮水壯激，灑爲二河，土人神之，名曰“天然河”。天賜河在張福、裴場之間。於是凡有七河，控引清流，奮其形勢，比至清口，混茫澎湃，而淮之門戶大闢，廣至百有餘丈。淮至是乃與黃會，黃不敵淮，淮且高黃數尺。自惠濟祠上下十餘里，練影澄瀾，與天一色，濁流數點，微茫煦沫，循北岸而已。皇上明德豐功，豈不遠哉！

論塞六壩

兩河之關鍵在高堰。高堰堅閉，則淮流之趨清口者强，而黃自弱。黃、淮順軌，南北分流，則漕渠常利而民生亦無墊溺之患。潘公季馴已試之效，具《河防一覽》者可覩已。明萬曆二十二年，洪湖暴漲，楊公一魁用治標之法，於周家橋建閘減水，由草子河徑子嬰溝，以達廣陵湖；於高良澗建閘減水，由三汊河徑涇河，以達射陽湖；於武家墩建閘減水，由通濟河徑澗河，亦入射陽湖，於是洪湖始有數竇矣。然昔之爲閘者，啓閉以時，尺寸有度，取減去有餘之水而已，故其閘內，橫以石鍵，不使通舟。閘下引河，翼以長堤，減去之水亦不致漫溢爲患。其後商販規避権稅，利出入之便，官司徇縱，視若通津，汕刷愈深，不可收拾。淮揚恒被其毒，寖失前人建閘遺意，钊洪湖自桃源屢潰，黃流挾沙而入，墊爲平陸者三十里許。昔之淮南高而北下，今之淮西亢而東傾。又有數竇爲之牽引，欲拂其就下之性，而使之還向清口，難矣。前河臣廢武墩、高澗二閘，於唐埝改設六壩。當時見湖水之有餘，未逆覩清口之不足耳。年來淮日趨而東，北流斷絕，昨淮、湖交漲，洪塘盡圮。高、寶、興、鹽諸邑，溔爲巨浸，民生墊隘，運道齟齬，則漏卮不可不塞。誠經理兩河之要籌也。先是，康熙二十六年，上諭修理下河，成功不在高郵州所有閘壩，而在堵塞高家堰之壩。仰見我皇上聖明旁囑，欲釋下河之昏墊，必自堅閉高堰始矣。洎前河臣于成龍申塞六壩之請，會以病没，未底厥績。而其年水復大至，已堵三壩，旋委洪流。於是堵塞之成議，蓄縮莫敢肩其事。鵬翮始至，念秋汛方屆，洪濤洶湧，畚鍤難施，急則多損物力，當俟深冬水落，然後鳩工。況諸公方有幫築高堰之役，諸壩塞則湖水必高，勢將束手，非計之得也。迨九月，乃總率河員詣二壩，爲文以祀淮、湖之神。身參洪流，指示籌策。不逾月而塞其五，止留夏家橋一壩，以待鳳、泗漕船之歸，未幾亦塞。於是淮、黃始會，而平成有象矣。則皆我皇上定計於十數年之前，而左契收之者也，烏可以無紀！

論歸仁堤

歸仁堤在宿遷桃源之境。明萬曆六年，潘季馴、江一麟所葺治，長七千六百八十丈，亘四十里。以障睢、汴二渠，及邸家、白鹿諸湖之漫溢，兼殺洪湖水勢也。大約淮揚屏蔽，其關鍵在高堰，次即歸仁堤。高堰不固，下河俱爲魚鱉。歸仁不堤，睢、汴、邸、鹿諸水闌入洪湖，益助滔天之勢，而高堰危矣。此河防之機要也。

我皇上聖學淵深，於山經地志無不該覽，於河工則三舉鑾輿，遍歷河干，討求曲折，故其所指示要害，皆從古籌河者所未及。康熙三十八年，諭曰：“歸仁堤，人皆稱係保護明季皇陵，此妄談也。三四十里之堤，何關風水？此堤專因水漲時毛城等鋪橫流至歸仁堤，却回仍入黃河故耳，應酌量修築。”睿鑒固超人萬萬矣。復諭前河臣于成龍曰：“要緊應修兩岸，看河圖內歸仁堤便民閘等口俱已堵塞；毛城鋪以下等口，俱未堵塞。既塞，便民閘等口、毛城鋪等口所出之水將歸何處？必定散漫，大爲民害，此處關係緊要，當急籌一策。”及康熙三十九年，臣鵬翮親率河員相度。先是，于成龍擬於四堡開挖引河，由胡家溝而出黃河。鵬翮按其地勢頗亢，且係沙土，難以施功，惟起涵洞口訖老堤頭迤東，地勢少窪，湖水高黃水七寸六分，於此開置引河便。計工長三千八百二十三丈有奇。於黃河縷堤出水處，建石閘，築土壩，以備黃水之入。於五堡建磯心石閘，黃河異漲，則閉縷堤閘，開五堡閘，以備湖水之出。又於引河南北岸築劖水堤，並塞決口，加瓴石工，使無旁溢，引水歸黃，可以衝刷河身，可以免民墊隘，可以減洪湖之浸，使高堰無虞。疏上。上嘉其合理，詔速行。於是剋日興舉，役不淹時，費無浮冒。工甫訖，而河身果以衝刷而深，田廬果以水落而出，洪湖之巨浸果以客流不入而平。是役也，費以二十八萬餘，計自高堰外，惟此爲大，而功實相爲表裏云。

《河防志》略

挑挖引河之法：審勢貴於迎溜，而施功宜於深闊，且俟水大漲乘機開放，則有一瀉千里之勢。不可太窄，窄則受水無多，遽難挽溜，以入新河。不可太淺，淺則水不全趨，勢緩仍墊。不可過短，短則水流不舒，爲正河所抑，迴洑漩淤。須寬六十丈或四十丈，須長二千丈或千餘丈，方趨溜有勢而成河。不可太直，直則平緩而無波瀾湍激之勢，久亦漸淤也。必隨黃河大勢開挑，俾其河頭迎溜，河尾泄水，中間灣處，急溜衝刷，漸次河岸倒卸。再於河頭築接水埽壩，河尾築順水埽壩，對河築挑水埽壩，庶引河可成也。

幫築堤工之法：凡屬河道，必築堤束水歸漕，以防旁溢，無論創築加幫，總以老土爲佳。但黃河兩岸率多沙土，恐難盡覓老土，須於堤完後務尋老土，蓋頂蓋邊，栽種草根，以禦雨淋衝汕。

捲埽下埽之法：凡應用埽箇，須捲長十丈八丈者方穩，高一丈者，埽臺要寬七丈方捲得緊。如遇堤頂窄狹者，架木平堤，名曰軟埽臺，然後捲下。先將柳枝捆成埽心，總束充心繩、揪頭繩，取蘆柴之黃亮者，紓打小繇，總繫於埽心之上。每丈下鋪滾肚麻繩一條，或不必用麻者即用蘆纜。又將大蘆纜二條、行繩一條，密鋪於小繇之上，鋪草爲筋，以柳爲骨，如柳不足，用柴代之，均勻鋪平。需夫五六十名，如長十丈者，共需夫五六百名，八丈者四五百名，用勇健熟諳埽總二名，一執旗招呼，一鳴鑼以鼓衆力。牽拉捆捲後，用牮桿餞推埽，臨岸時將小繇均束於埽上。岸上每丈釘下留橛二根，將滾肚繩挽於留橛之上，每揪頭繩一根，亦釘留橛一根。看水勢之緩急，定揪頭繩之多寡。漸次將埽推入水中，將橛頭滾肚用活扣結於留橛之上，然後緩緩壓土。俟埽將次沉下，乃下排樁。每丈用一尺八寸木一根，若水勢湍激，頂衝埽灣，並合龍之埽，須用大木，不在一尺八寸之例。每丈用料物細數，照見行工部則例配用。

黃河內下埽之法：凡黃河內埽工，有修防，有救險，有搶險，有新生險。修防工程，於霜降後水勢退消，驗查舊埽傾欹者、蟄陷者、卑矮者、朽爛者，須將舊埽清消平妥，相機補下，層層簽釘大樁，照依大汛水漲之痕仍高出數尺，一律下成順埽，薄敷以土，俟其蟄定，方可下丁頭埽。若埽未蟄實，即下丁頭埽，前順埽，一有蟄陷，將別埽俱動矣。其救險工程將有危陷埽尚未去，急須臨河添壓大埽，長樁靠堤，急清舊埽，恐爲匯崖，填之以軟草，將兩旁安穩之埽，亦須補下大樁，併力救護，勿使走動，則工程易矣。其搶險乃因舊埽朽爛，或因頂衝急溜，埽下衝激空虛，舊埽全去，水匯崖岸，舊堤坍卸，岌岌堪虞。當此皇皇之際，惟有審其事之先後、埽之緩急。若誤下一埽，誤釘一樁，反致逆溜湍激，衝刷舊堤，欲去不能。每致僨事，須責令久慣埽手或熟諳人員，殫心料理。責任既專，令其度量穩妥，然後急爲接下埽箇，晝夜搶下，庶舊堤無虞，兩旁之埽平穩矣。其新生險工，每於舊險工之上下，黃河大溜一時衝至，埽傍舊堤，坦坡坍卸，急須下埽，直至開溜之處而止。大率黃河埽料以柳柴爲重，次則枯草，椿必長大，繩須堅實。至於壓土，非比清水埽箇，黃水一入埽中即泥沙停滯，若壓土太厚，反恐欹卸。俗云下埽無法，全憑土壓者，乃別言清水之埽也。

黃河塞決之法：凡黃河初決，且不必急計裹頭，亦不必急計堵塞。初開之時，水勢洶湧，未可與爭，惟看其出口急溜，若有奪河情形，須建挑水壩，以遏其勢；上流挑挖引河，以挽其流。速運積料物，料物既積矣，猶在得時，時可堵矣。裹頭舊堤務必多下邊埽，堅固停妥，然後逐漸進埽。埽不可緩，緩恐決口漸深；又不可急，急恐下埽有失。埽必欲其大而長，長大則穩。捲埽首重於繩纜，其揪頭、滾肚，必須長壯，務使繩勝埽，莫使埽勝繩。埽既下矣，薄用土壓，埽將沉於水，方釘簽椿，再加套埽，其椿亦必須長大，計埽將到底，方可再進沉水。將次合龍之際，須多備在工料物，恐防合龍後，每因蟄陷復決也。宜於合龍之時，晝夜兼工堵塞，遇有毛道過水，或係椿頂不平，或係埽手作弊，故留罅隙，必須急爲壓土，使其平實，於罅隙用稻草或紅草塞之，務使斷流。若涓涓不息，漸至蟄陷，不急搶救則潰矣。欲杜椿埽手之弊，惟有恤其勤勞，厚以賞賚，不必按日計值，惟其事以成工爲主，則工易舉而成亦速。至決口初開時，不係頂衝之處，出口勢緩，去口平散，亦不必急計堵塞，久之率多掛口淤墊也。

建築挑水壩之法：凡黃河迎溜之處，宜建築挑水壩，又名順水，又名磯嘴，又名馬頭，其功最大。如清河縣境内之運口，每爲黃水急溜，直逼卞家汪，關攔清水，不得暢出，以致運口淤墊，陶家莊引河數挑不成。仰遵聖謨指示，於運口迤西，築挑水壩一座，將黃水挑逼北徙，清水得以暢出，陶家莊引河得以成功。今二瀆合流，河工告成者，攸賴於是。凡遇有險工之處，照式築之，裨益非小。酌試建築之法，壩欲其寬，不可甚長，須做雁翅邊埽，以順上流，勿使埽頭逆溜，有掀揭之虞。若離縷堤遠者，須接築格堤捍禦，以防異漲時黃水溢於壩後，有衝刷之虞。

滑車全圖説

治河有治之之理，形勢之高低，水性之順逆，源流之分匯，濬塞之深淺是也。治河有治之之具，則製器爲先。製器又有製之之法，則圖形宜考也。古人象木葉而製舟，見風鳶而製車。其神智雖與人殊，而創製立法，亦物理之自然，非強鑿者，但其精思所到，天巧内備，人巧外顯，有非尋常之所可及也。如治水之具，最大而重者唯埽，一埽之重至五六千斤，非但已成之埽難於下，即推捲之際已有難者。而滑車一法，則創從前未有之法，人力既易，而物料更堅，下埽無崩潰之虞，塞決有收功之速。其車制祇自平常，而法臻其至妙。遂有經有緯，有聯貫有鈎帶，有借勢有輕舉。彼此所牽，則以甲、乙、丙、丁干支爲標識；繁重所縮，更以角、亢、氐、房宿名爲先後。一索挽其要害，則必注其垂繫之由；全力起於樞機，則必詳其專制之用。至於一人之力，足以起四千七百斤之重；一童之手，可以動一千八百之鈞。誠所謂巧借法，生法由巧運者也。若夫重物起高之法，雖萬斤，若運鳥羽。一人提舉，數人可勝千夫。總恃精當之心神，自無微不入，無處不周，迨功力奏成而後咸驚，以爲神異，夫豈真有神異哉？法之所在，巧智生焉。至奇而至平，至異而至顯，不知者視以爲神異耳。第天分不高，資禀卑弱，見此理數，茫昧而莫知所從，則以爲聖賢别具心眼，非凡夫可到。即使窮年究研，或昏惘而不明，或自廢而中返，又或忮能嫉材，不屑講論。嗟夫，此學不傳久矣。某少遇異人，偶得其解。遂殷殷獨嗜，因其圖而立解，即圖而著爲治河一書。雖於精微恐有未竟，而心力所專，竊幸有所得焉，記之以示歲月無虚云爾。

滑車運重圖説

重物運之高起或置高處，人力運之不能者，有用千斤秤提之，此不過用之繩之粗而力之齊也。太重者不能運，亦有圓物用土坡法。至於突起之高，莫妙於滑車之用力，不獨在一處而求用力，而在諸處之用力而能齊舉也。有提之高處，爲首之處，如有捱次，從肩、從肋、從臀、從股、從足者，處處有提而用力，故高處能上，無慮失繩之危，而在絞關上可喘息浛浹，人之力不及也。運重之法，莫妙於此。其大小高下，增益多寡，悉聽其隨物用力之當矣。

滑車捲埽圖説

用滑車捲埽之法，因物巨於人，而人力之不能施，居重馭輕之勢也。物之勝人，則人不能制其得宜也。埽乃粗重之物，借粗重之勢以壓急流之勢，重之一時，而定一時之中，理也。若人力勉强而成，則必捲之不緊密，於内而外之不能力濟於固，明矣。如欲内外堅固，必借滑車之巨力收繩，步步緊密，有緯繩步步收絞。如法則不致退回，生虚隙之患難防者，故經繩在滑車，用勢收束，則填物之人，入柳枝土石，亦得勢推緊，絞關徐徐而束之，緯繩步步而捆之。雖有丈徑、幾丈徑，則添設滑車、絞關之得宜，自不致有誤，於用而成之在理，制之合宜，乃爲滑車之準繩，則捲埽之良法也，無再美於此矣。

滑車下埽圖説

埽之力大，皆體巨勢洪之故耳。如徑丈許、長四五丈許，其席料並柳枝、土石之物及麻繩等項，幾數萬斤、百萬斤。一下於急流之中，埽體水勢合之，則有水龍陸象之力，不可測也。工材作料，非小補哉，成之巨埽，豈能不規畫而執一定之規，免於失費而成功於穩當者，豈即貿貿而試哉成功於徼倖？而爲法也，蓋工作制度必有定，體物巨勢洪，制有良法。所以下埽之時，豎以經繩，旁以緯繩，齊以絞關，力量拿準，收放之權齊放之，出而下，兩旁約之正，下而不偏。雖有水勢洶洶，埽體自隨絞關經緯之繩穩穩重重而下，豈得有失於難保之險勢哉？此用滑車下埽，乃保穩一定之良法也。制巨勢洪，再無他技之能勝矣。

捲埽圖説

夫捲埽之法，以平樑滑車下以絞關而緊其束身之用也。埽大體巨，人之勢不能捲者，以滑車而在平樑排開，量其布蘆簾之地、繩索之寬而布之。故橛上一經繩則間一捲索，又一經繩，又一捲索，布橛經繩、捲排開。並皆間用經繩，隨捲心索而壓約埽之大小而分粗細，大約捲索要粗，繩頭皆繫於捲心索。捲心索粗細，量埽之體，由大者，捲心索用四寸，徑三寸、二寸不同，一粗一少細，乃一正一副也。何以要如此之粗者？因下埽於急水之中，以穿心索爲主宰，兩旁絞關幾十處者，皆用挽索而繫於穿心索上。何也？陵宮之所用大石，皆用四輪或八輪之大車，所用當家繩經五六寸許者，拴騾幾十掛，兩行排開，鳴鑼爲號，加鞭而至，連鞭之號，而當家繩離地寸許。大車即行，騾用八九十、百餘、百幾十者，皆量石之大小用之也。今穿心繩即大車之當家繩是也，絞關雁行排之，而用幾十處，即大車之當家繩分枝而掛騾，爲得用力之齊，而爲居重以馭輕之象，則不畏水勢之急而力之洪也。捲心索即穿心索附繫經繩之體也，捲索者一頭在橛，一頭在平樑架上滑車之內也。下絞關而爲推緊束埽之要也。以此觀之，捲埽下埽徑丈許、二三丈許。非遵此法，不能另有良規也。

置埽圖説

夫埽者，彈壓水勢，爲堤岸之基也；水流之急勢，不能零星下土故也。椿木之爲堤限，埽爲堤之根本，故用埽乃作岸之基，不可少也。如被大決之處，洗去地方寬闊衝要之處，必得修築堤岸者，用之埽則大矣。皆因水勢洶洶來之，力如水龍陸象之勢，不可限量，則作大埽。小者漂浮，難拒其勢也，雖投之以千百，無有底止，勢有居重馭輕之權，故作大埽，長四五丈或六七丈，徑丈許，或三二丈許，此工豈得周備無隙哉！故製之以法，用法而製之，則周備無隙矣。如用人，雖有千人而成功，其工之有隙，何也？因人之多，內有强弱，有力無力，技之長短、之能與不能，故有隙也。因在埽身之大，如徑丈許，則埽過於人已半矣，何以捲之如軸如手卷？此勢過之幾數倍之形，則易矣。今過人以半而欲捲之周密，不即進水，要在捲力之齊，而勢埽相等者，乃用之時可見。先設平樑滑車，約其寬闊，幾度爲用，設長木爲絞關之軸，長者短可節鐵箍。箍好一軸則力一，二軸則力二也，故雖長皆用一軸。如恐軸身軟，以水平看架木幾節而架之，則不致軸之軟弱不能勝任也。此軸之用，製有法焉。次則打經繩之橛，各將經繩頭繫之以橛，直長鋪於地面，加上緯繩以捲之，按十字而加細也。先將尺排其徑身妥當，然後用蘆簾，隨其大小寬闊布之。用緯繩者，因簾之零星，不能一也。簾者，皮之象柳枝者，絡之脆骨之屬。石塊者，埽之骨也。黃土者，埽之肉也。齊邊之草，則骨節之腠理也。緯繩者，則衣裳之帶也。蘆簾之上，以柴草、柳枝、土石如法次序填密實，而倡號於衆，推捲者力齊，而絞關運軸者亦齊。捲至緯繩處，則用力加挽拔而結束。度如其法，量其勢，則步步小心，步步謹慎。雖埽身一二丈徑許，有何難於製作成功也？此所以量其大者，人之力不勝，則用絕法而制之，自能制而能成矣。故用法也，因人力之不能勝任歟！

卷　一

章　奏

首陳三事疏

臣才識短淺，未諳河務，誠恐有負任使，伏乞皇上另簡才堪治河之人，未蒙俞允。臣思河道至今日，潰壞已極，恐涉畏難就易之嫌，不敢再行瀆請。況我皇上軫念河工，宵旰厪懷，自有方略指示，但臣一得之愚，不敢不上陳天聽。

總河之責任宜專也。從來定制，祇設總河一員，督管河道廳官，專心致志，相機修築，故歷有成效。自靳輔、于成龍為總河時，始帶府尹臣徐廷璽，名曰副總河，事權不一，議論參差，不疏下流，今黃口塞矣。不修時家馬頭，今河流旁決矣。不疏清口，而黃水倒灌矣。不築高堰，不塞塘埂六壩，而淮水東下，邵伯、高、寶一帶，堤岸潰決矣。河壞已極，糧艘難進，糜費帑金無算，毫無著落。是徐廷璽在河工多年，不曉河務明矣。徐廷璽之不能清理錢糧，抑又明矣。豈可姑留河工，令再貽誤？伏乞皇上乾斷，將徐廷璽撤回別用。如謂需人助理，則見在之管河道廳等官，皆堪量材指使者也。

河工隨帶之人員宜撤也。于成龍隨帶人員甚多，在成龍初意，原欲眾擎易舉，協力相助。詎意一到河工，花費國帑，鑽刺題官，河工之壞，亦由於此。前經科臣汪煜條奏[1]，奉旨撤回成龍。又以經手工程未完，錢糧未清為辭，殊不知工程淹沒，從何稽核？錢糧耗用，從何究追？皆由瞻徇情面，以致迄於無成[2]。應請敕該部仍遵旨，盡數撤回，將未清錢糧，交部照追可也。

部臣之不宜掣肘也。河工者，司空之事，河工成則司空之職舉。是工部與河臣事關一體，理宜同心共濟，以期底績，乃部臣每事掣肘，估修奏銷，任意混駁，種種弊端，難逃皇上洞鑒之中。伏乞皇上敕諭部臣，寬其文法，責以成功，庶精神得以專一，而河務不致旁撓矣。

以上三條，臣在工言工，據理直言，必觸人忌。然受皇上特達之知，超擢至此，惟期河工蕆成。仰副皇上堯咨舜儆之意，臣雖受怨招謗，亦所不恤也。

題帶河官疏

臣思兩江總督，惟潔己率屬，有守足矣。若夫河道潰壞之際，總河之臣貴乎有

---

[1]　經：原本無，從《治河全書》本補。
[2]　以致迄於無成：原本作“以致迄無成功”，從《治河全書》本改。

守，而尤貴乎有才。然河臣有守，必須屬員人人有守，而後錢糧皆歸實用，可杜冒銷之弊。河臣非長才[1]，必得有才之人，同心協力贊勷河務，庶幾可奏底績之效。謹就臣素所深知之人，臚列姓名，上達天聽。

見任陝西甘山道王謙，才守超卓，堪任河務，請補授淮揚道，則其守可以清理錢糧，其才可以贊理河務。原任陝西咸寧知縣陳明經，居官廉潔，百姓愛戴；原任四川潼川知州劉可聘、前任浙江泰順知縣，係臣屬員，臣見其操守謹飭，才幹優長，兩人俱因公革職，廢棄可惜，請取用河工，以勵後傚。原任江蘇按察使趙世顯、見任刑部員外丁易、見任徐州知州孔毓珣，此三員俱臣江南屬員，才守兼優，辦事勤敏。見任工部郎中王進楫、見任浙江湖州府同知趙泰姓，此二員俱臣浙江屬員，操守謹飭，才能辦事。見任禮部員外蔣陳錫，前任富平知縣，士民稱其有守有才，臣奉差陝西審事，親聞最確。候補守備紀之慧，前任江西守備，不扣兵餉則有守，整飭營伍則有才，曾經軍政卓異。

以上人員，祈皇上准臣帶往河工効力。其見任者，仍照原銜食俸。遇有相當員缺，另疏題補，以收臂指之用。

臣從仰體皇上軫念國計民生，務求有益河工起見，絕無情面私心，伏乞皇上俞允施行。

盡拆攔黃壩疏

臣惟導河入海，順水之性，古人治河之道也。自原任河臣董安國等創築攔黃壩，拂水之性，以致黃河倒灌，清口淤塞，下流不通，上流潰決，淮揚常受水患，勞費罔效，以迄於今。

臣仰體皇上軫念國計民生至意，履任之後，即親勘河工。於四月十八日過雲梯關，到攔黃壩，看得攔黃壩巍然如山，中間一綫涓涓細流，下流不暢，無怪乎上流之潰決也。臣率領廳縣各官，於攔黃壩上流相度，正黃河水面寬八十三丈餘，則攔黃壩亦應照此丈尺拆挑，一律寬深，方足宣泄。

今查前河臣于成龍，上年委郎中朱成格，止拆壩一十七丈，見今水出其中。續經署總河印務臣徐廷璽，委同知佟世祿等，又拆壩二十八丈七尺。估挑引河，亦未挑成。尚有攔黃壩並積土三十七丈三尺未拆，且壩基高昂，終屬壅滯。盡行拆去，挑挖深通，與正黃河八十三丈之水面相符。亟堵馬家港，於月內合龍，使水勢不致旁泄，盡由正河而行，候黃水大長時，將新挑之河始行開放，資其暢流之勢，衝刷淤澱，直達海口。

臣恐海口或有沙淤之處，舟行一百一十五里，於二十日至八灘之地。今日海口一

---

[1] 長：原本無，從《治河全書》本補。

望，東海汪洋無際。此壩開拆深通，則黃水入海自是暢達。其閉高堰，疏清口，於秋後水落，可以次第舉行。因關緊要工程[1]，趁伏汛未發，急於興工。臣一面動帑委原任知州劉可聘、候選州同劉于沂，督催承修官馮大奇、王鎮、王廷翰、姜逢彩、賈弘獻、邵允貴、劉長璉、張其祉等作速攢工拆挑，勒限完竣。其所用錢糧核實估計，另疏題報。

　　謹將拆壩挑河動帑情由，合先題明。伏乞皇上睿鑒，敕部速議施行。

請挑芒稻河疏

　　竊臣恭奉天語，引湖水，使之由人字、芒稻河入江。皇上明見萬里，洞晰河勢，指示周詳，仁愛之心無所不用其極。臣將所閱形勢縷晰陳之。

　　人字河之宜挑濬深闊也。自金灣閘至孔家渡，爲河之腰絡，見今狹窄，宜開廣闊。自此至芒稻山，河分兩派，又名芒稻河。此處水口兩岸亦狹，又有土嶺二處。前河臣尚未挖完，目今湖水方盛，宣泄宜急，應多募人夫，剋期盡行挖去，使其暢流。水口下有芒稻閘，年久塌壞，磯心頗高，宜挖深另修。因時啓閉，以防江潮。鳳凰橋引河之宜挑也。此河經前河臣新挑，因未挑深，從橋口至胡家樓，河水絕流，竟成平地，宜加挑深通，引水從王家樓莊入運鹽河，匯入芒稻河。

　　雙橋、灣頭二河之宜挑深也。此二河見今水流同入芒稻河，但河底亦有淺處，應俟冬時挑濬深通。其灣頭閘座雁翅塌陷，宜及時修砌。

　　此三處之水，俱相繼會入芒稻河，流十八里入江。臣觀江口寬闊，河底深通，兩岸居民二麥成熟，不慮水患。此江都金灣以下，至仙女廟之形勢也。惟高郵自攬軍樓起，至東西灣止，因高堰洪湖之水，滔滔東下，西堤淹沒，浸入運河東堤，一望汪洋。水由城南大壩而出，洶湧泛濫，當伏秋水漲，恐東岸單薄，難以捍禦，致有不虞，宜將見閉三壩，相機酌開，以保城池堤岸，俟秋盡水落，修築堤固之後再行閉塞。

　　除動帑委員外郎張弼督催[2]，署淮揚道同知馬驤挑挖人字河、芒稻河工程，又委同知張琳挑深鳳凰橋引河。俱剋期完工外，因係緊要工程，挑濬宜急，臣一面委官動帑興修，一面估計，另疏其題，理合題明。

　　伏乞皇上睿鑒，敕部議施行。

---

〔1〕關：原作“閱”，據《治河全書》本改。
〔2〕郎：原本無，從《治河全書》本補。

請開張福口引河疏

臣仰體皇上軫念國計民生至意，履任後遍歷河工，逐一查勘應修濬之處，分別緩急，次第入告，惟是清口爲淮、黄交會之處，目今糧艘北上，最爲緊要。今河身淤澱，竟成平陸，清水隔絶不通，獨有黄水流入運河，深不過三尺五寸、四尺不等，與去歲所見大不相同。茲部臣常綏等議築攔黄壩，糧艘過盡，竟行堵塞，使黄水不入運河。再將裴家場三處引河開濬廣闊深通，引清水入運河，是亦權宜之計。

臣親到此地相度形勢，博採輿論，僉謂黄河比裴家場引河身高，爛泥淺係流沙，旋挑旋淤，裴家場與帥家莊相連不遠，即開濬深通。當夏秋黄水大長力强之時，引河清水終虞力弱，不能相敵，應於張福口挑引河一道，身長一千五十丈，面寬十丈，深一丈餘或八九尺不等，引清水於黄河口相近處入運河，勢在裴家場引河之上，上下水勢相濟。當夏秋水長之時，兩處清水會合，庶可敵黄。蓋因清口淤塞之處，甚爲廣闊，非多挑引河，鮮克有濟，比之引湖水入江，既有金灣三閘之河[1]，又有鳳凰橋、雙橋、灣頭等四處之河，引入人字河、芒稻河，水勢得以暢流入江。此成法之有效者也。

故宜開張福口引河，以導清水，使之暢達。建閘一座，以司啓閉。所需工費，將江浙學臣張榕端、張希良捐助銀兩動用，工完造册報銷。若俟具題部覆後，方始興工，恐伏汛水發，緩不濟事。趁今水勢未長，正可兼工挑濬。除一面飭令該管同知常維楨[2]，並通判胡琪，原任僉事道程兆麟等，作速倍工挑濬。

臣謹具題，伏乞皇上睿鑒，敕部速議施行。

修築高郵州護城堤疏

臣遵旨看視江南河工，於四月初九日抵高郵州，看得沿城堤岸單薄殘缺，護堤排椿埽工共長一千六百五十丈。

前河臣于成龍等，派候補主事王鼎等領帑銀承修，迄今並不堅固。修理沿湖堤岸，去夏淹没，水浸運河，一望汪洋，止存沿城一綫土堤，又屬單薄，誠恐伏汛水漲，捍禦無資。

城池、民生關係非小，若仍責承修之人修理，帑銀花費，緩不濟事。應照往例，

---

〔1〕之河：原本無，據《治河全書》本補。
〔2〕常維楨：本書亦作常維禎，《行水金鑒》作楨，乾隆《淮安府志》作禎，待考。

即發錢糧，委該管署事廳員李世彦同該州知州謝文瑞，剋期修理完固，以保城池[1]、運道、民生。其王鼎等所領帑銀，查明數目，交該部移咨，該管官照追完項可也。茲高堰之水，盡行東下，高、寶二湖，水難容蓄，堤工甚屬危險，臣目擊心憂。工程實屬緊要，故首先題請興修，抑臣更有請者，河工潰壞已極，間有所存堤岸，俱屬不堪危險工程，亟宜及時酌修甚多。若俟具題部議發帑，始行動工，耽延時日，勢必遲誤。自今緊要工程，容臣一面題明，一面動正項錢糧修理，庶克有濟。

臣從仰體皇上軫念國計民生至意起見，伏乞睿鑒，敕部速議施行。

高堰堤工疏

臣遵旨看視堤工，於五月初五日至高家堰，看得自武家墩至小黃莊交界一帶臨湖石工，從前原未加砌，而排樁盡行塌卸，堤身衝刷危險可虞。雖先經部臣范承勳等題明動搶修錢糧，令河官修理[2]，俟六壩堵後，一同修築。但目今伏汛屆期，修築宜急。而搶修錢糧不敷，難以坐誤，應即委分修官，將臨湖釘埽工程先行攢築，後再將裏面加幫。

咨商部臣范承勳等准咨覆，內稱速撥賢能河員，著其領帑辦料修築，即作幫築案內大工等語。臣等公議，僉同除委員領大工帑銀修築，作速完竣，以資捍衛外，臣謹會同部臣范承勳合疏題明。伏乞皇上睿鑒，敕部議覆施行。

恭報勘過河工情形疏

臣奉命視河。三月十九日到通州。看石壩，因其卑薄沙築，水長可虞，交與分司臣王作舟加謹保固。

四月初三日[3]，自濟寧上任後，乘舟南下，山東一帶，運河堤岸、閘座俱皆完固，河道並無淺阻。其北直挑淺夫銀兩，與倉場相近者交與總督，與巡撫相近者交與該撫，各就便清查。

初五日，由新改中河，閱兩邊堤岸，卑薄不堪，詢之河官，僉云堤工例係堤外臨河坦坡，堤內平地陡坡，蓋以坦坡可禦風浪之故。今新改中河，將北岸子堤改爲南岸子堤，且兩岸狹窄，不能容水。其清河子堤，地居下流，兩岸皆水，況係虛鬆沙土，

---

[1] 以保城池：《治河全書》本此句前有"以禦秋伏之水"。
[2] 河：原本無，從《治河全書》本補。
[3] 初三日：《治河全書》本作"初二日"，待考。

難抵風浪，內外衝激，甚屬危險。飭行原修各官，將單薄虛鬆及殘缺塌卸者，加幫高厚，夯硪堅實，一律完竣。如有違抗，另行查參。

初六、初七等日，由清江浦至淮安、寶應、高郵、江都等處查看。土堤及排椿工程，俱有塌卸、殘缺、卑矮、單薄不堪之處。其西堤自江都縣東西灣起，至高郵（黨）〔攩〕軍樓止，被湖水淹沒，一望汪洋。其永安、界首等處，石堤修砌，不及一二。見在嚴飭經手各官，上緊修築堅固，速行竣工。如有抗違，另疏查參。稽家閘缺口尚未堵塞，查原係減壩，邵伯南壩既堵，應留此口宣泄，以保堤工。

四月十七日，至黃河時家馬頭決口，尚未堵塞完竣，飭其攢築。

四月二十一日，至海口。有運料小河一道，自七區直通海口，運送料物甚便，惜已淤塞，見在估計挑濬。

四月二十九日，至陶家莊。其引河范承勳等見在挑濬，尚未完工。

五月初二日，到歸仁堤。臨湖石工加灰抹縫將畢，及乘舟臨湖往看，尚有罅隙、椿朽之處，飭其補砌。滾水壩一座尚未修築，有涵洞缺口泄水，盡入洪澤湖，故白洋地方可無水患。若將缺口堵塞，水無去路，今正在訪求出水之處，另疏奏聞。

初五日，到高家堰。自武家墩至小黃莊交界堤岸，排椿塌卸，堤身衝刷，臨湖石堤從前並未加砌，甚屬危險。臨湖釘埽工程，與部臣范承勳等議，派官速行修築石工，見在委官估計辦料修砌。自小黃莊至周橋，臨湖石工砌完者甚多，間有未完者，見在修砌。其堤工係分修官王日藻等，加幫尚未全完。周橋已經堵塞，茆家圍等六壩俱已全衝，水勢洶湧，辦料相機堵塞，實屬要務。擬自古溝以至六壩臨湖，俱照周橋一例，皆砌石工，方可堅固。俟堵塞六壩，修滾水石壩後，另行估計。至於水口兩岸，黃、運、中三河堤岸，有領帑興修者，有捐工修築者，多有未完。即已完者，亦單薄不堪，伏秋時在在堪虞，見在勒限嚴催補修堅固完竣。如抗違不完者，另疏查參。

五月初八日，至王家營。其引河已經淤塞，應仍令馮佑挑濬。其邳州王家堂決口，據已修月堤，尚有舊決口未堵，飭其上緊堵塞。至於盡拆攔黃，以通海口，挑人字河、芒稻河引湖水入江，開張福口引河，以濟運道，均係緊急工程。臣已經一面動帑興工，具疏題明在案。其餘工程有應築應疏之處，容臣逐一確估，次第入告。

所有微臣勘過河工情形，理合具疏題報，伏乞皇上睿鑒施行。

請發帑備料借沙船運致兼改設理事同知疏

臣奉命督河，到任後即前往江南，遍閱河工，其緊要工程已不時題報。臣與部臣和衷集事，勉勵屬員實心任事，必期河工告成，早奏安瀾，以仰副皇上軫念國計民生至意。

今於四月初八日，據原任知州劉可聘等報稱，攔黃壩已經盡拆，口內水深二丈二尺，是海口已通，其邵伯南壩、馬家港決口俱已堵塞。其餘應築應疏事宜，容臣廣集衆思，估計明確，次第入告。

但河工潰敝之後修治之法，必須帑金以備工料，如石與磚、苘麻、蘆葦、椿木、柴草須預發帑金，於五、六、七、八四個月預行備齊。俟秋水盡落，併力興工。臣採集衆議，請先發帑金一百萬兩，以備辦工料。

但物料必須船隻運送，目今河海清晏，地方無事，先借京口、崇明沙船共一百隻運料，尚不敷用。交與江蘇、江西巡撫，動正項錢糧，遴委賢員，照河工式樣，共造船四百隻，發與河官運料。其蘆葦、柴草產於海套官蕩，由黃河逆流轉運，甚屬艱難。查有海口運料小河一道，見經淤塞，臣已委趙世顯估計工料，另疏題請挑濬，有裨河工。

抑臣更有請者，清江係五方雜處之地，見有河工効力旗員，每遇旗民爭競，地方官不敢查問。且無巡緝盜賊專員稽查巡夜，無人料理河庫見貯錢糧。關係重大，旗漢効力人員領帑回寓，間有疏失。止設有船政同知一員，不管地方之事，造船亦少，甚屬安閑。擬將船政同知裁去，改設理事同知一員，揀選滿州賢能官員補授，以之審理旗民詞訟、捕緝盜賊，兼管船政，仍屬總漕巡撫管轄，與河工地方事務均有裨益。

以上各條，係關河工事宜，理合先行奏明，恭候皇上睿鑒施行。

條奏應修工程疏

海口之運料河宜開也。修工應用蘆葦、柴草等項多產海濱，黃河轉運維艱。舊有運料小河一道，自清江浦起至海口止，年終淤塞。今應加挑濬深通，便於運料，於河工大有裨益。

六壩之宜閉也。逼清水出口以會黃入海，其關鍵全在六壩，而六壩之最要者尤在夏家橋一壩，以全湖水勢趨此故也。今夏水方盛，若急於堵塞，一則高堰堤岸危險可虞，一則湖水洶湧，恐旋塞旋衝，糜費金錢。可惜目前正須備料，俟水落堵塞，庶爲萬全之計。

高堰滾水壩宜修也。高堰容納七十二處山河之水，古人設壩原以泄異漲之水，非以泄平槽之水也。今冬六壩閉後，來年桃汛，黃、淮並漲，宣泄湖水非壩不可。臣按《南河志》云："武家墩、高良澗、周家橋、古溝俱設有閘。"又《河防一覽》云："翟家壩地亢爲天然滾水壩。"今周家橋、高良澗等閘俱已堵塞，臣親在翟家壩見湖形漸淤，水勢不由此出，是古今變遷不一，翟家壩亦非出水之地也。前河臣于成龍等相度地勢，將六壩改爲四滾水壩。臣覆加相度，地勢相去不遠，併爲三滾水壩亦屬妥協。今宜備辦石料，修建於壩下，就原有之草字河、唐曹河，開爲引河，並築順水堤，則民間田廬無湮沒之患。

武家墩至小黃莊之石工宜加砌也。查此一帶，臨湖舊有石工，僅出水面二三尺不等，必須加砌，使高與小黃莊見修石工一律齊高。正在確估工料興修，並查核從前領銀不修情弊，另疏題參。

古溝至六壩之石工宜修也。臣查臨湖石工，至古溝而止，自此迤下俱係土堤，每年歲修、搶修糜費錢糧。似宜修砌石堤，在目前用帑雖多，然計之數年之後可省歲修之費，宜於滾水壩告成之後漸次修舉。

運河之宜挑深也。自清河縣運口至高郵州界首一帶裏河，頻年黃水入運，淤墊從未挑濬。前河臣每以加高爲事，以致河身日高，一遇水漲往往潰決堪虞。訪之輿論，宜加挑濬深通，即河底之泥以加河身，庶爲有益。臣前面奏，奉旨俞允，欽遵在案。俟今冬糧船過盡即煞壩挑濬，一切進貢差使暫由陸行。

高寶、江都一帶西岸土石堤工宜修也。今洪澤湖水東下，水勢方大，西堤盡淹，河湖一片。俟冬時水落，宜估計興修。

高郵城南之石壩宜修也。今高郵湖水洶湧，徑由城南壩上而出，以勢漸遠，不能匯入人字河而泄，宜於秋盡水落，照前河臣所估，將五壩改爲四滾水壩，辦料興修，於壩下相度形勢，開引河，使水有去路。

歸仁堤臨湖石工加灰抹縫將畢，臣乘舟往看，尚有罅隙樁朽之處，飭其補砌。滾水壩一座，尚未修築，有涵洞缺口，泄水盡入洪澤湖，故白洋地方可無水患。若將缺口堵塞〔1〕，水無去路，今正在訪求出水之處，另疏奏聞。

運口以至濱海一帶兩岸堤工，亟應加幫也。攔黃壩已經拆去，海口已經疏通，馬家港已經堵塞，時家馬頭飭令速堵完竣，轉盼糧船過完，運口築堤堵截，使黃水盡皆下注入海，涓滴不令旁溢。正值秋汛屆臨，水勢必較往年甚大。山、清、安東黃河兩岸堤工必須加幫高寬，以資捍禦。但此堤工，有前經動帑加幫者，有撥捐工人員修築者，俱未奏銷。若俟奏銷之後方行加幫，恐致遲誤。見在飭令該管道廳確查山、清、安三邑堤工原高寬丈尺若干，領帑幫過若干，捐工幫過若干，今仍應再幫高厚若干，一面查明造冊具題，一面委員發帑加幫，庶不致貽誤。

王家營引河宜挑也。此河原令馮佑挑挖贖罪，今已淤墊，飭令馮佑作速挑挖深通，准其贖罪。如不成河，不准贖罪。

新改中河堤岸宜修也。兩岸堤工單薄不堪，水漲可虞。臣查新築堤長一萬七百五十八丈，候選州同馬勳等三百五十員，領帑承修內頂衝刷灣處，估釘排樁二千八百二十五丈〔2〕，桃源縣知縣王玥等十八員領帑承修，迄今並未完工。除飭令各官上緊照估修築，勒限堅固，如再抗違，另疏查參追帑，仍治以誤工之罪。臣看新挑中河窄狹，不如舊中河之寬深足以容水。俟糧船過完，於深秋水涸之時，臣再率河官復加查勘。若舊中河可以修堤，仍由舊中河行運。如果不能築堤，再將新中河審度形勢，另疏奏聞。

王家營之減水壩宜開也。查前河臣靳輔於此修減水大壩，以泄黃河漫溢之水，以免王家營民房淹沒，後經于成龍築堤堵塞。每遇黃河大漲，漫溢之水無處宣泄，淹及

---

〔1〕 缺口：原本作"河水"，從《治河全書》本改。
〔2〕 二千八百二十五丈：《治河全書》本作"二千八百三十四丈"，待考。

王家營。今臣親往查勘，居民咸請開壩泄水。臣審度形勢，應動帑酌開十餘丈，兩頭下埽，裏住泄黃漲漫溢之水，由鹽河而出。

桃源縣黃河南岸堤工宜加幫也。臣親看長湖一帶土堤，長四千二百餘丈，單薄不堪，兩面受水，在在堪虞，應動帑加幫高厚，以資捍禦。

駱馬湖口竹絡壩宜築也。此口坐落宿遷縣黃河北岸，與駱馬湖口正對，原築有竹絡壩一座，長五十五丈，節宣黃河大漲之水。今看得黃河身高，自去歲水漲漫缺二段共七丈。黃水反流入駱馬湖口，匯入中河，亟宜堵築，以禦黃水，無致淤墊中河。俟此口堵後，使黃水不得內灌中河，然後酌量將中河頭煞壩堵塞，引駱馬湖水由舊中河進石閘入黃河，助黃刷沙。如遇黃水大漲，恐其倒灌，則閉閘以禦之。伏、秋二汛，派該管縣丞胡徵堪駐宿工上，不分晝夜風雨防守。查此閘係原任知州李經邦承修，因金門上寬下窄，不能下板到底，應飭令李經邦改修金門合式，挑挖引河深通，然後議堵中河，引水入黃。

王家堂之缺口宜加築也。此工坐落睢寧縣黃河南岸地方，臣親往驗看，大溜頂衝，最屬險要；所修月堤浮沙堆築，單薄不堪；而舊決口又與月堤逼近，無庸另修。應令該廳陳謙吉將月堤賠修高厚，作爲正堤。但該廳已經告病，一時難以設措，恐致誤工。應動歲修錢糧，交與署事同知金玉衡，作速攢工修築，以禦伏汛。用過錢糧，仍令陳謙吉等照例追賠還項。

徐州郭家嘴之險工宜修也。此工在黃河南岸，逼近徐城對岸，沙嘴挺入河心二里許，以致大溜直射郭家嘴，甚屬危險，城池、民生關係非小。應將沙嘴挑挖，引河直出。俟水勢大漲，資其衝刷沙嘴，以殺大溜水勢。郭家嘴舊有石工至北門迤西而止，每年釘椿下埽，補救一時，不能經久。每年歲修、搶修，糜費錢糧。臣親往查看，據耆民咸稱對岸石山採石甚易，加砌石工庶可經久。臣率河官量度，自北門石工頭起至段家莊止，長六百五十餘丈，加砌石工與舊石工一律平整，不惟可保城池，且可省歲修之費。又蘇家山石嘴挺出河心，以致南岸韓家山一帶頂衝崩潰，逼近徐城。應自楊家樓起至段家莊月堤止，築月堤長四百餘丈，以作重門之障，庶徐州城池得以保固無虞。

黃、運、中三河堤岸有領帑興修者，有捐工修築者，多有未完，即已完者，單薄不堪。見在飭其堅固修築，勒限五月二十九日完工，如敢抗違不完，另行題參究追。此等工程實屬不堪，遇伏秋水漲，有衝刷塌卸之處，而承修人員多不在工看守，行文往催，緩不濟事。應責令本管河官動帑搶護，用過帑銀仍於承修人員名下追補還項。

徐州、邳州、睢寧、宿遷、桃源、清河、山陽、安東各州縣黃河險工，臣逐一查明，應照例動支歲修錢糧，進埽防護，仍飭該管河官，當伏、秋二汛，無分晝夜風雨，畫地防守，務期保固。

恭報修過河工情形疏

水以海爲壑。臣見攔黃壩巍然如山，堵塞海口，下流不暢，隨委賢能官動帑盡行挖去挑濬，河身寬闊深通，曾經題明在案。今已將積土盡行挖去，開闊深通，水流暢達，沛然入海。用過錢糧，及請賜大通口佳名以垂永久，建立海神廟以答神庥，臣已另疏具題。

馬家港係董安國等誤開海口也，今已堵塞完工，曾經題報在案。

時家馬頭決口，坐落安東黃河北岸地方，經董安國、于成龍等任內兩次領帑十萬餘興工，尚未堵塞。臣已親到臨工所，嚴飭作速進埽，勒限堵完。該同知佟世祿任意遲延不完，希圖冒帑，已經題參。

陶家莊引河坐落清河縣北岸地方，今奉旨命部臣范承勳等，挑濬並建對岸挑水壩。見在修理未竣，然必須上緊攢工早完，俟水長便於開放。

運口新築攔黃壩，准有部文動帑興工。今先築兩岸土壩，俟糧船過完再堵運口，使黃水歸海，引清水入運河。

裴家場引河，部臣委王毓賢挑挖寬深，今正在動工挑挖，務期一律寬深，俟水長開放。

挑張福口引河一道，引清水濟運。經臣題明，動帑興修在案。今正挑挖，工已及半，飭其剋期完工，俟水長開放。

高堰係淮、揚二郡保障，所關甚巨。其自武家墩至小黃莊一帶，排樁塌卸，堤身衝刷之處，臣同部臣范承勳、王宏緒等會議，動大工帑銀，先將臨湖釘埽修築，曾經題明在案。今正在修工，將高堰關帝廟至小黃莊緊要之處先行修完，再將關帝廟至武家墩堤工修理，務期速竣，以禦伏汛。

小黃莊至周橋一帶堤工，經部臣范承勳等具題，交與分修官王日藻等，分十四段加幫。今正在興工，尚未全竣，必須上緊加幫，一律全完。

邵伯更樓決口，已經修壩堵塞完工，糧船通行無阻，居民亦鮮水患。其舊決口雖不堵築，亦屬無礙。且河工需用錢糧浩繁之際，似可暫緩。

高郵州護城堤工，關係緊要。經臣題明，興修在案。今正在修築，剋期告竣，以資捍禦。

稽家閘缺口，今正在堵築，未完。但湖水方盛，邵伯南壩已堵，若將此口堵塞，無處洩水，東岸堤工可虞。應留此口洩水，以保堤工。經臣於恭報情形，疏內題明在案。俟秋盡建閘，以資宣洩。

人字河、芒稻河引湖水入江，關係緊要。經臣題明挑濬在案。今正在上緊挑挖，務期寬深速完，以資宣洩。芒稻閘俟秋盡水落，方可修建。

鳳凰橋引河引湖水由芒稻河入江，前因挑挖不深，河心又係高岡，以致水不能流經。臣題明挑挖深通在案。今正在上緊挑挖使深，務期速竣，引水暢流。

劉老澗遙堤造石減水壩，內建磯心八座，係會勘案內。候選知縣佟世燕等，領帑承修之工，壩牆磯心俱完，尚有底石正在鋪砌未竣，飭其作速砌完。壩下引河一道，宣泄中河異漲之水，自鮑家莊至殷家口入漣河下海，馮佑領帑挑濬，總未挑完，飭其作速挑濬完工。如不竣工，另疏題參。

九里缺口，坐落高郵州九里地方，已經堵塞完工。

清河北岸子堤缺口，坐落清河縣中河北岸，已經堵塞完工。

請撥發錢糧疏

竊照江南黃、運、湖、河，頻年潰敝已極，在在皆須修理。臣到任以來，遍歷查閱，凡有急應修濬者，如高郵護城堤，挑挖人字、芒稻等河，以及開張福口並拆攔黃壩等工，當即一面興工，一面具題在案。至於見在應修者，如加幫桃、清、山，安黃河兩岸縷堤，武家墩、小黃莊、郭家嘴、高、寶、高堰滾壩各石工；如挑濬運料，及新改中河等處工程，不一而足。或當即委員修理，或應及時辦料，皆非帑銀莫濟。前雖盤查裏外河庫貯銀共計有四十餘萬兩，見修工程與各營兵餉需帑甚繁。而勘估應修之工，尤須辦料興修，委不敷用。前經具摺差筆帖式馬泰請發帑銀一百萬兩，以爲辦料攢工之用。但馬泰由水路船行，未免稽遲。相應再疏題請，仰懇皇上俯念河工關係重大，敕部速議，就近撥銀一百萬兩，以濟急用，庶要工不致貽誤。

請賜海口佳名疏

臣看得水性就下以海爲壑，理固昭然。臣遵旨看視海口，將攔黃壩盡行拆去，開濬河身深通，曾經題明在案。

今據監工官原任知州劉可聘稱：四月二十一日動工，星速拆挖，盡去積土，挑濬深通。至五月初九日，如式完工開放，水勢暢流，衝刷淤沙。旬日之間，深至三丈，寬及百丈有餘，滔滔入海，沛然莫禦。且自動工以來，海潮不興，風濤不作，得以施工，工程甫竣，即長水二尺，以資開放，暢達入海。此皆仰仗我皇上留心國計，軫念民生，至誠仁愛，上孚天心，海神效靈之所致也。凡屬臣民，莫不歡忻感頌，願去“攔黃壩”之陋稱，易“大通口”之嘉名。伏乞皇上欽定，以垂永久，建海神廟以答神庥。除用過錢糧容臣核實造冊，另疏具題外[1]，所有海口疏通情形，理合具疏以聞。

---

〔1〕 除用過錢糧容臣核實造冊，另疏具題外：原本無，據《治河全書》本補。

伏乞皇上睿鑒施行。[1]

敬陳治河條例疏

臣恭承聖訓，遍歷河工查勘，見土堤皆用虛土堆成，惟將頂坡微硪，並未如式夯築；排樁多非整木，簽釘不深，一遇浪擊，遂至欹斜塌卸；其石工修砌不堅，抹縫不密，與原估丈尺不符；挑河不挑挖深通，積土堆積堤岸，以本土即作河底，微挖壞土，望水長大雨盈溢即報成河，水涸露出本相，又捏報淤塞。此種情弊，悉由條例不嚴，董率不力，故爾分工人員領帑到手，任意花銷，以致工無實效，帑多虛糜。今考之古書，參之輿論，謹酌定條議數則，一一爲我皇上陳之。

一、堤工之宜堅築也。取土有遠近，故價值有多寡。取土之遠者，每土一方估銀二三錢不等。取土之近者，每土一方亦估銀一錢四五分不等。遠土或取於百丈之外，或取於里餘之外，最近之土亦應離堤二十丈及十五丈之外，此定例也。今見見築各堤，即於堤根取土，且於近堤一帶，先挖下一二尺，並將周圍鏟平以作假堤，希圖虛冒錢糧。又舊例每堆土六寸謂之一皮，夯杵三遍，以期其堅實；行硪一遍，以期其平整。虛土一尺，夯硪成堤僅有六七寸不等，層層夯硪，故堅固而經久，雖雨淋衝刷，而不致有水溝浪窩、汕損坍塌之患。今見各堤俱無夯杵，止有石硪，又自底至頂俱用虛土堆成[2]，惟將頂皮陡坦微硪一遍，以飾外觀，是以堤頂一經雨淋則水溝浪窩，在在不堪。堤底一經汕刷，則坍塌損壞，崩潰繼之。故年來糜費錢糧，迄無成效。自今以後，加幫之堤，俱將原堤重用夯杵，密打數遍，極其堅實，而後於上再加新土；創築之堤，先將平地夯深數寸，而後於上加土建築，層層如式，夯杵行硪，務期堅固，照依估定遠近土方加幫，不許近堤取土，亦不許挖傷民間墳墓。該道廳率該管官弁不時往來巡查，如有近堤取土、飾作假堤、夯硪不堅、挖傷墳墓者，即將義民人夫先行懲處，仍將承修等官揭報，以憑參究。如不揭報，經臣察出，該道廳一併糾參。

一、樁工之宜用整木也。運河中河原因頂衝刷灣之處水勢湍激，恐其汕刷土堤，是以估用整木，簽釘排樁，估用整柴丁頭鑲壓，以資捍禦。今見兩河排樁，俱係一木二截，浮簽淺土，所鑲柴束俱係一柴二截，粉飾外觀，反將舊堤老工挖鬆，一遇雨淋水漲，樁木欹斜脹折，柴草隨水漂淌。承築人員，既圖短少物料，侵帑以肥己。該管廳員又冀呈報搶修，漠視而不問河工[3]，竟成漏卮，公帑隨成逝波矣。嗣後排樁工程購木到工，該道廳先赴工圍驗是否與原估之尺寸相符。勒令承築人員，樁用整木，簽釘入地甚深；埽用整柴鑲壓，極其堅固。如敢仍前將木、柴截用，修築不堅，旋修

---

[1] 伏乞皇上睿鑒施行：原本無，據《治河全書》本補。
[2] 用：原本作"無"，據《治河全書》本改。
[3] 漠：《治河全書》本作"膜"。

旋壞，該道廳不時指名揭報，以憑參拿追究。如或瞻徇情面，通同容隱，經臣臨工察出，定即一併糾參，仍將該汛員弁咨斥究治。

一、龍尾埽之宜停也。臣查河工，見工程之堅固者，首在石工，次則密釘馬牙椿，足資捍禦。其頂衝大溜之處，用丁頭埽密釘，大木排椿深埋入土，亦屬有益。至於平常工程，概用龍尾埽，稀釘排椿，淺埋浮土，一遇風浪即行塌卸，徒飾外觀，虛糜帑金，應行停止。

一、石工之修砌宜得法也。湖河堤岸之砌石工者，原因長湖巨浪，堤岸單薄，椿埽板工不足以資捍禦，是以估砌石工，以爲經久之計。故估冊內有馬牙、梅花等椿，有面裏、丁頭等石，有鐵錠、鐵鍋、汁米、灰柴等料，各匠夫役工食，以及祭祀之類無不備。故小黃莊石工，每丈估銀八十四兩有零之多。若照估辦料，依法修砌，自能堅固永久，安有旋砌旋倒之事？臣遍閱湖河修砌石工，不惟石塊碎小，不足尺寸，而且鏨鑿草率，參差不平。雖有石灰而不見過篩、搗杵堆貯。椿木率皆一木數截，零星之碎，不足原估尺寸。三磚不能抵二磚之用，鐵錠、鐵鍋則全未之見也。釘椿短小，不足以擎數層巨石；石塊碎小，不足以符原估丈尺。石灰、米汁短少，何以合磚石而聯成一片？鐵錠、鐵鍋全無，何以扣石縫而使之合笋？再加以減少匠工、潦草修砌，自必旋砌而旋壞，安望其能經久乎？與其參究於已壞之後，何如嚴督於修砌之時？[1] 嗣後一切石工，無論馬牙、梅花等椿，皆用整木深釘，務期極其堅深。無論面裏、丁頭等石，皆照原估置辦，鏨鑿極其平整。石灰須重篩，篩過多用米汁調和，搗杵極其膠黏，滿灌而入，使之無縫不到。又用鐵錠、鐵鍋聯絡上下，合爲一片。凡有石工將興備料到工，該道廳先驗料物，次勘工程。如或料物不堪，短少灰米，以及修砌草率，有一於斯，立即指名揭報，以憑摘工究參。若徇庇容隱，經臣察出，定即一併糾參，並將該汛員弁咨斥究懲。

一、埽工之宜核實也。埽箇工程，大工堵決之外，歲、搶各工用埽最多，柴草、茼麻等料，漕規久已核定，無庸更張。而虛冒之弊，全在工程以平報險，用料以少報多，本年修理，次年估銷。埽箇新陳相因，其中易於牽混，廳營通同，朦蔽員弁，承其意旨，以險工爲奇貨，視工帑爲固有，虛開冒破，隨成牢不可破之弊。是以大工在在興舉，而歲、搶錢糧有增無減。業經諄諄告誡，嗣後報險呈詳，一到該道，親行查勘，果係險工，即令動料搶修。一面估計數目申報，河臣以憑稽查，如係假捏，即以謊報題參處分。如該道徇隱，經親行查出，將該道一併題參。

一、挑河之積弊宜除也。挑濬工程，無論大河引河，舊例止挑河而不築堤者，每土一方，估用銀九分。以挑河之土而復築成堤者，每方估用銀一錢六分。所估原有贏餘，若照估挑挖，自然河深堤堅，而無淤墊坍塌之患。不謂分工人員領帑到手，任意花銷，河身微微挑挖，不及原估十之三四。堤用虛土堆成，並不肯如式夯硪，且將挑出之土，堆於臨河堤上，使堤岸高聳，以作假河之尺寸。甚至工未及半，帑金告匱，自知虧空難掩，故將臨水之處，有意挖開引水入於河身，報稱淹漫；及至水退涸出，

---

〔1〕 時：《治河全書》本作"前"。

報稱淤墊。是以年來挑濬甚多，成河甚少，侵帑誤工，莫此爲甚。嗣後挑河工程，挑出之土盡堆於原估堤上，層層夯砳成堤，使之高寬，以資捍禦，不許計散土，以滋堆高假河之弊。挖河人員，務須照估挑挖寬深。倘再復蹈前轍，花費錢糧，潦草工程，以及引水淹漫、捏報於淤墊者，除挑過土方，用過錢糧一概不准銷算外，仍以侵帑誤工嚴參拿問。

一、黄河淤墊之曲處宜取直也[1]。恭奉上諭，將黄河曲處挑挖使直，水流暢快，則泥沙不淤。仰見我皇上洞悉治河良法，臣查閱河工，見頂衝大溜之處，對岸必有沙嘴挺出，此河曲之故也。從此曲處挑挖引河以殺水勢，則對岸之險可平。誠如聖諭指示，極其精當。因詢河官，何以不即遵行。據稱挑引河需費錢糧甚多，挖後迎水大溜始能成河。若逢緩水，必至沙淤，例應追賠，是以人心懼縮，不敢挑挖。臣思河工虛應故事，挑挖不如式者，理應賠修。若實心任事，挑挖深寬偶至淤墊者，此非人力之罪，應請聖恩免其賠修。庶幾人無畏縮，我皇上挑直之上諭可以實見之奉行，而河工有底績之期矣。

一、河工用人宜立勸懲之法也。治河濬築之功，首在得人。而人才必須鼓舞，方能奮發勉勵，以圖報効。臣請河工官員，有實心任事，不避勞怨，不侵帑金，修防堅固者，即屬盡心爲國之賢才，功成之日，請優敍即用，庶幾人皆知勸。其行事詭詐，怠玩推委，虛冒錢糧，工程不堅固者，即係不肖劣員，一經參罰，請嚴加治罪，庶幾人心知畏，將見勸懲立而賢者知勉，不肖者知懼，而河工之奏効不難也。

一、夫役之宜優恤也。河工興舉，須用民力。如挑河築堤雇夫，動至數千，曝日之下，風雨之時，手操畚鍤，不敢自逸。夜則露處沿堤，捲席爲棚以藏身，雖有雇值帑金，止可糊口，而此輩歡欣就工，共矢子來之義，皆感我皇上豢養之恩也。工成之日，照所給印票，該地方官查驗，免其雜項差徭以酬其勞，則夫役益歡欣鼓舞，而趨事恐後矣。

以上各條，俱關治河要務，伏候皇上聖裁。如蒙允行，敬請天語申飭，勒石河上，俾得永遠遵守。其有裨河道，良非淺鮮。因係條陳事宜，字多逾格，貼黄難盡。伏乞皇上睿鑒，俯賜全覽施行。

覆清口築壩疏

臣看得清口築壩，漕船過完隨即堵塞。臣准部咨即行發帑，委令裏河同知常維楨攢築，已照式築壩下埽，僅留口門。今糧船盡數過淮，指日出口，即可煞壩。且張福口引河挖成，引出清水，已至壩口，只待煞壩，便可開放流入運河。其一應進貢，以及差使、官兵船隻，應過壩者，聽其過壩；應起旱者，聽其即行起旱，不得擅自開

---

[1] 淤墊：原本無，從《治河全書》本補。

放。俟糧船回空時，方可啓壩，過完仍行堵塞。

相應具疏題明，伏乞皇上睿鑒，敕部議覆施行。

議止海運疏

臣跪捧上諭，敬誦之下，仰見我皇上軫念運道、民生，無時不惓惓聖懷，如天地之覆載，如日月之照臨，無微弗徹。

臣欽遵前旨，已令河官將運口兩壩築畢，僅留口門以放糧船。俟糧船過完，將新挑張福口引河開放入運河，裴家場引河將湖內淤沙二百丈挑通之後，亦可引清水入運。再將六壩堵塞，逼清水滔滔出口。此二處之水必然暢沛，運口可以通行[1]。況今歲河道極其潰敝，糧船阻於邵伯以下不前。臣恭奉聖諭，指授方略，堵塞邵伯決口，糧船即便通行，尚不致有誤。此時河道各決口盡行堵塞，清水又已引出，來時將運河淤墊之處再加疏濬，來歲糧船自是通行，不致遲誤。至於改載沙船，雇募水手人夫，恐致糜費錢糧。且由江入海，從黃河海口進中河之處，潮汐消長，水勢不一，風濤不測，實屬難行。

臣愚一得之見，未知是否，伏乞皇上睿鑒施行。

堵閉六壩疏

臣看得堵塞六壩，逼清水出口，會黃入海。此目今緊要工程，先經河臣于成龍等會同侍郎臣常綬疏稱：高堰加築高厚，減壩盡行堵塞，估銀一百二十八萬五千餘兩。九卿會覆，奉旨差部臣范承勳等督催。續經部臣范承勳等疏稱“臣等會議，先堵茆家圍南壩、唐埂北壩，俟水消，應閉之，期堵塞幫築”等因，續又經部臣范承勳等疏稱“六壩全開，萬難於伏秋之前盡即堵塞，應俟河臣堵壩之後幫築”等因，九卿會覆，俱奉旨依議，欽遵在案。

臣履任後接到堵壩部文，轉行淮徐道施世綸，護理淮揚道印務、揚州府同知馬驤遵行去後。今據詳稱：裏河同知常維楨堵閉唐埂南壩，用銀四千二百三十九兩零。山盱通判孫調鼐堵閉茆家圍北壩，用銀二千一百九十二兩零；又堵閉塘埂中壩，用銀一千一百四拾六兩零。俱被本年三月十四、五等日湖水大漲衝開。又塘埂北壩上，年前河臣于成龍等題報衝開。部議賠修，應同三月內衝開三壩，一並責令常維楨等照例賠修。堵塞其夏家橋，原未堵塞茆家圍南壩未合中泓十二丈六尺二，共估工料銀一萬四

百二十五兩五分零，乘時備料興築等因前來。

臣覆查無異，隨照數發大工錢糧交承修官工部員外郎王登魁、原任知縣甯維邦、候選經歷謝逢源等，作速辦料。俟水落堵閉，委原任按察使趙世顯監工督催，再照加幫六壩堤工。前河臣于成龍等發銀二萬餘兩，交孫調鼐等加幫不完，經侍郎臣常綬以違誤題參，議處在案。此輩錢糧花費，若俟追出加幫，緩不濟事。因係緊要工程，先動正項錢糧，委裏河同知常維楨等作速加幫，用過錢糧於原承修官名下追賠還項，可也。

理合一並題明，伏乞皇上睿鑒，敕部議覆施行。

加築海濱堤工疏

臣看得攔黃壩已經委員盡行拆去，挑挖正河寬深，黃水滔滔注海，全賴兩岸堤工高寬，以資束蓄。據山安河務同知佟世祿詳稱，攔黃壩下堤工，經前河臣于成龍等批撥廣信府同知趙璘等捐工修築。經今日久，尚有未完工程五千六百三十丈，共計土二十四萬七千七百二十方。每方銀一錢五分，共銀三萬七千一百五十八兩。請動帑興修，照追還項。

臣復委員查勘，據稱壩下堤工卑矮，委應乘時加築速竣，以資捍禦。臣一面委監工官刑部員外丁易等，承修官原任知府傅澤洪等，領帑幫築，勒限完工。所有需用銀兩仍照趙璘等原捐數目造册，送部轉行該管官於各官生名下，照數追解補項，庶要工不致貽誤矣。

覆中河改由陶莊閘疏

臣看得科臣張睿條奏疏稱"中河水從仲莊閘出口，建瓴之勢逼溜使南"等語。部議將清河縣以下所有陶莊閘開放，挑濬出水；或將董安國所挑引河以下酌量挑挖，建閘之處，親身詳勘具題。

臣率淮揚道王謙等詳看，若將中河改出陶莊閘而行，至董安國所挑引河尾入黃河，但清河縣地處窪下，面臨黃河，背坐清水，二水並漲，恐有漂没之虞，勢必遷移縣治，又多繁費。且引河尾地亦窪下，恐黃水倒灌。雖建瓴可禦[1]，若糧艘進口，行下水數里，水溜風猛，難以進口。且陶莊閘外，黃河北岸，皆屬坡灘，糧船至此，難以停泊。不若仍舊入運口，沿堤溯流而上，至陳家莊渡河，直進仲莊閘草壩，從無

---

〔1〕 建瓴：《治河全書》本作"建閘"。

阻滯，應毋庸更改者也。理合具題。其高堰修砌石工[1]，茆家圍等壩改建滾水壩等項，俟嚴催該道查覆，至日容臣察核，另疏具題，合併聲明。

伏乞皇上睿鑒，議覆施行。

覆盧口疏

今臣到任後，於初十日至盧口查看。沂水至此分為二派，一由正河東流入駱馬湖，一直趨盧口流出徐塘口入運河。盧口面寬八十餘丈，水勢急溜，河底積沙。

詢邳州居民戴題名等供稱，自順治十六年衝開此口，水大之年被其淮沒，須築堤閉塞。據盧口東岸宿遷縣居民戴天祥等供稱"若堵塞盧口則沂河東岸全被淮沒"等語。此二處之民各執偏見，以利於此者不利於彼也。

臣查看沂河水勢直趨盧口，面寬溜急，且係沙底，不便建閘；應於盧口河兩傍堤岸殘缺處修補，一律束水流入徐塘口，既可濟運，又使民生得所矣。

理合恭疏具題，伏乞皇上，敕部議覆施行。

恭報水勢及各工疏

伏惟我皇上軫念河工，愛民之切真如天之仁矣。查黃、運、中河伏汛水勢情形，臣於六月二十一日已經題報在案。七月初六、初七兩晝夜大雨，秋汛水勢大長。臣於初八日乘舟前往邳州地方勘閱盧口，見山東諸湖水發，瀰漫而來，陡長丈餘。幸由猫兒窩運河流入駱馬湖，從竹絡壩出黃河，故運河堤工俱保平穩。中河水勢驟漲，將劉老澗上年原有泄水裹頭草壩漫開，水勢泄入壩下，兩岸虛鬆，子堤雖有水溝浪窩坍卸之處，亦皆幸獲平穩。高郵水勢雖大，由南關、柏家墩二處滾壩泄水，荷蒙我皇上指授方略，挑挖人字河、芒稻河，深通泄水，暢流入江。高、寶、江都一帶運河堤工，皆保平穩。黃河入秋以來，水勢亦大。臣於七月十九日至海濱六套一帶勘閱工程[2]，詢據土人，僉云今年水勢甚大，幸而大通口開通水流入海，故隨長隨消，不致泛溢。惟徐州黃河水長，城南石狗湖水勢亦長。七月初八日將東門外石岸平折一段，長十二丈，內坍塌一段，長七丈。已經下埽，防護無虞，仍令原修官俟水落賠修。其餘邳州、宿遷、桃源、清河、山陽、安東等處黃河工程，俱各保固平穩。此目前水勢之情形也。

---

[1] 石工：《治河全書》本前多一"舊"字。
[2] 七月十九日：《治河全書》本作"七月初九日"。

運口遵旨於七月初三日煞壩，初五日斷流攔截，黃水不致內灌。張福口引河一道挑挖工完，於七月初八日開放；裴家場引河一道，河身挖完，亦於七月初八日開放。二水暢流入於運河，見今深四五尺不等，俱經題報在案。運河自清口至界首一帶，自放引河清水以來，止能衝去浮沙，其河底淤泥積墊，年久衝刷不動。臣擬於今冬十一月十五日前，以回空糧船過完煞壩，挑挖深通。六壩閉後，黃、淮二水併流入運河，有所容納。伏祈敕下倉場侍郎及沿河撫鎮等官，嚴催回空糧船，務於十一月以前盡數過淮，庶不誤挑濬。其浙江等省尾幫糧船恐回空遲滯，河凍冰阻。請敕下該撫，將減存糧船，動苫蓋銀兩修艙，照例冬兌冬開，庶漕運不致貽誤。

高郵護城堤埽工一千六百五十丈，前經題明，委令高郵州知州謝廷瑞領帑修理，已經完工，可資捍禦，城池、民生兩有攸賴。臣前於六月二十五日勘工至高郵州，親聞地方百姓感頌皇仁，歡聲載道。邵伯更樓繞挑月河、築壩工程已於四月二十七日完工，前經題報在案。人字河、芒稻河委張弼等，已挑開寬深，引湖水暢流入江。鳳凰橋引河因中段土岡堅硬，挑挖頗艱。見催委員王進楫等上緊挑深，刻期完工。小黃莊至周橋一帶堤工，分修官朱宏祚等分十四段加幫，值七月初六、七二日大雨淋漓，多有浪窩塌卸之處，見移咨部臣轉催，作速修補完工。高堰史家刮、湯家西、高堰壩北，捐工尚有未修工程，若俟修完方令分修官加幫，恐其遲誤。請敕部臣范承勳等速令分修官作速加幫，以資捍禦。用過錢糧，於原捐人員名下追賠還項。高堰關帝廟至小黃莊一段堤工，委同知李梅等將堤身衝刷之處臨湖釘埽，修築將完。其自關帝廟至武家墩一帶堤工，見在釘椿修理[1]，嚴催作速竣工。武家墩至小黃莊一帶，應折砌石工五千五百二十六丈四尺，見在道廳等官估計造冊，另行具題。塘埂六壩，已經題明，責令常維禎等賠修四壩。其夏家橋、茆家圍二壩已發帑，委員外王登魁等辦料，俟水落即動工。堵塞塘埂等六壩，改建三滾水壩，已經題估，委令河南管河道李言等領帑辦料修砌。俟九月霜降後河南河道無事，即檄催李言等親身速赴工所，勒限攢修六壩。加幫堤工，已委原任同知劉光業等領帑，俟水勢稍落，即行加幫。陶家莊引河，部臣范承勳等，原擬七月內完工，因秋雨太大，河身多有積水，見在車戽挑挖。王家營引河，係奉旨令馮佑挑挖贖罪之工，屢行嚴催。據道廳等官詳報，馮佑抗違不挑，應遵不成河不准贖罪之旨，將馮佑交與該道治罪，另估挑挖。睢寧王家營加幫月堤作正堤，動帑修築。據該管署事同知金玉衡呈報，已完工九分，見在勒限全完。山、清、安東黃河兩岸堤工卑矮之處，見在確估造冊加幫。臣查勘河工，至安東縣二塘汪家莊地方，見署事同知趙泰牲及守備姜逢彩住宿工所，親攢加幫餞堤，保固險工，實心任事。海口攔黃壩盡行拆去，見今黃水通流入海，蒙欽定大通口佳名，萬姓感悅。時家馬頭工程，已經具題動帑，委令趙泰牲、張士伸等辦料，俟水落，作速堵塞。馬家港工程合龍之後，西壩被大水漫開，已經題報，見在責令承修官馮大奇等購備料物，俟水勢稍落，速行賠修堵塞。如敢遲延，另疏題參。大通口迤下濱海兩岸堤工，委員傅澤洪等分段加幫，見在攢修，嚴催上緊修竣。駱馬湖李經邦所修石閘，上

---

〔1〕 釘椿：《治河全書》本作"釘埽"。

寬下窄，不能下板。題明發帑，委通判葉增英、宿遷縣知縣胡三俊辦料改造，見在勒限竣工。劉老澗引河，係馮佑領帑承挑之工，屢催不行挑挖。見在查明侵帑數目，另疏參追。其引河估計發帑挑竣，改挑中河子堤未完分數，及水溝浪窩之處，勒令承修官馬勳等修築填補。其頂衝掃灣之處，責令承修官王玥等簽釘排樁，見在勒限嚴催修理完竣。如再不完工，另疏查參。其海口運料小河、桃源黃河兩岸堤工，古溝至六壩石工，高郵城南滾水壩，高、寶、江都一帶土石堤工，歸仁堤相度引河，駱馬湖口竹絡壩，王家營減水壩，徐州郭家嘴石工、段家莊月堤、稽家閘缺口處處工程需帑興修，戶部所撥五十萬兩委不敷用。見在分案估計，請撥錢糧，辦料興修。此係各處修理之工程也。

調用河官疏

竊惟河工關係重大，修築疏濬原非一手足之力，必資群才協助，實心任事，早圖安瀾，以仰副我皇上期奏平成至意。但從前之工程極敝，目前之修理紛紜，所有應修工程，如堵塞六壩，修築夏家橋等處滾水壩，高、寶、江都一帶土石堤工，高郵城南四壩加幫，桃源、山陽、清河、安東等處黃河南北兩岸及濱海一帶堤工，高堰至小黃莊與徐州郭家嘴石工並挑挖運河運料小河，修砌駱馬湖口竹絡壩等處大工興舉，在在需人料理。臣前題帶河工効力王謙等十員，委不敷用。而見在河工効力之員，如傅鴻業、夏宗堯、甯維邦、王登魁等，未有粘帶工程、錢糧不清之處，量才委用外，其餘効力人員，或有領帑修工不完，或有修工不堅固者，既已貽誤於前，不便再行委用。然興修工程須委任得人，臣夙夜思維，於素所深知之外，又盡心博訪得有才猷敏練、堪理河務者，如見任陝西醴泉縣知縣裘陳佩、見任浙江西安縣知縣陳鵬年、見任浙江武康縣知縣南夢班、見任江西清江縣知縣徐斯適、見任山東博興縣知縣陳之琦、見任浙江太湖營守備牛斗、見任甘州右衛守備呂飛熊、候補主事王英謀、候補中書張伯行、原任重慶府知府蕭星拱、原任金華府同知劉光業、原任浙江嚴州府同知施世驥、原任通州知州武登科、候選州同楊兆僑等，皆係賢能之員。懇祈皇上俯念河工緊要，需人料理，允臣所請，敕部將各員調往河工，以便分派工程，領帑興修。遇有相當員缺，保題陞補。其見任者，仍照原銜食俸。臣從河工需人甚急起見，絕無情面私心，理合具題。伏乞皇上睿鑒，敕部議覆施行。

堵塞時家馬頭缺口疏

臣看得時家馬頭缺口，原任河臣董安國發帑銀四萬一千九百餘兩，未經堵塞。續經前任河臣于成龍、徐廷璽發工料、匠夫銀六萬七千四百餘兩，交原任山安河務同知佟世祿等承修。年久不完，遲延誤工，希圖冒帑。臣隨一面將佟世祿特疏糾參，一面檄行護道馬驤嚴催監修官張士伸等進埽堵塞去後。因伏汛水發，難以進埽。臣於恭報水勢情形疏內題明暫緩，俟過伏、秋二汛水落，再行進埽堵塞。

今白露已過，水勢漸消行。據准揚道參議王謙詳稱：時家馬頭見在口寬二十丈，實需工料、匠夫銀一萬四千三百餘兩。查佟世祿前領帑銀並無存庫，已經題參虧空。若俟追賠，恐致遲誤。此係緊要工程，請發帑辦料。臣覆核無異，隨即照數撥發帑銀，委令署事同知趙泰牲監工，原任知州張士伸等速行辦料堵塞。俟工完之日，將前後用過工料銀兩算明數目，責令原修之佟世祿等賠補還項，庶工程不致貽誤矣。

相應具疏題明。伏乞皇上睿鑒，敕部議覆施行。

請寬欽部定限疏

臣看得欽部事件，例有定限，惟河臣衙門閱視河工，往返需日，不能依限完納。是以前河臣羅多具疏題明，將閱河日期於疏末咨尾敘明扣除，部覆奉旨依議，歷任河臣欽遵照行在案。

今黃、運兩河潰敝已極，荷蒙皇上命臣總督河道，清理錢糧，於四月初二日在濟，到任即往江南查勘河工，往來奔走五月餘。不惟未在濟寧駐剳衙門辦事，即清江浦行署亦不得寧處辦事。司河道廳各官，非防護搶救險工，即督修土石工程辦事。堤河之上，卷案不能多帶，文移往返、駁查不無耽延時日。原與地方官員寧處衙署，得以專心辦事者不同，欽部事件難以依限完結。方今各處工程正在興舉，各案錢糧正在清查，一切冊詳俱關緊要，必須悉心查核，不敢草率從事。所有臣准到一切欽部事件，請仍循照歷任河臣扣除出勘河工之例，容臣於疏內咨末敘明，次第完結，庶免舛誤違限之愆。

理合題明，伏乞皇上睿鑒，敕部議覆施行。

覆歸仁堤引河疏

　　臣看得部臣王鴻緒奏摺内稱"將歸仁堤挑河以引堤内之水，自胡家溝接挑至皇上所指挑水壩之上，令其出黃"等語。此地形之高下，道里之遠近，折内未之及也。臣率部河官量度形勢，至桃源鍋底湖。鍋底者，水入不能出之謂。相繼又有卜家湖，誠恐引水至此，合連湖水，泛溢難禦，桃源縣治有漂没之患。打量水平挑水壩，黃河地勢亦高，且道里有一百二十餘里之遠，挑挖工程需用錢糧甚多。如引水不出，則屬無益。且據道廳等官衆論，僉同臣再三訪出水之處，不若自涵洞口起至老堤頭迤東挑挖引河出黃河，乃爲近便。除臣已於欽奉上諭事案内另摺啓奏請旨外，應將此處毋庸再議，理合具題。伏乞皇上睿鑒施行。

覆歸仁堤疏

　　康熙三十八年七月初十日，奉上諭："看圖内歸仁堤便民閘等口，俱已行堵塞。其毛城鋪以下各口尚未堵塞，即將此處堵閉，則毛城鋪等口所出之水由何處泄去，必致散漫各處，民受大害，所關甚屬緊要，此處宜速籌一策。欽此。"到前河臣于成龍查勘，於四堡挖引河，由胡家溝出黃河尚未估計。

　　臣到任後率同部員廳縣等官相度形勢，胡家溝迤東地勢頗高，恐引水不暢，且地係沙土，難以建閘。復於八月初十二、十四等日，率同道廳等官再加查勘挑挖引河之處，在於涵洞口起至老堤頭迤東，出黃河，地勢低窪，打量水平，黃河崖地平比黃河水面高五尺五寸，縷堤外地平比堤裏地平高三尺，舊河崖地平比舊河水面高一尺七寸四分，通平牽算湖水比黃水高七寸六分。

　　自涵洞起，至黃河邊止，共長四千八百五十丈四尺。内自涵洞起，至九龍廟止，見有舊河一道，計長一千二十七丈九尺。河身深窪，不必挑濬。惟自舊河起，至黃河邊止，應挑引河長三千八百二十二丈五尺，估挑面寬十丈、底寬四丈、深八九尺一丈不等。

　　應於黃河縷堤出水之處建造石閘，又於臨河之處建築草壩，隨時啓閉，以防黃水倒灌。再於歸仁堤五堡建磯心石閘。若遇黃水異漲，則閉黃河縷堤之閘，將此五堡之閘開放，以泄湖水，不致漲裂堤身。

　　於引河南北兩岸築束水堤，並補築九龍廟舊堤缺口七處加砌石工，使水不致旁溢。

　　如此引河開成，則泄歸仁堤之水出黃河，可以衝刷河身，可以保護民間田廬不致潆漫，又使此水不盡歸洪澤湖，可以減高堰水勢。

但事關緊要，工程約需錢糧二十九萬餘兩，微臣不敢擅便，伏乞皇上聖裁。如蒙俞允，恭候命下之日，容臣另疏題估。爲此具摺，差原任按察使趙世顯呈捧謹奏。

建築徐州郭家嘴石工、韓家莊月堤疏

臣看得徐州郭家嘴舊石工至北門迤西，每釘椿下埽，不能經久，應自北門石工頭起至段家莊止加砌石工。又韓家山一帶河勢頂衝崩潰，逼近徐城，應自楊家樓至段家莊止創築月堤，以作重門之障。經臣具題，部覆應均如所奏，一面興工，一面將需用銀兩確估具題，奉旨依議速行，欽遵在案。

今行據淮徐道施世綸詳估：郭家嘴石工起至段家莊止，建築石工長六百五十一丈[1]，估用工料銀五萬七千五十兩三分四釐一毫；韓家山一帶自楊家樓起至段家莊止，創築月堤一道，長四百零五丈，估用土方銀四千六十五兩四分。俱係據實估計，並無浮冒。臣覆核無異，隨委員外郎丁易監工，徐屬同知李梅、徐州知州佟國弼領帑承修。

除原冊送部查核外，相應具題，伏乞皇上敕部議覆施行。

覆武家墩至小黃莊臨湖石工疏

臣看得武家墩起至小黃莊止一帶臨湖舊有石工，高出水面二三尺不等。臣奏明加砌，與小黃莊見修石工一律齊高。行據淮揚道參議王謙等詳稱：舊石工椿朽石攲，勢必另行拆砌，方可堅固經久。今於舊殘石工之上疊柴壓土以爲越壩，於內建砌，可以節帑速工。其創砌石工共長五千五百二十六丈四尺，連鑲柴越壩等項，估用工料銀六十八萬六千二百四十八兩八錢二釐八絲。既據該道核實，造冊估計。臣覆確核無異，隨委承修官原任知府傅澤洪、候補主事程兆彪、候補同知姚震、高堰通判朱廷植、原任守備郝溢、高堰守備夏景松等領帑興修，委原任按察使趙世顯監工督催。除原冊送部查核外，相應具疏題估。查此工，共估銀六十八萬六千三百四十八兩零[2]，內除於撥發錢糧等事，案內撥過銀五十萬兩外，尚有不足銀一十八萬六千三百四十八兩零[3]，相應請敕該部速行撥給，以濟工用。

---

〔1〕 六百五十一丈：《治河全書》本作“六百五十一丈三尺”。

〔2〕 六十八萬六千三百四十八兩零：《治河全書》本作“六十八萬六千二百四十八兩零”。

〔3〕 一十八萬六千三百四十八兩零：《治河全書》本作“一十八萬六千二百四十八兩零”。

再查前河臣交代，案内共存庫銀四十五萬四千八百七兩零，内除歲修銀七千四百三十餘兩，又運司羨餘銀六萬四千三百九十餘兩以爲歲修、兵餉支用。又謹陳河工幫築等事，案内銀十萬六千五百五兩零，乃係加幫山、安黄河兩岸堤工之項；其餘存庫大工銀二十七萬六千四百七十餘兩，給發鳳凰橋、芒稻河、人字河、高郵護城堤，堵塞夏家橋等處六壩，修建唐埝等三滾壩，挑挖大通口，堵塞邵伯更樓兩壩，馬家港、時家馬頭挑濬新河等工尚不敷用。容臣按工估計，分案題請撥發，合併聲明。又原任通判靳治齊於會勘案内領過估修高堰倒卸石工銀四萬七千四百八十五兩零，年久並不興工，今已丁憂回旗。前於估計滾壩案内，題請敕部押解來工，將料物運至工所，銷算在案。俟靳治齊押到，一併清查。如有短少，照數追賠參處。相應一併題明。

伏乞皇上睿鑒，敕部議覆施行。

酌改新舊中河疏

臣率淮揚道參議王謙等，查勘得新中河必須全身挑挖，兩岸子堤全行加幫，但所需錢糧頗繁。而河頭灣曲，糧艘行走不便，且三義壩以上三十里零河身淺狹，遇湖水大漲，恐不能容納。舊中河，自河頭起三十二里至三義壩，河身寬深，但三義壩以下至仲莊閘二十五里零河身甚淺，南岸湖水散漫，難築子堤，且距黄河岸甚近。

今衆議在三義壩將舊中河築攔河堤一道，改入新中河，則舊中河之上段與新中河之下段合爲一河，糧艘可以通行無滯。至中河應挑應築之處，關係運道緊要工程，一面發帑委中河通判劉可聘等作速興修，一面確估造册，另疏具題外，理合先行題明。

伏乞皇上睿鑒，敕部議覆施行。

拆修駱馬湖石閘疏

臣看得駱馬湖石閘，原係前河臣于成龍委令原任徐州知州李經邦承建，尚未報銷。

經臣查勘，金門上寬下窄，不能下板到底，奏明飭令李經邦改修金門合式，挑挖引河深通，然後堵中河引水入黄在案。

今據該道廳詳稱：李經邦係正藍旗人，見往福建平和縣伊子李師亮任所，並未來工。查此閘關係緊要，難容遲緩，應照例動帑，委令宿桃中河通判葉增英、宿遷縣知縣胡三俊如式拆修。所有應用銀兩，據准徐道副使施世綸詳估銀七千九百五十九兩九錢五分四釐四毫八絲。除原册送部查核外，此係李經邦應賠之項。仰祈敕部行令該旗都統，於李經邦名下照追還項。理合具題。

伏乞皇上睿鑒，敕部議覆施行。

稽家閘南改建滾水石壩疏

臣看得稽家閘即鰍魚壩，上年前河臣于成龍等開放泄水，今春堵築未完。臣相度形勢，見湖水方盛，南壩已堵，若將此口堵塞，無處泄水，堤工可虞[1]，應暫留此口泄水，以保堤工。俟秋建閘，以資宣泄。經臣奏明，九卿議覆，應如所奏，奉旨依議速行，欽遵轉行在案。

今據淮揚道參議王謙詳稱：稽家閘未堵，運河水勢漸長，固可藉以宣泄，水落不能容蓄，恐來年重運經由，有掣溜稽遲之患，必須實閉，另於閘南昭關廟地方改建滾水石壩一座，水大則藉以宣泄，水小則蓄以利運。

改建滾水壩較比河底高一尺[2]，口寬十丈，估用工料銀四千四百兩九錢二分六釐。堵塞舊閘缺口，估用工料銀一萬五千八百一十六兩四錢一分八釐。二共估銀二萬二百一十七兩三錢四分三釐[3]，並無浮冒，分晰造冊詳估。臣親勘覆核無異，隨委署揚河通判事、揚糧通判王佐承修，淮揚道參議王謙監工督催。除原冊送部查核外，相應具疏題估。所有需用錢糧，請敕部迅賜撥帑，以便乘時辦料興修。

伏乞皇上睿鑒，敕部議覆施行。

請挑運河疏

臣看得清河運口至高郵州界首一帶裏河，頻年黃水內灌，運河淤澱，久未挑濬，致河身日高，宜加挑濬深通，俟今冬糧船過盡，即煞壩挑濬。一切進貢差使，暫由陸路。已經奏明，九卿議覆，應如所奏，奉旨依議速行。

又於欽奉上諭事案內具奏，擬於十一月十五日以前回空糧船過完煞壩，將運河挑挖深通在案。行據淮揚道參議王謙詳稱：自張福口起，歷清河、山陽、寶應三縣，至高郵界首止，應挑工段共長三萬一千一百七十九丈二尺，共計土二百零三萬六千六十四方八分三釐，連運遠土並挑築攔河堤壩，共估土方工料銀二十二萬六千八百四十八兩九錢五分五釐一毫七絲五忽。造冊詳估，臣覆核無異，委署揚河通判事、揚糧通判王佐，清河縣知縣金啓瑞，山陽縣知縣顧鳴陽，縣丞鮑學沛，淮安衛守備洪奇，寶應

---

〔1〕 堤工：《治河全書》本前有"東岸"兩字。
〔2〕 尺：《治河全書》本作"丈"，當是。
〔3〕 三釐：《治河全書》本作"四釐"。

縣知縣張增，鹽城縣知縣鄭霈，高郵州知州謝廷瑞，裏河同知常維楨等照所管工段承挑，淮揚道參議王謙監工。除原册送部查核外，相應具疏題估。查挑濬運河關係緊要，所有需用錢糧請敕部迅賜就近撥給，以便乘時挑濬。

伏乞皇上睿鑒，敕部議覆施行。

估題高郵城南遷建滾水壩疏

臣看得高郵城南減水五壩，原任河臣于成龍題改滾壩四座。臣親往查勘，見高郵湖水洶湧，徑由城南壩上而出，以勢漸遠，不能匯入人字河而泄。宜於秋盡水落，照前河臣所估，將五壩改爲四滾水壩，於壩下開引河，使水有去路，不致旁溢。經臣於應修各工疏內奏明，九卿議覆，應如所奏，奉旨依議速行，欽遵轉行後。今據淮揚道參議王謙詳估，南關大壩迤南，遷建大滾壩一座，仍長六十六丈，估銀二萬三千三百六十九兩八錢二分三釐八毫。車邏壩迤南，遷建大滾壩一座，長六十四丈，估銀二萬二千七百四十五兩九錢五分二釐八毫。實堵南關並柏家墩二大壩，共估埽料、土方銀一萬五千五百八十八兩九錢六分。俱係據實估，並無浮冒估册，臣勘覆核無異。除原册送部查核外，理合具疏題估。其五里、八里二小壩，見在堵閉，應暫緩修理，俟二滾水大壩修完，應否修砌，相機再爲題估。壩下引河之處，因有水占，難以探量，俟水退之後逐段估計，另疏具題。至實堵南關、柏家墩二大壩，亦必俟遷建二大壩工成之日方可堵築，相應一併聲明。再照各壩亟應及時修建，以資宣泄，難以緩待。所有需用工料錢糧，仰請敕部迅賜就近撥給，以便乘時修建。

伏乞皇上敕部議覆施行。

覆引積水歸海疏

臣檢查舊案，康熙三十八年三月初一日奉上諭："下河見有積水，不得不引出歸海，將串場河、射陽湖、蝦、鬚、沙溝一帶挑通，引積水流出歸海。欽此。"仰見我皇上軫念民生，指畫周詳。下河數百萬蒼生，莫不感頌我皇上如天之仁矣。

因前河臣于成龍未暇兼顧，今臣遵聖訓疏通海口，黃水有歸路矣。堵塞六壩，開闢清口，引淮水會黃，二瀆合流入海矣。上河漸次就緒，乃親往查勘。下河見水勢漸消，高原已經種麥，惟興化形如釜底，積水一時不能全消，較泰州、鹽城水患尤甚。臣相度形勢，博採輿論。高、寶、山陽、鹽城一帶之水，由射陽湖之蝦、鬚二溝入廟灣以達於海。今蝦、鬚二溝因童營漫溢，淤爲平地，雖有夏梁河出水，但河身淺狹，不足宣泄，是以泛濫於興化、鹽城一帶。今宜將蝦、鬚二溝淤塞之處，約計四十餘里挑挖，口寬十丈、深九尺一丈不等，引水入朦朧河以達於海，約需銀五萬餘兩。

高郵滾壩下之水，由興化縣安豐鎮至白駒場以達於海。今自鮑家莊至白駒場八十餘里，地高水壅，宜挑口寬八丈、深六七尺不等，引水由白駒場入海，約需銀六萬餘兩。

其高郵一帶以下，見有河形，一片汪洋。興化白駒關以下，暢流入海，俱不須挑挖。又自興化車路河至丁溪，由撈魚港以達於海。今撈魚港淤塞八十餘里，應挑口寬八丈、深六七尺不等，引水入海，約需銀六萬餘兩。寶應縣之水，由子嬰溝老河口入射陽湖以達於海。今老河口一帶淤淺三里餘，應挑口寬十丈、深六七尺不等，引水入湖，約需銀二千五百餘兩。

泰州之水，自淤溪至車兒埠滔子河以入於海。今滔子河三十二里，被土商築壩釘椿，淤塞不通，宜開口寬八丈、深六七尺不等，約需銀二萬餘兩。引水由苦水洋入海，如此則水有去路，而積水可以漸消。

至於串場河自泰州以至鹽城長三百餘里，多有淤淺，若挑至廟灣入海，商民兩便，舊例係鹽商挑濬。范公堤長三百里，昔人築以捍海，今已殘缺，修治需費不貲，俱應俟下河積水消後，民有起色，漸圖修舉者也。其挑濬蝦、鬚溝等河，應需銀兩擬於捐銀內動用。如蒙允行，容臣遴員估計，另疏題奏。

酌開王家營減壩疏

臣看得清河縣王家營減壩，經前河臣于成龍築堤堵塞，遇黃河大漲，無處宣泄，應動帑，酌開泄黃漲漫溢之水，由鹽河而出。又王家營引河，原令馮佑挑挖贖罪，今已淤塞，飭令馮佑作速挑挖深通，准其贖罪，如不成河，不准贖罪。經臣具奏，九卿議覆。應如所奏，奉旨依議速行，欽遵在案。

行據淮揚道參議王謙詳稱：王家營大壩新堤酌開三十丈，兩頭下埽裹護，壩下開挖引河並加修減壩，共估用土方工料銀二千七百七十六兩九錢七分。

又原任管河道馮佑挑挖引河，今已淤墊，屢催賠挑，堅稱難賠。議自王家營西兜灣處開挖引河八百二十丈，接馮佑挑河九百五十丈，加挑一律，估用土方工料銀二萬三千五百八十三兩二錢八分三釐二毫。

二共銀二萬六千三百六十兩二錢五分三釐二毫。造冊詳估，臣覆核無異。除原冊送部查核外，臣謹具疏題估，并請撥發錢糧，庶便乘時興工。至馮佑既稱不能挑挖成河，其不准贖罪之處應聽部議。

伏乞皇上睿鑒，敕部議覆施行。

請設中運兩河閘座疏

臣看得科臣陳詵疏稱"自天妃閘至淮安共有五閘，必復天妃閘，以塞其罅，然後淮水可出"等語。臣按《南河志》，平江伯陳瑄建通濟、新莊、福興、清江、板閘（築）〔等〕五閘，遞相啓閉，以防黃水之淤。又慮水發湍急，難於啓閉，築壩以逼水衝。每歲至六月初旬，糧艘過盡，伏水將發，即於通濟閘外暫築土壩，以遏橫流。一應官民船隻，俱暫行盤壩出入，至九月初旬開壩。今天妃、福興、板閘久廢，新莊閘亦以無用棄之，惟存龍汪閘一座，金門參差，不能下板。但古今異宜，不能盡復五閘。臣相度地勢，博訪輿論。公議酌復天妃閘一座，以防黃水內灌，將見存之龍汪閘、寶應閘拆修金門下板。設遇水涸，遞相啓閉，蓄水濟運。但目前運河淤墊，正在挑挖，俟清水衝刷，淤沙使盡，河底之尺寸既定，方可安建閘基，將修閘事宜另疏題請。

又科臣陳詵疏稱"新舊兩中河，多建閘座，重運來時，節級啓閉；重運過後，勿令常開"等語，查中河頭每年糧船過後即行煞壩，引湖水，由石中河頭及中河尾各建石閘一座，以時啓閉，節宣水勢。於新中河孫家集以上修石閘一座，如遇水大，泄入鹽河，以殺水勢。其修閘需用錢糧，另疏估計具題。

以上運、中兩河科臣題請建閘之處，乃河工告成善後之計，事屬可行。臣謹具疏題覆，伏乞皇上睿鑒，敕部議覆施行。

估改中河疏

臣看得新中河窄狹，行運不便。經臣議，在三義壩將舊中河築攔河堤一道，改入新中河，則舊中河之上段與新中河之下段合爲一河，糧艘可以通行無滯。具題，奉旨："著照所奏行。"欽遵在案。

行據淮揚道參議王謙、淮徐道副使施世綸詳稱，中河廳屬清河桃源境內，築壩開河幫堤，計估工料土方銀二萬七千五兩五錢一分零。又承修官張芳等挑河築堤不合式，應追賠土方銀計一萬七千九百五十兩六分零。若俟催提到工修補，勢必遲誤新運。因係緊要工程，照例撥帑攢築，將應追銀兩，查明旗籍造冊，另行參追還項。以上各工，共該工料土方銀四萬四千九百五十五兩五錢八分零。乃係中河濟運要工，難容緩待。

理合具疏題估，並請速撥錢糧以濟急用。伏乞皇上睿鑒，敕部議覆施行。

題估歸仁堤引河等工疏

臣看得歸仁堤挑挖引河、幫築堤工、修建石工、堵缺建閘等工，經臣前疏奏明，約需銀二十九萬餘兩。九卿會議應如所奏，一面不拘動支何項錢糧，作速興工，一面將需用錢糧細數確估，奉旨依議速行，欽遵在案。

行據淮揚道副使施世綸詳稱：宿遷、桃源兩縣境內挑河築堤、修砌石工、加幫舊堤、堵塞缺口、建造涵洞閘座等工，共估用土方工料銀二十八萬七十四兩二錢七釐一毫七絲一忽，造冊呈詳。臣覆核無異，除原冊送部查核外，相應具疏題估，並請敕部速撥錢糧，接濟急工。再照此工，關係要緊。九卿覆議不拘何項錢糧動用，准到部文。

因河庫無有餘錢糧，只得將撥修高堰石工銀內動二十萬兩，委承修官傅鴻業、胡昊等領帑修工，監工官郎中王進楫、員外蔣陳錫等駐工催督。已經辦料，募夫興修，候撥帑到日，將二十萬兩補還原項八萬餘兩，接濟急工。

相應一並題明，伏乞皇上睿鑒，敕部議覆施行。

幫築吳家莊壩臺估築月堤疏

臣看得碭山縣黃河北岸吳家莊險工，今歲秋汛水漲，坍塌危險，已經臣報秋汛疏內題明在案。

今據淮徐道副使施世綸詳稱：吳家莊壩臺單薄，難以捲埽，應加幫寬厚，計長二百四十丈三尺。又估築月堤，以爲重門之障，工長九百四十三丈。二共估用土方銀八千四百六十五兩六錢六釐八毫，請撥錢糧，乘時攢築。臣覆核無異，除原冊送部查核外，臣謹具疏題估並請撥發錢糧，以便乘時攢築，庶要工得資保固。

伏乞皇上睿鑒，敕部議覆施行。

挑挖黃河灣曲引河疏

臣看得黃河灣曲之處，恭奉上諭，挑挖使直，水流暢快，則泥沙不淤。仰見我皇上洞見治河良法，准到部文即轉行淮徐道副使施世綸、淮揚道參議王謙欽遵。今據施世綸等將所屬應挑引河之處逐一詳估。臣親往查勘，分別緩急，次第興挑。惟徐屬之楊橫莊、邳州之戚字堡、桃源之談家口、安東之汪家莊四處工程俱爲緊要，急宜先挑引河，約需土方工料銀二萬七千三百五十八兩三錢三分。請祈敕部撥發錢糧，以便一面乘時攢挑，俟桃、伏二汛水長開放，以保險工，一面估計具題。其餘各處引河，俟四引河告成之後相度形勢，另行次第題請外，理合恭疏具題。

伏乞皇上睿鑒，敕部議覆施行。

題爲恭報淮黃交會疏

臣凜遵聖訓，指授方略，明晰周詳。先疏海口，水有歸路，今歲黃水不出岸矣；繼挑芒稻河引湖水入江，高寶一帶水由地中行矣；再闢清口，開張福口、裴家場等引河，淮水有出路矣。又加修高堰，堵塞六壩，逼清水復歸故道；於十月二十四日引張福口等河會入裴家場引河，開放清水流入運河。曾經具摺奏報。

臣一面將湖頭再加疏濬深闊，以迎洪澤湖大溜，又將張福口引水入裴家場之處再挑寬深，水大勢旺，迅流暢沛，今於十一月初三日，直敵黃水，暢流入黃河矣。運河之中純係清水，已無黃水灌入。

臣於初九日自下河回至清口，見水勢暢流，大半入黃，少半入運，一水兩分，若有神助。官民快覩淮、黃交會，歡聲如雷，皆感頌我皇上軫念國計民生，宵旰憂勤，精誠上孚天心，河神效靈之所致也。伏惟皇上睿慮周詳，聖謨獨斷，邁神禹之駿烈，貽萬世之平成。臣等不勝歡忻踴躍，恭疏題報，伏乞皇上睿鑒施行。

請賜河神封號疏

臣惟聖明在上，百神效靈。《詩》載"柔懷百神""允猶翕河"之頌，古今不易之理也。臣今年奉命治河，值河工潰敝之後，夙夜惴惴，懼負主恩之重，履任後循往例謁金龍四大王之神。即禱祝曰："黃、淮不治，下民昏墊。我皇上軫念國計民生，宵旰憂勤，不惜數百萬帑金修治河工，凡以爲民也。然護國庇民，神亦與有責焉。仰藉神庥，默相安瀾，早奏成功。當具疏恭請敕賜封號，以答神庥。"自是海口疏通，伏、秋二汛，黃不出岸。糧艘進口，間有淺澀，即降陰雨，水長濟運。十一月初三日，清水出運口，黃、淮交會，一水兩分，南北兼濟，儼然神助。此皆我皇上聖德感乎，故爾河神效靈。考之《禮》經，能爲民禦災捍患者，則祀之。又查順治二年，河清十里，兩堤克奠，前河臣楊方興題請特封"顯佑通濟"之號。褒揚神庥，自昔已然，於今爲烈。伏乞我皇上敕加封號，更請御書匾額，垂示永久，則我皇上柔懷之典，光昭萬世矣。

謹陳善後一策疏

欽惟我皇上洪福齊天，聖謨獨斷，指授治河方略，以致黃、淮交會，國計民生兩有裨益，萬姓歡忻，感頌無已。但善後之計，尚有次第講求者，謹先就濟運而言之。臣觀見在諸引河之水，勢聚而力強，故足以敵黃而直出運口。但大半出黃，少半濟運，一水兩分。當伏秋黃長之時，恐清水之力稍微。臣率河官部員親行相度，應於張福口、裴家場二引河空地中間，迎湖大溜之處，再挑引河一道。面寬二十丈，底深一丈，會入一河出口敵黃，俾清水之勢常強而禦黃有力。將爛泥淺會入三汊河，從七里河出文華寺運河，專以濟運。眾議僉同，實屬可行。所需銀兩於捐銀節省二項內動用，不另請正帑。

理合具題，伏乞皇上睿鑒，俞允施行。

恭報清水出運河疏

臣遵旨督修高堰堤壩，將六壩已閉其五，夏家橋堵閉過半，惟留口門三十丈，待宿州衛糧船過湖。曾經題報在案。

今於十月十九日，臣親往高堰六壩一帶催工，見湖水長至三尺，臣由陸路至老子山觀淮水出洪澤湖之處，一望蒼茫無際，通湖水長三尺。詢之土人，云："因閉壩，故爾水長。若再加長，堤工單薄可虞。"臣一面令夏家橋口門緩緩進埽，以便分修官上緊臨湖鑲柴，仍催剋期竣工，足禦風浪，即合龍門。於二十二日馳至清口，見引河水勢加長。臣令河兵新挖之三汊河及疏通湖口，引水入爛泥淺、帥家莊等，河身俱已有水。而張福口、裴家場二引河水長盈滿，測量水平，引河水高於黃水。臣將張福口等河之水匯裴家場引河一處，俟其水聚而力強，足以敵黃。於二十四日，西南風起，引河驟長，比黃水高一尺一寸。臣率道廳等官，親放引河之水暢流入於運河。兩岸官民群觀清水已出，將來勢必敵黃入海，咸頌我皇上聖德格天，河神效靈之所致也。

臣擬俟回空糧船過完，將運河頭壩堵塞，逼清水出黃，另疏題報。但夏家橋口門堵閉後，六壩水勢較今更為加長，平漕之水足以敵黃，溢漕之水應行宣泄。因三滾壩尚未修成，轉盼冰凌、桃汛之水又至，設遇西風鼓浪，無處宣泄，何以保固堤岸？公議於翟家壩原有天然滾水壩之處，地亢而土堅，仍留天然滾水壩，寬百十餘丈，用埽裹住兩頭平漕之水，蓄以濟運。溢漕之水聽其滾去，出唐曹河，入白馬湖。若伏秋水大，再於蔣家壩盡頭處原有之清水溝河以及涵洞酌量開放，若水小仍然閉塞。總以臨時相機而行，務期有裨堤防。再查六壩口寬二百八十丈，今清口引河共寬三十餘丈，不足以暢泄全湖之水，應發帑再開寬闊，使水暢流敵黃。至於運河伏秋水漲，應由澗河、涇河泄出射陽湖入於海。此二河見在挑濬，應將涇、澗二閘動帑修補，以資啓閉。臣親行相度形勢，博採衆論。

一得之愚，臣未敢擅便，恭請皇上聖裁，指示方略，俾臣欽奉遵行。

覆六壩修砌石工疏

臣看得逼清水會黃入海，全在六壩堤防堅固，關係最爲緊要。經臣將古溝至六壩土堤應修砌石工具疏奏聞，九卿會議，應如所奏修砌石工，奉旨依議速行，欽遵在案。行據淮揚道王謙詳稱：自徐壩迤南起至林家西止，應修石工之處共長二千二百五十丈，連築起壩共估夫匠、料物工價銀二十四萬五千五百六十九兩八錢四分六釐三毫二絲五忽，委無浮冒。仍於高堰大工節省銀內動支，不另請帑，造具估册。臣親勘覆核無異，隨委員外郎王登魁、候補知府李雯等領帑承修，並委淮揚道參議王謙、候補知府蕭星拱等監工。除原册送部查核外，相應具疏題估。

伏乞皇上睿鑒，敕部迅議施行。

覆挑芒稻河以引湖水入江疏

臣看得人字河、芒稻河及鳳凰橋引河，係引湖水入江之要道。前任河臣于成龍挑挖未成，亟應挑挖寬深，引湖水暢流入江。經臣具題，九卿等議覆，應如所題，奉旨依議速行，欽遵在案。臣即委令護淮揚道同知馬驤等，一面倍工攢挑，一面將挑河土方並築壩工料銀兩據實確估。今據淮揚道王謙詳稱：鳳凰橋起至裏河王家莊止，工長一千四百五十四丈六尺，又灣頭入裏王家莊引河口攔河南壩一道，長一十四丈三尺。共估挑河築壩土方工料銀二萬四百六十三兩四錢二釐四毫。又芒稻河西土嶺長八十丈三尺，東土嶺長八十九丈；又東土山下口挑斜嘴一段長十丈；又金灣閘下自李家渡迤南起由孔家渡至新橋止，工長二千二百九十三丈。共估土方銀一萬六千三百三十一兩七錢五分。以上通共估用土方銀三萬六千七百九十五兩一錢五分二釐四毫，並無浮冒，造册呈詳。臣覆確核無異，除原册送部查核外，理合具題。

伏乞皇上睿鑒，敕部議覆施行。

估挑韓家莊引河疏

　　臣看得黃河下流最窄之處，無如安東便益門以及對岸韓家莊。臣率同道廳等官，探量兩岸相距僅六十餘丈。又兼時家馬頭至尹家莊河身太曲，對岸沙洲逼溜，直衝南岸韓家莊。而韓家莊以下，又突出沙嘴逼溜，直射北岸便益門。且堤高於城，勢甚危險，應將兩處沙洲於中開穿，挑挖引河二道，使黃流直下，以固城池，以保險工。據淮揚道參議王謙詳估，黃河北岸沙洲，自時家馬頭東對南岸引河尾新河頭起，至便益門西河尾止，估挑引河長五百四十丈，應用土方銀二千一十四兩五錢。又黃河南岸，自韓家莊東對北岸引河尾新河頭起，至河尾止，估挑引河長五百二十丈，應用土方銀一千五百六十六兩。二引河下唇，又估下埽二個，應用埽料銀五十兩一錢二分；連引河並埽個，共估土方工料銀三千六百三十兩六錢二分，詳估前來。臣查時家馬頭已經合龍，淮、黃已經交會，二水合流，來春自必增長，亟應乘時攢挑引河完竣。俟桃汛水長開放，使黃水直下，得以暢流，則尹、韓二莊，便益門三處險工可以稍平，又可保安東城社民生。除發帑委員，乘此冬令水小，攢挑速竣，並將原册送部查核外，理合具疏題估。

　　伏乞皇上睿鑒，敕部議覆施行。

卷　二

章　奏

估築辛家蕩月堤疏

臣看得山陽黃河南岸辛家蕩地方，係原任淮徐道郎文煌於山安同知任内領銀建造涵洞之處。因未竣工，故於本年黃水漲發，遂致衝漫成缺。

經臣題明，責令賠堵在案。

今據該道廳詳稱，郎文煌係鑲黃旗人，因料物未備，以舊缺水深難堵爲詞。查此工關係要緊，難容遲緩，應照例動帑，委令署山安同知夏宗堯趁水落之際，照所估，於壩外建築月堤一百二十五丈，並堤外捲下順埽，估用料物土方銀一千四百九十三兩八錢二分，造冊。除原冊送部查核外，此係文煌應賠之項。仰祈敕部令行該旗都統，於郎文煌名下照追還項。

理合具題，伏乞皇上睿鑒，敕部議覆施行。

覆高堰大工疏

臣等會議，得侍郎常綏等疏稱"武家墩村北元帝廟稍遠之處，應行開口，又將高堰加築高厚，減水壩盡行堵塞，臨湖汕刷之處亦應修補。不許堤根取土，應添挑引河二道"等語。查武家墩開口改移清口，甚好。但見今物料未備，恐明年雨水之前不能完工。漕運甚屬緊要，雖改移清口，其高堰亦必須加幫，相應將高堰照侍郎常綏等所奏，速行加幫高厚，不致違誤明年漕運。所需約估銀一百二十八萬五千四百四十九兩零，令户部就近撥給。

再前各工撥銀一百八十萬餘兩分給各官，至今工程尚未完竣。此加幫高堰、挑挖引河等工，若又交與伊等，必致遲誤。修此工程，應差部堂官一員督催，並簡賢能堂司官員，分給段落，令其節省錢糧，堅固作速修造。至邵伯更樓、高郵九里等處決口，至今尚未堵塞完工。此亦關係運道，亦應差部堂官一員督催作速完工，應差堂官並分段修工。堂司官員恭請欽點。

覆桃源縣黃河南岸堤工疏

康熙三十九年六月二十七日，准工部咨開九卿會議，河道總督張鵬翮疏稱"桃源縣黃河南岸堤工，臣親看近長湖一帶土堤，長四千二百餘丈，卑薄不堪，應動帑，加幫高厚，以資捍禦"等語。

"查桃源縣黃河南岸堤工，於會勘案內，估計加幫在案。今該督既稱此堤卑薄不堪，應行加幫。應如所奏，准其加幫。仍令該督將是否在從前估修工內之處，查明具題，奉旨依議速行。欽此。"移咨到臣，隨行淮徐道轉行。該廳確估呈詳，復經批駁。今據淮徐道副使施世綸查明造冊估報等因到臣[1]，據此，除在會勘案內估幫之工暫緩外，臣看得桃源縣黃河兩岸近湖一帶堤工卑矮，經臣奏明，應行加幫。九卿議覆，准其修理。奉旨依議速行，欽遵在案。行據淮徐道副使施世綸詳稱，卑矮堤工四段長一千六百四十一丈，不在會勘等案。估幫之工，共估土方銀四千六百八十三兩三錢四分四釐四毫。撥發大工錢糧，乘時幫築。臣覆核無異，除原冊送部查核外，臣謹具疏題估，並請撥發錢糧，以便興工。

伏乞皇上睿鑒，敕部議覆施行。

估修陸漫閘等七工疏

臣看得高、寶、江都一帶堤岸，關係運道最為緊要。去夏水盛，西堤盡漫，河湖一片。經臣奏明，俟冬時水落，估計興修。九卿議覆，准其修理，奉旨依議速行，欽遵在案。

今唐埝等六壩堵閉，高、寶、江都西岸堤根漸次涸出。行據淮揚道參議王謙詳稱，除寶應縣北城灣南、唐埝、五淺、龍王廟、江都西堤排椿等工尚屬可緩不計外，查高郵州陸漫閘西岸，原屬土堤，每遇伏秋水長，危險堪虞。應建石工，與永安、界首二處石工上下相接，以資捍禦。計工長一千六百二十五丈五尺，估用工料、夫匠銀十六萬四千九百五十九兩六分六毫五絲。

江都西堤殘缺石工二百四十四段，共長一千二百二十七丈五尺，亟用補修，以資捍禦，估用工料銀二萬九千一百四十五兩八錢五分三釐九毫。

高郵州東堤朱家田頭單薄危險，亟應下埽壓土，工長四十八丈，估用工料銀四千四百一十九兩一錢六分八釐。

清水潭草大王廟東堤裏口險工，舊埽年久朽爛堪虞，應宜下埽加土，以禦風浪。計工長一百五十丈，估用工料銀二千八百四兩九錢二分五釐。

又金灣三閘裏頭磯心倒卸不堪，亟宜應修理，估用工料銀一千二百六十五兩八錢七分八釐[2]。

以上各工不在從前估修之內。

---

〔1〕查明造冊估報等因：原本無此句，另有百餘字，據《治河全書》本刪改。
〔2〕八釐：《治河全書》本作"八毫"。

又永安東堤裏口龍門北灣險工，計工長一百丈，估用工料銀一千六百六十八兩六錢五釐。

又永安東堤龍門南北灣裏口坍卸險工，計工長一百二十六丈，估銀一千八百九兩九分七釐。

此二工，查係前河臣于成龍等委主事孫叔詒、筆帖式泰保等幫築完工，復被風浪撞掣，坍卸不堪，難資捍禦，例應賠修。若候催提到工始行補築，勢必遲誤，亟應先發帑銀。修築完日，參追還項。

以上估修七工共需工料銀二十萬六千七十二兩五錢八分三毫五絲。查無浮冒，臣覆核無異。除原冊送部查核外，臣謹具疏題估，並請迅撥錢糧以濟緊要工程之用。

伏乞皇上睿鑒，敕部議覆施行。

謹陳節宣之法疏

臣按《南河志》，清口至淮安，建有五閘，遞相啓閉，以防黃河之淤。又慮水發湍急，難於啓閉，築壩以遏水衝。每歲糧艘過盡，即於閘外築壩，以遏橫流，一應官民船隻，俱暫行盤壩。由此而觀，則是伏秋水發，黃水倒灌，自古而已然矣，故建閘築壩以防淤墊之患。

今運河初經挑挖，俟清水衝刷深通，使河底尺寸既定，方可建閘，於《覆科臣陳詵復閘疏》內曾經題明在案。茲清水既已出黃，轉盼桃、伏、秋汛繼至，節宣之道，預防之法，不可不急籌也。

今於張福口、裴家場中間開大引河一道，會張福、裴場等引河之水，併力敵黃。但黃水會合眾流，來自萬里，頻年河身墊高，勢大而力強。淮水止發源桐柏，迄今方出清口，一半敵黃，又一半濟運，終虞力分而勢弱。故蓄高堰之水，以助其勢。幸而黃水不大發，亦足以敵之。

若遇黃水大發，在糧船過完之後，仍遵旨堵閉攔黃壩，使不得倒灌，且可以刷深黃河。在糧船正行之際，遇黃水大發，將裴家場引河口門暫閉，引清水由三汊河至文華寺入運河以濟運。

倘運河水大，山陽一帶，由涇、澗二河泄水，入射陽湖下海。寶應一帶，由子嬰溝泄水，入射陽湖下海。高郵一帶，仍由柏家墩二大壩泄水。江都一帶，由人字河、鳳凰橋等河泄水入江。

若遇黃、淮並漲，清水由翟家壩、天然滾壩泄出，黃水由王家營減水壩泄入鹽河，至平旺河下海[1]。

若糧船過完，黃水不大發，將運河頭壩煞壩，令清水全入黃河，以資衝刷。一切

---

[1] 平旺河：《治河全書》本作"平旺湖"。

官民船隻照例盤壩，俟回空糧船到日方可啓壩。止留三汊河清水仍由文華寺入運河，即古人設天妃閘，於糧船過後閉閘，築壩之至意也。

臣芻蕘之見，未敢擅便，伏乞皇上聖裁施行。

謹陳善後二策疏

欽惟我皇上睿智性成，聖仁天縱，三閱河工，區畫精詳。凡堤防之處，疏濬之方，洞悉機宜，無微弗照，咸出宸斷，指畫於未然，應驗於事後，雖神禹之大智不過是也。伏思我皇上削除三孽，蕩定沙漠，聖德神功已載在方略。

請將欽頒治河上諭與宸斷治河事宜，敕下史館，纂集成書，用昭平成偉績。更祈頒賜河工，遴選進士、舉人中年力英敏者，令其學習精通，發往河工効力，著有勞績，遇缺題補。誦治河之聖謨，以開其心思；歷河工之形勢，以廣其見聞。行之數年，則內外臣工皆能諳習河務，永保安瀾之績，有裨河道，匪淺鮮矣。

臣從河工起見，謹陳善後之策，伏乞皇上睿鑒施行。

運口至濱海堤工疏

臣看得淮、黃交會入海，清口以至濱海一帶堤工必須加幫高寬，以資捍禦，關係緊要。

經臣奏明，飭令該管道廳確查山、清、安三邑堤工高寬丈尺，造册具題，發帑加幫。九卿會覆，應如所奏，奉旨依議速行，欽遵在案。

行據淮揚道王謙詳稱，山、安南北兩岸應幫堤工，共估土方銀四萬六千二百七十三兩四錢三分二釐零。內有馬家港東橫堤長一百三十九丈五尺，估銀五百二十一兩三分零。查係革職通判吳揆加幫未完，應令賠修。但恐馬家港合龍之後，全黃下注，須資捍禦，甚爲緊要。若俟賠修，誠恐遲誤，應照例動帑，作速加幫。所用錢糧，仍在吳揆名下追還。外河廳所屬山、清南北兩岸應幫堤工共估土方埽料銀六萬七千六百二十一兩八錢五分三釐零。以上通共估銀十一萬三千八百九十五兩二錢八分五釐零。查無浮冒，造册詳送。臣覆核無異，除原册送部查核外，臣謹具疏題估，並請迅撥錢糧，以濟緊要工程之用。

伏乞皇上睿鑒，敕部議覆施行。

估修蝦、鬏二溝疏

臣看得高郵、寶應、山陽、鹽城一帶之水，由射陽湖蝦、鬏二溝入廟灣，以達於海。今蝦、鬏二溝淤爲平地，經臣議，將蝦、鬏溝淤塞之處挑挖寬深，引水入朦朧河，以達於海。需用銀兩擬於加捐銀內動用，具題奉旨。這本內事情著照該督所題行，欽遵轉行確估。

今據淮揚道參議王謙詳估，蝦溝、鬏溝、射陽湖尾閭共計工長一萬六百七十丈，各寬深丈尺不等，共估土方銀四萬二千三百八十五兩八錢一分五釐。其河底板沙之下，或有油淤五六尺不等，人難站立，難以施工。則挑至油淤而止，就以扣除土方銀，略爲疏筬，令其通行。再攔水壩三條，估銀二百五十五兩一錢三分八釐。老鸛尖、油葫蘆港、瓦子莊應筬疏沙淤，共估銀四百九十四兩六錢。合之蝦、鬏二溝土方，通共估銀四萬三千一百三十五兩五錢五分三釐。並無浮冒，造冊詳送。臣覆核無異，除照數動支加捐銀兩，委海防同知侯惲等作速挑挖，淮揚道參議王謙監工攢挑，並估冊送部查核外，相應具題。

伏乞皇上敕部議覆施行。

估修武家墩一帶土堤疏

臣看得武家墩至運口一帶堤工，捍禦湖水風浪最爲緊要。前河臣于成龍等題請大修高堰堤工，案內失於估計，以彼時湖水未出故也。

今六壩堵閉全完，洪澤湖水勢盛出，繞流武家墩一帶堤根。而舊堤卑矮單薄，難資捍禦，必須作速加幫高厚，簽釘排樁，與高堰堤工一律相平。又新大墩至裴家場，從前未有堤工，應創築攔湖壩一道，方可束水禦浪，敵黃濟運。

茲據淮揚道參議王謙詳稱，武家墩至運口一帶堤工計長一千二百七十二丈，約需工料土方銀二萬一千八百一十七兩零。此工原屬高堰工程，應動高堰大工銀兩，作速興工早竣，以資捍禦。臣親勘，委屬緊要。一面令淮徐道副使施世綸動支高堰大工銀兩，委署裏河同知事、候補知府蕭星拱等作速辦料興工。仍一面估計造冊，另疏具題外，所有急修緊要工程，理合恭疏題明。

伏乞皇上睿鑒，敕部議覆施行。

恭報清水盛出情形疏

臣欽奉聖訓指授治河方略，堵閉六壩，大闢清口，引清水暢流出口，會黃入海，濟運通行。今三月初二、初三、初四日，桃汛已至，黃、淮並長，清水盛出，敵黃有餘。時西南風大作，高堰一帶水長浪湧。如龍門大壩堤工卑矮[1]，水從越壩漫過，與石工之頂相平[2]。臣親率河官搶修，並六壩一帶堤工，俱皆平穩，但部臣范承勳等估計加幫。時六壩未閉，未得水勢高下確實情形。今六壩閉後，全湖蓄水，堤岸卑矮者，離水面二三尺高者，離水面五六尺不等，西風鼓浪，危險堪虞。應將卑矮之處再行加幫。令河官作速估計，動大工，節省銀兩興修，另疏具題。其天然滾水壩尚未開放，欲其蓄水敵黃。若湖水再長，相機開放，以保堤工。

初八日，臣查看清口形勢，武家墩、三汊河、爛泥淺、裴家場、張家莊湖頭水勢相連，沛然而出，面寬數百丈，直繞大墩。其流至運口也，三汊河、裴家場、張福口、張家莊四引河匯爲一河，寬九十丈，流出二座攔黃壩，壩基淤沙，如湯沃雪，自然消化，流至頭座攔黃壩，刷寬四十六丈。兩壩臺亦係淤沙，見在折裂，若清水再長，勢必刷開，自難存住。詢之土人，云：「當年淮、黃交會時，此係河心。若刷去壩臺，口門寬闊，則清流益暢，方足以泄全湖盛大之勢。」親觀口闊水溜，糧船揚帆，安流而過，則土人之言不誣也。但桃汛湖水已大，伏汛勢必加長，大墩一帶堤工禦湖水而保運道，關係緊要。令河官作速臨湖下埽，加幫堤工高厚，以資捍禦。

其黃河因會淮合流，桃汛水大，馬家港難以合龍，以致走埽，口門寬二十丈。目前水長，不能進埽。留此口門，以泄溢漕之水，亦可保固堤岸。運河之水半長，中河之水亦大，糧船通行快利。黃、運、中三河堤岸見在俱屬平穩。除高堰堤工間有浪窩，及龍門大壩、高堰大壩西坎捐工漫水之處，令各官上緊修補。並查明高堰石工間有塌卸段落，照例於桃汛情形另疏具題外，謹將清水盛出情形先行奏報。

伏乞皇上睿鑒施行。

加高堰堤工疏

臣看得高堰一帶堤工，前部臣范承勳等估計加幫時因六壩未閉，未得水勢確實情形，不過約略估計。今六壩已閉，淮水復由故道會黃入海，水勢加長，全湖形勢可得

---

[1] 龍門大壩：《治河全書》本後有"高堰大壩"。
[2] 相平：原本作"相半"，從《治河全書》本改。

其真。今三月初二、初三、初四等日，桃汛水長，風暴大作，臣見沿湖鑲柴卑者，初浪掣土，再浪掣柴，惟高者風浪不能撼越，則是加高工程實有裨益。

臣委員丈量自出水面至頂，高者五六尺不等，卑者二三尺不等。桃汛初至，水勢已如此之大，將來伏、秋二汛勢必更長。臣集新舊河官公議修防之法，僉云通工加鑲柴工，以七尺爲度。如六尺者，加一尺；五尺者，加二尺，以次遞加。高出水面七尺，庶可捍禦風浪。准分修馬世濟、宮夢仁、金鉉等咨稱鑲柴加高，復咨商分修董訥、王起元、線一信、陳汝器、李應薦等，衆論相同。隨委劾力知縣陳鵬年，同該汛通判朱廷植等，逐一按工催估。自武家墩起至棠梨樹止，計長一萬四千九百八十一丈二尺三寸，需用工料、土方銀二萬九千三百三十一兩二分零。隨行淮徐道副使施世綸照數動支高堰大工銀兩，交原修官照段作速辦料加鑲，以資捍禦。

其六壩與王家口新閘，俱係埽工石堤，未能即成。公議於臨湖密釘排椿，以抵風浪。而固堤身需銀九千九百九十八兩五錢七分零，亦照數動支高堰大工銀兩，交原修官作速辦料簽釘。蓋蓄清敵黃，全恃高堰堤工堅固，關係最爲緊要，刻不容緩。臣照例一面動帑交原修官作速興修，估册送部外，理合恭疏題明。

伏乞皇上睿鑒，敕部議覆施行。

題估三滾水壩下引河及天然滾壩疏

臣看得高堰三滾水壩下開草字河、唐曹河，築順水堤，應俟水退估計。經臣具題，部覆：俟水退即行估計。一面興工，一面具題，奉旨依議，欽遵在案。

今六壩閉後，河水已退行。據淮揚道參議王謙詳估，草字河築堤長四千八百九十五丈，計土方銀五千六百六十七兩九錢二分零；唐曹河築堤長三千三百一十五丈，計土方銀五千二百九十五兩八錢五分零。

又翟家壩留天然滾水壩百十餘丈，宣泄洪湖溢漕之水。經臣具奏，九卿議覆，應如所奏。一面乘時速行挑濬修築，奉旨依議，欽遵轉行該道遵照估計。今據該道王謙詳估，開天然壩二座，各口寬二十丈[1]，兩頭用柴裹護[2]，並築攔湖越壩二道，以便相機開放。又臨湖釘鎖口椿二路，以防壩底刷深，估工料銀一千四百五十二兩三錢六分。

以上三工共估銀一萬二千四百一十六兩一錢三分零。因係緊要工程，臣照部文，一面動河庫大工帑銀，委原任同知劉光業等作速修理，原任按察使趙世顯監工，並將估册送部查核外，理合具題。

伏乞皇上睿鑒，敕部議覆施行。

---

[1] 二十丈：《治河全書》本作“六十丈”。
[2] 《治河全書》本此句前有“共寬一百二十丈”句。

估修棠梨樹迆南堤工疏

臣看得六壩，自棠梨樹迆南至秦家高岡一帶堤工，前河臣于成龍等因彼時六壩未閉，水勢東注，此處地勢稍高，未經估計加幫。

今據淮徐道副使施世綸等詳稱，今六壩全閉，湖水驟長。通堤既經加高，此處反覺卑矮，一遇西風鼓浪，危險堪虞。必須照六壩一律臨湖丁頭鑲柴，以資捍禦。計工長八百九十四丈，需用銀一萬九百六十三兩五錢零。應動用高堰大工銀兩，交各分修鑲築，仍責令該汛廳員協修，以期速竣。臣復親勘無異，除原册送部查核外，臣謹具疏題估。

伏乞皇上睿鑒，敕部迅議施行。

題估八工疏

臣據淮揚道參議王謙呈詳，將海濱兩岸加幫工程已經具疏題估興修。今復據該道廳詳稱，淮、黃交會，水勢加長。修防工程，倍加緊要。如時家馬頭已合龍門，外臨黃河急溜，內鹽河積水深淵，一片埽工孤立水中，危險堪虞。應幫內餷土堤，以資捍禦。計工長一百七十四丈，估計土方、埽料銀六千六百三十五兩九錢零。

童家營漫工，堵塞年久，埽料陳朽，接連胡家莊，又生險工。應築越堤，以作重門之障。計工長六百七十七丈，需工料、土方銀八千九百二十三兩七錢零。

陳家社逼近大通口，外受黃河漫灘之水，內有地泉湧出，內外皆險。應築越堤，以備不虞。計工長四百八十丈，需土方銀三千七百四十四兩。

童家營對岸黃河灣曲，致逼溜南趨又生險工。應遵旨取直，挑挖引河一道。長六百二十丈，計土方銀四千一百八十五兩。龍潭口外臨黃河，內處深潭，一遇風浪，土堤難以抵禦，應修排樁釘丁頭柴埽以資捍禦，計工長五百五十丈，需工料銀四千三百二十一兩九錢零[1]。

歪枝套、辛家蕩堤工，係候選知縣韓宗愈等捐修之工。在大通口之下，黃河漫灘，水至洶湧汕激。應加幫高厚，臨河應下埽鑲柴，以禦風浪。計工長二千一百三十丈五尺三寸，需工料銀三萬四千八百一十七兩六錢零。內有韓宗愈等捐工不足土方銀一萬一千八百四十二兩三錢零，應追取還項。

邢家河堤工，外臨黃河，內係積水風浪汕刷。應鑲柴壓土，以固堤工。計工長六

百五十丈，需工料銀一千八百二十五兩二錢。

馬家港壩尾堤工係浮沙堆成，一經水至，必至消化，恐其貽誤工程。應加築堅固堤根，下埽搪護，以防汕刷。計工長三百五十九丈，需土方工料銀五千五百七十四兩八錢零。内有馮大奇等修工不足土方銀一千三百六十五兩四錢零，應追取還項。

以上八工，共需銀七萬二十八兩零。不另請錢糧，在於小黃莊石工、椿木節省銀内動用。

委原任同知汪燦，知州張士伸，署外河同知事、州同胡㫤等領帑承修，中書張百行，員外郎丁易等監工。再查未彙入前案具題，原從節省錢糧起見，今因淮、黃並長，露出險工，修防緊要，勢不可已。除估册另疏具題外，臣謹具題。

伏乞皇上睿鑒，敕部議覆施行。

估題王家營減壩入鹽河疏

臣等看得黃水漲發，由王家營減水壩泄入鹽河，至平旺河下海。經臣具題，九卿會覆，應如所題。奉旨依議速行，欽遵在案。

今時家馬頭堵閉之後，漫水已涸。臣率河官親往丈勘，鹽河淤塞一千九百一十丈，堤工衝去四千一百八十一丈。則前河臣時，刷寬一千二百餘丈，因水大未得確實故也。又查兩岸殘缺堤工，長一萬九百一十九丈九尺，俱係緊要工程。復委員估計，挑河築堤約需銀六萬四千七百五十八兩零。

檢查舊案，此河屬係商人運鹽之河。康熙二十六年正月内，前河臣靳輔令商人捐銀八萬餘兩挑濬，曾經題准在案。

今復河淤堤衝，若責之原任通判余三瀛、原任千總顧德長、樂司巡檢閻和鼎、通判葉增英等賠修，工大費繁，力不能措，勢必遲誤。將應賠銀兩查明照追。相應仍照往例，令商人捐助銀六萬四千七百五十八兩零，以爲挑河築堤之需。且兩淮商人蒙皇上南巡時沛浩蕩之恩，蠲免加增課銀，禁止鹽院派取贏餘、督撫等衙門陋規，不下數十萬兩，商力已裕，況捐鹽商之貲以挑運鹽之河，當亦衆商所樂從者也。但桃汛已過，伏、秋繼至，減水壩開放爲期已迫，恐衆商捐解緩不濟急，先照數動加捐及節省銀兩，委海州知州張建烈、安東縣知縣彭銘等作速乘時挑河築堤。用過銀兩，行令兩淮運使照數於各商名下催解補項。

此河一通，不特有利於商，又能宣泄黃河減下之水，兼利河道，且上游一帶田畝受益不小，所謂一舉而三善備焉者矣。除估册另行咨送工部外，臣謹具題。

伏乞皇上睿鑒，敕部議覆施行。

覆保守高堰六壩第一疏

康熙四十年四月初四日，工部郎中王進楫傳奉上諭，仰見我皇上廑懷國計民生，無時不以河工爲念，竚期平成奏績，萬世永賴之盛心也。今六壩全閉，淮水初復故道，水勢蓄長，止由清口一路會黃入海。一切堤工俱係新築，湖寬水盛，風浪易發，最爲險要，加謹保守。

誠如聖諭。臣等公議保守之法：一在分地巡防。自清口，歷高家堰，至六壩，每五里派官二員，不分風雨，晝夜巡防。發帑委能員備料運貯工所備。用其臨湖鑲柴預防浪掣。武家墩至高家堰，令原修之廳員住工防守；自小黃莊至周家橋，令分修諸臣在工防守；自周橋至六壩，令分修諸臣及接修學道河員住工防守。

臣仍不時親往高堰適中之地，分頭督催一帶修理險要工程。查龍門大壩，部臣范承勳等原估鑲柴二路，後止鑲一路，將一路節省不鑲。今湖水盛大，止鑲一路，堤身單薄，不足禦浪。應將節省一路，仍發帑令分修宮夢仁作速購料加鑲。其高澗大壩，地形低窪，內有積水深潭，係分修撫臣高承爵所修之工，裏戧旋修旋折，舊堤頂寬不滿三丈，一遇風浪，甚屬危險。臣相度形勢，應於裏口築越堤一道，以爲重門之障，委効力學道王式轂領帑承築，該汛官協修。其內戧折陷之處，仍令高承爵之弟高蔭爵照原估下埽鑲填堅實。

至於宣泄之方，因三滾水壩尚未修成，從權暫設天然滾壩，遇淮、黃並長之時，清水由天然壩泄出，黃水由王家營減壩泄入鹽河下海。

已經題明，奉旨允行在案。如此則巡防嚴密，堤工可免汕刷宣泄以時，堤工可保無虞，似亦保守之一端也。

理合題明，伏乞皇上睿鑒施行。

加修高堰龍門壩石工疏

臣看得六壩全閉，高堰一帶堤工關係最爲緊要。龍門壩石工，係革職管河道馮佑領帑修砌，原估九層，較之臨湖一帶石工卑矮四五尺不等。積水淹沒石頂，危險堪虞，必須加砌五層，高出水面，方可捍禦。

行據淮揚道參議王謙詳稱，工長二百一十丈二尺，加高五層，共需工料銀五千五百三十九兩六錢六分九釐一毫。屢催馮佑，遷延不修。若仍令馮佑修理，勢必遲誤。此係緊要工程，應照例動高堰大工帑銀，委該汛署主簿事許瑜等辦料，乘時修砌。所用銀兩，於馮佑名下照追還項。臣覆核無異，除原冊送部查核外，臣謹具題。

伏乞皇上睿鑒，敕部議覆施行。

估修清水潭越壩疏

臣看得高堰清水潭工程最爲險要，臣率道廳等官親往勘驗。原係積水深潭，南一半長二十丈，係督修尚書范承勳等分修，原任貴州巡撫衞既齊承築之工，估用埽料銀四千九百九十五兩五錢七分，已經領帑修築，工程將完，遂而折陷，埽土無存；又北一半亦長二十丈，係委分修原任廣東巡撫江有良承築之工，估用埽料銀四千九百九十五兩五錢七分，亦經領帑修築，工未及半，今亦折陷。

臣等公同相度，此工臨湖，舊堤面寬二丈三尺及三丈不等，雖有石工，尚虞單薄，而内裏潭形如釜底，水深底淤，椿埽難施幫築，裏戧土工難於存立。公議於内裏加築越壩一道，以爲重門之障，此工最關緊要。又值伏汛，伊邇奉有保守高家堰第一要緊之旨。若責令原任巡撫衞既齊、江有良賠修，誠恐一時無措，緩不濟急。應照例動支高堰大工銀兩，令衞既齊及江有良之孫江夢筆作速修築越壩，以資捍禦。用過銀兩仍於衞既齊、江有良名下照數追取還項，庶要工不致貽誤矣。所有需用錢糧，除委該道廳確估造冊，另行咨部外，理合具疏題明。

伏乞皇上睿鑒，敕部議覆施行。

題修駱馬湖竹絡壩疏

臣看得駱馬湖竹絡壩，節宣黄、湖大漲之水，關係緊要，應行堵築。

經臣具奏，九卿會覆，應如所奏，奉旨俞允，欽遵轉行該道廳修築。後據淮徐道施世綸詳稱，係會勘案内發帑修築之工，未經報銷，應責令鄧之琮等照例賠修。

但係緊要工程，若俟追銀賠修，勢必遲誤。應照例撥大工錢糧三千五百三十五兩七錢三分零，交該廳葉增英等辦料承修，令淮徐道施世綸監工。其用過銀兩，於鄧之琮、馮佑等名下分追還項。即據該道估計造冊，除估冊送部查核外，臣謹具題。

伏乞皇上睿鑒，敕部議覆施行。

題估武家墩至運口一帶堤工疏

臣看得六壩已閉，湖水盛出武家墩一帶，舊堤卑矮單薄，必速加幫高厚，簽釘排椿。又新大墩至裴家場，從前未有堤工，應創攔湖壩一道，束水敵黃濟運。

經臣具題部議，應如所題，速行建築，簽釘排椿。一面將需用錢糧細數確估具題，奉旨依議速行，欽遵在案。

今行據淮揚道參議王謙詳稱，自武家墩起至新大墩止，堤長一千一百三十二丈，加幫高厚，於臨湖簽釘排椿。又新大墩起至裴家場引河口門止，從前未有堤工，創築攔湖壩一道，長一百四十丈，攔截湖水，敵黃濟運。兩邊清漕下埽，埽土釘鑲葦柴，外釘排椿。共估土方、工料銀二萬一千八百一十七兩八錢九分七釐三毫。查無浮冒，造冊詳送。臣覆核無異，除原冊送部查核外，相應具疏題估。

伏乞皇上敕部議覆施行。

題估黃河取直引河疏

臣看得徐州楊橫莊、邳州戚字堡、桃源張家莊、安東汪家莊急應各挑引河一道，以保險工。

經臣具題部覆，應如所題，速行乘時攢挑，將需用錢糧移咨戶部撥給。奉旨依議速行，欽遵在案。

行據淮徐道副使施世綸詳稱，徐州楊橫莊對岸引河，估長一千八十丈，挑深一丈三尺，寬十丈至十六丈不等，並建迎水壩，需用土方、工料銀一萬二千一百一十兩九錢八分。邳州戚字堡對岸引河，估長五百七十丈，挑深一丈二尺，寬十二丈至二十丈不等，需用土方銀七千一百十六兩六錢。桃源談家口，因挑濬黃河變遷，大溜外行，前估引河應行暫停。而張家莊險工大溜，頂衝危險異常。對岸顧家灣，應估挑引河一道，長九百二十丈，挑深一丈，寬八丈至十六丈不等，需用土方、工料銀七千二百六兩三分二釐。即以估挑談家口引河之銀為張家莊引河之用，查談家引河約估銀六千三百兩。今張家莊挑河築壩估用銀七千二百六兩三分二釐，尚有不敷銀九百六兩三分二釐，亦不敢再請錢糧，即於戚字堡等三引河節省之內通融添用，相機挑挖。除原冊送部查核外，相應題估。

伏乞皇上睿鑒，敕部議覆施行。

保守高澗疏

臣看得高澗大壩地勢低窪，内有積水深潭，係分修撫臣高承爵所修之工，裏餡旋修折，舊堤頂不滿三丈，一遇風浪，甚屬危險。

臣相度形勢，應於裏口築越堤一道，以爲重門之障。其内餡折陷之處，仍令高承爵之弟高蔭爵照原估鑲填堅實。具題在案。

今據淮揚道參議王謙詳稱，高澗大壩乃昔年衝激深潭内餡，旋修旋折，實難存立。且堤頂不滿三丈，雖内有越壩，俱係新築之土。仍應於大堤石工之外，離堤三丈五尺，密釘排椿，丁下埽個，方保萬全。計工長一百五丈，需用銀一萬二千五百五十兩零。

時屆伏汛，料物難齊。今議將見在裏口塌卸危險之處，先下椿埽三十丈，需用工料、土方銀三千六百一兩三錢零，以保伏、秋二汛。所需銀兩，實因分修撫院高承爵承築内餡不能如式，應高承爵自備修築。但工程緊急，應動高堰大工節省銀兩修築。完日，令高承爵照數還項，庶急工不致遲誤。既據該道呈詳，理合具題。

伏乞皇上敕部議覆施行。

題估高郵南關三引河疏

臣看得高郵城南南關、車邏二壩，經臣題估，改建滾壩。二座壩下引河因水占難以探量，俟水退後逐段估計，另疏具題，部議應俟具題到日再議，奉旨依議速行在案。

又高郵滾壩泄下之水，由興化縣安豐鎮至白駒以達於海。今自鮑家莊至白駒，八十餘里，地高水壅，宜亟挑濬，引水由白駒場入海。需用銀兩，擬於加捐銀内動用，具題奉旨。這本内事情，著照該督所題行，欽遵轉行確估後。

今據淮揚道參議王謙詳估，高郵南關大壩以下，自攔馬河起，至朱三家橋止，應挑引河一道，長三百九十一丈，估土方銀三千九百六兩七錢二分。車邏壩以下，自攔馬河起，至齊家莊止，應挑引河一道，長三百三十丈，估土方銀二千六百一十三兩六錢。興化之海溝河，自鮑家莊起，至白駒閘止，共長一萬四千四百八十七丈，加挑寬深，估土方、工料銀三萬六千四百五十六兩六分五毫。通共估銀四萬二千一百六十六兩三錢八分五毫，並無浮冒。造冊詳送，臣覆核無異。除照數動支加捐銀兩，委揚州管河通判楊兆僑、糧河通判王佐、興化縣知縣王渭鼎等作速挑挖，委淮揚道參議王謙監工攢挑。並估册送部查核外，相應具題。

伏乞皇上敕部議覆施行。

察勘泗州盱眙水災疏

康熙四十年五月二十九日，接內閣中書李保柱捧旨到臣。臣跪誦之下，仰見我皇上軫念民生，注意河工，無時不厪聖懷。凡河工之事，洞照於未然之前，應驗於已然之後，此皆我皇上大智如神。

臣查泗州水災，自古已然，即六壩全開之時，泗州亦被水潦。臣於四月二十八日前往泗州查勘水勢情形。詢據土人云，明季時有水災。於康熙十九年，泗州城被水潦沒，官民移徙堤上。查康熙三十八年李炳題報水災揭云：「泗居山河聚匯之區，連年積水爲殃，災困頻仍，歷蒙皇恩。」則是泗州水災，不全係六壩之閉也。

按《泗州志》載，宋臣歐陽修《泗州先春亭記》云：「問民所素病，而治其尤暴者，莫大於淮。」則知淮之爲暴於泗，自古而已然矣。臣觀形勢，盱眙在山之腰，泗州在山之下，淮水繞泗州而流三十里，有龜山屹立河中，又十五里，流過老子山，出洪澤湖，乃汪洋暢沛，一遇水發，奔濤遏鬱，水流不及，勢必助長，又有歸仁堤，諸湖之水奔泓而下，入於泗州。此其所以多水災也，桃汛水長潣漫，職此之故。

今四、五兩月清口水流甚暢，洪澤湖水漸消，泗州水勢亦消。且六壩既閉之後，水不東注，高郵、寶應、興化、泰州、山陽、鹽城、江都等州縣田地涸出，人居平地，田可耕種，到處感頌皇仁，歡聲如雷。且今歲漕艘運河揚帆遄行，於四月十二日盡數過淮，較往年甚速，此皆由六壩之閉也。

其保守高堰之法，派員備料防守，修理高良澗等險要工程。若遇水大，開天然壩宣泄，已經前疏題明，奉旨俞允在案。今捧讀綸音，臣雖臥病，傳集眾河官講求，另有修治善策，咸稱清口暢流，會黃流，過惠濟祠，達大茭陵一帶，皆係清水。今五月已過，湖水較桃汛時消落二尺餘，堤岸平穩，此湖口引動湖水大溜之所致也。若仿古制，於翟家壩建閘，以資宣泄。但石工不能即成，不若馬家港口門仍留不堵，以分泄黃河之水。辛家蕩修滾水壩，以泄黃河異漲之水，下流益暢，則淮水之出清口亦暢。淮水之出清口既暢，則泗州之淮流不壅。況馬家港在雲梯關之下，辛家蕩在大通口之下，皆地處海套，並無民田，不關運道。且欽奉上諭，開歸仁堤，引河水出黃，則泗州上源之水又無所入。上無所入，下有所疏，將來泗州水患庶幾可減。

眾河官之議與臣相同，但係一得之愚，未知當否，伏候聖裁指示。臣觀天意人心，可保其成。五月初四、五等日，高堰微雨，下河一帶則大雨。五月兩次風暴，片刻轉風浪，不逾堤。河工効力，人員踊躍捐資，疏濬湖頭，引水暢流，趨事赴工引領，而樂觀河工之成。臣等加意防守，過此六、七、八三個月，水落歸漕，則具疏題報成功，仰慰睿懷。

總之，黃、運、中三河俱復故道，東南萬姓咸慶河工之成，皆仰賴我皇上區畫周詳，聖謨獨斷，精誠感孚，天心順應，河伯效靈所致也。

再照五月二十四日，臣在高堰六壩巡防督催，感冒風寒，於二十七日回清江行署服藥調理，不能即往泗州會勘水災，隨咨商兩江督臣阿山。或俟病愈訂期會勘，抑或督臣先往查勘，准督臣阿山覆稱先往蕪湖、常州秋審。今臣病稍愈，移咨督臣阿山，擬於本月十六日前往泗州等處會勘，另疏具題外，所有高堰，目前平穩，及水勢情形，理合先行奏報。

恭報開放陶莊引河疏

臣看得陶莊引河，尚書范承勳等挑挖，尚未開放。經臣題明，仍令承修官同地方官看守，俟水長時，相機開放在案。隨委外河同知南夢班，會同原任少詹邵遠平駐工看守。臣往來勘視水勢，與原任左都御史臣董訥商訂，一遇黃水大長，即相機開放。

今秋汛，黃河水勢加長，將陶莊引河於七月二十一日申時開放，水勢通流。臣乘小舟入引河，由河頭看至河尾，見黃水直趨北岸，河尾衝刷，水流暢沛，皆荷我皇上指授方略，於南岸建築挑水大壩，逼溜北行之所致。眾民聚觀，莫不歡忭。

臣於二十七日自大通口勘工回復，看陶莊引河水勢暢流，民間船隻俱已通行，所有開放過陶莊引河日期，臣謹會同原任左都御史臣董訥合詞題報。

伏乞皇上睿鑒施行。

大挑運河疏

臣看得淮揚運河，節年黃水淤墊，久未挑濬，河身日高。經臣題請發帑興挑，估土方、工料銀二十二萬六千八百餘兩。部議應將所需銀兩移咨戶部，就近撥給，令臣乘時速行挑濬，工完核減題銷，奉旨依議速行。

今據淮揚道參議王謙詳稱，山、清二縣運河，原估長一萬八千九百九十八丈二尺，估用土方銀一十三萬三千六百二十二兩三錢五分三釐九毫二絲五忽。內除惠濟祠一帶，因黃、淮交會，不便挑深，暫停挑濬。使運河頭與黃河之身一律相平，庶幾水得以兩分。臣於煞壩疏內題明在案，迨煞壩斷流之際，擇其河底突起土埂，河灘積淤之處，切鏟平坦外。今通工查丈，實挑過工長一萬七千六百一十二丈九尺，實用土方並閉壩銀九萬三千二十一兩四釐五毫四絲二忽，節省銀四萬六百一兩三錢四分九釐三毫八絲三忽。又寶應運河原估挑長一萬二千一百八十一丈，並築壩估用土方銀九萬三千二百二十六兩六錢一釐二毫五絲。今完工核算，實用銀六萬四千五百二十八兩八錢二分九釐六毫九絲，節省銀二萬八千六百九十七兩七錢七分一釐五毫六絲。

以上清河、山陽、寶應三縣運河共挑河長二萬九千七百九十三丈九尺，共實用銀一十五萬七千五百四十九兩八錢三分四釐二毫三絲二忽，較原估節省銀六萬九千二百九十九兩一錢二分九毫四絲三忽，並無浮冒。既據該道造冊詳銷，臣覆核無異，除原冊送部查核外，相應題銷。

伏乞皇上敕部核銷施行。

加幫要工疏

臣看得童家營大壩，外係黃河頂衝，內係積水深潭，埽箇朽爛，壩身單薄，應幫內饋土堤，以資捍禦。計工長一百五十五丈，估用土方、埽料銀一萬五千四百二十七兩四錢三分八釐。

洪福莊堤工因溜走，南岸外坦塌卸，應幫裏饋。工長二百丈，計土方銀一千九百七十六兩九錢七釐[1]。

吳城縷堤，內湖外黃，中僅一綫孤堤，湖水浪刷，裏陡塌卸，急應作速加幫。計工長一千七百八十八丈一尺六寸，估用土方銀二千九百六十六兩八錢二分九釐三絲。

西坎堤工，坐當迎溜，埽灣堤面，日漸塌卸，堤內急須幫饋。計工長三百九十五丈，共估土方埽料銀一千七百五十九兩一錢五分七釐。

以上四處堤工共長二千五百三十八丈一尺六寸，共估土方、埽料銀二萬二千一百三十兩三錢三分三絲，並無浮冒。造冊詳估，臣覆核無異。不另請撥錢糧，動支武家墩石工、椿木節省銀一千八百八十三兩八錢二分。武家墩石工扣存銀二萬二百四十六兩五錢一分零應用。再查黃河兩岸工程，前估修防，此四處堤工尚未如此危險。臣從節省錢糧起見，故未彙入前案具題。今因黃、淮合流，水盛刷堤，修防緊要，勢不可已。除原冊送部查覆外，相應具題。

伏乞皇上敕部議覆施行。

題估挑水壩堤工疏

臣敬誦天語，仰見我皇上至仁如天，大智如神，治河方略睿照於事前，應驗於事後，指示周詳，平成永賴，誠超越萬世矣。

臣自工所星馳至清口，齊集眾河官詢問。曾知此事之員，止據原任同知常維楨、筆帖式馬泰回稱，曾聞得前任總河于成龍云："奉旨加長挑水壩，過清口，使黃水不

---

[1] 七釐：《治河全書》本作"六釐"。

得倒灌，但我等未聞其詳。”臣謹遵聖謨指示。自范承勳所築挑水壩起，加築堤工至清口西壩，長四百八十丈五尺，頂寬六丈，底寬十丈。再查西壩，見長二十丈，今再接長五丈，新舊合長二十五丈。俾清口黃河之水向北下流，過惠濟祠後合爲一處，益加暢沛，黃河可永無倒灌之虞。估計工料銀四萬九千六百七十兩三錢六分六釐。不另請帑銀，動支節省銀兩，備料修理。

但臣見識淺陋，所議恐有未當，伏候皇上聖裁訓示，以便遵行。除估册送部外，事關緊要，臣謹具疏繪圖請旨。

修理淮揚運河排椿疏

臣看得淮揚運河係各省糧艘經由要道，最關緊要。向因黃水倒灌，河底墊高，一遇水長，盈堤溢岸。

前河臣于成龍於康熙三十八年春發帑委員，簽釘排椿，内填龍尾小埽，以衛堤工。三歷伏秋，又值運河大挑之後，清水暢流，兩岸泥土漸次衝刷，排椿日見倒壞，亟應乘時修理，以禦來年桃、伏、秋三汛。

今據淮揚道參議王謙詳估，淮屬山陽境内，攬補排椿，改鑲丁埽，需用銀一萬八千九百六十九兩八錢四分七釐七毫二絲〔1〕。揚屬高郵、寶應、江都三州縣境内，攬椿換柴，改築坦坡，鑲柴壓土，需用工料銀一萬八千九百八十七兩一錢四分七釐二絲〔2〕，並無浮冒，造册詳估，臣覆核無異。不另請撥錢糧，一面動支大挑運河節省銀一萬九千六百二十八兩七錢五分零，武家墩石工椿木節省銀一萬九百二十二兩三錢二分零，盤收外河廳庫各官捐排椿銀四千八百四十二兩三錢六分零，裏河、揚河各員追繳排椿銀二千五百六十二兩七錢一分零。令裏河同知王英謀、揚河通判楊兆僑等作速購辦料物，乘時攢補，以資捍禦。並原册送部查核外，相應具疏題估。

伏乞皇上睿鑒，敕部議覆施行。

恭請聖駕閱視河工疏

伏惟皇上至仁如天，大智若神，勵精圖治，中外晏安。獨有河工一事尚厪聖懷，宵旰憂勤，親臨閱視，洞悉源委，區畫精詳，畀臣督河重寄。臣本庸愚，未諳河務，

---

〔1〕 二絲：《治河全書》本作“三絲”。
〔2〕 一錢四分七釐二絲：《治河全書》本作“二錢九分六釐”，且後多“通共估銀三萬七千九百五十七兩一錢四分三釐七毫二絲”一句。

凡治河事宜一一仰遵聖訓，夙夜兢惕，恒以弗獲欽承是懼。蒙我皇上指授疏通海口，乃得水有歸路，黃河刷深；指授堅築高堰，並廣闢清口，乃得引淮水暢流而出；指授築歸仁堤，導泗州上源之水入於河；指授疏人字、芒稻等河，引運河之水注之江；指授築挑水壩，疏陶莊引河，逼黃水而暢清流，使水無倒灌之虞；指授挑蝦、鬚等河，引下河積水入於海。其餘各處工程，指授周悉，莫能殫述。

今黃、運兩河，水循故道。漕運利涉、民田樹藝、淮揚蒼生，黃童白叟咸頌皇上天授神智，峻德豐功，亘古莫比其盛。但河工甫得就緒，保固更爲緊要，其間尚有應修之處與善後之計。微臣學識淺陋，罔知所措，日夕兢兢，恭祈聖駕於來春二月桃汛未發之前親臨河工，再賜指授應修工程與善後方略，俾臣知所遵循。始終仰賴聖訓，永保安瀾、克奏平成之績。且東南臣民深受皇恩，戀主之心實爲誠切，籲望翠華臨幸，亦得慰瞻天仰聖之忱矣。

辛家蕩滾水壩疏

臣看得山陽縣黃河南岸辛家蕩，修建滾壩以泄黃河異漲之水，下流益暢，則淮水出清口亦暢。具題，九卿會覆，應行修理，奉旨著照議行，欽遵在案。

今據淮揚道參議王謙詳估，辛家蕩滾水壩一座，共該工料銀三萬六千三百四十九兩九錢四分八釐六毫，並無浮冒。造冊詳估，臣覆核無異。不另請錢糧動支，原任山盱通判靳治齊繳還會勘案內餘存大工銀兩，照數給發。隨委山安同知裴陳佩領帑辦料興修，委淮揚道參議王謙監工督催。除原冊送部查核外，相應具疏題估。

伏乞皇上睿鑒，敕部議覆施行。

修補歸仁堤五堡土石工疏

臣看得歸仁堤五堡舊石工，經前任河臣于成龍等動帑委員修補，石工不足，經臣於交代案內查明，題追在案。今高下不齊，必須動帑補砌一律，庶資捍禦。又土堤內餒，原未估計幫築，多有坍卸殘缺，亦應幫築平整，以資保固。

今據淮徐道副使施世綸詳稱，應修土堤長一千九百二十九丈八尺，並添補石塊。二共估用工料、土方銀三千八百一十七兩二錢三分六釐八毫，並無浮冒，臣覆核無異。不另請撥錢糧，除一面動支歸仁堤節省銀兩，給發宿虹同知陳之琦等乘時修築，淮徐道施世綸監工督催。並原冊送部查核外，相應具疏題估。

伏乞皇上敕部議覆施行。

請築撐堤加幫縷堤疏

臣看得清河縣陶莊閘，奉旨開挑引河。南岸又有挑水壩挑溜，北入引河，溜走北岸，逼近黃河，縷堤汕刷堪虞。

臣率同道廳等官，再四相度，應於縷堤之內創築撐堤一道。自三元廟西起，至護縣堤止，計長三百丈，以爲重門之障。再將臨河縷堤及護縣堤頭卑矮之處，加築高厚，應幫堤工三段，共長八百七十一丈五尺。連創築撐堤，共需土方銀八千一百二十八兩一錢九分四釐。

又黃河南岸挑水壩前接築寬長，堤工俱已完竣。但此壩坐當黃溜之中，誠恐伏、秋水大溢岸，壩後不無侵灌之虞。今議自挑水壩西添築撐堤一道。自壩基往南，至縷堤止，計長三百九十七丈五尺。內有坑塘低窪之處，下埽鑲填。共計土方、料物銀二千九百一十九兩七錢九分八釐。如此，則挑水壩得以鞏固，而運道民生均有攸賴。

以上南北兩岸撐堤、縷堤工程最關緊要，共估土方、工料銀一萬一千四十七兩九錢九分二釐。行據淮揚道造册詳估，並無浮冒，臣覆核無異。不另請撥錢糧，一面動支臨清關分司阿錫鼐解到額外銀一萬兩，蘇稷捐助銀一千四十七兩九錢九分二釐，給發外河同知南夢班等攢築速竣。並原册送部查核外，理合具疏題估。

伏乞皇上睿鑒，敕部議覆施行。

卞家汪創建石工、天妃壩拆砌石工疏

臣看得清河縣黃河南岸卞家汪險工長八十四丈，緊接清口迤東外，當黃、淮二水交衝之區，內臨積水深潭，中僅一線土堤，卑薄危險，內外受敵。又天妃壩石工修砌年久，內有坍塌。二段共長四十二丈。每年下埽修防，徒費錢糧，不足以禦湍激之勢，均應一律攢砌石工，以資鞏固。

今據淮揚道參議王謙詳估，卞家汪創建石工，估用工料銀一萬八千九百一十八兩三錢七分一釐；天妃壩拆石工，估用工料銀九千二百八十九兩五錢五分六釐。二共估用銀二萬八千二百七兩九錢二分七釐，並無浮冒。造册詳估，臣覆核無異。不另請撥錢糧，隨動支高堰石工節省銀二萬二千二百六十兩九毫二絲四忽，改挑中河節省銀五千九百四十七兩九錢二分六釐七絲六忽，給發外河同知南夢班辦料興修，淮揚道王謙監工督催。並原册送部查核外，臣謹具題。

伏乞皇上睿鑒，敕部議覆施行。

談家莊月堤壩臺疏

臣看得桃源談家莊險工，黃溜頂衝，最爲險要，每遇伏秋水發，汕刷異常。必應建築月堤，以爲重門保障。又本工大溜下移，壩尾河崖坍塌，漸近堤根，勢必下埽防護，應將壩尾堤工加幫寬厚，以作埽臺。

今據署淮徐印務、管理河庫兵部員外郎張弼詳估，月堤工長六百一十六丈，並壩尾堤工長一百二十丈，共該土方銀五千二百四十一兩六錢二釐九毫七絲，委無浮冒。造册，臣覆核無異。不另請撥錢糧，動支改挑中河節省銀八百二十五兩二錢一分七釐七毫五絲一忽五微，堵塞嵇家閘節省銀四千四百一十六兩三錢八分五釐二毫一絲八忽五微，給發署桃源同知蘇稷等修築，委郎中王進楫監工督催。並原估册送部查核外，相應具題。

伏乞皇上睿鑒，敕部議覆施行。

石碣閘座疏

臣看得運口爲糧艘轉輸要道。初春運行之際，在桃汛未發之前，水尚未長，漕運需水甚亟。去歲，於石碣築草壩開渠引三汊河之水以濟運，糧艘得以通行，至桃汛水發，即行堵閉。今臣率道、廳等官再加相度，與其每歲開閉需用錢糧，不若建造石閘相時啓閉，不獨於漕運有益，且省每歲修築之費。

行據淮揚道參議王謙詳估，工料銀二萬三千二百八兩八錢六分五釐五毫二絲，並無浮冒。造具估册，臣覆核無異。不另請撥錢糧，動支停挑王家營引河銀兩，給發裏河同知王英謀辦料興修，委淮揚道參議王謙監工督催。除原册送部查核外，理合具題。

伏乞皇上睿鑒，敕部議覆施行。

加挑運料小河疏

竊照高堰運料小河，原屬窄淺。經尚書范承勳等具題，議不動公帑，以加幫大堤，取土挑挖。面寬八丈，底寬五丈，深五尺，以資運料，以保堤工。九卿覆議，應如所奏。奉旨依議，欽遵在案。

臣查此河自周橋橫堤起，北至武家墩止，乃屬無源之水，必借堤內積水匯流入河，方克有濟。今臣等會勘高堰工程，並查驗分修諸臣所捐挑運料，小河雖報完工，但小黃莊一帶地形低窪，見今堤內積水與河面相平，若遇風浪汕刷，堤根深爲可虞。蓋部臣初估時，六壩未閉，一片皆水，未得確實情形，今工程已畢，保固堤爲緊要。公議原挑小河，再加挑寬深，使積水泄流河中，由武家墩鹽河出口，以免汕刷。堤工約需銀一萬餘兩。不另請撥發，應將高堰大工節省銀內動支濟用，蚤爲竣工，實於高堰工程深有裨益。緣係保固要工起見，臣謹具疏題請。

伏乞皇上睿裁施行。

煙墩越堤疏

臣看得桃源城西煙墩埽工夙稱險要。今年黃水大長，積至二十四日不消，大溜直射堤根，甚爲危險。臣在安東工次聞報，即星夜逥往，督率河官竭力搶護，已下埽搜崖，見在釘椿套埽，期保無虞。

隨據桃源士民喬世楨等呈稱“煙墩堤下近城有越堤一道，年久殘缺，應加築高寬，既可保護險工，又可捍衛城池”等語，臣即率河官親勘形勢，果於河工、民生兩有裨益。但舊越堤止築近城一半，年久殘缺單薄，而臨湖一帶地勢低窪之處，必接築堤工，與越堤相連，方可包固險工，捍禦有資。約估加幫越堤長五百七十八丈，接築堤工長五百九十三丈，約共需帑一萬九千四百四十八兩零。因水大未消，工程關係緊要，照例動帑，委桃源縣知縣杜學林等剋期興修。另疏題估外，所有應修越堤情形，理合題明。

伏乞皇上睿鑒，敕部迅覆施行。

老壩口至車路口縷堤加幫疏

該臣看得山陽黃河南岸老壩口起，至小車路口止，縷堤單薄。堤外原有淤灘可恃，今據准揚道參議王謙詳稱“近因黃水大漲，溜走南岸，淤灘刷去，危險堪虞，亟宜加幫高厚，以資保固。計工長一百三十九丈，估用土方銀一千九十二兩六分，委無浮冒。造具估冊，並請發帑興修”前來。臣覆核無異，不另請撥錢糧。因水大，工程緊要，除動支高堰大工節省銀給發外河同知南夢班等幫築，並原冊送部查核外，相應具題。

伏乞皇上睿鑒，敕部議覆施行。

韓、尹二莊加築越堤壩臺疏

該臣看得，今歲自伏汛以來，水勢大漲情形，曾經題報在案。

今據淮揚道參議王謙詳稱"山陽外河韓、尹二莊素稱險要。茲值水長逾月，堤根漫虛，又被洪濤衝擊，埽箇折陷，堤岸坍卸，危險堪虞。見今日夜竭力搶護，務期保固，但水勢甚大，不得不多方預防。查該工堤裏有運料，河堤卑矮難恃，且兩頭原無格堤接連縷堤。急應加築寬厚，作爲越堤，以爲重門之障，二共工長八百八十丈；又幫築韓家莊壩臺，工長八十丈。約估工料銀一萬六千六百餘兩"等因前來，臣親勘無異。因水大，保固險工，關係甚爲緊要，照例動帑，給發外河同知南夢班等上緊興修，一面確估造冊，另疏具題外，謹將工程緊急，照例先行發帑興築，具疏題明。

伏乞皇上睿鑒，迅賜施行。

黃、運兩河水勢疏

竊照今年伏汛水勢大長甚久，已於恭報伏汛水勢情形疏內題明在案。詎意題報後，水勢猶復浸長，黃河兩岸之煙墩、車路口、韓家莊、童家營、鄭家馬頭、二塘、王家塘、戚字堡、狼矢溝、鷄嘴壩、顧家莊等處險工，屢報危險。又高家堰湖水積長，於閏六月二十三、四至七月十四等日常起西風，大暴巨浪拍擊堤岸，處處報險。臣四下奔馳，親督各汛官，晝夜竭力搶救，幸獲無恙。但積水難消，堤根浸虛，風浪撞擊，在在堪虞。正在籌畫宣泄之際，見惠濟祠下黃水漸落三四寸，從此各汛亦報漸消。

據山安同知裘陳佩報稱："閏六月二十六日，大通口下二十餘里，有西磡汛之臧家溝，值黃水頂衝，漫開約三百餘丈，河流不移，探看水勢分支，由運料小河六十里直出海口，分泄黃溜，以致水勢漸消，而各處險工得保無虞。"臣聞報，遄往查勘。臧家溝以下俱係一片蘆蕩，溢出之水由運料河至八灘，會同正河入海。查此處在大通口下，原屬海濱曠衍，無關運道、民生，乃先年宣泄黃流入海之處，原無堤工。自前河臣靳輔因黃淮未會，故創築縷堤，水大聽其漫溢，水落仍歸漕於工程，絕無妨礙。查舊案內，靳輔曾云"河道大壞之時，非築堤不能束水，河道俱已寬深，此堤雖有坍卸亦屬無礙"等語。今淮、黃會流通暢，兼之今年水勢異漲，大通口以下堤岸逼窄，實難容納，正應仍留此處口門宣泄異漲，以保上源各處險工，俟水落淤淺再行相度形勢，或堵或留，酌議奏聞。

臣勘馬家港口門漸淤，全黃盡趨。大通口寬闊深暢，八灘以下，海門積沙盡去，極其深通。復勘煙墩等工，各官奮力搶護，見在平穩，運河工程亦俱保固平穩。高家堰六壩一帶工程遇有汕刷，隨即修補平穩。

前疏內題明宣泄異漲，鮑家營、茆良口、天然壩、清水溝等口門俱可暫停開放[1]，其下河一帶稻禾成熟，民居晏然。臣所遍歷之處，據土人咸稱，今年水勢大過三十五年，幸賴聖主軫念民生，指授治河方略，精詳周至，以致河底深通，堤岸堅固，小民獲享盈寧，感頌皇恩，歡聲遍野。

除秋汛情形至期照例另疏題報外，臣思我皇上仁德如天，無時不以河工爲念，所有目前微臣勘明水勢漸消、堤防保固情形，理合具疏報聞，恭慰聖懷。

伏乞皇上睿鑒施行。

黃河兩岸難修石工疏

竊臣奉上諭："朕因永定河南岸，不時衝坍，特旨令將南岸修築石堤，甚有裨益。今黃河兩岸，自徐州以下，至清口通行修築石堤，可否永遠有益。若果有益，見在庫帑不爲缺少，朕於錢糧一無所惜，修築此堤，應於何處採取石料，作何轉運，約幾年可以告成，著張鵬翮齊集河員詳議具奏。欽此。"仰見我皇上仁德如天，欲河定民安，萬世永賴之盛心也。

臣以事關重大，隨調集衆河官詳議，咸稱堤岸建修石工必得地基堅實，釘椿砌石，始有捍禦之資。若黃河水性無常，遷徙靡定，沙土虛鬆，險工之處水深三四丈不等，難以釘椿。若另築越堤，修砌石工，而臨河險工每年歲修仍不可廢，恐致重費錢糧。若棄險工而不修，異漲之水勢若排山，又恐石工有坍卸之虞。即如高堰土性堅實，從前所修龍門大壩等石工尚有坍卸，況黃河鬆虛之地乎？故黃河止有徐州之郭家嘴、清河之惠濟祠，緣山根土岡量修石工，其餘兩岸並未通用，誠以土有虛實之不同也。且委員咨勘，黃河自清口至徐州南岸，長六萬六千七百零十丈五尺[2]，約需銀一千二百七十八萬五千九百餘兩[3]。北岸除山岡不修堤外，計長五萬四千三百九十八丈二尺，約需銀九百九十九萬七百餘兩[4]。工巨費繁，曠日持久，錢糧易致耗費，告成難以豫料。

臣等愚昧，未敢輕爲擬議。伏惟我皇上聖明天縱，治河方略咸荷聖謨指授，乃克底績。臣等識見卑陋，實無補於涓滴，謹將黃河兩岸土性虛鬆，遷徙靡常，據實奏明。其應否修砌石工之處，伏候睿裁，謹奏。

---

〔1〕　清水溝：《治河全書》本作"清水潭"。
〔2〕　十丈：《治河全書》本作"一丈"。
〔3〕　餘兩：《治河全書》本作"六十兩五錢零"。
〔4〕　餘兩：《治河全書》本作"六十二兩五錢零"。

秋汛水勢情形疏

臣看得今年秋汛黃、運、湖、河水勢情形。據各廳呈報，黃河自徐州以至海口，加長六尺四寸及三尺九寸不等，然皆漸次消落，兩岸歲、搶工程相機修防，俱各平穩。馬家港前此水深數丈，今已淤平。黃水盡由大通口暢出海口，極其深通。其大通口迤下之臧家溝漫水，今由高門港口門歸入正河入海。中河之水由鹽河及劉老澗減壩分泄。淮揚運河之水由涇、澗、人字、芒稻等河分泄，各處工程俱皆修防平穩。歸仁堤工程，亦俱防守平穩。高家堰及六壩工程，遵旨謹保固，畫地防守，隨時搶修，堤防俱保固平穩。其高承爵承修高澗大壩未完工程，見在嚴催修理，如再遲延，另疏題報。天然二壩竟未開放，扶淮水使強，暢出清口，以敵黃水大長之勢。今伏、秋二汛黃、淮並漲，大過三十五年之水。賴有挑水壩，加築寬長，逼黃河大溜，直趨陶莊引河，循北岸而行，引河首尾刷成大河，故清水得以暢出，黃水絕無倒灌之虞。立大墩，一望滿河皆屬清水，惟見一線黃流。河濱土著耆老，嘆以為從古未有。

今年入夏始而雨水連綿，繼而水勢大長，幸河道深通，水由地中行。即如高、寶、興、泰等處最稱窪下，俱得田禾收穫，民居晏安。黃童白叟感頌盛德豐功，拯救數百萬生靈，出昏墊而登樂土，歡聲雷動，遍於郊原。此皆我皇上指畫精詳，聖謨獨斷，乃克臻此。

所有秋汛水勢，理合題報。

恭進河圖疏

奏為仰賴聖謨，河工底績，恭請睿裁，指示善後機宜事。欽惟我皇上勵精圖治，中外乂寧，聖德神功，亙古莫並。獨有河工一事，每厪睿慮念，國計民生攸繫。親臨閱視，洞悉原委，區畫精詳，宸衷獨斷，指授方略。

盡拆攔黃壩，以通海口。加築挑水壩，開陶莊引河，以導黃流北行。加培高堰，堵築六壩，以束淮敵黃。挑張福口、裴家場、張家莊等引河，以暢淮流。修築歸仁堤堤河閘座，以節宣睢水。加築黃河堤岸，以固堤防。堵邵伯更樓等口，以利轉輸。塞時家馬頭，以杜黃水旁溢。修理運河兩岸排椿，濬深運河，改修中河，以利漕運。疏人字、芒稻河，涇、澗等河，以泄運河異漲之水。挑海溝、蝦、鬚等河，以泄下河積水。新建高郵南關、車邏等處滾水壩，以資蓄泄。開王家營減壩，挑鹽河，以泄清、黃異漲之水。挖戚字堡等引河，逢灣取直，以分水勢。一應緊要工程，次第修理，俱已完畢。

今歲伏汛大水，黃、淮並漲，逾月不消，水勢大過三十五年，依然堤防保固。淮水敵黃，海口通暢。目今運道深通，民田耕穫，黃童白叟感戴天恩，咸頌皇上天縱聖智，又不惜數百萬帑金治河底績，拯救億萬生靈，出昏墊而安樂土，歡聲如雷，洋溢郊原。此皆我皇上睿慮周詳，聖謨獨斷，燭照於事前，符驗於事後，德同天地，功邁百王，成萬世永賴之偉績也。

微臣自慚學識淺陋，前此治河工程[1]，皆荷皇上指示，今已修畢。經過大水之後，一切善後機宜，伏祈皇上親臨指示。不特微臣知所遵循，即東南黎庶亦得慰瞻天仰日之望矣。

臣謹繪圖，差淮徐道張弼、同知李梅恭呈。

恭進河圖總説摺子

欽惟我皇上德侔天地，澤被寰區，武功耆定，文德覃敷，功化之隆，亘古莫比其盛。河工一事，猶廑睿慮，今仰賴聖謨，平成底績，方略周詳，名言莫罄。

臣謹考黃河自崑崙，歷雍、豫、兗、徐至淮之清口，會淮而入海。淮瀆自洛及鳳，歷盱、泗至清口，會黃而入海。是清口，爲河道之關鍵也。但黃勢恒強，而淮勢恒弱，必有以抑其強而扶其弱，乃資其利。自前河臣誤築攔黃壩，而海口淤塞，六壩潰決，而淮水東注，二瀆不交，國計民生俱受其敝矣。

我皇上天縱神智，軫恤民生，三巡河道，洞悉形勢，宸衷獨斷，指畫精詳。如拆攔黃壩，以通海口。築挑水壩，濬陶莊引河，以疏黃流。開張福口、裴家場等河，以導淮水；加培高堰，堅築六壩，以束淮敵黃，而淮、黃交會矣。濬運河，增漕堤，而運道安。開人字、芒稻等河，引水注之江。濬涇、澗、海溝、蝦、鬚等河，引水注之海，而下河治。其他疏築工程，具有成效。而最要者在清口大闢，黃、淮交會，雖遇伏秋異漲，依然清、淮暢出，逼黃遠避，絕無倒灌，順軌安流。

淮揚一帶黃童白叟歡欣鼓舞，感頌皇仁，謂爲數十年來所未有。此皆我皇上睿謨深遠，聖慮精微。臣愚，惟有潔己奉公，盡瘁河干，以凛遵成算而已。

茲值工完，理合繪圖恭呈。

---

[1]　工程：原本作“功程”，據《治河全書》本改。

估挑高郵運河疏

臣看得運河爲漕艘經由要津。山、清、寶應河道自惠濟祠後起，至界首止，已於康熙三十九年內經臣題估，發帑挑挖工完，見今衝刷寬深。其界首迤下一帶河道，向年湖河相連，水勢甚大，故未挑濬。今六壩久閉，高寶湖水稍落，運河水勢平緩，上流所刷之沙概積下流平緩之處，河底未免淤墊，恐重運未能利涉，亟應挑挖，一律深通，以利遄往。

茲據淮揚道參議王謙詳稱，高郵界首泥旬橋起，至永安南裏頭止，應挑河長四千九百七十五丈，估挑面寬八丈，底寬四丈，深一丈，並兩頭煞築攔河壩，共估土方、工料銀二萬四千一百九十八兩八分三釐五毫，委無浮冒。冊詳，臣覆核無異。

查挑挖運河，關係緊要。隨動支高堰大工節省銀兩，給發揚河通判楊兆僑、裏河同知王英謀等，率汛員於回空糧船過完作速閉壩挑濬。一切進貢及差使官兵船隻，仍照前過壩者，聽其過壩。起旱者即行起旱，不得擅自開放。俟來年新運糧船到時，啓壩開行。除委淮揚道王謙監工督催，並原冊送部查核外，相應具疏題估。

伏乞皇上敕部，迅賜議覆施行。

覆改中河出水口門疏

康熙四十二年二月初四日奉上諭，仰見我皇上，睿慮周詳，聖謨宏遠，改移中河出水口門，俾無逼溜使南，永保運口，真善後良圖也。

臣率淮揚道參議王謙、徐屬河務同知李梅、中河通判劉可聘、山盱通判邊聲威等，親往相度形勢於清邑。中河鹽壩處所挑挖引河，令中河之水穿子堤，由雙金門開入鹽河，至花家莊迤東，穿黃河縷堤，至楊家莊出口入黃河，俾於運口有益。今量得河身共長二千三百零八丈。內自楊家莊黃河崖起，至花家莊平地開河，長五百一十二丈五尺。又雙金門開起，穿中河北岸子堤，至中河崖止挑河，長一百六十五丈五尺。又自花家莊接舊鹽河起，至雙金門開止，長一千六百三十丈。間有淤處，應行挑濬。南岸自中河子堤起，至黃河邊止，創築南堤一道，長二千零九十八丈五尺。北岸自雙金門開起，至花家莊止，以遥堤爲北堤，不動錢糧，另築自縷堤外起至黃河岸止，創築束水堤一道，長二百三十四丈。於內建築草壩二座，收束水勢，以防黃水倒灌。再雙金門開磯心窄隘，難以行運，盡行拆去，另造草壩裏護。又黃河縷堤穿斷處建大石閘一座，收聚水勢。應將前題修仲莊石閘移建於北，不另估錢糧。再查中河地處卑窪，上源清水漲發，向由鹽河宣泄下海。今應於花家莊鹽河撐堤之上建造泄水石閘，相時啓閉，以利行鹽，以資濟運。

　　以上挑河、築堤、修壩、建鹽河石閘等工，共約估工料銀七萬八千餘兩。

　　理合繪圖具奏，伏候聖裁。

　　康熙四十三年二月二十五日題。

進《治河全書》

　　欽惟我皇上文德武功，彌天際地，南平三孽，北靖沙漠，薄海内外，飲和食德，無一民一物不得其所。

　　惟是河工一事，關係國計民生，時厪睿慮，荷蒙親監閱視，洞悉源委，一切疏濬、修築機宜，斷自宸衷，指授精詳，區畫盡善。如：盡拆攔黃壩，以導黃歸海；廣闢清口，緊閉六壩，以束淮敵黃，而淮、黃交會矣；增築挑水壩，加挑陶莊引河，逼黃溜北行，而清口安瀾矣；堵邵伯更樓，濬淮揚裏河，改新舊中河，開人字、涇、澗等河，以利轉輸，而漕運通行矣；開歸仁引河，以導睢水刷黃，而上流之沮洳悉去矣，濬蝦、鬚等溝，引積水入海，而下河之巨浸盡消矣；塞時家馬頭，築河堰堤岸，以資捍禦，而堤防鞏固矣；挖戚字堡、楊橫莊等河，以排灣曲，而黃流直瀉矣；又親臨河工，指授善後機宜，改中河出水口門於楊家莊，俾無逼溜，使南運口永無倒灌之虞矣；建龍窩等處挑水壩，使溜不掃灣，以保堤防，而險工無恙矣；開鮑家營引河，泄黃河異漲之水，以利節宣，而清、黃並漲無虞，淮揚保障有資矣。其他分勢開濬，隨時修築，莫不洞照無遺。總之清水出，而刷黃益深；黃河深，而清流益暢。

　　洋洋聖謨，凡燭照於事前者，一一符驗於事後，不資群策，不使旁撓，不惜數百萬金錢，大智獨斷，盡善盡美，故能易汙萊爲樂土，起災黎於更生。煙火桑麻之象盈於目，歡呼頌禱之聲溢於耳。巍巍蕩蕩，峻德豐功，誠足以上邁千古，下垂無窮也。

　　臣前於康熙四十年正月二十七日，題請將欽頒上諭與宸斷治河事宜敕下史館纂輯成書。奉旨著臣纂輯呈覽，茲謹彙輯繕寫，敬以康熙二十三年聖駕閱視河工之日爲始，共計上諭二卷，事宜二十二卷，恭呈御覽。

　　竊念臣學識疏陋，兼以外臣不諳體裁，仰懇皇上敕下史館如式編輯，欽定書名，與《蕩平方略》並行刊佈，用以昭示臣民，法今傳後，則平成地天之偉績，億萬世永賴之矣。

卷　三

章　奏

請汰捐納疏

　　臣伏覩我皇上至仁至聖，無刻不以愛養生民爲念，使大小臣工能仰體皇上之心，奉公守法，潔己愛民，民生何患不遂？

　　然欲遂民生，必先清吏治，則甄別流品，愼選循良，誠今日之急務也。九卿會議捐納事例，我皇上聖明洞照，恐其日久弊生。而九卿爲一時權宜之計，奏請至再，姑允其行。臣伏思捐納一途，每多匪類，平素不曉詩書，焉知民社爲重？政事委之幕客，文移委之吏胥，惟事安閑逸樂。又有甚者，詐財虐民，不惟償本，且欲圖利，又或虧空庫帑，任意妄費，無益國計，有損民生。

　　今承平日久，甄別流品，理宜一概停止。但捐納之人前已錄用，後則不便互異。今酌一變通之法：除舉人、進士俱屬正途，急公者無論外，其餘捐納之人止許做所納之官，不許陞未納之官。如捐州縣官者，止許做州縣官，三年爲滿；捐道府官者，止許做道府官，三年爲滿，俱以原品休致。如有清操長才，該督撫核實保題，應否陞轉取自上裁。倘督撫徇情受賄，保舉不實，別有發覺，將督撫一同坐罪。如貪贓害民，仍不時糾參，不拘年限之例。如年未至二十，尚屬童蒙無知，及不曉文義，難以臨民者，送國子監讀書，三年考其通否，分別去取。

　　至於教官雖卑，有訓課士子之責。捐納教官不讀詩書，黌宮老儒執經問難，徒見其相對慚沮而已。此捐納見任教官，亟宜照未任教職例改受雜職，將舉人、挨貢補授。庶司鐸得人，而士習可端矣。

稽察倉庫疏

　　奏爲敬陳稽察倉庫末議，仰祈聖裁事。

　　户部所屬銀庫、紬緞庫、顔料庫俱關係錢糧，而銀庫更爲緊要。財用充足，超越往古，皆我聖主躬行節儉之所致也。然財既豐盈，稽察貴乎嚴密。而稽察之法，非徹底盤查，未能得其確實，但銀錢爲數既多而款項又繁，逐一盤查，稽延日月，完竣不易。查康熙四十五年九月内奉旨，凡庫内錢糧俱有交代，所以容易盤查而數目亦得清楚。惟户部庫銀甚多，難以盤查，其出入數目必不清楚，著將每年新收銀兩另行收貯，至於用銀時，將舊銀挨用，則易於盤查，而數目亦得清楚矣。

　　再户部章京、筆帖式等奔競營求欲作庫官者甚多，以此觀之，定有情弊。庫官等應每年更換，著交與戶部議奏，惟時臣部覆疏，止議保舉庫官，其更換交代之法未經議及。迄今四年，庫官三易其人，並未有交代，無憑察核。其新收銀兩，雖云貯桶另存，實則一處，混雜難查。

今應仰遵聖旨，新造銀庫一所，令九卿保舉廉能殷實年壯者四員，管理新收銀錢貯庫。其舊庫銀錢令見任管庫官員支放，俟支完按數查核。舊庫既完，又將新庫支放，二庫循環收支，則稽核數目不致遺漏混淆。其庫官果能出納分明、毫無虧空，加等優陞，以示鼓勵；若有虧空情弊，照例究追治罪。

新放庫官以三年為滿，其任滿更換。或有他故更換者，俱令造具冊結，交代新官。查無虧空情弊，出結呈堂，考核具題。則人知警惕，彼此互相覺察，雖無盤查之名，而有盤查之實。

至稽查收兌錢糧，須於各省解官投批後，戶部滿漢堂官派廉能滿漢司官二員，監同庫官兌收足數，登記印簿，親看入庫，將收兌印簿按月呈堂稽查。庶隱匿之弊可杜矣。

其紬緞庫、顏料庫應委廉幹滿漢司官，按冊盤查回明，堂官親身查核，取庫官實在印結，造冊奏聞。如不足數，題參究追其二庫庫官，亦令九卿保舉廉能官員管理，以三年為滿，亦照銀庫例交代考核。

其草豆監督，見今派在部管買辦者一員。在內倉管收放者一員。一事而分兩手出入，易於滋弊。今應將管買辦者裁去，總歸內倉監督管理，以專責成，令九卿保舉滿漢廉能司官各一員管理，一年為滿，照藩司例造冊，交新官查無虧空，具印結冊，報戶部。戶部堂官同科道盤查，如錢糧出入數符、毫無虧空者，即與優陞一等；若出納不明，有虧空情弊者，題參究追。其監督每年具文赴戶部領大買銀兩若干，買草豆等項若干，進倉若干，及支放各衙門若干，開入印簿，按季送科道稽查、注銷。其召買從前送堂司人等陋規永行嚴禁，如敢故違與受，俱照律治罪。若監督既能用廉能之人，則不受召買陋規；不受陋規，則不為召買挾制。

此後應嚴禁召買，如有奢華靡麗、捐納職銜以致虧空錢糧等項，一經查出，照侵蝕例，嚴加治罪。如此，則奸徒知畏法紀，而錢糧不至糜耗矣[1]。

辭大學士疏

【解題】

本文是作者在雍正元年（1723）寫給雍正請求辭去大學士的奏章。

竊臣一介寒儒，孤踪陋質，蒙先帝教誨，生全五十三年，涓埃未效，朝夕懷慚。乃蒙皇上施恩，格外寵命頻頒，揣分逾涯，方切惶悚。

---

〔1〕 糜：通"靡"。

今奉恩綸，授臣大學士，聞命自天，感激無地。恭值皇上勵精圖治，聖化維新之際，臣即夙夜匪懈，勉竭駑鈍，未能報稱萬一，何敢籲辭？

但臣有不已之苦情，不得不上陳天聽者：向年臣父見背，屢疏瀆請，循例回籍守制。蒙先帝以銓部事務緊要，尚書富寧安出師，令臣忍痛在任辦事，俟富寧安還日再行回籍。諭旨屢頒，勉供職守。今富寧安已授大學士，舅舅隆科多已補滿尚書，臣可以御遵先帝諭旨，因梓宮未歸山陵，臣不忍，遽爾陳情。且臣今年七十五歲，精力衰邁，知慮短淺，密勿重地，恐難勝任。

仰懇聖慈，收回成命，另簡賢良。容臣仍理部務，俟山陵事畢，再陳下情。臣感荷皇上天地父母之恩，故敢以烏鳥私情，冒瀆天聽。

謹奏。

淮揚救荒疏

【解題】

本文是作者向朝廷報告請求救濟淮揚災民的奏章。作者言鹽城、山陽、高郵、泰州、興化、寶應六州縣積水未消，五月霖雨連綿，禾麥俱未播種。作者希望撥豐收鄰郡倉穀，或捐官役傭工買米，朝廷速行賑濟，使淮揚百姓得以存活。

竊惟淮揚一帶，上年慘被水災，荷蒙皇恩賑濟，蠲免錢糧，民慶更生。雖春夏之交，尚結廬栖止堤上，或捕魚蝦，或採野菜，苟延殘喘，不敢流而爲盜，仰見我皇上德教入人之深也。

然災民日夜盼積水漸消，涸出田畝，春耕夏種，以望秋成。茲臣見江撫宋犖揭稱，鹽城、山陽、高郵、泰州、興化、寶應六州縣今歲積水未消，加之五月霖雨連綿，禾麥俱未佈種。見委道員查勘，另報等情。臣思此六州縣被災既重，本地之倉穀，去年已動支無餘，今年又秋成絕望，小民何以謀生？該撫揭內並未聲明作何賑濟。得無拮据無術，立而視死乎？

伏思人一日不再食則飢，三日不再食則待斃，賑濟之法刻不容緩。伏祈皇上敕下該督撫，或撥豐收鄰郡倉穀，或捐官役傭工買米，分遣能員速行賑濟。庶淮揚生靈得以存活，而將來國賦亦有輸將矣。

勘河具題摺

臣抵東省，即會同總河趙世顯、巡撫李樹德，將東省運道挨次查看。遵奉上諭，告誡大小河官，實心奉行，加意防修，永保安瀾之績。所在官民莫不感頌我皇上睿慮周詳，九重之上，全河情形瞭若指掌，查看歲修應築之處，未雨綢繆，無非爲國計民生，圖其萬全。

臣等查看得戴村壩遏汶水出南旺，南北分流濟運，關係緊要。舊設玲瓏、亂石、滾水三壩，年久汕刷，隙縫漏水。該管兗寧道宋基業情願捐築子堰暫禦泄漏。所有玲瓏、滾水二壩並兩邊石裹頭，殘缺倒卸者應補葺，錯亂者應整齊。又玲瓏壩下樁，水汕刷損露者應補填堅實，以資捍禦。

再，山東運道，全賴汶、泗二水。上流泉源接濟，今天氣亢旱，泉流微細。又蜀山、馬踏、南旺諸湖與分水口相近，蓄泄濟運。見今蜀山、馬踏兩湖貯水無多，南旺湖並無涓滴，小民乘間侵種，亦復不少。臣等仰遵諭旨，交與巡撫李樹德，將坎河、雞爪等泉捐資疏濬，並嚴禁民間偷截灌田。外查諸湖向築子堤，分別官民界址，交與該撫委賢能道府官員查明界限，補築湖堤，嚴禁民間侵種；每年蓄積湖水，毋致乾涸。

其兗州府之金口壩，遏泗、沂之水，出黑風口，至濟寧之天井閘濟運。總河趙世顯捐資，委効力官劉永銇將淵源泉、白馬河疏濬通流，由魯橋濟運。

查南旺分水口，係南北分流水脊，實爲運道要樞，見在南北閘口水深四尺及三尺六寸不等。臣等恪遵諭旨，淺於南，則閉北閘；淺於北，則閉南閘。隨令主事富明德、監察御史梅琮留駐分水龍王廟，照管南北各閘，以時啓閉。官民船隻隨漕而進，不許擅自開閘泄水。見在漕艘陸續通行無礙。

至查彭口一帶，沙河之水挾沙而行，由彭口流入運道。對岸舊有三洞閘，使沙由閘內衝入微山湖。見今彭口之水漸徙而南，與閘洞參差不對，以致下流不能直趨，閘洞淤塞。且彭口積沙如山，霪雨下注，沙仍溜卸。每年挑濬徒費工力。請將彭口內南岸建挑水壩一座，北岸將沙嘴截去，並將三洞閘內淤沙挑净，使彭口之水挾沙暢流，由閘洞仍灌入湖內，運道清通，自無阻滯。應將該撫所請挑濬汶河，另開彭口新河之處，俱無庸議。

再，朱姬莊、吳家堤岸，外臨微山大湖，原甃有石堤，以捍湖水，歷年風浪蕩激，臨湖一面被水衝坍。且接連石堤之土堤，亦多殘缺。查此項堤岸內，石堤坍卸三百九十六丈，土堤殘缺七百六十丈，必須用椿埽修築堅固，方可屏障湖水。

其韓莊閘一帶石堤，並宣泄湖水之湖口閘，該撫於康熙五十九年業經捐俸工修砌完竣，由湖口閘開放微山湖水濟運。

查太行堤延袤數百餘里，乃捍禦黃河，爲張秋運道保障，第年久未修，甚多殘壞。臣等循堤查丈，其在曹縣境內者，因年久堤身間有倒卸並低薄殘缺等處，共計九千二百五十一丈零；其在單縣境內者，殘缺共計一千四十八丈零。理合修築堅固，與原堤相等，方足捍築。以上各項工程，據該撫交令管河道廳各官逐一估計，共需銀八萬二千四百一十五兩一錢八分零，查東省既無額設錢糧可以支銷。若待部覆興工，恐伏秋汛至，延緩不及。伏讀上諭：「黃河關係最大。圖治已治，保安既安。今春多風而少雨，恐秋間雨水必多，地方官宜加意堤防，欽此。」欽遵。臣等會看得太行堤工以及彭口等工緊要，不可不急爲修築。今該撫先請暫借藩庫銀兩，剋期興工，情願於本省俸工，五年之內捐扣還項。應令委賢能官員盡心修築，其承修各官如不實心辦事、扣剋肥己、派累里民者，該撫察出即行指名題參。

其東撫所奏動賣倉穀開捐還項之處，亦無庸議。至於堤工修築之後，如有私行毀壞者，照盜決河防律治罪。地方河道官員不行查禁，亦照例處分。

其江南豐、沛二縣太行堤，臣查看沛縣殘缺之處共一百八十八丈零，豐縣殘缺之處共二百二十六丈零，應交與河道總督，照山東曹、單二縣例修築。

再查看曹縣太行堤工與直隸長垣縣接壤，其長垣界內見有缺口，自長垣以上係河南儀封等縣堤工，臣等已經知照直隸、豫撫，如有殘缺，照山東例一體修築，務期堅固。

又工部咨稱朱姬莊、吳家橋堤岸，該道詳報三十餘里，該撫摺奏三百餘里，恐有以少報多情弊，交與查河堂官查明，到日再議。臣等看得見在堤岸三十餘里，既經該撫自行檢舉，應將巡撫李樹德照例罰俸兩月。

以上各工估計清冊，該督撫另行送部查核。

再查邳州低窪之處，周圍十四里，有零形如釜底，若遇雨水甚漲，四面環注，積成巨浸。先經邳睢同知孔毓珣從周家莊至閻王廟口開渠一道，瀉入運河。但此渠止能泄出浮面之水，其停潴之水不能流出，以致水深猶有二三尺至八九尺不等，舊城淹沒無存，已遷州治於艾山。其邳州王家樓一帶低窪之水，已從新開房亭河泄出，並無積滯。

所有臣等會看緣由。謹題。

勘張秋決口設法放糧船摺

奏爲欽奉上諭事。康熙六十年九月二十二日於楊家村地方奉上諭，臣即於楊家村起程南行，已經奏明在案。

二十五日於靜海縣地方准兵部咨送皇上指示所畫輿圖，臣捧閱之下，仰見我皇上至聖至明，凡山川之脈絡，河道之源流，睿慮洞悉，瞭如指掌。臣於十月初六日，同漕臣施世綸抵張秋鎮，會同撫臣李樹德，將運道衝決之處詳細查勘。初十日，學士格爾布亦遵旨前來。臣等查得河南泛溢之水，由長垣東明流入山東濮州范縣、壽張，直抵張秋地方。平地水高數尺，民間房屋、地土俱被淹沒。沙河、趙王河不辨界限，衝開運道東岸之曹家單薄，由鹽河入海，幸目下水勢已消去三尺餘。

臣等乘小舟由曹家單薄決口順流探視，中泓水深一丈五六尺不等，決口寬八十一丈，必俟河南上流堵塞，下流纔可施工。其預備料物、修工人員交與山東撫臣預爲料理齊備，俟河南上流堵住，即速堵塞。目下回空糧船，路關緊要。撫臣李樹德、道員宋基業、知府金一鳳，公捐於決口相近西岸高阜之處，接搭浮橋二百餘丈至三官廟高堆作縴路。糧船經此，便於伏簹而過。自張秋北至東昌一帶，東西兩岸，縴道被水淹沒殘缺之處甚多。撫臣李樹德率知府楊文乾，公捐於淺水之處修築子堰，水深之處搭蓋浮橋，回空糧船可以通行。將來堵塞決口，東西堤岸必須修築，照舊一例高寬，務期堅固，方於運道有裨。亦交與撫臣，會同河臣作何動帑，確估興修，另行具題。

再查臨清閘口乃運道咽喉，目今衛河水落，運河水大，閘口水勢湍急，輓拽艱難。每日回空止過船五十餘隻，其未過之船尚有五千五百餘隻，恐將來冰凍，回空必至遲誤。查臨清之觀音嘴，舊有月河一道，年久淤墊。若開濬深通，分泄水勢，令閘口水緩，易於牽輓而上。如遇水小之時，仍將月河堵塞，於閘河節宣似有裨益。交與該撫勘明開濬。其被水之民，作何賑濟之處，亦聽該撫查明具題。

至本年回空糧艘，倘有限內不能抵本省交兌新糧者，聽漕臣施世綸查照往例，行知江浙、江廣各省撫臣糧道查明，減船并捐，雇民船兌運，務期無誤。來年重運之處，漕臣另行具題外，所有臣等查勘張秋等處水勢情形，遵旨略加修防。通運之處，謹繕摺，差主事吳爾登恭齎奏聞：

"查《兗州府志》載：鹽河流至東阿魚山龐家口入於大清河，又東北徑艾山滑口入平陰境，又東北由長清齊河過濟南之北，會小清河水，至利津入海。公議東撫差官看鹽河入海情形，自曹家單薄水入鹽河，流至東阿等地，入大清河，共若干里，水面寬若干，水深若干，兩邊有無堤岸，出水若干，有無淹沒民田。"

"自此而下，凡經過州縣地界，俱照此式丈量，開載畫圖回覆。出張秋北門轉西，循太行堤而行八里，至東影塘。又行二十里入壽張縣城，係土城，約七八里，秋間水泛時東、西、南三面皆水。今冬深水退，西一帶村莊於沙河相近處尚有積水未消。又行二十里，過竹口，又三里，地名蓮花池，積淹至堤根，居民房屋向在堤上者約五里許。又七里，至子路堤，積水亦至堤根，見在水深七八尺至一丈不等，河面約寬數十丈，兩涯之岸微漏。又七里，至北寨為范縣界，土人名此水曰'清河'，舟楫竟至城東門。又三里，至范縣，闔縣共十二里，被水十里。坐小舟，看趙王河，及道人橋之沙河，俱汪洋莫辨，惟視河岸楊柳為標識。遠望西北長堤巍然獨存，土人云係秦堤，陽穀之民恃此捍禦洪波，以為保障。自感應廟至五空橋東，石堤剝落，汕刷堤根數十丈。登岸看五空橋五寶，泄水入鹽河。由東阿魚山，至利津下海。諸形在目，修補孔殷。閱長垣決口，水由河南詹家店馬營堤決，流至長垣界。太行堤決，將東明、長垣二縣淹沒。閱小抄瓠子口，或在河南決口之上，或決口之下。公曰'漢武帝塞瓠子口'，名曰'宣房宮'。今滑縣屬北直大明府，與長垣、東明接壤，皆黃河故道，水由此行，有自來矣。由濮州至開州一路，被水災民擁輿哭訴，水旱相因，飢寒交迫。且決口催辦料物，地方官比較納糧，情詞痛楚，公委曲撫諭。由開州過東明縣，土人云八里鋪迤洪洋山，有瓠子宮古碑。至東明縣詢知，七月十二日沁水先到，二十二日黃水始到縣城，根沒二尺餘。西北一帶，淹沒大小村莊共一百五十二處，低窪房屋間有倒塌。是時水漸退消，高處土出。縣城南有洪河，北有漆河。洪自滑縣流入，東北抵張秋入海，漆係無原之水。目下黃、沁泛濫，一望汪洋。"

救河南黃河決口條議

為欽奉上諭事。雍正元年七月初七日奉旨，臣鵬翮會勘馬營決口。

臣等齊集河南馬營工所，周覽黃、沁交會形勢。南岸廣武山高峙，北岸係屬平地。沁河之水自西來，會黃於此。伏汛時，沁、黃二水先後迭長，則循流而逝。若遇二水並漲，南高北卑，易致洶湧，必竭盡人力，以資堤防。

臣等遵奉諭旨，會議河南黃河馬營等處保固工程事宜，仰見我皇上軫念河道民生，務期安瀾，以資永賴至意。幸託庇聖主洪福，河伯效靈，水勢消落，馬營等處漸次堵築成功。所有豫省河工，應行保固事宜。謹據臣等一得之愚，詳具條議，是否可行，伏候聖裁。

秦家廠係捍禦沁、黃交會之關鍵，修防保固，最為緊要。大壩靠堤、並月堤應再加幫寬厚，均至底寬十丈、頂寬四丈、高一丈至一丈五尺不等。應照南河例，歲修每年聽河南撫臣估計題銷，仍派本管廳官住工防守，同在工千總帶領河兵樁埽。守汛人等不分雨夜，在工修防。如三年，著有勞績，總廳撫臣會同河臣具題，以應陞之缺即用。如或怠玩，不時查參，嚴加治罪。其修工夫役，仍照例著地方官雇募，不可遲誤。如有遲誤，照例參處。

秦家廠大壩北尾堤應築堤一道，接連遙堤，底寬十二丈，頂寬五丈，高一丈二尺，加鑲埽工，以護其衝。庶溢出之水不致下注。

詹家店有頂衝之險，但遙堤尚屬單薄。再加幫，底寬四丈，頂寬一丈，直與舊堤相平。頂再加高三尺。

秦家廠南尾應接至榮澤縣所管臨河大堤，底寬十丈，頂寬四丈，高一丈，以資捍禦。

馬營舊有河形，且地處窪下，一遇泛漲，保固最難。應將壩後土堤加幫寬厚，均至底寬十五丈，頂寬六丈，高一丈至一丈七尺不等。

詹家店舊堤捍禦沁、黃交會之水，亦關緊要。應再加幫寬厚，均至底寬十二丈，前面於卑窪之處加添埽工，以資捍禦。

沁、黃交會之處，長有沙灘，沁水會黃不暢。今冬水落之後，該督撫帶領管河道廳及地方官親往查看，審度形勢，如非淤泥，則挑挖引河。俟水長風順開放，引沁水汕刷淤泥。人力難施，則乘長水半淹之際，用南河鐵笆子操舟刷沙，隨水而去，往復鈀梳，沙灘漸除。如此，則沁水暢流，不致泛濫，於姚家營一帶平地，即秦家廠、馬營等處亦可資保固矣。

北岸太行堤，自武陟縣木欒店起，至直隸長垣縣止，係奉聖祖仁皇帝指示修築之工，關係黃、沁，並衛河、運道重門保障。應令河南撫臣嚴催承修各官作速修築，務期堅固，一律全完。如有遲延，聽其指參。

堤工既經修築堅固，而防守必須能員。臨河各堤仍令管河廳汛官住扎本汛近堤之處，早晚易於巡防；不許仍前遠住府縣城內衙署，以致水發搶護鞭長莫及。自今河南廳汛官員應令總河巡撫不拘資格，揀選熟諳能員題補，保固工程。三年限滿，該督撫具題，准其以應陞之缺即用。如有怠誤，不時查參。其太行堤，應令州縣官照所管之處不時巡防，遇風雨水漲之時嚴加防護，不許奸民盜決堤土。如有盜決者，將奸民嚴加治罪。其失於巡防之地方官，並隱匿不報之道廳等官，俱照例嚴加議處。

河南黃河兩岸臨岸大堤，修築年久，風雨淋漓，至有單薄之處。應令河臣於冬間同撫臣親往逐一查看，將卑者加高，薄者加厚。如有頂衝之處，修築月堤。其應用錢糧，聽其估計會題。工完之日，該撫查明，核實報銷。至河南州縣官原有兼管河務之責，如有水發搶修之際，應令地方官協同雇夫辦理。如有推諉漠視者，照例嚴參。

黃河南岸中牟漫口二處，堵築工完之後，應令中牟縣管河縣丞，移住工所，加謹防護。如有水漲搶修之際，該地方官，協同該廳汛官，盡心保固。如地方官推諉膜視，照例嚴參。

長孫勤望，時通判順天，報平安家書至，內抄看河部文，又知有引沁入運之議。按《河圖》，沁河發源於山西沁源縣，經河內縣與丹水會流，過溫縣，至武陟縣之南賈口，入黃河太行堤。自武陟木欒店起，經原武、陽武、封邱、長垣、東明至曹縣，俱有太行堤捍衛。又《河防一覽》載：先年沁水會衝開木欒店蓮花堤口，而新鄉、獲嘉，俱被淹沒，豈沁河旁溢，決太行堤，而流入曹縣歟。再閱《沁源志》載：沁河在縣東，其源有四：一在滑風村石巖下；一在巖頭村北山麓，俱由琴峪而南至陽城村轉東；一在車家領底，水從地湧出三穴，勢甚雄放，由綿上鎮，至陽城村合流；一在白窰馬圈溝，至交口村相合。自是以南，容受諸水，其流浸大經岳陽縣，轉沁水縣，穿太行山，至河南懷慶府，達濟源，由武陟縣入黃河。隋大業四年開永濟渠，引沁水入御河，灌田二千餘頃。

今欲令其北歸於衛，合於武陟縣西北，地名大礬口，決開堤壩，引至修武縣西，直抵新鄉縣西北，灌入衛河，相去一百二十里。又查《河防一覽》，沁大衛小，其勢難容；沁水寬一里，衛水寬五丈；衛清沁濁，末流必淤，恐又增運道之梗。查地形西南太高，東北卑下。《衛輝府志》：開浮屠，最高與沁水平，勢不可開，恐沁水猛漲則臨水居民、城池受害不淺。《胙城志》：沁河，故俗云“孟姜女河”。自武陟縣流經胙城境北，行與汲縣相接，在漢堤西久塞。

從獲嘉三十五里至張家集，太行堤在其南出集二里，武陟縣界。是日，至釘船幫支河堵塞工所，並詹家店至魏家莊決口堵塞處，查得黃河自西而來，沁水自北而來，於河陰縣之廣武山會河交匯，至釘船幫支河口一百四十里。公齊集總河趙世顯、署總河陳鵬年、河南巡撫楊宗義、懷慶知府梁需杞、武陟知縣朱凜迪等相度沁河形勢。河身甚高，若引水有建瓴之勢，河係沙底，難以建築閘壩。據武陟監生民李謹等公呈，沁河必不可引入運河。

閱《新鄉縣志》：開沁五害，挽沁入衛。元明以來議者紛紜，始以管河同知鄒元明之妄誕，累經查勘而斷然不可者，其害甚大，非難與慮始也。

賑救馬營決口條議

臣欽奉上諭，前往河南黃河馬營口，會同督撫等定議工程。但黃河馬營決口情形難以懸揣。俟到河南同巡撫石文焯、總河齊蘇勒、侍郎稽曾筠率地方官河官，查勘情形，作何堵築修治之處詳議另行具題外，所有目前關係運道防護事宜，開列於後，恭候聖裁。

山東張秋運河，宜責成山東巡撫親身料理。前年馬營口潰決，由北直長垣流至張秋，運河決潰堤岸，係巡撫李樹德親在張秋辦料修工，並設法搭橋作縴路，挽運糧船北上。今馬營復決，黃水勢必衝突張秋之沙灣運河堤。請敕山東巡撫黃炳親身速往張秋，作何保固運道，作何催攢糧船，不致遲誤，聽其相機料理，自行奏聞，請旨定奪。

江南黃、運兩河工程，關係運道、民生，最為緊要。總河齊蘇勒會議河南黃河工程事畢，將辦料、修工事宜交與河南巡撫石文焯及侍郎稽曾筠料理。齊蘇勒不分晝夜，速回江南，率領河官各往工所，實心修防，將運、黃兩河及高堰工程務期保固無虞。俟秋後水落，總河帶熟練河官、埽手，會同石文焯等修工。應行事宜，聽其自行奏聞，請旨定奪。

由張秋至馬營口一帶水勢情形，乞差工部堂官一員馳驛先往張秋，會同山東巡撫黃炳勘明張秋沙灣水勢情形。由張秋溯流至長垣決口、由長垣溯流至馬營口一帶水勢情形，繪圖貼說，與巡撫石文焯、侍郎稽曾筠看閱。庶明白首尾情形，方可定議。

中牟黃河決口之水，由賈魯河入淮河，歸洪澤湖。目前大雨時行、汛水長發之際，洪湖勢難容納。若由三壩入高寶湖，突入運河，由東堤閘壩下河，則高寶一帶堤岸工程宜加謹防護。若由清口入黃河，由運口入清江浦運河，則高家堰工程，淮安山陽、清河、安東一帶堤岸工程，宜加謹修防。其王營減壩、馬家港引河宜疏濬開放，泄黃河異漲之水，以保堤岸。迄今日久，不知水歸何處，未見報聞。應差吏部侍郎傅紳，以曾為總河筆帖式，略知河道情形，今見往山東一帶催漕。似應將催漕事宜交與副都李紱、總漕張大有料理。侍郎傅紳親往高家堰一帶查勘中牟黃水入洪澤湖情形明晰，即溯淮河而上，直抵中牟決口處，與巡撫石文焯、侍郎稽曾筠商量堵築事宜，繪圖貼說，傅紳回京面奏請旨。

此微臣一得之愚，應否可行，伏候聖裁。

黃河馬營口修築工程，必須舊日諳練河官方知修防事務。查有舊河官王景灝已陞甘肅臬司，張其仁已陞浙江糧道，汪錫齡已陞雲南永昌道，此三員係見任之員。吳順係告休之淮揚道，見住河南。許大定原任湖廣糧道，羅景原任神木道，此二員被參劾之人。李世彥見任邳州同知，萬大受見任高郵州同，楊守智候補知府，以上各員俱熟練河工。今河防關係緊要，似應調赴河工，分頭修理工程。完日，見任者加等議敘，緣事者効力贖罪，方於工程有益。

應否可行，伏候聖裁。

陳情疏

臣跪聆聖旨之下，涕泣如雨。伏念臣一介寒微，蒙皇上天高地厚之恩，教育生成，保全終始，得有今日。臣感激之私，沒齒難報。

但臣服官以來，遠離父側，未得少盡孝養。今臣父長逝，不得親視含斂，若復不急歸祭葬，則臣既虧子職於臣父之生前，復抱隱痛於臣父之身後。臣之不孝，真不足比於人數。恭逢皇上以孝治天下，臣何敢以不孝之身靦顏具位。皇上以吏部事關緊要，留臣辦理，而臣自聞臣父訃音哀痛之後，右脅疼痛，方寸昏迷，事多遺忘。若以此辦事，貽誤滋多，爲罪滋大。叩懇天恩，俯念至情迫切，准回籍終喪。此後犬馬餘年，皆感恩効力之日也。

再陳情疏

欽惟我皇上仁同天地，恩並高厚，體恤臣情，保全臣節，委曲周至，亙古罕有。

臣之苦情，不得不冒昧瀆奏，仰冀聖慈垂憐者。臣痛念人子事親送終爲大，臣父奄逝，已不能親奉含斂，惟冀匍匐南歸，撫棺一痛；身負簣土，安葬邱壟。臣不孝之罪，或可稍逭。且臣父存日沾沐皇恩深重，一旦溘逝，必蒙聖心憫惻，欲其早歸骨於九原。今停柩成都，屋舍湫隘，火燭堪虞。一日不葬，臣父之體魄未安，臣之肝腸俱碎。

臣今年六十有七，恐溘然朝露，遺此未了之事，則君親之恩，兩有所負。況吉凶，禮有定制，臣有服之人，不便入朝進署。從吉則悖於典禮，墨絰又玷於官常，上違朝儀，下干清議，是臣以此致玷名教，當亦皇上孝治天下，所深加憐憫，而急欲保全者也。

三上陳情疏

爲再籲天恩，俯賜回籍守制，以仰體聖朝孝治宏仁事。

臣丁父憂，恭奉上諭，忍痛暫留辦事。臣隨具疏，懇放還原籍守制葬親。奉旨：

"已有旨了。欽此。"臣復屢疏陳情，內閣不收。

竊念微臣年逼桑榆，衰邁日甚，誠恐餘生無幾。臣父之殁，既不獲身奉殮含，臣父之葬，復不得手安窆穸，則臣不孝之罪，更屬難逭。臣每於辦事之暇，易服杜門，深自疚痛，清夜捫心，淚沾牀簀。

伏思聖朝孝治天下，文臣解任守制，武臣給假葬親，俱有成例。臣謹循例叩懇上恩，放臣回籍，得於臣父葬所親奉坏土，以加封樹，親奠壺觴，以安魂魄。上以益宏聖朝教孝之治，下得稍慰微臣風木之思。俟終制之後，倘不即填溝壑，則犬馬餘年皆感恩効力之日也。

謝恩疏

雍正元年正月二十五日，奉硃批諭旨："卿居官五十餘年，清慎持躬，恪勤奉職，先帝委任信用，超越等倫。朕特授卿爲大學士，實資贊襄密勿，輔弼謨猷，以副朕親賢圖治之意。覽奏以年邁爲辭，並請於山陵事畢之後，回籍經營爾親之事，情詞懇切。朕思先帝尚資卿料理，不忍舍爾遠去。今朕臨御之初，正賴大臣翊贊，豈忍從爾所請乎？況卿精力尚健，正可辦理內閣、吏部事務，可遵旨供職，不必以年邁懇辭。舅舅隆科多初歷吏部，俟其諳練之後，給卿數月之假完卿葬親大事，以展孝思，特諭。欽此。"欽遵。

臣跪誦之下，仰見我皇上恩同天地，德並生成，感切五中，匪可言罄。且蒙溫語褒嘉，俯躬益增悚愧。又蒙俯鑒烏私，將給數月之假，完臣事親慎終之禮。殊恩異數，體恤周至，洵亘古非常之曠典，臣何人，斯遭此隆遇？感激涕零，不能自已。惟有祇遵聖訓，勉盡職業，以報高厚於萬一。

謹先詣先帝梓宮前叩首，再赴闕廷恭謝天恩。

謹奏。

科場條議

臣伏查九卿會議，疏稱"八旗、直隸、各省見任文武大臣，及官員同胞弟兄子孫，及同胞兄弟之子，鄉、會試俱編官字號。如民卷以百卷取五卷，則官卷二十卷取一卷"等語。

在九卿之議，不使勢宦子弟有礙單寒進取，而官民取數又均，乃科臣慕琛疏稱"不肖主司或暗受囑託，勢力大者夤緣必得，勢力小者文理雖通，反致擯棄。每遇鄉試，恭請皇上親試，以定棄取"等語。九卿議覆，官員子弟傳至內廷考試，皇上親閱之處，毋庸議，置之當矣。獨是勢力大者夤緣必得，勢力小者文理雖通，反致擯棄。官字號之流弊，勢所必至，而防之之法，九卿未之議也。

臣愚以爲遵循世祖章皇帝之舊例，慎選考官，可絕此弊。伏讀上諭："諭禮部：朝廷選舉人才科目最重，必主考、同考官皆正直無私，而後真才始得。昨鄉試賄賂公行，情罪重大，已將李振業、田稑等特置重辟，家產籍沒。會試大典，尤當慎重。考試官、同考試官，及天下舉人，若不洗滌肺腸，痛絕情弊，不重名器，不惜性命，仍敢交通囑託、賄買關節等弊，或被發覺，或經科道官參，即將作弊人等俱照李振業、田稑等重行治罪，決不姑貸。爾部即刊刻榜文，遍行嚴飭，使知朕取士釐奸至意。特諭。"

故自丁酉懲創以來，科場弊絕者四十年。今此例，在刑部可仿而行也。立法既嚴，人心知畏。鄉試考官，將侍郎學士、京堂翰林科道部屬等官，由進士、舉人出身者，無論已未典試，擇其品行端方，素符衆論者，吏部通行開列，恭候欽點，人多則難以揣摩。至於禮部磨勘，不過摘取字句小疵，虛應故事。照會試例停止，慎選考官，以端其始；遵循舊例，以繩其後；又停止磨勘，以免瞻顧。俾得專心閱文，夙弊庶乎可除也。

又九卿疏稱"會試雲南、四川各取二名，貴州、廣西各取一名，此數處額少，不另編字號"等語，臣竊以爲未當也。在江、浙等省既編南卷，山、陝等省既編北卷，又將此四省照省分各編字號，卷數甚少，分晰太露，保無有不肖考官，易查關節，而佳文反限額不受者乎？臣愚以爲應將此四省編入北卷，照卷數取中可也。

伏查臺臣鄭惟孜條奏：請將監生回籍鄉試之處。九卿會議：國學自古設立，不可虛無其人，將監生回籍，著無庸議。臣愚以爲，九卿前議監生在北場作弊，雖回原籍，亦可作弊，此議未爲不當。但監生既不令其回籍矣，而在京串通作弊，可不有以防之乎？防之維何，平日責在司成之教訓，臨時責在巡城之糾察。司成者，監生之師帥也。誠選名優行端如宋之胡瑗、明之章懋其人者以爲祭酒，教訓監生，屏去贄見陋規，力行考課積分之法。課藝之餘，親爲監生講論忠孝之旨，剖晰義利之辨，薰陶漸染，久而自化，監生各知義命自安，而羞爲非法之行矣。迨鄉試之年，司成查在監肄業三年考課不缺者，照學臣錄科之例、論文之優劣分別去取。文優取錄者送部，准其入場。其偷安在家，臨時趕至京城者，一概不准濫送。違者，祭酒、司業照違制例處分。京闈鄉試之年，不許監生投刺京官，饋獻禮物、詩文，私相結納。如有招搖作弊之徒，令巡城御史察實糾參，交刑部嚴審治罪。既教之平日以端其趨，又察之臨事以防其弊，監生串通作弊，庶乎可除也。

臣伏查科臣滿普條陳鄉試事宜。禮部議覆疏稱"直隸、各省鄉試時，應將開列官員遵例照常開列外，仍將進士、舉人出身，三品京堂以下等官職名，一體開列欽點"。又稱"點用考官，將進士、舉人出身之員外、主事中行評博，內閣中書、國子監助教、直隸所屬之同知、知州、知縣，守部進士，盡行開列具題，恭聽欽點，立令入場考試"等語。臣愚以爲開列主考同考，人多則難以揣摩，所議固當，但此中有年老荒疏者，精神既衰，難以閱文，應不准進場。部議又疏稱"不論旗人、漢人，點名授卷後不許混走。提調、巡綽官嚴行巡查，如有逾墻代做等弊，即行題參，照例治罪。其提調並監試官不行嚴查，事發，該部嚴加議處”等語，此議亦當。

臣伏查湖廣督臣郭琇條陳學道事務。九卿議覆疏稱“督撫勒索栅規，藩臬司道勒索常規，及學臣與者俱革職提問。如有勢宦京官請託投札及教官、巡捕、進士、舉人說情，並書吏、皂快等討賞等項事發，將有官者革職提問，無官者從重治罪。若學臣徇情市恩者，亦革職，一併提問。本府知府，如有包攬入學童生要挾措勒，將文理不通之童生考送者，或學臣申報，或督撫查參，將知府革職提問。學臣與提調、知府扶同作弊者，一併革職提問。督撫不行查參、學臣不行申報者，俱革職”。又疏稱“楚省考試生員，有額外濫取改名、易姓頂補、此學改入彼學等弊，或被督撫糾參，或部科查出，將該學臣即照貪官例革職提問。賄進諸生，照光棍例治罪”等語。臣愚以爲九卿之議當矣，而猶有未盡及。學臣之權太輕，則受督撫要挾。自今選用學臣，應將內而京堂科道翰林郎中，外而道府由進士出身者，不拘資俸，選其文行兼優，吏部通行開列，恭候欽點。始進既正，則夙弊可絶矣。學臣考試生童試卷，浮票上木印坐號，應令提調官在場外印就，送與學臣。臨試交卷時，教官揭去浮票，封送提調官，同彌封册一併收存。學臣取定卷數，應覆試者，將卷發與提調官，照號送進覆試。如此，則查卷賄賣聽情之弊俱絶。違者，聽督撫察參，將學臣並提調官俱革職提問。生童試卷部科既停止磨勘，若令兩次解册，不無借端駁查，學臣難免瞻顧之私。應令學臣三年試畢，一總解册禮部禮科。既不磨勘試卷全册，實屬無益，應停其解送。如此，則學臣得以專心閱文，而廉耻可立矣。

以上末議，臣殫竭愚衷，從公起見，深慚學疏議陋，未能有當，伏候聖裁。

進海圖並海防條陳疏

臣聞之，《易》曰：“君子以除戎器，戒不虞。”蓋制治，貴未然之防也。我國家當昇平之時，預爲綢繆之計，有三大防焉：

西北邊防，我皇上天威赫濯，睿算周詳，固已動中機宜，武備修舉矣。

中原河防，有聖祖仁皇帝治河方略，親歷指畫，確可見之施行，有裨於國計民生。永昭聖祖仁皇帝平成之績，翰林院纂修成書，已送內閣，伏乞皇上命舅舅隆科多同滿漢閣臣閲訂呈覽，恭候聖裁。

目前，東南海防最關緊要。謹將《籌海》重編二套進呈睿覽，觀已然之成效，方可施今日因時制宜之良謨。

《海圖》一卷，得之身歷海洋之人，所畫確切不浮，進呈睿覽，洞鑒海疆之形勢，方可折衷群言而得其至當。

至於《條陳閩地情形防海疏》稿，乃臣曩歲出差福建採訪地方情形，謹陳閩省情形又一摺。海洋匪類泊舟之處，武臣若知於此嚴加巡防，海洋匪類無處泊舟，避風取水，自然聞而膽落。向日部臣並未詳議，今錄以進呈睿覽，以備察識海疆土俗情形。

近聞廷臣會議"防海條陳"，臣雖抱病請假調理，然受恩深重，不敢緘默。謹將《籌海》重編二套，見今《海圖》一卷，曩歲《條陳疏》稿一封，遣臣長子禮科掌印給事中臣張懋誠、臣長孫順天府通判臣張勤望齎捧進呈。未知可否，伏候聖鑒。

臣不勝望闕依戀之至。

海境並日本國事宜

東洋，即日本國，名倭，地勢坐於東北海之中。往來東南千餘里水路係琉球國，往西北係高麗國，往東北即日本地方。東北之外，亦係大海，不知所止。其國共有七十二島，一王，一將軍，七十二酋長，每島設一酋長。各島俱隔水，地不相連。通國軍機、貿易諸事皆請命將軍。王世襲，不理軍機等事。

但我國去貿易之所，名曰長崎島。港口朝西南入去十餘里，兩岸高山。再進十餘里，設立營房炮臺，人煙相繼而至。島相去日本國京中並將軍駐扎之所，約有二千餘里水陸之程。出産紅銅、海參、鮑魚、漆器、魚翅之類，仍有金孔銀孔。十餘年前皆用金，目今易金用銀。若我國貨去，俱可買得。奈其國小，兼銀山數年所出，比前減半。所以我國貨去甚廣，船隻愈多，以致每年定例收船七十艘，交易額銀六十萬。

其國人狀與我國相似。其女子甚美，但不裹足，不穿鞋，妝束與宋時無異，如男人不戴帽，頭髮留後邊，前與頂俱剃去。無論日期，但逢見王喜慶筵席諸事，皆剃頭爲敬。足穿草鞋，衣穿大領。仍讀習我國書字，其本國止有四十八字。亦有一字作三字用的，作二字用的。但話語不同。七八歲外小童從師讀書，午後即學唱倭曲。日本各島之田，官民各分其半。無論大小職及兵丁，皆給俸米，各有定數。但倭人服色，無論尊卑，士民皆係一體。不拘老幼，凡執杖爲尊，以刀爲禮。刀即我國之衣冠，爲民者常佩一刀，方可出室。其酋長之内丁及營兵俱佩雙刀，一長一短，長者三尺之外，短者二尺上下不等。自酋長並下有職乘轎者，以轎扛之高矮看其尊卑。尊者扛高約七八寸，卑者俱用圓扛轎。似我國羊圈，仿佛頂上直中，一扛甚長，轎夫相接而抬，有職六人四人不等，其下俱用二人。軍器之類火器甚少見。有倭漆盔甲，其甲刀箭皆不能入，每副價值千金不等。亦有長槍及籐弓，甚長，立地而射，不能手執。馬匹，騎者甚少，駝物者多，皆用一馬夫牽行，長道亦然，不能騎。駝獨放。騾、驢概無。其國各島設一旗號，俱將白布染其一形爲定，或扇形，或井字形，或圓形。旗有七十二形，亦未全覩大纛。亦有雞毛並黑白纓爲之，不等。如各島酋長出巡，止用長槍擺對，酋長亦佩刀。其國法，亦有囹圄，不用枷笞。凡犯法者，輕則斬，重則鏢。其灌水、騎木驢，此係治我國去貿易犯法之人。

其長崎光景皆係目觀，至於別地亦係耳聞，不能細詳。

另摺奏

　　臣聞福建閩安營所轄連江縣之外洋東湧山俱有大澳，南北風，可泊船，乃賊艘出沒之所。常有打漁船住泊浙江溫州鎮所轄平陽縣之外洋北屺山，有澳，南風北風，俱可拋船，亦係賊艘出沒之所。有打漁船停泊江南崇明鎮所轄崇明縣之外洋畫山，有大澳，南風北風，俱可泊船，乃賊艘往來停泊之所。亦有寧波漁船住泊山東登州鎮所轄日照縣之外洋水靈山，山下有澳，南風，賊可泊船。登州鎮所轄膠州之內洋黃島山，山下有澳，南風北風，俱可泊船，係賊艘往來停泊之所。

　　訪聞賊人於三、四月出洋，十一、十二月回家。出洋之時，該汛武官於泊舟之處實力搜捕；回家之時，原籍地方官實心稽察，賊可擒矣。又海水鹹，不可飲，必尋淡水之處泊舟取水，並以避風。

　　臣不列入本內者，欲乞皇上密諭武臣於此扼要之處嚴加巡防。海賊無處泊舟、避風取水，更畏懼天威，身居九重之上，明見海外之遠，聞而膽落，自然潰散。

閩省情形疏

　　閩省山多田少，小民生計艱難。西北崇山箐林，易於藏奸。東南濱海漳、泉，遊手之人潛往外洋為盜。亦有商失貲本，流而為盜，間有掠財而歸者，不以為恥。俗之所由薄也。為今之計，惟在武弁嚴守汛地，備禦周密；文官擇賢守令，拊循得所。庶乎可以弭盜而安民也。

　　臣先就福建海防而言之。南澳，為粵、閩交界所轄，有長山尾、雲澳等汛，附近有銅山縣鐘等汛。廈門，為水師扼要之地，所轄有浯嶼、海門、大小担等汛。金門，所轄有料羅、圍頭、小岞、黃崎、祥芝等汛，附近有閩安風火門等汛。皆為要地。

　　若得熟習水性、謀勇兼優之才，畀以廈門南澳、海壇、金門元戎之任，不避勞怨，實心任事，親往各汛查明孰為最要，孰為次要，分別應設兵船幾何，因地制宜，分佈妥當，將戰船修理堅固，篷桅器具逐件整齊，船中所需軍器、火器完備，利用分派駕船者若干人，捕盜者若干人，各授以事而責其成。如是，則器既堅好，而兵已實足，又能平日約束官兵，訓練有方，技藝熟習，藝精則膽自壯，臨時有奮勇之氣矣。其春、秋二汛，該總兵躬率舟師與鄰汛會哨，如黿山、東湧山，凡賊船出沒之處，全力追捕。如或奔竄，即知會廣東、江浙各汛，上下夾攻，互為聲援，賊勢豈有不撲滅，而海患豈有不戢寧者哉？

　　福建沿海地方，福州府長樂縣、連江縣、福清縣，泉州府德化縣、永春縣，漳州府龍巖縣、漳平縣、詔安縣、寧洋縣；山險地方，如延平府沙縣、尤溪縣、永安縣，俱關緊要。整飭之法，亦在乎擇賢守令而已。蓋守令爲親民之官，苟得其人，則一方之民悉被其澤；不得其人，則不能宣上德，達下情，其遺害於民者多矣。故擇賢守令爲至要也。擇之之法，令九卿大臣於在京在外官員内，有廉潔之守而兼敏練之才者，各舉所知，分授守令之任。五年之内，有能實心撫綏百姓，勸課農田水利，使民食有資，力行保甲及海船編號之法，弭盜安民，地方漸有起色，該督撫核實奏聞，知縣准其行取科道，知府即陞副使。其有深得民心、願留久任者，加銜留任。此等實心愛民好官，務寬以文法，俾得展布。如有貪殘害民者，該督撫不時題參拿問，照律治罪。如此，勸懲有方，則賢者知所勉勵，不肖者知所警惕矣。

至於保甲、號船，二者乃保民弭盜之方。地方官往往視爲具文，苟能實心奉行，於地方實有裨益。謹開列於後：

立保甲之法，州縣官省約輿從親詣地方，不問腹裏、沿海與城郭、鄉鎮去處，官吏、生徒、舉監之家，務逐戶挨查。每十家編爲一牌，牌内分十直格。開列一甲至十甲姓名，各填注人丁、生理，明白就於本名下坐定日期。每一家輪直三日：第一家輪初一、十一、二十一日，第二家即初二、十二、二十二日，以次填注，按日於本家門首懸掛。仍每一牌年輪一名，爲甲長，管領九家。每十牌年輪一名，爲保長，管領百家。其中，若有遠出不歸，或私收火藥等物潛賣外洋，或流入海盜得財還鄉者，許牌内直日之人抱牌赴首官爲拿究。敢有隱不覺舉者，照例嚴加治罪。其有原犯爲盜，但回家自守，免罪。編完之日，州、縣仍將牌每甲一樣再填一張，類釘成册，留存在官。巡捕官時加查考，一體稽察。若有假公濟私，乘此害人，從重治罪。如此，庶窩盜之黨自消，地方匪類亦可禁絕矣。

海船編號之法，通行各州縣，將沿海官民所有商、漁船隻，各於其鄉編直船。甲長依十家牌法，應當如船十隻，統於船甲長。仍於船尾大書某縣某甲下某人。十字翻刻，墨填爲記。其甲長各置簿一扇，備載鄉中船數，並某樣船隻，某項生理，一一直書。每歲具報於該州縣，以憑查考。如遇劫掠，則被害者能識其船，速投首於甲長，禀官追究，俾遠近皆知。無字號者，即係爲匪，許人人俱得拿送。如沿海居民明知賊船不首報者，罪以通同。如號船出外日久不歸者，甲長即報地方官查究。倘藉端擾民，該地方官察訪得實，照律治罪。如此，則船有記號，而坐船之人知所忌畏，不敢爲非。地方官按簿稽查而根究緝拿，亦易矣。

此訪聞閩省見在情形，敬陳救弊，末議未識當否，伏候聖裁。

條奏治蘇事宜

臣一介寒儒，先蒙皇上拔置庶常，歷官禮、刑二部，一承召對，三遣分考，感戴隆恩，方愧捐糜莫報。昨蘇州府知府員缺，部銓已定。皇上特越常例，舉以授臣，驚聞寵命，悚惕不寧。念自國家以來，未有以一郡小臣特經宸斷者。是臣之官，不過遠方一守土之官。臣之遭逢，實千載不常值之遭逢也。

臣竊仰窺皇上之意，實以蘇郡賦多事繁，前後諸臣多不稱職，故於常調之中特示優異，使之感恩効力。乃以臣之愚忽膺異數，自揣才力萬不能勝，又不敢避難辭劇，以辜負聖恩。今注牒之後便爲外吏，當遠離殿陛，豈容妄有陳瀆？但既蒙皇上格外之恩，當思臣子格外之報。

蘇州一府財賦，實當天下十之二三。頻年荒旱，十室九空，國計民生倍難經劃。臣承特簡，蒿目苦心，訪詢體悉，偶有一得，豈敢引分循例自同外吏，不一一爲皇上陳之乎？

蘇郡事緒多端，未易枚舉，謹先舉其緊要，臚爲三款，以入告我皇上。儻芻蕘可採，得賜允俞，臣奉簡書以往與百姓更始。如果臣言不驗，治臣妄言之罪，死且不朽。

一曰歷年之積欠宜緩也。蘇州原額田賦，已爲極重，民本難堪，然尚有有糧無田者，曰坍荒之税，增攤派徵，復何從出，以至積年逋欠動盈數萬。臣查十七年年分拖欠至十四萬有零，其餘各年亦可類推。今荒熟混淆，新舊雜亂，奸胥積蠹得上下其手。且舊欠未了，新欠又增，徒有追比之虛名，了無纖毫之益。容臣到蘇之日，即同各縣核實其坍荒之處，果係無田可徵者，具詳督撫，疏請特恩豁免，決不敢朦混，以負朝廷。其帶徵各項，乞暫寬假時日，以康熙二十年爲始，必須本年分一一徵足。但令本年無欠，以後年年得以清楚。俟民力稍蘇，歲時稍登，漸清前欠。視空有帶徵之名，反損當年之賦，得失相去遠矣。

一曰有司之選宜保舉得人也。選人授職，吏部只據成例，無從分別能否。既試民社，則優劣較然矣。今蘇郡屬邑雖小縣，當他省大府乃以授之。不知能否之人，或係捐納，志在取償；或因老耄，料理無才；或自蔭敍，未能練達。以是相踵債事。雖參罰即隨，於國計何補？臣愚以爲，調用之法屢經陳請，部議未允。若保舉一法，則見行已久。合行督撫大臣於本省有司内擇其操守廉潔、才幹優長者保舉，題請改補。庶幾人地相宜，得以相助集事。此係國計所關，特於例外題行，他郡不得援例。

一曰考成之法當稍寬也。蘇屬最稱難治，一官到任，錢糧款項與夫地方利弊，用意講求方有頭緒。忽遭吏議，更易一人，官如傳舍，胥吏得以叢奸，錢糧不清，職此之故。臣請自今蘇屬有司既係保舉廉能之人，如遇錢糧盜案逃人，公私各過，仍照例議處，准其戴罪留任，以責成效。文法既寬則盡力差易、服習既久則利弊自悉。昔龔遂守渤海，自請不拘文法。漢宣帝常言："吏數變易則下不安，民知其將久，不可欺罔，乃服從其教化。"此漢治所以近古。臣非敢妄爲臆説，以瀆宸聽也。

以上三事，誠治蘇要務。果能毅然舉行，將見蘇民踴躍歡欣，頌皇上如天之仁。吏治一變，國課日登而積欠自因之漸完矣。

河東渠堰紀要

鹽池若腰盆，勢處窪下，苟無堰以防之，則客水混入池，如河淡足以敗鹽。即有堰矣，而無渠以泄之，則積水汪洋，風浪剥噬，亦足以潰堰。是渠堰爲鹽池之大關，修濬爲保池之要務矣。今取其全勢而詳言之。

南則有賀家灣小李村桑園、大李村龍王堰、西姚村短堰、張村常平堰、畚房村、董家莊、趙家灣諸堰，然不聞衝決之患。爲鹽法害者，蓋近池一帶條山，無大谿大峪，縱有暴雨亦足捍禦。惟是賀家灣削薄，所慮短堰，左右地高，大水暴至不能驟分，勢猛堰決，直射禁墻。此不可不加之意者也。

自東言之，極東則有白沙堰，自夏縣瑤臺，抵安邑之苦池，排條山東南諸谷暴雨之水，並巫咸谷、洪洛渠、禹王城泉源之水，俾由苦池入渠者也。其次則李綽堰，自王峪口起由東轉折而北，亦至苦池止。亦防條山東南諸谷暴雨之水，且備白沙潰決之害。此二堰皆鹽池之外護，而實大有關於鹽池，加意堤防，庶無意外變矣。其東之切近鹽池者，則黑龍堰，南自東郭，北至任村，受中條、磨盤、窰子溝、界灘山諸泉之水並防李綽堰之潰、苦池灘之溢。次則璧水堰，南起界村，北抵聖惠鎮，受中條山諸陂之水，且備黑龍堰之水決。次則東禁堰，在東禁墻下，以防東灘谷水衝決之患，要之以固黑龍堰爲急。黑龍一破，璧水不支，東禁堰更不支，而水患中於池矣。然東郭之南，有雷鳴堰禦條山諸谷之水，逼之使東者也。雷鳴不修，則水竟奔璧水堰。而黑龍反在其東，此又不可不知也。

自西言之，極西則有王官峪、石樓峪、大郎澗諸水。舊有蝦蟆、青龍諸堰，逼入臨晉之葦子河，入鴨子池，注五姓湖，此鹽池極西之外護也。但近日蝦蟆諸堰俱廢，水失故道，大則東流入於硝池，而鹽池又多一外患矣。其切近鹽池者，西南則五龍堰。因條山有五龍峪，水勢洶湧，故築此堰，排入硝池，以防池患。是堰，山水驟發，難以力禦，一決而北，則水從解州城西直入黃牛等堰；一決而南，則水橫流解州南門外，大壞民居。且水道多有沙石，激水而怒，怒必奔潰，則搬運砂石積之堤下，堰既固，而水亦不激，誠非緩計。其西則抵張堰，蓋條山有静林澗、張公泉二水，與鹽池相涉，故築堰以防之。挨次而東則硝池堰，不但防條山諸谷之水，且以備姚暹渠之衝決，重加黃牛堰以殺其勢。解州灘西高東下，硝池一決則水直犯鹽池，故東築七郎堰以防之。此工最急，防禦之力不可一時懈弛。解州東灘有數泉，又受北灘諸水，輒爲鹽池害，故築卓刀堰。若西禁堰，則在西禁墻之下，與卓刀、七郎諸堰相連，爲客水之備而已。再論西北，則有長樂堰，地接臨晉諸灘。若姚暹堤決，水即南趨硝池，或湧北灘，故築堰以防之。然長樂水闊地高，勢與禁墻相垺，此堰一破，水必直奔黃牛、七郎，即卓刀亦在立破。況卓刀東西兩面俱受風浪震撼，易於潰決，不必長樂破，而後卓刀破也。此最利害所關，全副精神宜注之此。若鹽池之北沿廣壞平邱與水隔絶，無足爲慮。然所以泄條山諸谷之水，使之達河歸海，遠鹽池剝膚之害者，則有姚暹渠。按是渠舊名"永豐"，隋大業間都水監姚暹重濬，遂以人名渠。源出夏縣李綽、白沙二水，蓋古人相中條水勢，總匯於黃峪口，故特築李綽堰。折而東有五里橋，又折而北有朱呂村橋，由魯因堤界至楊家莊，會白沙堰、洪洛渠、禹王城之水入渠。經安邑縣北西流至運城北，再西流經解州北境。又西走六十里，至臨晉五姓渠。水一決，則南趨爲鹽池害，故築長堰以防之。又自湖達蒲州孟明橋，入黃河。此渠道也，就地勢言之，由安邑至運南岸頗高，易防守，而挑濬之功亦不可廢。由運城而西，王家營、八里鋪、張景村等處頗低，一或失守則橫流南下，直奔長樂灘，以侵七郎堰。勢至再溢，則入卓刀堰，不至衝決禁墙不已。再西，則有龍曲、西王、許家營等處，地勢漸平，河底漸高，倘修築不力，或淫雨久滋，或暴雨勃發，則橫流於硝池，堰溢更進七郎、卓刀，而浸池矣。

其修姚暹渠之法，惟在相緩急之勢，察淺薄之形，隨時挑濬，即用土以高厚其堰，再循舊例廣栽柳以護堰根，禁私種以防盜堰，使其西達五姓湖，則幸矣。倘此渠不修，諸堰雖固，然水無去路，終必潰決。是修渠，即治堰，尤鹽池第一急工矣。

姚暹渠之北又有涑水河，源出絳縣橫嶺山，至聞喜縣合甘泉之水。西流經夏縣界，至安邑縣，北歷猗氏縣，亦入臨晉之五姓湖。昔人恐湖水暴長，泄入姚暹，亦築長堰以防。至此河離鹽池雖遠，然受稷王孤山、峨眉諸山嶺之水，其勢最大。每遇大水暴發，自猗氏之淇村、臨晉之裴房橫決，入曾家營，投姚暹渠，而害且巨矣。是水舊經解州三婁里，數爲鹽池害。昔人既能導之使北，今獨可盡置之度外耶？猶有説焉者。池東安邑之苦池灘，猶池西臨晉之五姓湖也。蓋苦池灘，匯李綽、白沙、洪洛、禹王諸水，由渠以達河。猶五姓湖，匯涑水、姚暹、鴨子諸水，由河以歸海。是皆爲歸宿要害之地，不可不慎也。若苦池不勝諸水，必自東北泛溢於黑龍，而鹽池害；五姓或溢，必東奔硝池，而鹽池危。故五姓既有堰以防溢，而苦池時加修濬，已見先賢奏疏之中，是防閑諸水固屬吃緊，而停蓄、轉流之地當亦無視爲冷局也。

撫浙頒行條約六則

一、飭官方。曰：官以治民，必先自治，而自治之法，首絶貪穢。蓋貪念一萌，則廉恥喪而無所不至。如平餘、加耗、年例、季規、節禮、壽儀各派定數，此貪之易見者。更或藉興工役，恣意科派，捏攢公費，坐數攬收，偵訪富民，挨輪苛索，收受門生漁獵苞苴，此乃巧於爲貪者也。至司道等官欲剝下屬，則或稱縱蠹，或稱諱盜，或乘告發，或嫌遲緩，查取職名以嚇之。下屬震怖，自剝削小民以獻之，上下相蒙，惟利是求，嗟嗟貧民其何以堪，所屬官俱宜猛省。

一、端士習。曰：士爲民首，風化所關，欲以化民，先宜教士。蓋入孝出弟，守先待後，士之事也。故自列名庠序，則別其衣頂以榮之，備其餼廩以養之，免其力役以優恤之。朝廷之待士重矣，乃士之不自重者反借名器爲護身之符，抗糧者有之，唆訟者有之，武斷鄉曲者有之，把持衙門者有之。甚至列款告訐，公呈保留，攬當糧里，包充干證，罔顧名義，惟利是圖。有司褻辱，誠所自取。即或結社聯名，刻詩刻賦，投獻先達，呈送公庭，意在沽名。然較之閉户潛修者，風斯下矣。爾多士果能自愛自重，本部院素重斯文，自當破格優禮。如自甘暴棄，故違學禁，褫革重究，法不少寬。

一、正風俗。曰：浙省素稱文物之邦，然風俗未盡古樸。或父子易居而爭財；或兄弟論産而健訟；或親屍未殮，忍心嫁娶；畏累溺女，有傷天性；錮婢終身，有傷忧儷。此則彝倫之變也。至如入廟燒香，拜師聽講，少男幼女混雜於僧房、道室之中，三姑六婆留連於深閨幽閣之內，以及群聚吹唱，達旦連宵，皆失明微別嫌之意。此則禮教之衰也。乃若恒産不置，積貯全無，方且奢靡相誇，借貸以飾無益之體，而婚喪造作，無不越禮過分。更有遊手好閑之徒，學習拳棒，不務生業，或淫酗謔浪，撒潑行兇；或妄造歌謠，揭人陰短。風俗之戾，莫此爲甚。今一一指出，爾百姓早圖遷改。然移風易俗，貴乎仁漸義摩，煌煌上諭十六條，苟逐條力行，則崇本節用，自可返古還樸。凡有孝順節烈之人，據實詳報，以俟核題旌表。倘仍沿陋習，過小者有司懲創，罪大者詳解究擬。

一、嚴委署。曰：官員代更，必署員暫理，期於共事愛民。乃不肖散員，每視代庖爲利，覷見有空缺，百計鑽謀。未委之前，以賄營求；署畢，復有謝委之例。所費既多，不得不朘削百姓，以收本利。“權官如打劫”之諺，良不誣也。嗣後知府缺出，先擇本府佐貳之廉能者詳委。如本府無人，則選鄰近府屬之廉能者。其州縣出缺最多，該布政司先將州縣、鄰封遠近查注一册詳委，兼攝必鄰近州縣，果乏兼才，始選正途之廉能佐貳詳委。佐貳各官如妄生覬覦，敢蹈前弊，定行飛參。

一、除光棍。曰：螟螣不去，則嘉禾不植。光棍者，良民之螟螣也。浙省地廣人雜，奸宄易叢。光棍之害良善，惡逾盜賊，大約結交弁蠹，倚仗紳衿，以爲城社，聯絡黨羽，打家劫舍，每有天罡、龍虎等綽號。又有平白造訪，伺隙唆訟，開場放賭，扎囤捉奸，囑盜扳良，扮逃恐嚇，鬼（域）〔蜮〕之計百出，良懦遭其飛噬。更有一種元惡大猾，舉動行止彷彿士大夫，出入衙門，慣走線索在素封巨室。見其呼應有靈，畏生暗害，皆與往還。不肖官員取其能幹，每每用爲心腹，迨至羈絏在手，便爾反顏爲仇，拿捏訛頭，百般災詐。此又光棍中之梟獍也。以上棍徒，本部院察訪頗真，不難斷擊。然鷹眼能格，原不失爲良民，姑先化導，以開自新之路。倘爾輩故態復萌，一經訪拿，必無生路。

一、清市易。曰：立市以通交易，期於便民。古制設有市司以董之者，所以一衡量、平物價、絕欺詐也。浙省原屬通都，貿易輻輳，因而弊病易生，惡習難破。如秤則有雙斤接半，戥則有加二加三；斗分河店之不同，尺別大小之各異。衡量之不盡一。如此至物有高低者，其價應分貴賤。乃有即此一物，因人而貴賤之。甚者，所用銀色低潮不一，若神仙、披白等名竟出偽造，毫無成色。以上弊端，皆欺詐之大者，甚不便民，所當痛絕。他如行場、店鋪，隨處可開，豈得爭街定巷？舁轎夫役，隨人自雇，豈容坐日分坊？更有橋壩腳夫虎踞揩錢，江河航渡苟勒滿載。地方官雖有禁約，皆因日久禁弛，今特盡行禁革。如敢故違，許受害人向所在有司告理，依律治罪。

禁考試積弊示

治國必藉人才，而儲材必由學校，主司較試必公明詳慎，而後人才始得。然主司欲明而甄拔之始不嚴，則搜羅阻於壅蔽；主司欲公而夤緣之竇不塞，則去取制於情面。是以璧宮、泮水，紈褲視為固有，而孤寒之士望若登仙，轉盼青年竟成皓首，是使有用之才，博一青衿而不得。非特蔽賢，亦且負國，言念及此，真堪髮指。本部院斟酌禁條以拔真才，務使積學沾恩。諒學院定有同志通行曉諭，各宜凜遵。

一、府州縣校試錄送，務出至公，告假封門，關防嚴密，覆試不厭精詳，則學力自見。如或延見賓客，接受公摺，定依考場作弊參處。其為首招搖者，以光棍究治。

一、提調考場，雖責之知府，苟非其人，竟為壟斷，今後不許親往送考。若附郭府縣，止於公堂參謁，不許遠迎私見；外州縣各有職守，不許迎謁送考，冀通關節。臨考止用教官點送，違者參究。

一、考場作弊請託，多由教官傳遞；立議封銀、發案納財，亦藉教官引線。種種不法，難以枚舉。見在察訪，拿獲實據，即將該員題參。

一、院役跟隨考校家屬，潛踵其後，線索作奸是其長技。取進額數，俱被一網打盡。孤寒傷心，見在訪拿外，仍許諸人擒送，立行杖斃。

一、浙屬撞騙之棍頗多，每逢校考時，周巡以行詿騙，本部院訪之最真。因內有身列衣冠者，姑緩拘拿，俾其自新。各宜遁跡，莫嗟噬臍。

一、寧、紹二府，多有不肖衿棍，到處冒籍，僥倖入彀即將所進姓名售諸他人，名為長槍手。學院雖有禁例，此輩惟利是圖，不畏三尺。本部院於新進童生見在逐名密訪，如得其人，除移學褫革外，仍提親鞫，與受一併重治。

一、院取新生，例發該府拆卷出案。不肖知府見所取卷內未有所託姓名，停案不發，懇院更易，往往劣卷獲售，優卷反落孫山，以致孤寒飲恨。今後卷箱發府，倘有遲延作弊，即將該府題參。

嚴剔漕弊條約

浙省漕糧陋弊最多，士民無不病之者。本院秉公執法，務盡剔除，以甦其困。茲值開徵伊邇，遍諭官吏軍民人等痛改前非，恪體遵行。

一、徵收漕糧，向來院、道、府、廳俱有陋規，按縣分之大小派定數目徵收，饋送視爲應得之常例。又指准部册費名色，糧道差役赴各州縣催繳，同各倉看夫暗行多派，呈送糧道彙繳。今一概禁革，不許派取分釐。如違察出，立行參究。

一、糧道凡較斛開徵，報完造册行催，以及臨倉驗米，往往勒索規禮。今盡革除，毋許仍前苛索。

一、各府監兑官及衙役内丁，按臨水次，不許勒索。各縣書儀茶果、鋪墊供應，如敢故違，與受同科。

一、監官與押運官，各需索弁丁規禮，供應米樣册結，並胥役、内丁、差使常例，今一概禁革。違者，許弁丁指名呈告。

一、糧道與州縣官，給發行月、負重、三修、歲造、本折、漕截及白糧經費，各項錢糧俱有扣剋，並經承庫吏門皂亦各需索使費，以致運費不支，沿途盜賣漕糧，有誤正供。今皆禁革，違者重究。

一、運弁領給各項錢糧，毋許串同幫頭、舵工、綱師按船扣剋規禮、贄儀、食米、生辰、硃燭、茶果及内丁書識等項陋規。

一、漕、白糧米官收官兑，軍民不許見面，法至善也。乃不肖有司每多陽奉陰違，以致旗丁得以肆其橫索，小民莫不受其荼毒。今後各納户糧米上倉，即日給票歸農，至開兑之期，印官與收書自交運丁可也。

一、各屬開徵漕糧之時，如有豪强、紳衿、貢監、武生、地棍，或串名捏姓，假公條陳，把持倉場，射利分肥，深爲官民、運丁大害。今後如有前項人怙終不悛，許印官據實申報，分別參咨拿究。

一、各屬徵收漕、白糧米，一經開徵，户糧房夤得買差規費，即有坐差、押差、催差、漕截差、雜費差等項名色，分頭四出勒索糧户，每石費至一二錢不等。今一概嚴禁。如有頑抗不完者，止許一差拘比，不許需索分文。倘敢故違，許里民赴控官參役處。

一、各屬看夫、倉夫、笆夫、斛夫、脚夫，原令選擇誠實里民充當，一年一換。不許積年蠹棍改換姓名，盤踞倉場，以滋民害。

一、州縣官徵收漕、白二糧，必親自臨倉，毋得假手胥役内丁或委縣丞主簿，致滋舞弊。

一、各屬倉場，多有袪革未盡之積役，設立頂首，分圖認廠，盤踞收糧，苛索糧户。各州縣宜細察革退，毋再容留。

一、本色、行月糧米隨漕並徵，給軍長途食用。經承收役，毋得包攬，勒價折乾，稽延不完，並將不堪之米攙和充數，有累運丁。

一、各屬積蠹、積棍、倉夫、歇家鑽營、盤踞收糧，遇里民完納銀米，各役巧立名色，包攬代管。又僉點各廠看夫，亦係歇家僉報積役朋充，按圖按里恣肆斂費。今嚴禁革。或經告發訪聞，重究不饒。

一、兑米之時，運丁絹司擁擠倉口，每藉人多閧闊，得以需索苛求。是以從前定有掣籤領兑之法，令州縣官將各倉糧米設立字號，籤貯於筒内。運官將該幫船隻分派，每日應兌若干船，即將該船運丁給以腰牌，輪班進倉掣籤，赴各倉受兌。每日一船，限兌米一百石，兌足方許繳籤繳牌，如無腰牌者，一概不許入倉。

一、漕禁不許流民竄運。乃聞浙屬旗丁，每有身係民籍冒爲軍伍，混入漕幫。及緣事奸丁更名易姓，夤緣駕運，運弁嗜利，受其饒獻，領與僉運，以致兌米折乾，沿途盜賣，抵通掛欠。蠹國害民，莫此爲甚。嗣後，各運弁領秉公僉選眞正殷實軍籍領運。如蹈前弊，立將該弁拿究。

一、漕截銀兩，原以給軍，可以零星投納，毋許不肖官役概勒傾銷成錠，濫加火耗，及至給軍毋得攙換低潮，致干參究。

一、徵收白糧，毋許指稱舂白，包索使費名色，額外私加苛索。其給軍飯米止應徵糙，不得徵白違例。

一、修理倉廠，應州縣官酌行修理，毋許苛派糧戶。

一、倉夫工食與撥船等項各屬，俱有詳定制錢數目，乃不肖蠹役將詳定制錢侵收入己，仍累糧戶。今應嚴禁。如不遵依，許赴院控告，立拿重究。

一、各屬倉棍串同運丁，凡兌糧之初，運丁俱不到倉領兌，倉棍先從中説合，名曰“賣水次”。或十斛之內加尖幾斗，或每石之外加增幾升。先斛增到船，然後開兌正米。又初兌時，將船泊及廠前兌過數十石，即放至遠處，使脚夫不能挑送。乃借撥船名色，每石勒錢多寡不等，丁棍朋分。今特嚴禁。如再有前弊，許糧戶據實控究。

一、各屬廠房，各里挨號派定，設立倉夫一名，又各看夫收管漕、白糧米。凡糧戶將米上倉，不用平攤，每斛浮米升餘，又每石加耗米數升，並勒看夫、籤夫飯米與斛手錢及雜項倉費，甚而私收糧戶米石。及至臨兌缺數，即捏開欠戶姓名粘貼廠門，身自逃匿。縣官以漕爲重，雖明知陷害，不究逃犯，即照單飛差拘比糧戶，累民重納。又看夫之中立一結頭十廠挨輪，如遇值年，巧捏漕白公務，差船夫役供應名色按畝派銀三四分不等，深爲民害。今應嚴禁。如敢仍前派累，許糧戶控究。

一、州縣開徵漕米之前，每有各房吏書謀管漕總夤點收書。本官收其賄賂，彼即剝之糧戶，於是私加耗增，浮滿斛面，科斂使費。種種勒索，難以悉數。今後收書、漕總等役，州縣官務選殷實老成之人，從公點充，毋許暗受規例，任伊剝削小民。

一、漕、白二種，均關國計，米色俱要乾圓潔淨。乃有不肖紳衿與豪强、惡棍包攬里役，將濕潤碎米捱納，倉役人等受囑濫收。及遇鄉民上納，雖乾圓好米，亦必勒令籤颺，以便攙和。小民陰受剝削，若輩竟爲常例，其何以堪！嗣後凡有前項包攬捱收之人，印官即據實申報，以憑拿究。

巻　四

雜　文

御駕親征蕩平漠北頌

　　粵稽《書》之贊堯曰："帝德廣運，乃聖乃神，乃武乃文。"而孔子稱之曰："唯天爲大，唯堯則之。巍巍乎其有成功，煥乎其有文章。"蓋上世君道，至堯而功德始顯。伏惟我皇上聖德神功，克侔天地，度越帝王，薄海内外，凡有血氣，莫不尊親。大矣哉！如天之無不覆也，如日之無不照臨也。

　　夫何厄魯特噶爾丹者，昏迷狡黠，自外生成，邇來悖我聖化，侵我屬國，擾我邊氓，罪稔貫盈，法所必誅。我皇上猶憫其無知，恩綸再四。即往者，烏瀾布通之役特矜而宥之，無非欲其悔禍，而並生並育於光天化日之下。詎噶爾丹怙惡不悛，潛踞巴顔烏喇，陰謀不軌。

　　皇上乃赫然怒曰："邊人皆吾人，豈忍任其蹂躪而不之救？朕親往征之。"群議率以爲小醜，不足煩聖駕。乃皇上睿謀淵邃，蚤已計定，遂獨秉乾斷，命將選師。諏日祭告。以三十五年二月丙辰，大駕發京師，六軍雲集，諸道之兵皆以期會。五月癸亥，駕至噶爾倫河，親率精銳，直擣賊巢。賊首聞風膽裂，脱身宵遁。丁卯，駕追至拖諾山，簡虎將，授方略，截其歸路而殲之。己巳，諸將果遵成算，大敗賊衆於昭木多之墟。賊首僅身免，餘黨潰散，而巴顔烏喇以平。六月癸巳，奏凱旋京。自是款塞來降者絡繹不絶。

　　皇上乃念去惡務盡，賊首勢窮，所當乘其困而殄之。以今歲丁丑二月丁亥，復親統六師，分道並進，凡謀略所運，即神明莫能測其秘，而奮迅之勢如雷如霆，加以籌畫精詳，布置周密，遂擒其子，降其帥，散其黨，而噶爾丹已伏天誅。頑梗悉除，北漠蕩平。

　　五月乙未，聖駕旋京師，滿漢大小臣工、軍民、耆老，至數十萬夾道擁迎，歡聲雷動。是日也，天朗氣澄，聖心悦豫，告成，飲至成禮而入。蓋皇上三臨邊陲，大勳已成。普天率土，熙熙皞皞，靡不謳詠太平，頌祝無疆，皆由皇上文武聖神，獨臻其盛，乃克有此。《傳》曰："文以附衆，武以克敵。"皇上天錫智勇灼見，噶爾丹之爲狡寇必滅。此而後朝食且行師，機宜調度方略，有非將帥所能悉者，故計定親征，群議莫摇。凡號令之嚴肅，運用之變化，決勝之神速，無一不蚤裕於妙算不測之中。至於海晏河清，制治保邦，天下已共見其武焉。又減膳徹蓋，與將士同甘苦，而人奮同仇之志。遠近外藩君長，環聚旌門，恭聆聖訓者，觀軍容之盛，被宴賜之恩，莫不懾服輸誠，戮力行間。即撻伐采入，每以"殲厥渠魁，脅從罔治"爲諭，是以降附日衆而歸誠恐後。至於睿藻光輝，經天緯地，天下已共見其文焉。文武兼資，惟聖者能之。蓋聰明睿知聖之質，容執敬別聖之德。皇上秉天縱之質，備仁義禮知之德，而天下莫不頌其聖。聖而不可知之謂神，夫至神者莫如天。乃皇上一誠所格，當塞外冱寒之候而陽和舒暢；無水之地而靈泉湧出；不毛之野而庶草蕃廡，用是士馬飽騰，所向必克，以奏膚功。天人相感，捷於影響。至於盛德宏功，巍巍蕩蕩，莫罄名言之妙，而天下莫不頌其仁。於是諸王、群臣、士庶、耆老感激歡忭，請崇上尊號，至於再四。上弗許，曰："外寇既除，撫綏休養正切，勤求崇上尊號，於朕之事功何所增益哉？"煌煌天語，彌天際地。《易》曰："謙尊而光。"《書》曰："允恭克讓，光被四表。"有同揆焉，於戲盛哉！臣博觀史冊，黃帝之破涿鹿，高宗之伐鬼方，猶近在中原，求其如我皇上之聖謨獨斷，永清絕域駿烈，貽萬世之安！鴻功超千古之上，實載籍以來所未曾有。臣受恩深重，幸躬逢盛事，不禁忭舞，爰拜手稽首而爲之頌曰：

欽惟皇上，繼天立極。首出庶物，與天爲則。四表光被，萬國來同。大化翔洽，太和衝衝。何物幺麼，敢肆狡黠。殘虐神人，自干誅滅。天子赫怒，爰整六師。殄茲蠢孽，勿失其時。聖謨已定，群議莫搖。獨彰乾斷，奮厲雲霄。乃類乃禡，乃禋列祖。諏日咨行，以揚我武。六龍鳳駕，戎車既攻。諸道雲集，桓桓逞雄。鸞旗耀日，虎帳生風。曉霜拂劍，夜月挽弓。羽林羅列，如羆如熊。糇糧以峙，既實且充。甘分士卒，勞不辭躬。外藩朝見，晏賜優豐。威如秋冽，恩若春融。人心誠服，天賜嘉祥。窮陰冱凍，祛寒而暘。靈泉湧液，細草生芳。士飽馬騰，踴躍非常。天人胥應，聖心克稱。神機妙運，克敵制勝。群策群力，一稟朝算。發必中利，先機立判。丙子夏五，畢昴月初。親率精銳，搗賊之虛。賊既宵遁，追襲勿徐。別命虎將，息鉦掩旗。扼其歸路，殲之如菹。巨憝僅免，羽翼無餘。今茲丁丑，師出寧夏。奇正夾攻，賊應不暇。孽子就擒，號號震訝。搜原剔野，天兵四羅。賊窮見窘，投火如蛾。乃服天誅，悉除根窠。黃塵電掃，紫塞風清。天威迅暢，四海昇平。露布中外，聖謨萬全。大凱洋洋，振旅而旋。王公卿士，黃童白叟。踴忭嵩呼，頂祝拜叩。元后之尊，父母之親。大德廣運，文武聖神。崇上尊號，屢奏懇陳。宸衷克讓，睿慮彌周。謂除外寇，內政宜修。生養休息，方廑綢繆。聖德難名，上侔亭毒。天錫之眼，人受其福。皇上體天，覆冒六宇。欽若昭事，是式是矩。參贊化育，庶土生聚。天佑聖王，爲太平主。仁育義正，同符堯禹。億載萬年，時暘時雨。皇上勤民，田疇藝樹。既登殷阜，淳龐是取。正德厚生，涵育濡煦。天佑聖皇，多稌與黍。詩書之澤，潤於倉庾。億載萬年，有富無窶。皇上尚賢，別白善否。獎廉舉能，除秕去莠。吏治肅清，事敬食後。天佑聖皇，知人爰受。師師濟濟，股肱耆舊。億載萬年，寶善重守。皇上大孝，千古稱首。對越郊壇，烈祖式右。繼序其皇，宏於九有。天佑聖皇，與天齊受。風動協和，至誠悠久。億載萬年，申錫單厚。聖德宏敷，神功丕著。典禮喬皇，爰昭順豫。麒麟率舞，鳳凰翔翥。純嘏戩穀，何福不除。敬頌天保，以虞九如。

萬壽頌

　　臣聞元統天德之全，健行而不息仁，立君道之極，容保於無疆。幸遘昌期，忻覯至治。欽惟皇上，聰明睿智，文武聖神，集百王之大成，履五位而首出。論德，則乾坤合撰，六經之美善咸該；紀功，則日月同光，全史之聲名莫及。自纘承洪業，正位凝命，於今五十二年。恩溥德洋，蟠際穹壤，記注之所不能盡，贊揚之所不能名，謹就蠡測管窺，鋪陳萬一。

　　竊以爲運世有本，制治有原。我皇上功德巍巍，所以措天下於久，道化成之盛者，皆可以仁統之也。蓋聖性之生而安者，中和咸備，與兩大其同流。而聖學之粹以精者，公溥無私，偕萬物爲一體。法天法祖，仁著於敬而清明在躬；止孝止慈，仁著於愛而太和自近。言而作則行而合宜，仁熟則義禮同貫也。動而有常，靜而不貳，仁純則誠信一原也。仁達爲智，而仰觀天文，俯察地理，中悉人事，旁燭物情。自立政用人知明處，當以至六藝之繁曲，而濬哲無所不周，天縱多能，智莫大焉。仁必有勇，而東窮蟠木，西盡流沙，北過幽陵，南逾交趾。自除殘服貳，軌合文同，以至八表之遐荒而聲教無所不訖。德威惟畏，勇莫神焉。以仁心行仁政，尤在養民，察吏則亟進廉平，慎行則數行寬大，至九河故道亦稟睿算，而千里安瀾，沛然無涯之大澤矣。以仁政驗仁民，莫如蠲賦，賜復則數盈億萬，議賑則歲紀再三，至萬國正供並損國儲而三年遍德敻乎？未有之鴻施矣。

　　方今宇宙清寧，中外禔福，官方日以澄敘，民生日以阜成，風俗日以敦龐，人心日以安樂。凡皆我皇上之至仁，運之於穆清之中，施之於巖廊之上，有以兼綜而條貫之，而精神遍注乎四海九州，規模大定乎千秋萬祀也。夫天德統於元，而一元之運循環而不息。君道統於仁，而至仁之運悠久而無疆。自《尚書》肇於唐虞，下逮元明三千九百有餘歲，其間享國長久，代不數君，歷年之多，亦略相準，而仁之淺深純雜則前後懸殊。若我國家積德累功，而皇上如天之仁，與天同運，日新月盛，永永無窮，無論漢唐宋明之令主，有不能及。即遐稽三代以前，求其以人協天，以德備福如神，堯得天地之中數而成功，文章壽考益光者，蓋於今而始再見焉，此真開闢以來之景運，而天下臣民萬世一遇之時也。

　　茲當三月良辰，恭逢六旬萬壽，敷天胥慶。欣看甲子初周，率土協和，共仰光華復旦。臣遭逢四紀，忝竊九卿，受恩百倍，於同朝見知竊附於往哲，謹就覯記所及，恭撰頌詞一章，以推聖壽無疆之符，以明至仁合天，昭受有本之意，爰拜手稽首而獻頌曰：

　　大清受命，二聖相傳。我皇纘烈，其仁如天。功恢八紘，德暢九埏。蕩蕩巍巍，振古無前。同天覆幬，不遺一物。包含山川，吞吐日月。我皇丕冒，六合寧謐。旁及無垠，仁聲洋溢。天心慈愛，元氣絪縕。暢遂草木，飛躍羽鱗。我皇建極，萬彙陶甄。出作入息，九域同春。天降之恩，和風霽日。天降之威，霆馳電擊。我皇律天，建極闓閿。緯武經文，人皆遍德。達天之用，動而爲陽。立天之體，健而且剛。我皇配天，行健日强。所其無逸，恭己垂裳。大哉乾元，萬化之紀。大哉皇仁，萬事之宰。焜耀三光，磅礡四海。德盛化神，體乾用泰。河清不波，邊靖無煙。甘雨時降，嘉禾在田。六廉計吏，三物興賢。歌舞太平，逾五十年。自茲以前，修和府事。頌德紀功，周後無二。自今以後，如川方至。五帝可六，三皇可四。自茲以前，治定功成。超夏軼商，美具善並。由今以後，月恒日昇。兩儀莫麗，七政貞明。書契以來，功德備歷。天人相應，若合符節。惟我皇壽，膺圖無極。如天之仁，漸被暨訖。一元迭運，始而復周。至仁廣運，蓄而復流。惟我皇壽，古無與儔。百千萬億，爲一春秋。

萬壽無疆頌

　　皇上膺圖御極，累洽重熙，天地平成，民安物阜，萬年有道之長，隆興未艾。而溯自流虹繞電以來，適符大衍之數。三月十八日恭逢聖壽，普天臣民爭效嵩祝。臣等備員河上，相率獻萬年觴。臣惟人臣之祝其君者莫備於《詩》。《天保》《下武》《假樂》《江漢》諸什，其言無疆、言萬年、言保佑自天、言天子萬壽，莫不推本於德，蓋大德必壽，信而有徵也。

　　我皇上聖德廣運，際天蟠地，非管蠡所能窺測。而附於詩人祝嘏之義，則道揚盛德，誠不容已。謹約其大者言之：三代以下治教歧途，至皇上而君師之統始合，聰明天縱，博極群書，兩幸闕里，崇禮至聖，增置博士，慎簡司衡，鄉會及入學俱增廣有差，親洒宸翰，肅官方，端士習，大小臣工無不爭自濯磨。以襄文德，振古以來未有如我皇上之盛者也。我皇上聖武天授，用兵如神，南服削平，北陲戡定，天戈所指，立奏膚功，以至黿窟蛟宮亦受疆索，細柳蟠桃咸請命吏。真所謂永永年代，服我成烈者。以言武功，曠古以來未有如我皇上者也。豫教青宮，兼訓皇子，必選端人正士，歲時行幸，令其出入閭閻，習知稼穡艱難，是以睿質益茂，克有令譽。古今人君之慈愛未有如我皇上者也。躬倡節儉，子育元元，郡國吏入見，必問水旱豐歉，蠲賑之詔相望於途，每對爰書必求其生而後已。古今愛民之仁未有如我皇上者也。興賢勸能，不限資格，一命以上，皆令引見，而於邊徼劇地尤加意焉，是以大法小廉，吏治蒸蒸日上。自古至今察吏之精，未有如我皇上者也。法不息之健，宵衣旰食，日御萬幾，雖講武塞垣，巡歷方岳，省覽奏章，夜分不寐。從來涖政之勤未有如我皇上者也。

　　若黃河爲患，自古已然。比年淮揚昏墊，法駕時巡，神謨獨運，闢清口，引淮以敵黃；開海門，導黃以歸壑；築高堰，下河積水頓除；堤歸仁，上流沮洳盡去，而勝算尤在。御壩陶莊實爲兩河之樞紐，不惜千百萬金錢付水衡，遂使百年澤國盡變桑田，漕運無轉輓之難，閭閻有耕穫之樂。從來平成之烈孰有如我皇上者哉？

夫德際天地，則與天地同其壽；德並日月，則與日月同其壽。德被民物，含生負氣之屬，靡不得其所，則宇宙間休嘉和樂之氣，莫非聖人之壽徵，縱極揚搉贊頌，究何能仿佛於萬一？臣等踴躍歡欣，亦惟仰祝聖天子之萬壽無疆。竊附於詩人祝嘏之義云爾。謹拜手稽首而獻頌曰：

皇建有極，與天爲則。斟酌化元，凝成寶曆。泰階既平，純嘏申錫。單厚興增，貞符駢集。光明緝熙，戩穀罄宜。克勤克儉，止孝止慈。太和鼓暢，日麗露滋。及物物解，被人人怡。武功震起，蕩平南極。雁塞龍堆，天戈三指。威迸雷霆，捷驚風雨。瀚海銷黃，燕支映紫。作師作君，傳政傳心。網羅百代，醞釀六經。道通天地，文煥日星。銀鈎鐵畫，璀璨繽紛。兩河底績，宸斷斯克。篝啓秘靈，軸轉呼吸。罔象形潛，支祁影匿。噴玉飛瓊，長天一碧。綵伏遐塞，日就雲瞻。春融東國，日杲南天。涸鱗知潤，細草承暄。歌衢鼓腹，聯袂摩肩。一氣洪鈞，八方壽域。瑞徵肨蠁，吉協伻卜。宏攬金鏡，長調玉燭。寢熾寢昌，載膺多福。一人有慶，兆民賴之。普天光濟，休祉葳蕤。百禄是荷，壽考維祺。億萬斯年，永鞏皇基。

日月合璧五星聯珠頌

皇上御極之三年，閭澤覃敷，湛恩汪濊，光同日月配照臨之無私，象拱星辰瞻經綸之丕煥。耕籍而萬方樂利，位育功成；臨雍而天下文明，斗牛煥彩。和風甘雨，協箕畢於民情；璿璣玉衡，齊紀綱於天事。迢迢閶闔，上燭榮光；肅肅勾陳，遙連瑞氣。日華雲爛，闢宇宙之屯蒙；棋布星羅，綿河山之帶礪。無思不服，有地皆春。茲於二月初二日庚午，日月合璧以同明，五星聯珠而共耀。宿躔營室之次，位當娵訾之宮。誠自古難逢之嘉祥，聖人首出之盛事也。頌曰：

惟皇建極，欽若昊天。誕膺成命，夕惕朝乾。昌時正際，有開必先。二儀莫麗，七曜回旋。月在中和，厥日庚午。司曆捧圖，嘉祥巨古。經紀黃道，縱橫碧宇。懸象著明，萬類爭覯。杲杲太陽，昇自扶桑。六龍晝駕，踆烏有常。穆穆金波，夜色居多。桂輪生魄，冰鑒巍峨。五星之精，實爲五行。水火啓閉，金木作成。鎮周四序，土德以名。職方分野，歷歷宵明。繫日曰離，從星惟坎。朝旭初昇，月華並攬。青帝當陽，五星相感。璀璨的皪，同幕非闇。何以致茲，休徵若斯。緬維聖祖，覆載均施。保章旦戒，義和晨司。方員靡爽，吐納無遺。逾紀六十，堯年舜日。以經以緯，亦文亦質。八埏在宥，參兩惟一。祚顯丕基，天心協吉。洪惟皇上，躬膺大統。文武聖神，功開未有。德盛日新，惟賢是用。澤被蒸民，勵精圖治。緝熙光明，基命宥密。復旦卿雲，重華化日。蓍草蒙生，佳蓮並實。用及瑞禾，四穗咸出。翔洽旁流，瑞應堪述。茲者三辰，營室是聚。位當娵訾，北方躔度。璧綵相輝，珠光聯布。地脈天文，統歸曆數。爰乘蒼龍，將耕籍田。布德行惠，政在春前。靈曜晨見，候興氣宣。以莫不增，方至如川。言會其方，維亥子丑。履端於始，攝提則有。既合陰陽，又絡奇偶。世會上元，躔舉歲首。稽古則昔，顓頊艷稱。聯貫於房，周據以興。亦越漢代，東井繩繩。宋室受命，奎宿爲徵。然獨星同，日月異宮。或麗秦野，或次魯東。一端之瑞，氣類各通。未若茲辰，景運祥風。其惟陶唐，起於冀方。人時敬授，上接天皇。傳之世紀，下軼百王。四千餘歲，乃今有光。午值日令，乾剛居正。斗極瑤樞，符合景命。明明至德，上下輝映。萬國咸安，一人有慶。伏讀聖諭，謙讓不居。歸功仁考，委數太虛。靈契增修，遑有其餘。聚精會神，循環若初。從茲以始，風純俗美。巖廊一德，明良喜起。物無遺照，民寧幹止。懷生之類，清和咸理。惟祖有功，惟聖時憲。玉燭常明，期應特見。老臣矢音，從容春殿。億萬斯年，允符帝眷。

御書澹泊寧静碑陰記

　　孔子之稱唐堯曰："巍巍乎其有成功！煥乎其有文章！"蓋有則天之至德，而以之敷爲成功，則成功莫隆焉；以之發爲文章，則文章莫顯焉。所謂積厚而光流，自然之理也。我皇上御極以來，迄今四十有二年，湛恩汪濊，聲教洋溢，南洽而北暢，東漸而西被。雖海溘山陬之遠，窮鄉僻壤之區，莫不喁喁嚮風，有天地生成之戴矣。成功如此，而猶宵旰彌勤，民瘼是恤，赦過宥罪，發粟蠲租，凡可以惠養元元者無所不至。乃若治河理漕之利弊，爲國計民生攸關，而歷代數千百年間，未有得其上策萬全無患者，則尤三致意焉。前此三十九年，特命臣總理河務。陛辭之際，蒙我皇上親授密旨，示以治河方略，精詳深切，不啻燭照。而數計今果河工底績，此皆皇上聖德神功侔於天地，以故河淮效順，滌歷代數千百年之患，而一旦克底於平成也。茲歲次癸未，宸衷厪念河工善後計，爰復命駕南巡，躬親省閱。見淮揚郡縣桑麻滿目，黎民樂業，天顏有喜，疊賚温綸。臣叨賜尚方珍饈，詩以褒之，箴以勖之，榮及於臣父，而賜扁額以寵之。高天厚地之恩，臣雖鞠躬盡瘁以圖報，稱固未及乎萬分之一也。猶復垂誘掖獎勸之洪仁，擴龍蟠鳳翥之宸翰，而以"澹泊寧静"四字賜臣。誦文思義，所以凜承聖訓而爲終身佩服之義，爲子孫世守之德者，永矢弗諼矣。臣伏思皇上文武聖神之德，陶唐則天之德也。故治功之成，内安外順，與平章協和，光被四表者無以異；海晏河清，與封山濬川，撫於五辰者無以異。至乃煥玉音，挨天藻，詩歌則燦於卿雲、復旦之隆，翰墨則麗於蝌蚪、垂露之盛，是文章之經天而緯地，又莫有大焉者矣。然則御書"澹泊寧静"之四字，雖與"元亨利貞"之繫於《易》，"危微精一"之載於《書》，均以昭垂萬古可也。於是付剞劂，勒之豐碑，俾奕祀久遠，永保無斁，謹拜手稽首而爲之記。

　　大清康熙四十二年歲次癸未仲夏望日，兵部尚書兼都察院右都御史、總督河道、提督軍務臣張鵬翮謹記。

御書河工告成詩碑陰記

　　皇上御極四十有二載，聲教訖八方，德澤被九有，文治武功，度越千古，中外清晏，海宇昇平。爰駕鑾輿，幸河曲，士民擁戴，踴躍歡忻，特抒睿藻，以誌豐功。猗歟休哉，甚盛典也。計頻年以來，遠至遐安薄海內外無一物不得其所。而我皇上所宵旰圖維者，尤以治河爲急，撤儀衛，減從官，躬親相度至再至三；疏瀹決排，區畫盡善，所爲規地勢之窪窿，相水情之強弱，參酌盡利，通變隨宜，蓄者、泄者、潴者、流者條分支別，探委窮源。煌煌乎設方略而輕重布之，成算在胸，成謨在野，蓋自鑄鼎錫圭而後，數千百年間未易有斯盛烈者。

　　歲癸未，皇上以河工告成，爰復諏吉，親臨工所，更抒廟算以爲善後之策。按圖程功，燭照數計渡河之頃，皇上指清口示河臣曰：“此二十餘年未曾見此暢流者。”臣跪聆之下，益見我皇上聖謨廣大，睿略精詳，非臣下所能仰窺萬一。蓋清口束湍，實爲淮、黃樞紐之地，清口治，兩河無不治矣。於時，群臣遙聽而歡忻，兆姓聞言而忭舞，而天顏益爲之軿焉開霽。遂親灑宸翰，製《覽淮黃告成》詩一章賜臣。詩既玉振金聲，書復川渟嶽峙。捧歸臣署，慶幸良深，顧臣何能，惟是一一恪遵聖訓，幸覩成績而隆恩異數，洊至疊加。復賜臣《河臣箴》一篇、“澹泊寧静”扁額、“深源定自閑中得，妙用原從樂處生”對聯及暖帽袍褂一襲；屢賜餅餌果殽，加賜御書三幅，又賜臣父“鮐背神清”扁額，恩榮備至。臣何人，斯而竟得逢太平之盛規，邀非常之光寵，一至是耶？夫封泰岱禪云亭，玉檢金泥，磨巖刻石，代亦恒有。求如今日之爲萬姓計，身家爲萬世垂法則者，實從古所未覯。

　　臣特敬摹御詩，勒之山石，俾黎庶見之，既知皇上之念切痌瘝，即奕祀垂之，亦可知宸謨之炳朗宇宙。而臣等於河壖奔走之次，覩豐碑之屹然，佩王言之燦若，恍如我皇上耳提面命於前，而益得飭志勵精，以相期於各庀乃職。則是詩之昭垂，永遠與日月之經天、江河之行地，並亘麗於千古矣。碑既成，臣謹濡筆而爲之記。

　　康熙四十二年歲次癸未季夏望日，兵部尚書兼都察院右都御史、總督河道、提督軍務臣張鵬翮謹記。

高良澗禹王廟記

　　昔者洪水方割，下民其咨。惟王躬橰橇之勞，八年於外疏江導河，排淮瀹濟，遂使天地平成，萬世永賴。茫茫禹甸，踐土食毛者，皆當瓣香祝之。

　　淮揚爲諸水之湊，與河工相終始。歲丁丑以來，患轉劇勞。我皇上盱食，臣張鵬翮以書生命總河務，爲疏、爲濬、爲塞，一稟廟堂方略，兢兢無敢失墜。而往來河上，目擊洪濤巨浸，凌雨震風，撼堤岸而妨工作，未嘗不默禱夏王之神，仰乞靈庇，歷有顯應。念湖上神祠夥矣，王之俎豆闕如，心儀鼎建，以奋築方殷，未暇也。無何，有假寐於高堰之上者，髣髴見王，左右神將縛而督過之曰：“吾平水土，功在萬祀，獨不得一笏地？世食茲土慢已甚。”縛急驚覺，面如死灰，四肢猶拘攣不伸，爲之作數日惡。置王神位於其家，虔奉之而愈。予感其事，乃始肇立王廟於高澗之湖堤。爲正殿三楹，左右廂翼之，前戟門三楹，繚以周垣，大抵素樸如卑宮菲食遺意。工甫就，當奉王像，懼弗肖，乃遣畫工即會稽古廟寫惟肖並八臣遺像以歸，冕黼峥嵘，劍裳森肅，拜瞻之下，儼若羹墙。又以世所傳《岣嶁碑》，勒之門屏。其年，水視丁年倍大，各工告警禱於廟下，訖以無虞。

河員礧石，屬予記其事。予惟宇内血食之神，惟江湖最多，況王美功明德尤昭昭在人者乎？昔王登衡嶽，血白馬以祭，而得宛委金簡之書。《十洲記》言：“王治洪水畢，到鍾山祠上帝於北河。”《淮南子》亦云：“王爲水，以身鮮於陽盱之河。”注曰：“鮮，禱也。”《禹貢》亦言：“蔡、蒙旅平，然則禱祀所祝，聖王之所不廢也。”今廟之南適與龜山相望。昔王以淮不治，鎮淮渦水神於山之陰，洪湖萬頃，挾淮俱漲，蛟龍出沒於其中，水怪鼓蕩於其内。一綫之堤，民生繫焉，國計關焉。王其眷茲一方，永爲重鎮，庶乎天子之南顧可以少紓乎？

因記其原起於此。

重修萬松嶺夫子殿碑文

伊川程子嘗有言曰：“道不行，百世無善治；學不傳，千載無真儒。無善治，士猶得以明夫善治之道，以淑諸人，以傳諸世；無真儒，則天下貿貿焉莫知所之，人欲肆而天理滅矣。”

我夫子以至聖之德，生衰周之季，道雖不得行於當時，而學足以傳於後世。自漢唐宋之盛，莫不致其隆禮，而廟祀勿替。洎乎本朝握符御極，自京畿以逮郡縣，辟雍鐘鼓，泮水藻芹，虔奉春秋，恪修牲幣，尤彬彬極盛云。某承乏浙省，葺學宮，教樂舞，簠簋几筵之屬，皆謹修而審行之。夫亦欽承聖天子崇文至意，俾東西兩浙有德有造，孝弟忠信之心油然以生，禮義廉恥之節振振然，被服而成俗。斯所謂以善治而得真儒，學傳而道無不行也。杭之萬松嶺，其上有萬松書院，弘治中周參政本之所建也，院中設孔子及四配像爲大成殿，久之浸廢。范中丞承謨始復建之，前奉木主，後有石像，迄今幾二十年，風雨剥蝕，鳥鼠竄伏，蓋又有鞠爲茂草之嘆焉。良以文廟之在都會州邑中者，有司以朔望展謁，多士以課試觀光而釋奠釋菜之禮，又以歲時舉行，故修葺時勤，廟貌常新，而廊廡棟宇可以無傾圮之患。今於山巒巖岫之際，而欲殿宇之巋然久存，宜其勢之有甚難也。然而學不擇人，亦不擇地。不擇人，故荷蓑負末皆可橫經；不擇地，故窮谷深山皆可施教。以彼異端之爲，爝火之光，浸灌之澤，而猶梵宮琳宇所在多有。況我夫子之道，如日月經天，江河行地，而謂荒煙暮靄之區，莽翳叢薈之域，或有遺焉而未備也。豈理也哉？某是以鳩工庀材而鼎新之，以還昔人之舊觀，以廣今茲之文教。庶幾乎道學之無往而不在，而敦《詩》說《禮》之風，雖雲峰松澗，固無間於米廩澤宮也，猗與豈不休哉，豈不茂哉？非夫王道著明、聖學宏啓之世，其孰能觀此者乎？

重修兗州府文廟碑記

聖主御極，六宇廓清，聲教訖於海隅，文謨武烈，古今莫加焉。屢煥明詔敕所司立學以崇教化。維時守令有祗順德意者，有具文塞責者，人之哲愚相去豈不遠哉？

癸亥夏，奉簡命來守是邦，始至即謁文廟，覩橋門廢圮，廡舍頹敗，不禁慨然曰："聖賢毓祥之地，而輪奐無觀，其何以表正四方，宏敷教化，以稱上旨意？"爰諏吉日，捐俸鳩工，門廡煥然，丹艧如法。進諸生行舍菜禮，夙夜駿奔，罔不祗肅，學博士於是慶瞻仰絃誦之有地，而欲余言有以記之也。

夫聖人之道，如日月經天，江河行地，何俟余言，亦言其詔制立學之意可乎？四代設學，義歸明倫，保世滋大，見於經者，可考而知已。暴秦焚書坑儒以愚黔首，欲吞八荒以傳萬世，劉氏一呼，土崩瓦解，而謀臣勇士無一人爲之効死者，何也？詩書之道廢，而仁義之風不聞焉耳。高帝過魯祀孔子，迄於世祖，投戈講藝，儒術純茂，海內乂安。雖玉步改移，而威儀之相依依在人心目，歷唐、宋、元、明，世有升降，而學無廢墜，教道之益，人國如此！

嗚呼，前事之不忘，後事之師也。方今聖神在上，崇儒重道，諸生由庠序而踐聖賢之跡。子與子言孝，臣與臣言忠，德被生民，功施社稷，可銘鼎彝，可被絃歌，顯名當世而垂譽無窮。斯朝廷所以設學養士之意歟？若其弄筆墨以掇巍科，由他途以邀利達，豈徒二三子居有愧於聖賢之鄉，抑亦生有負於堯舜之世。《詩》曰："高山仰止，景行行止。"多士勉乎哉！

遂寧文廟碑記

唐虞三代以來莫不敷教明倫，以故鄉有塾、黨有庠、術有序、國有學，蓋兢兢也。要惟唐虞三代之時，其君重道崇儒，右文宏化，則其下之風俗、人材率薰陶漸染，而一出於學。學之興廢，由世運之污隆也。歷觀往葉，適丁多故，軍旅日聞，不遑文教，遂使橋門璧水間牧馬時驚，園蔬不剪，學校廢而子衿賦往往然矣。前明末造，癸未甲申，流氛猖獗遍海內，而我西蜀爲甚。幸國家膺大統，掃清寰宇，平定安集。

吾邑遂寧，雖蜀之一隅，咸蒸蒸向化，乃瘡痍未復，學宮尚頹圮不治。余弱冠補博士弟子員，謁先聖廟堂，顧瞻榱桷，益嘆王者必世而後仁焉。時欲起而更新之，有志而未之能逮也。閱歷仕版二十餘年，維桑與梓，未嘗不以此事爲汲汲也。甲子，翮守兖郡，會皇上東巡過曲阜，行釋奠禮，命陪祀典，侍皇儀之雍肅，親聖德之馨香，雖唐虞三代之君何以過焉。逾五載，今己巳，某扈蹕南巡，蒙簡兩浙巡撫，念聖天子誕敷文教之心，下車首謁學，春秋行祀事虔恭惟謹，每月朔望率藩臬守令瞻拜其下。會浙之士大夫、耆碩、英髦、父老、百姓，宣揚聖訓；兼用智仁、聖義、中和、孝友、睦姻、任恤七教四維之道，且進弟子員，而月課其優劣，以俾其習復而考業；並大校全浙之司鐸者，以勵厥表帥之任。皆以奉揚朝廷德意也。嗣某上家大人書，迎養官署，念遂寧學之明倫堂，雖衆力邪許，已鳩工竣事，而大成殿猶因仍至今，恐非所以稱朝廷意。家大人遂括六十餘年家之賦稅所餘者，俾匠人樸斫，陶人搏埴，又得賢邑長責成賢師表省視，終歲而殿且告功以落之，於是爲之記。

雖然余記此者，非敢自爲功也。蓋以大成殿而外，東西兩廡、講堂、學舍，宜次舉也；聖位以下，四配十哲與群賢之座，宜畢新也；養老鄉飲之典禮，宜遵行也；禮樂法度之器用，宜備具也。而且春秋之潔蠲、朔望之圜聽，宜講求正心誠意之異堂，經義治事之分齋，晝考夕復之不輟，宜戒董也；則記之而不盡者，蓋猶有望也。何望乎爾？昔文翁之守蜀也，先命邑之小吏受業於京師，業成而歸，遂於成都立學，西蜀之風俗乃彬彬禮讓焉，而人材輩出，節義文章尤昭昭可指數也。於是西蜀之郡縣，莫不榮之，爭相倣傚此行之。漢景末年後，武帝高其風，至令天下皆立學。嗚呼，何修而臻此哉！蓋漢承秦焚書坑儒之後，乃高帝過魯而祀太牢之效也。況我國家深仁厚澤，當世之涵濡聖化已久，加以皇上巡省方嶽，首崇明祀，其爲右文宏教，尤非近代所有乎？且今天下學皆如故也，亦不盡廢墜也。特恐如余所言，學者未皆修舉也。即有能修舉之者，又恐予所言學之義，安能盡唐虞三代之旨，而闕失者必多也。是所望於助成聖化者也。則余所記此，其猶然陪祀之心也夫！

安東縣關廟碑

安東居黃、淮之下流，控引山河，湖澤諸水灌注其中。其地爲至險，自攔黃誤築而下流壅，下流壅則上流必潰，其勢固然。康熙三十六年，歲大水潰，時家馬頭以三百七十五丈計。於是黃流北徙，不能併力以趨海門而下之。壅益甚，黃既旁挺，一蟻穴不足以泄之，嘽緩漫溢，灌清口則齮運道，躡淮、湖而東，則淮揚十數州縣無不罹其患。沮洳墊隘，又不獨漣水一路已也。

康熙三十八年，皇上親閱河工，再頒俞旨云：「時家馬頭舊河從前淤墊，宜挑挖引河，其決口乘時堵塞。"又云："時家馬頭最要，如有修築機會，恐致遲誤，不拘何項錢糧，動用修理。"予時承乏兩江，備聞天語，固知理河襟要，括蒼水而包緣圖，不出我皇上範圍中矣。

明年春，簡畀河務，恭請訓旨，既密授方略。陛辭之際，復蒙諭曰："黃河，何以使之深？"退而時繹上諭，一切奉以從事，知河身散漫，則沙停；河身口高，則流汛。惟束使歸漕，窒其旁竇，則不期深而自深矣。於是親臨決口，負畚以爲工徒，先與陽侯併命，凡七旬而龍門竟合。先是，屢塞屢圮，漂埽束無算。蓋以全河之力俱萃一口，汕刷愈深，驚霆怒雷，其施工不易宜也，至於以五年久漏之厄，堙於一旦。非我皇上睿算如神，精誠孚格，百靈爲之效順不至此。

先時，予閱視河堤，東至於海。經漣水，夢伏魔大帝修髯綠袍，從一神人，指示水勢。會時工成，感念前事，乃建祠三楹，專祀帝於工所。其左三楹，以金龍四大王配，冀答靈貺兼倚重鎮也。祠成，汛員請紀其事。予惟武鄉勒黃牛之碑，李冰綿灌口之食，下至蕭伯軒、晏戍仔、張夏、張襄之屬，苟有庇於民生，莫不俎而豆之，尸而祝之。矧帝之靈感顯赫，動若影響者耶？自今歲時肸蠁拜瞻祠宇，知爲漣水險要地，所以仰遵聖訓，慎固河防，世世守而勿失，則又予置祠之微指云。

重修鎮東樓漢壽亭侯廟記

漢壽亭侯，百世之師也。史臣曲筆，稱爲"虎臣，有國士風"。褒不及量，不重誣侯哉？侯起并州，從昭烈，不避艱險，樹功荊、益。凡二十四載，戮力致身，莫不稱賢。然余謂忠臣之傳，死節之篇，猶未足揚侯之風烈也。

方侯之時，豪傑蜂起，各奉其主，侯惟乃心漢祚，是忠之正；不附焉、璋，獨戴賢胄，是忠之明；與昭烈同臥起廣坐，則侍立終日，是忠之禮；封還操賜，是忠之清；絕婚吳使，是忠之義；對張遼無飾辭，是忠之信；督軍士無廢命，是忠之勤；破臂言笑，是忠之武；降于禁，斬龐德，群雄遙受印號，曹賊議徙許都，是忠之大。其他方言外傳不具述。以一忠而運爲九德，是侯之仁也。豈非先聖所不輕以畀闢令尹者，而侯已全之乎？高山仰止，何日忘之？余自宦遊，所經幾半天下，凡名山川、通都大邑及僻壤窮鄉，無不奉壯繆侯廟祀。且赫赫京師，四方輻輳拜其下者咸肅恭靈爽。載觀往牒進號爲王，褒封稱帝，三代之直衆好之。

公孰非仁者之無疆惟休哉？然尤有異焉。往余出使俄羅斯國，經歸化城。歸化爲荒徼地，獨有壯繆侯廟，榜曰"關聖帝君"。迨軍行厄魯德境，乏水草，人馬疲甚，五夜憂勞不自勝。忽有異徵，感神庥默相得，竣事還朝。於戲，侯之明德遠矣！誠所謂神之在天下，如水之行地中，無所往而不在也。天子二十八載己巳南巡狩命，翮巡撫浙江。余涖浙治，治之左東有樓焉，顏曰"鎮東"。何所取諸？蓋欲作鎮於東者，思其義也。樓之上有廟焉，所以祀侯也。關侯之風，忠而且仁，百世之下，文臣、武士瞻侯之廟，溯侯行事，則忠義之心油然而生，莫不感奮興起，爲國家攄忠藎，恤兵愛民，以各竭其自盡之分，則是侯之大有功於名教也。雖師表百世可也，區區國士之稱，豈知侯者哉？爰爲記。

定海縣創建城垣記

舟山環山皆海也，地方四百里，爲全浙門户。考自唐開元立翁山縣，宋熙寧改名昌國，元陞爲州，明初復爲昌國縣，後裁隸定海，不復置縣。吏治近不治遠，兵守内不守外，非計也。本朝初年，底定其地，即留重兵守之，既而禁市舶，徙其民居内地。今上德威遠被，海不揚波，復移定鎮，兵駐舟山，民人歸鄉，井户益息，於是易名"定海山"，以宸翰賜之。已復允部臣議設縣治，即以名縣。其舊爲定海者，名鎮海焉。設官分職，綏定勞來，比閭煙火遍野，桑麻凋瘵之風於焉不變矣。

然城垣未建，無以壯金湯而作捍衛，非制也。余吁請於朝，蒙特旨俞允，發帑金建築。乃承命檄藩司諸大夫爲之規形勢，審方面，揣高卑，量廣狹，計功庸，度時日；用財幾何，役夫幾何，土石瓦甓於何取之，銚鎒畚挶之具，纖悉必戒焉。外自雉堞麗譙，尋尺丈引必辦。以及其内之黌序、倉庫、廨舍、犴狴之屬，無敢不周。甫期而功告竣，惟是上不虧國計，下不瘴民生，所以盡臣職也。

噫，古人不云乎？有有形之險，有無形之險。城郭溝池，有形之險也；禮義法制，無形之險也。今涖此土，治此民者，其共凜大法小廉之戒彌生，聚教訓之方，俾民宅爾宅，田爾田，農安於野，士安於學。以仰被聖朝之休烈顯德，其勿謂東海之陂，沮洳瀉鹵之壤，蛙黽之與同陼，而惰心逸志以自暴棄也。夫惟慕義强仁，奉法循理，以毋忘無形之險，則居官者，不負縮綬分符之任；而爲民者，亦無負良司牧拊循勸相之力。將見百雉言言，鞏於磐石；崇巒屹屹，固於金湯矣。爰弄筆爲記，非徒不忘成績，抑亦安能維始，俾能思初，而引之勿替云爾。

重修演武堂碑記

古者聖王綏天下以德，威天下以兵。"兵戢而時動，動則威。"蓋春蒐、夏苗、秋獮、冬狩，肆於四時矣。而三年大閱，振旅飲至，昭文章，辨等列，順少長，習威儀，所以講武而宣教者，未嘗一日弛也。

予膺簡命，撫涖浙土，冰兢淵凜，夙夜乾惕，惟是糾吏治，奠民生，慎刑獄，敦禮化，以仰副朝廷中外提福、遐邇一體之德意。顧念浙故瀕海，通商舶，四方鱗集輻輳，固封疆重地也。今雖山無伏莽，海不揚波，然古人不云乎："冬則資葛，夏則資裘，水則資車，旱則資舟。"惟事事乃其有備，有備無患。是以當政平訟簡、物阜民安之日，日討軍實而稽之，日鳩衆而董之，其亦一人善射，百夫決拾之思歟？

向則候潮門外有羅木營教場舊基，嘉靖時庀材鳩工，建設營房，以處軍士，中構武堂，積有年所，全圮矣。予特綜理而鼎新之，繕其墻垣，葺其閉閎，塓其檐阿，峻其棟宇，俾赫然還於舊觀。於是乎登斯堂也，集軍人立於堂下，誨之曰："爾亦知堂之所由設乎？天生五材，民並用之，誰能去兵？然容民畜衆之道，處則比閭族黨，出則伍兩軍師，其無事也屬之司徒，其有事也屬之司馬，載在《周禮》，可考而知。今兵民雖分，然國家以民之力養兵，固將以兵之力衛民，則分也而實合也。"

"予儼然而立於堂上，以訓飭爾有衆，無亦惟惕惕焉。上爲國，下爲民，一若援枹鼓、忘身家者，然爾有衆環而聽令於堂下，其可不知此意，而徒捆然以兜鍪從事乎哉？蓋兵之爲道，敕甲冑，鍛戈矛，是曰'治器'；簡什伍，嫻步伐，是曰'治法'；倡勇敢，致果毅，毋朝銳而惰歸，是曰'治氣'；明禮義，効忠順，毋驕蹇而桀驁，是曰'治心'。此四者，以心爲本，心治而三者皆治矣。故曰：'武卒不如銳士，銳士不如技擊，技擊不如節制，節制不如仁義。'"

"今爾有衆誠念朝廷所以給爾食，資爾用，優爾身，寧爾家，可謂厚矣。斯堂之成也，一竹、一木、一瓦、一甓，非皆藉國之帑，藏民之膏血以成乎？成之非以爲國乎？爾何不思竭力以衛民，盡忠以報國？乃以踞冰寢嬉爲耶？"

言未既，諸軍人咸悚焉。因碑而記之爲斯堂也。落成者，且令繼自今毋忘諗。

第一山精舍讀書記

第一山精舍者，信陽子少時讀書處也。環舍皆山，虛谷深邃，無市井之囂，有雲林之靜；鳥語花香，月白風清，翛然獨坐，詠胡宏"青山青不老，雨洗山更好"之詩，超然塵埃之表，覺心曠神怡，春融天理之妙見焉。山有關夫子像，奉爲嚴師，倣朱子讀書法，量力所至，立爲課程，熟讀深思。雞鳴而起，於關夫子前背誦一周，然後授徒論學，孜孜不倦，簞瓢屢空，晏如也。學成而仕，揚歷中外，精白一心，不改素志而已。詎能輿論交孚，聲聞於天，荷天下第一等人之溫綸也哉？

時人稱稽古之榮與山靈相輝映，皆緣天幸，豈復人謀？爰是重新精舍，署曰"關夫子廟"。俾後之學者讀書其中，覿赫濯之聲靈，動固有之良知，忠義之心有不油然而生者歟？當風日清美，憑高遙矚，觸類興思，無往而不舒發其精神，以感動其學道之心，其有裨於學者，豈僅遊目騁懷而已哉！

然而，爲學工夫，必循朱子定式。《書》曰"敬敷五教"，"父子有親，君臣有義，夫婦有別，長幼有序，朋友有信"，學者學此而已。而其所以學道之序，"博學之，審問之，慎思之，明辨之"。所以窮理也，必因物求理，瞭然無毫髮之差，則應事自無毫髮之謬。若夫篤行之事，則"言忠信，行篤敬"，"懲忿窒欲，改過遷善"，修身之要也。“正其誼不謀其利，明其道不計其功”，處事之要也。“己所不欲，勿施於人”，“行有不得，反求諸己”，接物之要也。誠能躬行實踐，由是而悟，體用一原，顯微無間，天德王道一以貫之矣。陸子曰：“千載以上，有聖人焉，此心同也，此理同也。千載以下，有聖人焉，此心此理，亦無不同也。”是在學者，静觀而自得之耳，如欲發明道要異日者。予陳情得歸，重登斯堂，年雖老矣，尚欲爲學者娓娓言之。信陽子者何？太宰張鵬翮也。

時康熙五十五年仲春月朔日書。

《文廟禮樂考》序

蓋聞天地者，道之原；聖人者，道之管。而明則有禮樂，幽則有鬼神，其道固合一無間者也。先師孔子德隆千古，教垂萬世，歷代以來，固已極尊崇之典。自京師太學以迄外之府、州、縣庠，咸恪舉明禋，罔敢隕越其間。謚號之異同，主像之去留，禮儀之繁簡，舞佾之加損，言人人殊，代不相襲。而明世宗時，大學士臣張璁所議定者，獨爲情允理協，規制可久，詎得以人廢言？是以本朝仍之，鮮所更易。然而郡邑之間，庠序雖設，禮樂未興，抱匱守殘，遠於明備，是孔子以禮樂之道，垂教天下後世，而廟祀大典顧闕焉。弗講，豈足以昭至德、廣文教哉？

向余見蘇郡學博劉氏有《禮樂全書》梓行於世，原原本本，炳炳麟麟，殫蒐討之遐思，發儒林之宏藻，啓迪弇鄙，訂正紕繆，可謂有志者也。初涖浙省，恭謁文廟，見其棁櫨輪奂，黝堊澄鮮，知前撫趙公實能鳩工而修葺之。至於春秋二祀，鉶登簠簋之供，牲牷粢醴之設，器有常數，實有常品，禮或闕有間矣。況其迎神徹饌，執籥秉翟，每以羽流充數，無論審聲按律，未協雅音；且使明倫敷教之地，雜以養生齊物之徒，於義乖，於體襲。余甚憫焉，兹於昨歲重訂樂舞人數，移咨聖府，聘師教習。庶幾依永和聲，無相奪倫，按部就班，悉爲應節者乎？又念禮樂之用，必文獻足徵，然後可垂永久，於是令學博與郡之耆舊取劉氏《禮樂全書》重加鉛槧，煩者約之，闕者補之，謬訛者釐正之，參錯者整治之，名曰《文廟禮樂考》。爰壽諸棗梨，以備覽觀。

廣川董子曰：“志敬而節具則君子。予之知禮，志和而音雅則君子；予之知樂，非虚加之，重志之謂也。”儒者習聞其説，遂以名物器數爲道之末，而見聞不廣，考核不精，忘其固陋，恬不知怪。然以敬言禮，而使豆籩舛錯，琖斝紊淆，可謂知禮否？以和言樂，而使塤篪莫辨，綴兆無聞，可謂知樂否？故曰：“無本不立，無文不行。”又曰：“知禮樂之情者能作，知禮樂之文者能述，况於虔恭承祀，而增志必有於假物。其可不講之有素而漫試之，駿奔之頃乎？”

方今天子仁聖，海甸澄清，崇儒重道，稽古右文，懋建中和之極，以率天下於禮樂之化。而余恭膺簡命，鎮撫兩浙，亦惟仰承德意，以肅官箴者端士習，以端士習者振民風，夫亦有循先師孔子之道，而不忘禮樂陶淑之思也。然則大禮與天地同節，大樂與天地同和，而大聖之德上下與天地同流，所謂道無巨細精粗，一以貫之者。余於是書之成，有厚望焉。

進呈《聖學心法》序

臣聞董仲舒之言曰："道之大，原出於天。天不言而四時行，百物生焉。"故子思曰："天命之謂性，率性之謂道，修道之謂教。"《易》曰："窮理盡性，以至於命。"天人合一之學，於是備矣。

然道必待人而行，故孟子云："聖人之於天道也。"邃古之初，載籍未紀，自堯舜禹相授受曰"人心惟危，道心惟微，惟精惟一，允執厥中"，成湯、文、武、周公、孔、孟遞傳以至於今。《大學》言："格物致知，誠意正心，修齊治平，用人理財，而歸之絜矩。"《中庸》言："戒慎恐懼，致中和，而極於天地位、萬物育。天德王道，一以貫之。"其義理著於"五經四子"之書。

道者，所由適於治之路，其考見得失，則散見於史册，安得有融會貫通，彙萃經史集成一書，俾一開卷而心目豁然，與聖賢相晤對者？臣近誦古典籍，有《聖學心法》一書，於聖學治道，萬殊一本有融會焉。但採之博而語之繁，臣不揣固陋，删繁就簡，簡而易知，要而易行。

伏思我皇上天縱聰明，聖學高深，洞悉精微，天人一理，顯微無間，擴然大公，物來順應，集堯、舜、禹、湯、文、武、孔子之大成，而兼作君作師之任。臣謹録成一編，進呈御覽，未必有窺於聖學精微之奧。

先民有言："泰山不讓土壤以成其高，江海不擇細流以成其深。"臣叨蒙天恩，思竭涓埃之報。倘荷聖慈鑒其愚誠，臣不勝幸甚。臣謹奏。

《四書大成》序

四子之書，皆以明道也。韓愈有言："道莫大乎仁義，教莫正乎禮樂刑政。施之於天下，萬物得其宜；措之於其躬，體安而氣平。"聖人得位，行道則無所爲書。書也者，皆所爲不行於今，而行於後世者也。孔子有聖人之德而無其位，删定贊修以明先王之道，曾子、子思、孟子之徒相與守之，以傳天下。故其學以修己治人爲分量，以正心誠意爲體要，以格物致知爲工夫，以主敬窮理爲持循。董仲舒謂："道者，所由適於治之路。"豈其然乎。此朱子折衷群儒之説，發明四子之旨，著爲集注，以示後學，篤實爲己之功。

迄於前明，制科取士奉爲標準，海内聰明才辨之士言有背於注者，科舉之選不與焉。相沿至今，未之有改，蓋以治本於道。而禮樂刑政之具，皆由仁義以彰施之，則書之行於後世，固後世之所嘉賴而久安長治，莫能越其範圍者矣。顧《大全》一書修於草昧之初，未免擇而不精，即近世説約詞旨太簡，亦有不詳不備之失。好學深思之士往往遊心於諸子百家，以溯其流而窮其源。智者過之，愚者不及也。

我皇上聰明天縱，聖學高深，頒佈《四書直解》，天下之大，家傳户誦，人心正而風俗厚。聖人之道，真如日月之經天，江河之行地矣。越中沈磊、陸階舊有《四書大成考究》，博而取裁，正亦足以發明傳注之意，然猶未敢期其可傳藏之於笥。至今日而其書乃出，所謂天將使和，其聲以鳴，國家之盛耶。故於政事之暇，句櫛字比，而爲之裁定焉。付之剞劂，公諸海内，必有誦其言而得其所用心者，是亦行遠自邇、登高自卑之一助也夫。

《關夫子志》序

余曩者守魯，修郡志，以闕里冠簡端，俾天下之學聖人者知所取法，其志有獨重焉者也。闕至今無寺觀，邑人不用佛老。李東陽詩云“一方煙火無庵觀，三氏絃歌有子孫”，蓋實錄也。甲子冬，余蒙上命，司鹺河東。辭闕里廟堂，既而與衍聖公並轡觀泗上，獨見一關廟。衍聖公謂：“關夫子，非河東其人者耶？旌節駐止，俱非凡壤。”余應之曰：“讀聖賢之書，居聖賢之鄉，固生平大幸。倘負聖賢之教，而悠悠以往也，不滋懼乎？”

今年仲春，至解州祭廟，先期形於夢寐，亦異矣。夫侯生於千載之上，千載之下，無論貴賤智愚，聞侯之名，莫不敬之畏之。夙夜駿奔，若有惕然，而不容自已者，何也？天理之不泯於人心，而三代之直道尚存也。充是心也，以之事親則孝，事君則忠，交友則信，如萬斛泉源，取之不盡，而用之無窮，則是侯之大有造於名教也。稱之曰夫子，誰曰不宜？

於戲！夫子者，孔子之盛德而甚美之稱也。侯雖未登洙泗之堂，而剛大之氣，忠義之概，暗與道合。使生孔子之世，與顏淵、季路從遊一堂，其所成就豈僅四科之選耶？惜也，卒於季漢末了之精英，與天地相摩蕩，焄蒿悽愴，若或見之。天下後世之人，因得景仰神靈，感奮激發，學其存心，考其行事，而慨然想見其爲人。讀斯志也，可以興矣。

宋儒《張南軒語録》序

　　昔人謂道學者，堯、舜所以爲帝，禹、湯、文、武所以王，周公、孔孟所以設教，其裨益於世大矣。趙宋自乾德五年五星聚奎，識者以爲天下文明之象，厥後真儒輩出。濂、洛、關、閩並響聯鑣，而集大成者獨推朱子。同時則南軒先生，穎悟夙成，幼而得於庭訓者，莫非仁義忠孝之實。朱子稱其大本卓然有見，不虛也。然朱子之學自四子書以迄《易》之《本義》、《詩》之《集傳》，並發明《通書》《西銘》諸説，列於學宫，傳於師儒，光遠而有耀，雖窮鄉僻壤，白叟黄童，靡不誦而習之。而南軒則時時散見而附列，不能如朱子之該且備矣。

　　夫學不期多，貴於知要。南軒於孟子告梁惠王之言，以“遏人欲，擴天理”詮之。陳新安謂：“此六字，斷盡《孟子》七篇。”余以爲豈惟《孟子》七篇，即《大學》之經一章、傳十章，《論語》二十卷，《中庸》三十三章，有不在此六字者乎？能知其要，則知南軒之約而該簡而備矣。

　　今其裔孫嘉禎，道焜德煜，承先人志守其家學，彙南軒《四書語録》，將授諸梓，而乞言於余。余嘉其志，而幸南軒之有成書以行世，將與朱子交相輝映，此亦聖世道學昌隆之一助也。且嘉禎道焜德煜，既以其書公之於人，尤當以其書踐之於己。踐之於己，所以成己也；公之於人，所以成物也。誠立而仁廣，日邁月征，無忝爾祖，其可量也哉？其可不勉也哉？

《兗州府志》後序

　　余嘗讀孔聖之書，慨然想見其爲人。適魯，登闕里廟堂，觀禮器，訪遺跡，與聖裔相周旋，徘徊堂宇下不忍去，於是知聖教之大，久而彌光。子貢喻之以日月，子思配之以天地，洵不誣也。夫學者，誦法聖人，坐而言，起而行，乃爲有用實學。

　　今者守魯，近聖人之居，治聖人之民，而不奉聖人之教，非弟子之誼所敢出也。由是涖一政，臨一民，訓一士，必自問曰：“與聖教無負否？”朝夕乾惕，專務以德化民，不事操切之術。期年，政通人和，上下交孚。君子學道則愛人，小人學道則易使，此其一驗也。

　　雖然，今日之魯，豈猶是昔日之魯哉？介水陸之衝，河患孔劇，軍儲交迫，加以漕糈輸將、郵傳驛騷上之，撫而臨之者靡一下之，仰而待哺者不億厥任艱哉？嗚呼，禽父之訓，賢親樂利之風，以及孔子過化存神之妙，道猶未墜，識在賢者。語云：“前事之不忘，後事之師也。”則鏡事徵信，孰有如志？志也者，即史之遺也。孔子志在《春秋》，其文則史志可忽乎哉？按于文定修志，在萬曆丙申，距今百有餘年。其間政治之因革，風俗之隆污，人材之臧否，田賦之盈縮，闕焉弗紀，久而懼其淪亡也。且桑滄之後，舊志散佚，文獻無徵，好古者奚稽焉？

予不揣固陋，博採舊聞，旁搜古牒，袞集成書，其義類則因於文定而體裁稍異，以魯爲聖賢之鄉，四方之所取則其志獨重焉者也。羹墻見堯，河洛思禹，亦謂有所觀感，而景行之念遂油然而生。天下讀聖人之書者衆矣，求其登洙泗之堂，瞻杏壇之席者幾人哉？好學深思之士，讀“闕里志”，知尼山在望，嶧峰相映，群哲鍾靈，源源本本，如日星麗天，江河歸海，道法治法，同條共貫，而希聖之學在是矣。讀“山川”“風土”諸志，知廣輪之數，定形勢扼塞，辨土物之宜，識民俗勤惰，泰山巖巖，龜蒙鳧嶧之拱揖於前，沂濟洙泗交流如帶，山川毓秀，皇王舊都；觀少昊之墟，思周孔之澤，見禮知政，聞樂知德，而憲古之學在是矣。讀“田賦”“宦績”諸志，則知經紀之學蓋治平之要，不過理財用人而已，體國經野有開源節流之方，土物心臧有型仁講讓之化，漕河關乎國計，兵戎所以講武，皆國之大事也，至於表彰前賢，汲引後進，則尤風世勵俗之機權，而潛移默導之善術也。讀“雜志”諸志則知崇正學、黜異端之意，孔子之道如日月經天，歷萬世而不敝，若二氏者，螢火隙駒耳。曲阜至今無寺觀，邑人不用僧道，可謂能守聖人之教者矣。其他郡未必盡然，蓋習而不察耳。故紀仙釋於外志，不知者，可資塵談；有心者，宜發深省。其餘可以類推矣。

方今聖主御極，四表昇平，文教誕敷，訖於海隅，殊方異域，咸知向學，況鄒魯文學天性，誦聖之言，行聖之事，其爲聖人之徒，不較易耶？官斯土者，因得以考求，故實有所興起，正身率物，以復還禮教信義之遺，而鞏固我國家一統之盛於無窮，使當世收儒術之效。朝廷重讀書之人，斯予所以修志之意也夫。

《奉使俄羅斯行程録》序

俄羅斯僻在西北，從古不通諸夏，茲潛入雅克薩，侵我邊陲。遣師征討，立即瓦解。復蒙皇上寬宥，釋還俘囚，高厚之恩，浹及異域；史册所載，自古罕聞。乃彼冥頑無知，復踞雅克薩，遣兵圍困，彼勢蹙請和。茲蒙睿算周詳，特遣滿大臣往議，繼准憲臣馬齊疏請，兼差漢大臣，擬以兵部尚書張玉書、吏部侍郎張鵬翮、給事中何金藺、御史王承祐四員題請，上特命張鵬翮、陳世安前往。滿大臣具使事機宜一疏，經議政王九卿議准，題奉俞允。

往議大臣荷天語周密訓誡，直斥其擅居我地之罪，開陳義理，以曉警之。俄羅斯之人始感我皇上覆育隆恩，傾心歸化，悉遵往議大臣指示，定其邊界，毀所修雅克薩諸城，並盡徹伊國久居之人，而東北數千里從古未入中國之地，咸歸版圖。適符我皇上數年前預料之神謀，且索倫、達古兒等國俱得安居。此皆我皇上睿慮周詳、德威遠被之所致也。

臣張鵬翮恭承恩命，仰荷天威，謬以儒臣，馳驅遠域，往還百日。謹以道途所涉歷，逐日劄記，用以紀皇華盛事。而聖朝控御邊疆，遣使行師之規畫，亦於斯備見焉。

《遂寧縣志》序

天下之有志，自班固《漢書·地理志》始也，其即夏之《禹貢》、周之《職方》乎？乃漢之地理，郡國以下，止載户口縣邑，《職方》十二州以下，止載山川藪澤、男女多寡，其利、其畜、其穀。《禹貢》九州以下，止載山川，暨壤之色、賦之等、物産之貢。近世天下之志，則自沿革、山川形勝、户口、賦役、物産而外，兼載學校、風俗、人物、選舉、秩官、祀典、藝文，諸大事罔不備具。以故獻之人主，俾人主一覽而周知天下之故。五方之户口、地形饒瘠、奢儉漓樸、文教之興替、職官之賢否、禮義廉耻之修墜、人材之盛衰，皆燭照而數計，於是人主得施其劑量擘畫焉。

方今朝廷《一統志》將成矣。一統者何？示王者無外也。同軌之地，縣修其志，以上於郡。郡於所屬之縣志，芟其繁者，彙爲郡志，以上於省；省於所屬之郡志，芟其繁者，彙爲省志，以上於朝廷。朝廷於是命官彙各省之志，修爲《一統志》，此前代類然也。余閱今所修《一統志》，至吾邑遂寧，紀載曾不數版。豈國體於下邑不詳，抑縣志多所闕失乎？余故鋭意思所以修縣志者，莫謂縣志關於《一統志》特細也。蓋凡事起數於下，基始於微。郡縣仿古之封建，故郡縣通於井田，九夫爲井，四井爲邑，四邑爲邱，四邱爲甸，四甸爲縣，四縣爲都。制不起井邑，則不成縣都矣。一夫有遂，遂上有徑；十夫有溝，溝上有畛；百夫有洫，洫上有涂；千夫有澮，澮上有道；萬夫有川，川上有路。制不起遂、徑，則不成川、路矣。故邱山積卑而爲高，江河合水而爲大，大人合併而爲公。自外入者有主而不執，由中出者有正而不距，所以能合邱里而並天下，一道德而同風俗也。推之六鄉之制，起於五家爲比，五比爲閭；六軍之制起於五人爲伍，五伍爲兩，莫不皆然。則遂寧之縣志，有繫西蜀之全省者，豈其緩哉？推之而凡吾蜀之如遂寧、天下之如遂寧者，又豈其緩哉？獨是成吾遂寧之志，其較難於天下之縣志者，蓋萬萬也。天下之縣志皆數十年而一修，成書具在，守令藏之，遞相傳受。邑之薦紳先生莫不抱牘而考故實，子孫世守，逾時一修，特踵其事而增之耳。

吾邑舊志，成於陳中丞、楊太史，有馮崇文敘，蓋前明嘉靖時也。迨甲申、乙酉間獻賊之亂，邑人殲焉，詩書灰燼，有於頹屋瓦礫中得志下卷，半皆蠹蝕。李長洲收之，哀附論著，授其子李光禄，未就。余憫邑志之云亡，悼先正之莫究，遂搜前典，訪故老，不啻探魯殿之壁間，經伏生之口授，逾年而後卒業，志所載不具述。顧余有傷者二：賦役、學校是也。昔賦七千兩贏，今賦增定僅十二兩有奇，丁止五口而已。余守吳，吳之劇邑，地丁至數百萬云。昔學殿廡堂、閣、齋、舍、亭、坊，有嚴有翼，鱉然可考。今學經兵燹，明倫堂甫竣工，大成殿方有事焉。余守兗，謁闕里，車服禮器猶在。嗚呼！何其不逮也。有幸者二：風俗、土產。邑之俗，魏徵言“頗慕文學，時有斐然”，故志謂“民勤耕織，士登禮讓”。且居官者，以致富為恥，一命而上，鮮以贓敗。所由與齊尚誇詐、功利遠矣。邑之產稻、稷、麥、菽、芋、蔬、果、核、絲綿、鹽井而已，所由與金玉、纂組者異矣。

嗚呼！鄒魯文學，唐魏勤儉，其殆庶乎！昔《周禮》“小史掌四方之志”，即今郡縣之志也。又《周禮》“誦訓掌道方志”，謂王巡狩，則道一方之山川物產，使有所觀覽，而知其始末。余志成，亦欲上之郡、省，以備國家輶軒之採風。庶幾長養生息，廣厲學宮，興醇化而敦本業，則傷者可不傷，而幸者果大幸矣。

《敦行録》序

張子曰：“為子孝，為臣忠，性之德也。至平常，至中正，盡人而知之，盡人而能之者也。”或曰：“信如子之言，則盈天下皆孝子忠臣矣。而余所見者，何寥寥也。”張子曰：“人，孰不有忠孝之心？或不能為耳。今執夫人而責之曰‘爾不孝，爾不忠’，其人則怫然怒；執夫人而語之曰‘爾孝子，爾忠臣’，其人則欣然喜。夫其怫然、欣然之心，則忠孝之良知也。擴而充之，可以塞天地，放四海。堯、舜、湯、文、武、周公、孔子、孟子之為人，為此而已；相傳之道，傳此而已。”或曰：“忠孝之理，即先聖之道則吾既得聞命矣。但先聖之道，散於五經，著於四書。男子童而習焉，皓首而窮焉。乃何以《詩》《書》所稱地志所紀，孝子忠臣如彼其少，貞女烈婦如此其多也？”張子曰：“此所性之德也。感而即應，觸而即發，在臨事時耳。若一轉念而貞固，迫切之情漸損，故有取乎愚忠愚孝也。”或曰：“聖人之教忠孝，而誅亂賊者，亦既昭昭矣。子之集《敦行録》不亦贅乎？”張子曰：“然。予不得已也。經書之文奧，中人不能猝解，學士大夫則習而不察也。予不揣固陋，取古人言行可法可傳者，筆之於書，其言簡其意賅矣。”

《治鏡録》題詞

功過格，其傳已久。自了凡袁氏力行有效，而後之士大夫往往踵行之。然袁氏以儒而惑於釋氏因果報應之說，以勸誘後人，後人亦皆習焉，不察夫為善而有祈福之念，則其為善也必不勇；去惡而有畏禍之念，則其去惡也必不誠。以不誠不勇之心存於中，而徒以為善去惡之事，勉強致飾於外，吾恐其功日微而過日滋矣。奚取夫日懸一格而丹黃識之曰：“某事為功若干，某事為過若干哉！近有刊佈當官功過格，以風於百爾有位者。予覽之而深嘉其意，又惜其仍惑於釋氏之説，而不本於儒者‘正誼不謀利，明道不計功’之旨，乃爲之易其説以進焉。夫人居恒之功過，其所繫猶輕；而當官者之爲功過也，不綦艱且巨哉！”

治一邑者，以一邑爲功過；治一郡者，以一郡爲功過。上之居方面之任，則其功過有逾大者焉；更上之而處輔弼之位，則功過又有逾大者焉。要其本，不越於一心而已。苟能以虛心講求，以實心幹濟，以精心照察，以公心推行；毋沽名，毋懼謗，毋矜己，毋徇人。總以上不負國、下不負民爲清夜自矢之素，縱未敢言功，亦可以無大過矣。功過格雖不設可也。雖然功過之成，其相懸幾若河漢，而功過之始，其相別僅同淄澠。是以古之上哲盤杆几杖，銘誦箴規，猶且觸於目而警於心，朝夕罔敢豫怠，而況其下焉者乎？苟任其氣質之偏，憑胸臆行之，而非有學問察識之功，則居官臨民之際，一切兵刑、錢穀、禁令、興革之宜，自謂可以有功，而每以隱伏其過於不覺，後雖悔之無及已。

曾子曰：“吾日三省吾身。”孟子曰：“行有不得者，皆反求諸己。”是故格物致知，正心誠意。當功過未形之先，而所以密其存養者，不可以偶怠也。審擇義利，堅持取捨，當功過將行之初，而所以嚴其省察者，不可以或忽也。昔者董安于性緩，佩絃以自急；西門豹性急，佩韋以自緩，皆以矯偏而約之中。而唐太宗之言曰：“以銅爲鑒，可正衣冠；以古爲鑒，可知興替；以人爲鑒，可明得失。”今之記功書過之格，其亦古人韋絃之意，而以備當官者之一鑒，殆不爲無助乎？倘必曰如此而有功，如此而無過，如此而可以邀福、可以遠禍，則行道而有市心，非予之所願聞也。

《身鏡録》序

余涖浙四載，惟務以德化民，既董率地方長吏，宣講上諭，以牗民俗，又慮輿情未能周知，常巡行郊外，省耕課桑，察民情之好惡，驗治術之淺深。父老來見者，則告以孝弟、忠信、勤儉、忍讓，俾知立身、保家之方。凡承讞者，獄具，必親行審理，翻覆推鞫，務期得情。如得其情，則哀矜嘆息，集於庭而示以禍福倚伏之由。隨事引上諭開導，實之以古人故事，證之以今人報應，淋漓剴切以感動其天良。每有聞而泣下伏地悔罪者，其牽連無辜，即行省釋，復申之以孝弟、忠信、勤儉、忍讓之義，使歸而告諸宗族鄉黨回心向道，以共享昇平之福。行之既久，官知砥礪，無敢於詞訟取錢，而曲直無枉，至於訟簡刑清，民知恥爭矣；力紓賦完，民知好義矣。余不禁喟然嘆曰：“道之以德，齊之以禮，有恥且格，孔子豈欺我哉？”

間嘗閱吕維祺《存古約言》、張文嘉《齊家寶要》、徐灝《言行類編》，其書與余言相發明者，採而輯之，名曰《身鏡録》。身鏡者，修身之寶鏡也。使學者一覽，法戒昭然。“擇其善者而從之，其不善者而改之。”其於化民成俗，庶幾有小補焉。

嗚呼！人性本善，蔽於物欲，移於習俗，則漸失其真。是以聖賢教人，千言萬語，總期明善復性。而明善之要，莫先於孝弟。蓋孝弟，乃爲人之本，根於天性，人所固有，萬善皆備。如樹有根本、枝葉、花蒂，自然暢茂；水有源本、干支、萬派，自然宗海。子曰："夫孝，天之經也，地之義也。"率之不過家庭日用之常、疾徐唯諾之節，而仁義之道、天下之平皆不外是。故曰："孝弟之至，通於神明，光於四海，無所不通。"誠知其無所不通，則忠君親上，仁民愛物，一以貫之矣。

《士鏡録》序

士讀聖賢書，必學聖賢之道，爲天地立心，爲生民立命。如范文正公爲秀才時便以天下爲己任，方不負乎士之名。善乎！呂子之言曰："士與其言勸也，不如其言戒也。"

築百仞之臺，基之弗固，實以灰沙層壘而危之，則崇朝即傾。譬如淘泉，必去其沙石、泥淖，而後澄泓也。故臚列十六戒，而約之曰："毋自欺。"夫惟提一"欺"字相剔撥，而後十六戒，乃能設誠致行，以副其志。不然者，日聞前言，往行而不省察體驗，是自欺也。自欺，則非君子也，尚得謂之士乎哉？故一篇之中，惓惓以定志誠身，明白指示，其誨人之心切矣。

爲士者，取是編而讀之，惕然猛省曰："吾出一言，吾行一事，得無戾是戒與？"有則改之，無則加勉，養成真學問、真人品，爲國家有用之材。即蓬藋而言坊行表，亦足矜式一鄉。士習端而世風以正，豈曰小補之哉？余不敏，嘗究心聖賢之道，知是編爲訓士之寶鑒，故授之剞劂，以廣其傳焉。

《家規輯要》序

余覽曹月川先生《家規》一篇，而知禮爲人治之大端。蓋自身推之及於家，自家推之及於國，與天下此分之殊也。國與天下之本在家，家之本在身，此理之一也。禮也者，體嚴而用和：和以統同而分殊者，理未嘗不一；嚴以辨異而理一者，分未嘗不殊。禮其猶規之生於權衡，而又以生矩及準繩焉。詎非法之運而不窮者與？

昔考亭朱子有《家禮》，而曹氏易之曰《家規》，無亦謂禮，爲天理之節文，人事之儀則，其體至隆，其用至廣，故不敢仍其名，而第名之以規也云爾。

今按《家規》所載，首以祠堂之制，尊祖敬宗，報本反始也。繼之以長幼尊卑之辨，男女內外之別，旦朔勸懲之訓，冠婚喪葬之文，而以推仁終之，則由親親，而仁民，而愛物，其施恩有漸焉。粲乎情文之備，秩秩乎規制之有條也哉！記曰：門內之事，恩揜義，言乎家道之必以恩勝也。然《易》於"風火家人"則曰："威如吉而嗃嗃，猶愈於嘻嘻，則恩之不逾乎法矣。"是以《大學》於國曰"治"，於天下曰"平"，而於家獨曰"齊"。"齊"之爲言整也，整而飭之法也；"齊"之爲言一也，一而洽之恩也。法與恩兼，家乃齊矣。是規之處乎權衡準繩之間，而相生於不窮者，與禮之嚴以辨異而分殊者，理自一和。以統同而理一者，分自殊固，異名而同實也。

余當河工告成之日，公餘之暇，取曹氏所輯，復爲芟繁冗，削其重複，並酌古今緩急之宜，提綱挈要，録之爲《齊家之規》。世之君子盍範躬於禮，以立一家之規哉！

《女誡》序

余嘗謂忠、孝、節、義爲國家祥瑞。四者稟乾坤之正氣，立人倫之極則。生則榮被當時，没則聲施後世。聞其風者，足以廉頑立懦，爲世道人心之綱維，豈區區朱草醴泉，侈談符瑞已哉？或謂孝子忠臣，幼承父師之訓，長聞聖賢之道，陶融於學問之功居多。若烈女貞婦，心堅金石，節勁松筠，蓋其天性然也。噫！爲此説者，其未嘗學《詩》乎。《詩》曰："窈窕淑女，君子好逑。"又曰："言告師氏，言告言歸。"由斯言之，四德之教，古有女師，亦曷嘗廢學哉？余庚午監臨文闈，見張江陵所注《女誡七篇》，明白切要，有裨王化，付之剞劂，以廣其傳焉。閨門之媛，取而讀之，保其天性，養其正氣，以明乎貞静專一之義、孝敬勤儉之道，未必無小補云。

《信陽子卓録》自序

余昔時讀書赤巖精舍，環山瀠澗，人跡罕到。書則同志講論，夜則青燈熒照。鳥語松濤，霜空木瘦，四時佳趣，觸目會心，覺活水源頭，汩汩流露。喟然嘆曰："孔子浮雲富貴，孟子得志弗爲。"豈無爲而云然哉？

夫天理、人欲毫釐千里，人物所異幾希，舜蹠止分善利，學者不於是辨機關，剗硬寨，則大道渾茫。從何入手？《大學》云"格致誠正"，《中庸》云"明善誠身"，知行並進近道，入德功夫確有準程。然而，古今世局理亂變更，聖賢豪傑窮達隱見，殊途而同歸，百慮而一致。儻漫無主宰，隨人步趨，或膠執成見，輕議古人，俱非真知確行。《大易》稱顔子曰："不遠復，無衹悔。"其自言曰："博文約禮。"此顔子之所以能卓立也。

由是前言往行，旁搜精擇，取其切近身心、裨益政治、可爲法則者，附以管見略爲論。次隨筆、劄記以牗吾知，以翼吾行，既而叨厠科名，回翔仕路，締交當世賢人君子，剖析義理，砥礪廉隅，愈堅初心，不敢縱逸。遭逢聖明簡擢，揚歷中外四十餘年，已幡然老叟矣。追憶生平迂疏鈍拙，任大投艱，險阻備嘗，甘苦自悉，豈敢云洞察人情物理，而隨時順應運用無方哉？惟是夙夜戰兢，理欲大閑，勉强把握。上念天恩報稱之爲難，下念我輩始終一節之匪易，愈覺書傳所載一一印合，而前言往行不我欺也。爰是檢校編次，分析卷帙，名曰《卓錄》，用以自勖，且貽後人。

信陽子自識。

《如意堂詩稿》自序

或問茲集名《如意歸來》者何義歟？應之曰："紀君恩也。"

去歲，蒙恩准假暫回籍省墓。陛辭之日，至尊親授如意，諭之曰："如意而歸，如意而來。"拜受。馳驛出京，由天津溯長江，渡三峽，順風揚帆，直抵遂寧家門。省親墓，加封樹，焚黃祭奠如禮，里人以爲榮，此"如意而歸也"。事畢還京，大君有命不敢違，乘桃花水未發，解舟東下直達津門，端午前一日趨朝面聖，天顏有喜，恩禮並隆。曾進《謝恩表》，上御筆密圈批曰："覽奏，朕心嘉悦。"此"如意而來也"。或者唯唯而退，爰次其語，以弁簡端云。

雍正二年仲夏月太傅張鵬翮識。

宰相論

宰相者，患專權固位，竊用人主之威福也。夫持權久者習强矣，未有不好其權者也；居位安者貪寵矣，未有不固其位者也。好權則忌人爲切，固位則謀身爲深，公議之所不與也。有以恭儉行己，夙夜在公，善則稱君，過則稱己，不敢避所難，不敢忽所易，唯知尊主威而盡忠於上，可謂不好權、不固位矣。是公議以爲可任宰相者也。

宰相患在立朋黨，以私滅公，相爲傾危，而蒙人主之聰明，此公議之所不與也。有以中立不倚，孤忠自守，進一士，必以其公譽，而不敢以私愛也，既進之，必曰"主上之明"，以避其恩；退一吏，必以其公，毀而不敢以私惡也，既退之，必曰"朝廷之公"，以當其怨。國家之事，必正色直言，力行而不回。不委曲交結，以避一身之危；不俯仰顧忌，以藉衆力之助。唯知尊主威而盡忠於上，可謂不立黨矣。是公議以爲可任宰相者也。

宰相者，患在以權位妄自尊大，以逼主勢，上有輕易人主之心，下有陵侮多士之氣，此公議之所不與也。有以謙虛衝約，折節下士，不恤己之勞苦，以君逸民安爲急，不恤己之菲薄，以君裕民富爲先，唯知尊主威而盡忠於上，可謂不以權位妄自尊大矣。是公議以爲可任宰相者也。

宰相者，患在不以正道事其君，不恤是非利害，惟君意之是成，惟君欲之是從。

至於政疵民病而不爲顯言，依違因循而不爲更張，此公議之所不與也。有以大公至正爲心，與人主同道一德，慨然以立忠言，奮然以行正事，意在成國家之利，而除生靈之害，唯知尊主威而盡忠於上，可謂以正道事其君矣。是公議以爲可任宰相者也。

宰相者，患在務結私恩，蔽善醜正，誘集群邪，陽尊忠良，陰結奸惡，分據要路，相爲死黨，一倡十和，表裏相應，幸上之未悟得以肆行其志，此公議之所不與也。有以樂善好賢，安君靜民，爲事謂爵禄人主之柄也。非臣下所敢專，必公言於廟堂，而請決於上，使清明之恩，平行而直流，開張公道，銷除奸朋，唯知尊主威而盡忠於上，可謂不結私恩矣。是公議以爲可任宰相者也。

凡此五者所宜辨也，君臣之大要，古今之先務也。人主得之以爲安榮，失之以爲憂悔。故聖君賢主必明察而審擇，獨斷而力行也。

心性論

嘗誦《心法編》，洞悉源委，精詳懇切。喟然嘆曰："孔子從心所欲，不逾矩，其得堯舜傳授心法乎？"

堯舜，大聖人也，曰："人心惟危，道心惟微，惟精惟一，允執厥中。"孔子之好古，"敏求"，惟精也；"發憤忘食"，惟一也；"不逾"，執中也。子思稱仲尼祖述堯舜，正謂此也。《大學》之"明明德"，惟精也；"止至善"，惟一也；"絜矩之道"，執中也。《中庸》之"明善誠身"，惟精也；"中立不倚"，惟一也；"君子時中"，即執中也。《孟子》之"集義養氣"，惟精也；"勿忘勿助"，惟一也；"反身而誠"，執中也。所謂萬殊而一本，殊途而同歸者也。真德秀《治心之方》曰："省察非禮勿視聽，言動是也。"曰："克治懲忿窒欲，改過遷善，變化氣質是也。"曰："存養戒慎恐懼，必慎其獨也。"程子曰："居敬窮理，夫理不明，何以察天地之造化，考義理之精微，析古今之異同，酌時措之機宜，則博學、審問、慎思、明辨、篤行，以友輔仁不可少也。其居敬者何？內而潔净光明，外而整齊嚴肅，則心有主。主者，主忠信也。心有主，則虛靈不昧，萬理渾然，一私不雜，如明鏡止水，廓然大公，物來順應，直洞徹乎。體用一原，顯微無間。天德王道，一以貫之矣。心者，身之主也。喜怒哀樂之已發情也。心之用也，其未發則性也；心之體也，性則至善，情則中節者，爲善不中節者，不善也。"舜，大聖人也，曰："人心惟危。"湯，大聖人也，乃曰："以禮制心。"《大學》云"正心"，《易》云"洗心"，正教人辨危微精一之機，而求明此理之同然者，以自盡焉耳。然而未易辨也。心之廣大，舉六合而無所不包；心之精微，析萬殊而無所不入；心之神明，徹千變萬化而無所不用。人生之初，其心本無不善，迨物引習移，而後永保此心而勿喪者，鮮矣。是以聖賢千言萬語，多方誘掖，或指點於未喪之前，或指點於既喪之後。孔子云"操則存"，孟子云"求放心"，操之如何？敬以直內，義以方外而已。求之如何？閑邪？存誠、戒懼、慎獨而已。真德秀云："惟學，可以明此心，唯親君子，可以維持此心。”則直指用力之方，以復其本心之善而已。

故光祿少卿李公傳

李公，名仙根，字子靜，遂寧縣人。父實，前明癸未進士，知長洲縣，有善政，民德之。蜀亂僑吳，訖殯焉，從吳人請也。母呂氏。

公八歲，善屬文，工書，補博士弟子，號高才生。從外祖少司馬東川公嘗曰“子靜氣宇別，終成吾家宅相”，深器之。國朝甲午，中鄉試，式復中。辛丑禮部試，殿試一甲第二，授宏文院編修。甲辰分考得士十有一。丙午地震，求言疏五事，條畫蜀情形甚悉，旋擢司業，晉秘書院侍讀。

戊申，安南黎維禧據莫氏高平地，莫元清奔寓南寧，詔擇部院官往飭諭。廷臣交舉公，命充正使，而兵部郎武昌楊公貳之。公疏維禧遵諭還土，元清謹取，具覆疏復命：“第恐蠻性貪頑，仇隙已深，厚利難舍，復具狡〔辯〕，本章應否收接，作何進止？”詔許便宜從事，賜正一品麟蟒服以行。冬十二月，發鎮南關。己酉正月，抵安南，至都統司門，維禧不出，遣諭十餘返，乃出迎，宣讀如禮。既而交人議多梗，公草書一通，首言皇上如天好生，視交民猶內地，不忍以元清故而輒加兵，先遣使宣諭：開爾國悔咎之路，為黎氏，非為莫氏也。中復數其臣誤國十罪，移諭輔國鄭檜，且曰：“爾家系世勛，慎無俾黎氏覆祀。”是時維禧幼，政柄胥檜持之，得書咋舌曰：“天使語是，而龍編浪泊間蟄雷數震擊，舉國懾伏，乃請畫結，領元清擇便地處之。”公堅不許，曰：“自明萬曆壬辰莫茂洽敗，莫氏支屬屯諒山、高平、海東、新安州。乙未，兩廣總督遣偵問，莫敬恭報願居高平、諒山、海東地。旋失，乃保高平一郡。而黎氏後二年丁酉始進金人乞款，今七十餘年矣，高平固莫氏故地也，又奚容擇便地？”往返閱三月，交人詞屈，議始合，卒令維禧盡還高平地暨戶口，一如敕書指。又諭元清謹守疆，無再啓釁、負國恩。交南大定，乃偕楊公度關歸，途中纂《使事紀略》。

會聞祭酒之命，聖祖仁皇帝御宏德殿召問，慰勞良久。命內院繙繹留覽，旋遷公侍讀學士，充日講官。公體臞而修幹，吐音如警鶴，善敷講，嘗講畢，傳翼日入禁庭。公撰《聖學頌》，並跋書綾以進。跋尾言：“古有起居注記言記事，而禮科因請設左右史官。”得俞旨，公首充職。

庚戌總裁武會試。癸丑充《世祖實錄》副總裁。旋協理翰林院事。京察詳允，副都御史缺，內傳李仙根有骨氣可用，旋擢內閣學士，毗贊廟謨為多。甲寅，特差協理大兵糧餉，兼驛傳撫民事務，駐荊州。昕夕擘畫經費用充，以緣累鎸調，徜徉吳中久之。己未，補鴻臚寺卿。逾月，特擢左副都御史。言事率持大體，朝審覆奏，堂議遺漏。公曰：“譬之大朝糾失儀，他官何與裁奪二人俸而止。”河督請別項銀，左都御史疏非是。公曰：“異日以糧艘為詞，若之何？且河工不核地理，疏駁無益也。”奏上，聖諭給銀如公言。

庚申，擢户部右侍郎，督理錢法，仍充經筵講官，部例榷關。涖任日，收銅限八月解庫。公特寬逾限日題參，題覆“無滋擾也，且關有遠近，奈何以例限之?”滇黔定案，公力請分別族系，省查解釋無辜。他如四川增茶鹽引，解銅經由地秤驗具結，潼關税務增部員，力言不可。至改折河南漕米，減臨清關銅價萬兩，豁靈寶捏墾糧，公力主畫題。皆獲允。壬戌，以議錢法投劾去。

戊辰，補光禄寺少卿。

庚午春正月祈穀，例代卿捧盤，少卑，以失儀鐫級，晏如也。日書徑二尺字，觀者驚爲神。三月二日卒，年七十。有《游野浮生集》、奏議、碑記、雜文藏於家。

公通曉世務，喜談經濟。在翰林日，蜀招民赢三百，例即陞。公札省藩曰：“目前虚名，轉瞬實課，恐病民並病官矣，齊豫耿賈二撫覆車鑒也。”部議又准關東例，百家以知縣用。公曰：“關東招圈田失業民，充應募數，旋以多捏報而止。今陝楚州縣，胥用丁口，考最此斬招民，彼甘棄民乎？惟勤撫孑遺，則民且不俟招而集。”後竟無應例者。在内閣時議興化，公曰：“崇實爲要，不然是適滋擾也。”德音免蘇松明歲半税，或疏並免佃租半。公議曰：“隸農雖貧，無科索之擾，業田者輸正供，辦雜徭累負滋甚。至佃租率緣旱沴免，奚事脅之。且政宜杜漸，半租令下恐不至，全逋不止，訴訟自此滋繁矣。”高陽李公得公議，入告乃寢。及庚申之翦滅吴孽也，安南奏貢期例三年。自三叛連衡，思明、欽州、蒙自貢道胥阻，綿歷六年。今天威遐播，逆豎削平，請遵貢期如彝典内。索《使事紀略》，覽之曰：畢竟是向來措置得宜，令彼一心向服。欽惟聖祖天縱神睿，識洞垓埏，而惓惓交南事若此。然則公雖旋起旋挫，不竟厥用而才諝卓著，所以券主知而膺天眷者業已深矣！故迄今追數，景陵初，内外大臣偉略雄辯絶出者，輒曰“李子静”。

公四子：奕振、奕據、奕登、奕撰。據，通判武昌府。

論曰：余與李公同籍，公雖留殯吴而嘗從公於朝，獲聞行事，今敘其略，彌企典型，豈東山涪江秀傑蟠積之氣，雅有獨鍾者耶！昔明平交趾，設府十五、直隸州五，黎利叛盡割畀之，終明世，班外藩，國朝統宇，安守臣節，久而彌篤，非使臣勤宣上德，有以慴服其心者乎？嗚呼！所謂“專對而不辱命者”，其李公之謂歟?

張逸甫先生傳

先生諱灼，字逸甫，爲僉書公五子。髫年倜儻，有奇志。會際滄桑，辟地赤巖，躬耕自給，足跡不履公庭。與鄉人處，油油然意相洽也。

鵬翮少時，好學厲志，先生獨憐愛之。應童子試，傾囊以資其行。嘗語人曰：“此我家龍文也，更長，當求之千里外。”今鵬翮荷國厚恩，洊歷三台，冰雪之操，御書褒美，天下訢然羨爲光寵，庶幾無負先生期許之意。

丙午歲，先生將卜築於廣濟，以時省先塋，不幸遘疾，卒。卒時年三十九矣。天不假年，賚志以没，人皆惜之。元配王孺人，撫幼女及笄，許字廩生任君重，董聲庠序。王孺人守節二十六年，於康熙辛未歲卒，享壽六十有三，無一非飲冰茹荼之歲，良苦矣。然屢經喪亂，竟得白首完貞，死與先生同穴，亦可含笑九泉矣。

彭覺山先生傳

彭先生名王垣，字君藩，別號覺山。生而穎異，通諸子百家，爲文數千言立就。年十二應童子試，首拔冠一軍。然先生之學，時以餘力治舉子業，其所講求而體驗者，一以明大義、踐大節、篤行不怠爲本。

母病漸革，夜焚香祝天，刲股以進，翌日霍然起。邑令曹榜旌之。流寇入蜀，殺人如草菅，匿稍後，無一人脱者。先生適遇父没，伏泣柩旁，賊義而釋之。避地滇黔，以事謁經略洪公。公與語，偉之，將大用。因父櫬未葬，力辭歸。從兵燹荆棘中遍求父殯所在不可得，日夜慟哭，忽假寐，夢父拊其背曰：“我來矣。”黎明馳往得之。於是竭力營葬，辟踊哀慟如初。

癸卯，登賢書，躬履隴畝，人或勸之，喟然曰：“古不云乎，與富貴而屈於人，寧貧賤而輕世肆志。”遂耘耔自若。吴逆叛廣羅致不應者，有罰。先生託病，匿山中屏跡，不入城市，凡七年。間行吟有解綬歸來，多是懶揮鋤，不顧半因癡之句。

及平定，學憲馮公訪知曰：“是足爲士模楷矣。”委署順慶府學教授，士子服其訓，皆整飭有規度。其後歸老於鄉，鄉鄰質成，多望廬而返曰：“無事恩先生爲也。”故所居有“仁里”稱。傳經三十餘年，誠弟子以力行爲先，文藝次之。浮華者，厲色規正，必改行乃已。贊曰：“文行儒者，所兼修而並務也。”近世綴文之彦，多有行或不逮焉。其伏於隴畝，惟直質醇謹。而文采無所表見者，又不足道也。先生經術如匡劉，著作如班范，孝友則萬石家風，忠耿則三代遺直，嘉言懿行，可法可傳。孔子曰：“文質彬彬，然後君子。”斯誠足以當之而無愧焉。

桐城張文端公墓誌銘

康熙四十九年十二月辛酉朔，光禄大夫、經筵講官、文華殿大學士兼禮部尚書致仕，謚文端公，葬於桐城縣龍眠山之雙溪。元配姚夫人祔焉。其孤檢討廷玉請銘於余。余與公同朝三十餘年，伏覩公恪慎清粹，以忠誠上結主知，倚任之重，眷遇之渥，不獨禮絶臣僚，而近代史策所傳罕有倫比。謹條繫其大者而書之。

公諱英，字敦復，別號圃翁。先世自豫章徙桐城。六世至大忠公，名淳，舉明隆慶戊辰進士，歷官陝西參政，於公爲曾祖。淳生士維，以文學封中憲大夫。士維生秉彝，以明經考授別駕，於公爲祖爲父，皆以公貴，追贈如公官。曾妣尹氏、祖妣齊氏、妣吳氏皆贈一品夫人。

公生而凝秀，言笑不苟，見者竦然，未冠食餼，文譽驟起。癸卯舉於鄉，越四年丁未成進士，選内宏文院庶吉士。以艱歸。壬子散館，授翰林院編修。是時，上方嚮意文學，詔選詞臣醇謹通達者入侍左右，講論經史，於是掌院學士孝感熊文端公以名聞者四人，而公及今大學士安溪李公皆在選中。每日進講，扈從南苑，隨充日講起居注官，豐貂、文綺之賜歲無虛月。丙辰，擢左諭德。丁巳，遷侍講學士，特命入直南書房，賜第西安門内，晨入暮出以爲常。己未，轉侍讀學士。庚申，晉翰林院學士，兼禮部侍郎。壬戌，以葬親歸。丙寅，擢任掌院學士，選兵部右侍郎。丁卯，兼攝刑部事，調禮部左右侍郎，充經筵講官兼詹事府詹事，尋陞工部尚書。庚午，兼管掌院學士事，調禮部尚書。公理部務，持重平恕，不爲苛急之行。及任宗伯，身綰三綬，進則論思密勿，退則倡率僚屬。一時典禮、儀制及廟堂制誥之文，流播遠近，傳諸永久者，皆出公手定。又監修史局總裁，兼領數十職。綜斯文之柄，不動聲色，百事就理。士大夫嘆羨，以爲榮。丁丑，乞休，不允。己卯，拜文華殿大學士兼禮部尚書。辛巳，予告歸里。

公在相位不久，然其贊元經體，自入直以來，即以文章學問佐佑啓沃；及參機密，顧厚重不泄。且其爲人外和内剛，廉静自持，人皆不敢干以私。上久而益信之，嘗稱其有古大臣風，手敕獎諭，至於再四。則公所以輔弼上德、潤色鴻業者，惟有歷年，世亦莫得而悉也。公既致政，念之不忘。癸未、乙酉、丁亥三遇南巡，迎朝行在，恩禮優渥。歲時馳傳頒賜，不絕於其家。先後所得上書充滿什襲，金繒珍異之屬不可殫述。内城賜第自公始，又許於禁中乘馬，命供奉周君道寫公像，裝潢以賜，皆人臣異數也。

公内行克修，教子姓有法，喜獎進善類。而於試事極慎，自癸丑分校，丁丑主會試以及歷科殿試、讀卷、教習庶吉士，一秉至公，士論僉服。性愛閑澹，退直之暇，盆魚庭草，翛然自適。嘗構賜金園於龍眠山麓，每歸則逍遙其中，於書無所不窺，蒐討研索，至老不倦。尤工書法，行楷並絕倫。上集《歷代名人書》爲懋勤殿法帖，獨採公書入本朝集中。所著進呈《易書衷論》《參解》若干卷，《經筵内廷應制》等集若干卷，《篤素堂詩文》前後集若干卷。

公生於前明丁丑十二月十六日，薨於康熙戊子九月十七日，享年七十有二。訃聞，上震悼，予賻恤祭葬加等，賜謚曰“文端”。夫人姚氏，族望貴盛，孝謹慈儉，能識大體，姻黨賢之，先公三月卒，享年六十有九，累封一品夫人。子男六人：廷瓚，己未進士，日講官、起居注、詹事府少詹事兼翰林院侍講學士，前卒；廷玉，庚辰進士，日講官、起居注、翰林院檢討；廷璐，副榜貢生；廷璪，貢生，前卒；廷瑗，貢生；廷瑾，廩生。女四人，皆適仕族。孫男八人、女九人。曾孫男女四人。銘曰：

國運隆平，文明昌啓。惟公學成，應時而起。振華茂實，發聲詞林。爲麟爲鳳，如玉如金。簡在帝心，入參帷幄。朝夕論思，曰公所獨。鴻文淳質，翼翼小心。公才公望，眷荷日深。文章之司，禮樂之府。雙手總持，旋登台輔。有舊有勞，時至引年。進退以禮，公斯樂全。生受褒美，歿蒙諡號。善人國基，朝野所效。有阡在望，山環水洄。永世咸休，用諗方來。

僕張聲之墓誌銘

張聲之者，本姓陳，蜀之定遠人也。饑，自鬻於封公家，易名張應，字聲之。勤勞誠實。予讀書中，秘令其司門，恂恂自克，淡於利欲，京師士大夫稱曰："此司馬君實之蒼頭與？" 荏苒五年，蜀道阻塞，聲之思憶老主人，每西望涕洟，感疾以卒。殯於古地壇之龍全寺。後蜀道通，將啓殯還葬於鄉，見二赤蛇蟠其下土，人曰："此吉地也。" 遂葬焉。後余出督兩江，又平水土，先後十二年，召陞大司農。訪聲之墓不得，一夕感於夢，復使人求之此處，得其原題石碣，知其墓所在。題誌銘曰："葬此三十年。歲已多，魂未散，而義不磨。" 序而銘之，以教義也。

驅陳家社水怪文

淮揚一帶，五年以來水患頻仍，洪波浩蕩，一望汪洋，昏墊之苦，民不聊生。上廑聖天子宵旰之懷，下關數千里蒼生之命，特畀張某以督河之任。受事以來，躬奉聖謨，僕僕河干，經營修濬，寢不安席，食不甘味，晝作宵思，神勞形劬，期以報君恩，而拯民瘼也。河伯有靈，當體天子好生之德，早奏安瀾。頃者，河官來言，陳家社夙係黃河積水，突出水怪，兩潰堤工，濁流橫溢，淹我民居，田廬蕩然，悲號遍野。載興工役，費我國帑，實勞民力。爾居水族，力能湧水興波，豈無靈性？何忍傷害民物，上干天戒？今與爾約："三日之內，其悉率爾族，潛伏深淵，速離其所，爾其有知也。惡谿之魚，格茲片紙，爾其遷徙也，龍沙之藏，姑寬一劍。如其冥頑不靈，某必上告皇天，盡殺乃止，爾其無悔。"

祭李子靜文

嗚呼！自吾鄉席文襄公之歿也，百餘年而呂少司馬起；呂少司馬之歿也，又三十餘年而公興。惟公鍾岷峨之秀，秉箕尾之精，天性孝友，家學淵源。其爲文自成一家言，而書法遒勁，在率更、河南之間，然此特公之緒餘也。公負勃鬱磅礴之氣，慨然以天下爲己任，大受之器識者，早以希文期之矣。既而擢冠禮闈，翶翔藝苑，時邀金蓮歸院之榮。迨夫出使異域，宣佈德威，交齒雕題之國，悉令傾心向化，方之博望定遠，何多讓焉。至於洊歷卿貳，廷議大事，侃侃而談，無所遲回，風節彪炳，日有聞矣。而顧止於是，胡造物者之於公也。既與之以大受之器，而復靳之以柄用，而遽返之於玉京也。嘗見公議論天下大計，愷切周詳，指畫民生休戚，不啻其自爲謀，而如乎其心之所欲得，意公得柄用，當必有以道濟天下，使家給人足，物阜民安；見公之立於朝，氣象嚴嚴，威儀卒度，意公而得柄用，則必以方正之氣，肅百僚，使賢良在位，忠讜盈廷；見公學術宏深，博聞强識，意公而得柄用，則必以帝王之學，深啓沃，使禮樂明備，教化滂洽，而今皆已矣。

嗟乎！公之心未可一二與鄉人言也。方公之由副憲陟少司農也，眷顧日隆，名位洊赫，公之知故，莫不爲公喜，而公獨愀然，不見其忻豫之容；後以罣議去，公之知故，又莫不爲公唁，而公獨泰然，不見其於邑之色。此其志意，豈在區區富貴間耶？憶曩者，衡論賢才中可膺節鉞之任，爲朝廷霖雨蒼生者，於天下得七人焉，而公其一也。曾日月之幾何，而公竟作古人矣。

嗟乎！生之有死，古今猶旦暮耳，何足悲乎？所悲者，不悲公之歿，而悲公之志未伸；不悲公一身之云亡，而悲夫老成之凋謝，文獻之無徵也。嗚呼已矣！尼父視予之嘆，羊曇輟樂之泣，實命不猶，聖哲同慨。言寄於衷，淚寄於觴，精爽依邇，昭格洋洋。尚饗！

祭周通政文

嗚呼！朝野之所屬望於有位與，夫在位之得稍展其萬一之忱者，亦惟清慎奉公，庶幾可告無罪而已。此在庶司百執事，莫不皆然，況於爲九列大臣，僚佐賴以奉表率者乎？

余自庚戌通籍，得與館選，讀書中秘，始識浙之簡齋周公。蓋於己亥捷南宮，是時已爲國史編修。端凝持重，如岳之峙；文采潚發，若川之流。至品秩日躋，而單車布被，不事家人生產，夙夜靖共乃職，無異其爲儒生，時尤居官者所難也。古稱“公而忘私，國而忘家”。若公之操同冰蘗，始終完潔者或可似之。在辛丑、乙卯之役，一分校，一主試。文武知名之士皆出公門下，士論益以此重公。由司業歷少詹，在翰林最久，恂恂簡默以古道。自持史館纂修，公朝會議而外，即杜門守口，不妄交遊，而人亦不以公爲簡也。方公之回翔京卿，鷄鳴待漏，趨蹌君所，惟有循分自盡，若不知天壤間有高才捷足者。

余時備員廷尉，適遇公先後是職，兩情相契，儀仰已久。及余侍蹕南巡，奉命撫浙，而公在京師，竟不獲親承音旨。然聞公在僉都，意氣自下，絕不以職居風憲，有輕世傲物之態，蓋樸實恬静得之天性，故不以境易也。及聞公由太常擢授通政，意謂公出納喉舌，必能上啓宸聰，下補國計，其矢公矢慎之懷始終如一日。豈期甫匝旬而郵傳即報公逝，更閲八月，而元配施淑人又以訃聞矣。

嗚呼！以公之居官報國如此，而伉儷相繼云遐也，豈不痛哉？公常教其嗣子云：一生惟有"真實儉約"四字。此公所自知，而余亦以此知公者也。故既深以公之亡爲國家惜，而又傷公天奪之速，爲惓惓而不能已也。哀哉！尚饗！

贊《丁夫子讀易圖》

余從豐城夫子遊者十有八年，未嘗言《易》。一日出《讀易圖》，言示展閲一過，肅然起敬，喟然嘆曰："孔子'加我數年，五十以學《易》，可以無大過'，此讀《易》律令也。'六十而耳順'，虛受之學；'七十而從心所欲，不逾矩'，小心之學。此學《易》紀年也。"

昔李挺之謂學《易》不得擅自傳人，生時自有定數，不預有感於今日哉？或曰："聖如孔子，何以有過。"當如程説爲是。予曰："否！否！聖人之所以爲聖人者，正己而已矣。《易》曰：'知進退存亡而不失其正者，其惟聖人乎？'夫知之既明，處之又正，則無過矣。否則，輕言寡過乎。《易》道三才符渾貫合，一言以蔽之曰'時中'。中無定體，隨時而在，可以潛則潛，可以見則見。盈虛消長，循環無端，得之於精神之運、心術之動，與天地合其德，日月合其明，四時合其序，鬼神合其吉凶，可謂知《易》也。"邵子云："一畫之前原有《易》，孔子删後更無詩。"非深契乎《易》，烏能爲此言？故曰："百世以上有聖人焉，此心同也，此理同也；百世以下有聖人焉，此心同也，此理同也。"

丁夫子年方五十，進德未艾，而寓意於斯圖者，其欲得心理之所同乎？予小子久侍函丈，深維盛德之光，莫罄名言之妙。拜首稽首而爲之書其後。

題景進士《憶椿録》

明相國賀公逢聖，位極人臣，錦還故里，人莫不以爲榮。賀公則深念其起家之艱難，而歷述以謂人曰："先大父、大母，前嘉靖乙巳度荒年，三日僅黃豆一升。歲除，一母鷄易米二升五合。先中憲所刊祠堂對聯'當年鷄豆休忘念，此日兒孫勿妄思'者，逢聖今日不念，是絕其祖父母之澤也。先中憲赤貧，諸生授館四十年，每歲正月初六日始十二月二十四日止，一領青布衣，其坐處方一塊藍色。先恭人讓居於嬸，周旋數尺陋室中，下濕上漏，炊爨祇在牀前，煙薫淚流，逢聖哽咽不能開目。今日不念，是自絶其父母之澤也。"夫賀相國念其親，而纖悉不遺者何哉？先民有言："孝子一步不忘親，積之成大孝；忠臣一事不顧私，積之成純忠；廉官一銖不苟拾，積之成清白；烈女一笑不聞音，積之成貞節。"故慎小謹微，聖人之學也。今景子成進士矣，念其親之生平，而片言必録，細行必紀，其即賀相國之意。夫至其居喪不用佛事，而一準於禮，固大遠於庸衆之所爲，而於士風非小補也。予故樂得而書之。

讀《來子易注》

　　來先生，蜀梁山舉人。隆慶時，讀《易》於來溪。二十九年，於文王《序卦》、孔子《雜卦》，悟錯綜取象之義，而作《易注》。孔子没，《易》亡已二千餘年。至今日而始明其言曰："錯者，陰陽相對，陽錯陰、陰錯陽，如伏羲圓圖，乾錯坤，坎錯離，八卦相錯是也。"

　　綜，即如今織布帛之綜，一上一下如屯蒙之類。本是一卦在下爲屯，在上爲蒙，載之文王《序卦》是也。定天下之象，如乾坤相錯，則乾馬坤牛之象名；震艮相綜，則震雷艮山之象名是也。

　　論象，有卦情之象，如乾卦本馬而言龍，以乾道變化，龍亦變化，故以龍言之，則發朱子之未發。有卦畫之象，如剥言宅、言牀、言廬者，因五陰在下，列於兩旁，一陽覆於上，如宅、如牀、如廬。有卦體大象之象，凡陽在上者皆象艮巽，陽在下者皆象震兑，陽在上下者皆象離，陰在上下者皆象坎，如益象離，故言龜；大過象坎，故言棟是也。有以中爻取象者，如漸卦九三婦孕不育，以中爻二四合坎中滿也；九五三歲不孕，以中爻三五合離中虛也。有將錯卦立象者，如履卦言虎、以下卦兑錯艮也。有因綜卦立象者，如井與困相綜巽爲市邑，在困爲兑，在井爲巽，則改爲邑矣。有即陰陽而取象者，如乾爲馬本象也，坎與震皆得乾之一畫，亦言馬，坤爲牛本象也，離得坤之一畫，亦言牛是也。有相因而取象者，如革卦九五，言虎者以兑錯艮，艮爲虎也，上六即以豹言之，豹次於虎，故相因而言豹也。凡言象皆是無此事，無此理，而止立其象，如金車玉鉉之類。

　　朱子謂象失其傳，而不知諸象皆藏於伏羲、文王二圖，錯綜之中此非來子之意也。《易》曰："錯綜其數，極其數，遂定天下之象。"來子惟悟其所以錯綜之故，自謂至今日而始明自任之重也。

與浙閩總督王純嘏

令侄南來後，兩肅函奉候，想塵台覽矣。台旌邐發，令侄自是溯江而上。近宋璉應貢來京云"峽道不寧"，此四十年所未有者，今忽有之，可異也，可慮也。不知遣送之人，果老成熟練否？高明燭理未然，審幾未萌，自能計出萬全。弟以骨肉關情，不能不縈縈於懷也。

八閩海濱重地，痍傷未瘳。老先生經濟良才，拊循休養，登之衽席，以上報主知在此行矣。院長李厚庵先生學問、人品、文章、氣節，爲當代重望。省覲回閩，懸缺以待，恩至渥矣。其爲人也簡重，其發言也信而可聽。嘗云："閩有三害：海稅、販洋、展界起科事。"經會議，奉行不善，流弊無窮，此當事所無可如何者也。至於吏治日敝，私派繁興，報當里長，不分士民，斯文不振，大人君子權可有爲也，何則？

吏之真貪者，劾數人而人畏矣；士之端方者，禮數人而人勸矣。私派嚴禁，察其陽奉陰違者懲之。里長一役，須察古例之何以善，今弊之何由來，一良有司治之而有餘矣。愚以爲官貪、私派二害，天下之通患也，三尺童子亦皆知之。欲清吏治而不除此害，譬之醫者治其標而不治其本，欲求其疾之瘳也得乎？

于北溟先生，當世亦稱其有守，而識者惜其無才以不知爲政之體耳。蓋大吏秉權，勢可摧山震岳，不激濁揚清，以風示有位，而鹿鹿清保甲，算眹畛，日進田野，小民而披紅插花，廢時失事，侵縣尉之所爲亦惑矣。然而可稱者獨廉靜耳。

古今無全才豈不難哉？若先生之才則過人遠矣，故整肅官方，崇重學校，禁絕私派，蘇息殘黎，深信老先生力能行之，以造福於閩者造福於浙，斯民之幸，桑梓之幸也！故謂上報主知在此行矣。倘不以爲迂，幸甚！幸甚！

與宋牧仲

忝在世誼，藉庇已非一日，銘勒心版，非可言喻。顧念一介孤臣，受至尊特達之知，以有今日，實出望外。清夜捫衷，惟堅持此不自欺之一念，以期上不負朝廷，下不負所學。二十六年以來，漢陽之薄產典鬻已盡，遂寧之故廬鞠爲茂草，七十之老親借一枝之栖於成都，不蔽風雨。敝鄉噶中丞辱臨，曾目覩而心憐。天涯遊子何以爲情？僕之所處亦極難耳。

居今之世，事君、交友絕無兩全之術。撫浙六載，苦同寒士，從未通一刺於長安。自揣不合時宜，得以微罪去幸矣。乃復荷聖恩擢佐中樞，聞命次日即交印卸事，如釋重負，竊幸可以瞻覲天顏。朝有大政，上請睿裁；平常事務，九卿集議。一年半載之間，恭籲天恩，陳情以伸鳥鳥之私，此中心所惓惓者也。忽有吳中衡文之新命，地廣而士大夫衆，徇俗則辱君命，違衆則滋怨謗。以義度之，唯知有君命之重，而怨謗不遑恤也。但剔弊必得原委，而後可施對症之藥石；興化必先其急者，而因地制宜，事可漸舉，而不驚一時之耳目。此僕所朝夕圖維而不得其方者也。

伏惟老先生世臺建牙，是邦仁漸義摩，久道化成。吳中之士，習學政之利弊，無微弗徹，特三沐三薰，敬懇清誨，伏乞不靳指南，明以教我，自當虛心靜氣，恪奉以行。倘得導循教益，而南國人文漸有起色，不累聖主知人之明，則感荷高誼，非僅區區永矢弗諼，實南國士子之幸也。

復沛令鄧宏芳

都門分袂，時序推遷，緣素慎筆札，未敢通一介於左右，以抒積懷雲樹之私，惟有耿耿於中耳。今日吏道最難，我輩讀書，致主、潔己、愛民之念本生平素具，豈策名而敢忘之耶？獨是事上使下之間條理井然，既要不負本心，又要委曲濟事，廉而且能，良非易易矣！

吾鄉如萬上虞、馬容城卓有循良之風，想年兄自期許，豈肯居兩人之下耶？如此時勢，公道猶存，特在人隨分盡職，實心任事，久而不倦，不求名而名自歸之矣。弟愚拙，無可比數。高堂有垂白之親，巨任無息肩之機，進退維谷，未有善狀以對良友，遠辱垂問可勝悚仄。然而不愧於良友者，依然二十五年前之寒素未嘗改也。

密邇蘇臺，習聞宋公樂與人爲善，琴堂最績，自不久淹。而弟亦樂道人之善者，拙刻五種奉寄公餘披閱，不啻千里，若面談如何，如何。嘉貺附璧，以助飲冰之需，非有他也。冗中率復，並候新禧。不一。

與郯城方令

地小而衝，有守者，爲之困於苛求；有才者，爲之絀於展布。其難治也，久矣。昔子游本學道愛人之訓以治一邑，惟夫子知之，況後世乎？語云："投之艱阻，以抑其銳；置之盤錯，以深其謀。使之困心衡慮，措置於患難非常之中，庶幾其才老、其識深乎。"天之所以磨礪足下者，未必無意也。當今之時，公道尚在人心，如僕在兗，愧無善狀，而兗民且上書籲留。足下苦心治郯，而郯人戴之，又當何如也？僕素碻拙，凡交遊贈答俱不敢行，豈以良友之賜，滋異同之嫌乎？原儀完趙南老先生極憐足下苦狀而不受一介，無異當日統。惟足下垂照，勿令中飽也。率復。不一。

與容城令馬遇樂

久不晤教，想念爲勞。遠聞出宰名邑。魯齋靜修，兩先生之典型在望，玉峰趙中丞之芳規未遠，資以爲治，不少裨益。因素慎筆札，未遽通候，然古人千里神交，固不在形跡間也。蜀人仕於内外者，若落落晨星，良由見小欲速者，多非天地之氣，獨薄於井參也。恭逢堯舜在上，崇奬清修，苟有一善足録，皆得附青雲之末。正賢者奮興之日，屬在譜誼，期望更切。但今日之作吏亦極難耳，有志者須從難處做將去，方能出人頭地。廉以律己，勿介清濁之間，恐人衹見其濁也。恭以事上，不獨情交中度，而差使文移亦須留意，胥吏與民皆赤子耳。先教化而後刑罰，則人豈盡無良者哉？詞訟一節最關聲名，稍有私曲，民怨沸騰，古稱循吏曰："政平訟理。"可見，原屬緊要，特今人忽之耳，待紳士以禮馭，胥役以嚴，神而明之存乎？其人區區一得，效先民贈言之意，勿以爲迂也。

卷　五

七言律詩

御試太和殿恭紀

聖主垂衣坐建章，侍臣獻賦謁明光。
華箋日映雲霞麗，彩筆風生錦綉香。
慶值一堂追喜起，吟成七字叶宮商。
瀛洲歸後情無限，願獻崑崙萬歲觴。

召見懋勤殿恭紀

九天雨露到彤墀，金殿承恩賜坐時。
竊幸君臣千載遇，敢言忠孝一心知。
爐煙細細香風轉，詔語溫溫晝漏遲。
親切雲霄猶咫尺，天顏有喜命題詩。

過瀛臺御河橋

波光萬頃接天浮，湧出長虹掛御舟。
衣摺亂從雲影起，荷香清映鳳池流。
臨淵竊比微臣懼，前席常懷借箸籌。
咫尺宸居如洞府，仙源不用問丹邱。

恩賜香瓜鯉魚

保和闕下會元臣，敕使傳宣聖澤頻。
朱夏食瓜清暑氣，尚方賜鯉仰皇仁。
捧歸私第恩施溥，遺奉親嘗君賜珍。

飽德自慚無所報，惟將潔白答楓宸。

扈從應製

翠輦龍旗出九重，承恩扈蹕慶遭逢。
金吾戒道祥風入，羽騎連鑣喜氣濃。
四野久知歌帝力，千秋復見振儒宗。
微臣幸際明良盛，愧乏清辭入鼓鐘。

平蜀宣捷

捷書馳奏未央宮，喜溢千官舞蹈同。
巴國山河歸版宇，西征將士見羆熊。
洗兵巫峽雲開陣，秣馬屏山月照弓。
西蜀既平天下定，廟堂端合選精忠。

凱旋誌喜

威震遐荒號令明，凱旋旌斾自龍城。
投醪挾纊人思奮，緯武經文獨擅名。
已見烽煙消壁壘，還應鐘鼎勒勳名。
盛朝洪福齊天地，風捲殘雲瀚海清。

甲子冬聖駕東巡臨視闕里躬祀先師應製

六龍初御動天人，鸞輅時巡萬戶春。
世際上元開泰運，禮修秩祀出楓宸。
辟雍已見橋門盛，闕里今看雨露新。
自是規模高百代，熙朝雅化盡還醇。

恭和聖製喜雨

天章輝煥九霄多，莫罄名言奈老何。
昔沐恩膏思帝力，今沾化雨聽衢歌。
玉壺春酒龐眉醉，金鼎鹽梅妙手和。
海內蒼生憑屬望，爲霖端藉出賢科。

曉看時雨四郊多，喜動茅檐意若何。
誠徹天人相感召，歡同朝野足賡歌。
四時順布調元化，一氣鴻鈞醞太和。
欲灑甘霖彌六合，旱麻添潤早成科。

春　蒐

盛世仁恩遠近聞，宸遊到處有清芬。
落霞孤鶩飛遵渚，水樹晴光半入雲。
鸞輅省耕來紫陌，琴臺解慍動南薰。
謳歌滿路天民悅，萬歲聲中拜聖君。

除夕集午門

九重春色滿蓬萊，宮殿巍峨曉日開。
拖玉腰金趨闕下，扳龍附鳳向三臺。
晴光暖映千秋鏡，雲氣香浮萬壽杯。
此際鈞天初奏樂，太平有象喜陽回。

謁　陵

　　大孝尊親遠近聞，功高古帝德超群。
　　雪凝輦路開仙仗，塵净鸞旗傍夕曛。
　　陵樹應知垂玉露，瑞山遠見起蒼雲。
　　光昭四海承天佑，萬歲千秋奉聖君。

避暑山莊奏事蒙恩賜櫻桃

　　黎明啓事到山莊，旭日銜峰半映廊。
　　露濕宵衣浮爽氣，風搖翠影漾回塘。
　　特宣温語來天上，敕賜朱櫻出尚方。
　　垂老承恩無補報，歸來吟詠有餘香。

天語恩禮舊臣，保全終始，不禁感激涕零，敬賦一律

　　金闕門前聽御詩，中懷感激淚雙垂。
　　因思身世光榮日，總是君恩高厚時。
　　白髮未能酬帝簡，素心惟恐愧天知。
　　兢兢夙夜全名節，葵藿還霑雨露施。

恭和聖製淮黄告成韻

　　東南大勢在淮黄，績奏平成出尚方。
　　河定不煩勞再計，民安猶自視如傷。
　　舳艫銜尾連千里，江漢朝宗盡八荒。

國計蒼生均永賴，乾坤萬古壯金湯。

蒙賜臣父御書"養志松齡"匾額，恭捧至清江行署，正值臣父自蜀來署，恭設香案謝恩，遂爲臣父稱觴獻壽

聖皇道化與天齊，錫類絲綸降紫泥。
扈蹕辰趨紅日近，鳴珂遥望白雲低。
龍章鳳藻承君寵，鶴髮朱顏慶壽宜。
得侍老親同拜舞，太平天子賜新題。

癸巳元日

椒花柏葉媚年光，淑氣春回滿帝鄉。
日繞龍鱗開霽色，香飄玉殿頌垂裳。
千官拜舞瞻天近，萬國來庭戴澤長。
白首趨蹌逢盛世，矢廑保泰祝無疆。

聖上六旬聖誕

太平天子壽無疆，萬國嵩呼玉曆長。
端拱垂裳逢道泰，梯山航海共稱觴。
笙歌徹路迎仙仗，父老歡欣祝聖皇。
此日龍顏真有喜，萬年春色滿朝堂。

癸巳七月十六日大人祝聖禮畢還鄉

祝聖還鄉萬里餘，高年矍鑠許誰如。
恩承七命絲綸重，齒冠群賢歲月舒。
秋水蒲帆催去棹，青門賦別滿公車。
錦衣八座歸來日，孝弟勤民啓御書。

大臺朝天肯滯留，津門萬里問歸舟。
趨朝已效華封祝，旋里還同晝錦遊。
三峽猿聲來遠棹，寒潭月色照荒洲。
關心此際情難已，豈獨離懷嘆白頭。

恭和聖製千叟宴詩

瓊殿含光映雪妍，太平人瑞起華筵。
介眉幸際昌明會，望歲先占大有年。
一氣鈞陶旋造化，九疇福祉共綿延。
聖仁自致齊天壽，萬古乾坤荷仔肩。

祈穀壇陪祀

燭影香煙繞殿開，鐘聲遥自禁城來。
元臣鵠立陪禋祀，爐氣晨飄接上臺。
曙色漸高儀卒度，和風欲動仗初回。
祈年共喜精誠格，天賜君王萬壽杯。

甲午元夕

帝京春色媚新晴，燈月輝輝朗太清。
萬戶煙消懸寶鑒，九衢風暖度簫聲。
金蓮彩映宜春苑，火樹光搖不夜城。
佳節長安繁盛地，笙歌到處樂昇平。

甲午萬壽節

香飄合殿聽嵩呼，萬歲聲長徹九衢。
文穆武恬逢泰運，河清海晏識洪謨。
五行爕理天心順，四表昇平眾士孚。
和氣由來多瑞應，乾坤同壽鞏皇圖。

丙申聖壽節

鳳城瑞靄日遲遲，祝聖壇開受福釐。
九譯梯航通貢處，殊方臣庶戴恩時。
鐘聲曉度金門月，爐氣香飄赤羽旗。
歲歲天杯齊獻壽，春風先上萬年枝。

恭和御製賜舊講官詩原韻

朝廷珍重讀書人，寶翰時聞賜老臣。
共沐皇仁同造化，還瞻聖藻識天真。
詩成雅頌聲依永，筆落雲煙妙入神。
夜半寶光應射斗，榮生几案撫摹頻。

冬日又同趙司農扈從謁陵

重經松柏路連鑣，雪霽瑤壇宿霧消。
四塞雲山龍虎抱，萬年陵闕鬼神朝。
德留天地皇靈閟，瑞滿乾坤玉氣遙。
霜露悽愴瞻聖孝，翠華寒月度青霄。

己亥歲恭祝萬壽

聖壽無疆敞御筵，嵩呼人喜戴堯天。
乾坤闔闢春光永，日月光華寶鏡懸。
六合山河聯錦綉，九霄宮殿靄雲煙。
臣鄰共沐恩波渥，願把霞觴進萬年。

己亥冬至陪祀天壇

泰壇典禮有輝光，陪祀曾經五十霜。
松柏千年籠瑞氣，明禋萬祀荷馨香。
上通帝座精誠格，下濟民生溉澤長。
雲物應占多瑞氣，太平聖祚永無疆。

萬壽聖節（庚子）

萬歲嵩呼滿帝庭，千官咸喜慶遐齡。
金鑪香動班初定，玉佩聲來樂未停。
紫極共瞻無量佛，南天長見老人星。
已知久道化成日，壽算乾坤國永寧。

萬壽壇雨中送駕

餘生常近聖人前，久席恩光海内傳。
位冠六卿慚領袖，身依黼座惹鑪煙。
千莖白髮嗟遲暮，一片青山憶舊年。
幸得放還歸故里，衡門好詠白雲篇。

恭和聖製輓大學士張玉書

老成黃閣贊經綸，鶴髮丹心戀紫宸。
一代文章詩禮舊，千秋事業鼎彝新。
生前令望真難掩，歿世賢名自不湮。
更有恩光昭異數，天章褒美念元臣。

康熙六十年頒曆

曉隨仙仗共朝天，頭白應憐歲屢遷。
金馬初登方弱冠，鳳池獨步已衰年。
許身恥落夔龍後，致主欲居堯舜前。
行望征西聞凱捷，陳情歸去老林泉。

收復喇藏宣捷

伐暴安邊遠近聞，威揚萬里頌奇勳。
軍中劍氣澄秋水，塞上旄頭掃戍雲。
駐節應推班定遠，凱旋半是羽林軍。
坐看戰壁爲平土，永向天朝祝聖君。

率仲子面聖蒙賜御書金扇詩文克食

君恩深重際昌期，如意還朝到玉墀。
咫尺天顏聞聖諭，輝煌御筆有題詩。
雲開宮扇和風轉，花滿神皋瑞露滋。
賜食大庖多喜氣，老年父子得相隨。

恭和聖製賜假還鄉詩元韻

君恩罔極荷生成，白髮盈頭尚在京。
殊遇兩朝蒙眷顧，欣逢六宇盡澄清。
還鄉許遂思親願，望闕重申報主情。
聖藻光華昭日月，萬年謳詠泰階平。

恩賜如意恭紀

祥煙繞殿玉鑪香，賜錦爲衣喜氣揚。
辭闕皇恩多雨露，回鄉驛路有輝光。
御書丕煥來天上，如意新承自尚方。
宣諭速還黃閣裏，好將一德致明良。

賜御詩衣冠恭紀

溫綸優許暫還鄉，不羨韓公晝錦堂。
錫命頻膺天澤重，衣冠猶帶玉鑪香。
御書親切追風雅，寶翰光華邁漢唐。
宿德延年承帝眷，長調鼎鼐佐垂裳。

庚寅誕日

生辰六十加三歲，歷試諸艱四十年。
全仗聖明容直節，得將清白紹家傳。
頻煩雪夜鷄鳴起，深羨姜家布被眠。
回首椿庭榮夢寐，綵衣歸到浣溪邊。

壬辰誕日述懷二首

長安又見雪霏霏，使節閩南甫得歸。
紫陌垂紳瞻黼座，白雲極目戀庭闈。
冰心久已邀天鑒，直道何妨與俗違。
覽鏡自憐憔悴甚，衰庸何以奉宸暉。

五更待漏披垣扉，退食從容倚夕暉。
獻壽齊眉逾絳縣，寧親八座有斑衣。
松齡堂下忻蘭茂，花萼樓前羨鳥飛。
見說慶餘由積善，絕塵應自有龍媒。

丁酉誕辰

歲月蹉跎七十秋，衰殘猶滯鳳池頭。
乾坤容易催人老，進退何時得自由？
雪嶺日融翻浪急，松舟夜雨聽猿愁。
魂銷萬里還家夢，風樹皋魚淚未休。

己亥誕辰

身惹鑪香五十秋，拙存吾道盍歸休。
數莖白髮知心苦，一片青山入夢愁。
棠棣花光團五色，峨眉月影照雙流。
白雲深處渾無事，應有松風上釣舟。

甲辰誕辰

如意而來天語重，長年黃閣又淹留。
總因誓竭丹誠願，不忍勾牽綠野遊。
報國欣逢堯舜主，許身竊比稷虁儔。
幾回夢繞旂山月，衣紫猶疑在遂州。

二弟六十初慶

德性温和自可親，太平歲月得閑身。
回思少小嬉遊熟，轉覺中年隔絶頻。
羨爾衡門雙白髮，憐予廊廟一孤臣。
家庭信有天倫樂，五世同堂獻壽新。

二弟七十

高卧雲山兩鬢絲，平居守道不趨時。
門前綠遍三春柳，林下香生四皓芝。
剩有清閑消永晝，何須絃管醉東籬。
人間七十應休暇，莫怪當關報客遲。

憶二弟

苦憶德星聚斗城，紫袍扶杖似蓬瀛。
鯉庭猶記聞詩禮，鶴髮遙憐老弟兄。
兩地相思人萬里，十年塵夢月三更。
何時脫繡歸田去，觸目琳瑯喜氣迎。

逐隊隨時入鳳城，自憐衰朽忝榮名。
龐眉鮐背仁爲壽，古柏喬松韻自清。
明月樓中勞遠夢，青山雲外數歸程。
白頭顒望連枝會，玉面方瞳樂太平。

寄二弟，時在潤州

兩行血淚灑江流，直到東川涪水頭。
不見飛鴻來北固，祇聞唳鶴在南州。
峰懸棧道殘雲斷，霜落劍門老樹秋。
一夕煙塵風掃盡，月明更有斗城樓。

奉命還朝留別二弟

速還黃閣承君命，咫尺天威不敢違。
涪水堤邊新宰輔，鶺鴒原上舊斑衣。
焚黃禮舉人神悅，如意香生日月輝。
聖代恩榮千載遇，葵心何以答春暉。

留別舍弟

春江晴日草芊芊，萬里揚帆接楚天。
去雁猶思江漢水，離人獨上木蘭船。
棣花暖送青絲轉，碧樹光搖錦浪懸。
莫怪臨歧倍惆悵，共君携手在何年。

過重慶寄弟

畫船東下雨初晴，日暖風恬客棹輕。
大佛寺前看月色，黃羅帳外聽琴聲。
郵亭又送行旌發，驛館重經候吏迎。
迢遞千峰隨路轉，夕陽回首望渝城。

登中山懷季弟

鴻雁南歸已歲寒，白羅西望又春闌。
嘉陵山色楚中盡，巴子國形雲外看。
八月芙蓉分雜珮，三湘雲水狎魚竿。
脊令此日鳴原上，苦羨姜家布被寬。

蘇臺得外舅書却寄

亂離七載見公書，淚滴寒濤咽水渠。
惝恍如聞隔世語，蒼茫似在夢殘餘。
心傷萬里懷彈鋏，恨極終天嘆絕裾。
灑血陳情思報本，臨風涕泣寄雙魚。

寄夫人

任城避暑平安否，旅舍凄涼住得無？
兩地關心看皓月，長年回首憶吾廬。
還將天上泥金扇，寫作仙家獻壽圖。
直待潞河秋水發，乘風鼓棹好還都。

和長子綵衣亭藤花韻

習習春風拂檻清，香飄花影入簾輕。
不隨紅杏當軒發，常向晴雲捧日明。
大地冰霜滋勁節，中天雨露長新莖。
獨憐綵服稱觴處，回首椿庭無限情。

仲子授東昌通判

胼胝五載慶安瀾，別駕新除捧檄歡。
世受國恩慚覆餗，頃承簡命作河官。
只愁歲月蹉跎易，莫畏功名建豎難。
清慎更宜兼忍讓，泥塗拔出到雲端。

奉懷富少宰

帷中運策九邊清，方召威名播朔城。
緩帶舊推儒將略，飛芻新給羽林兵。
玉關夜靜無鳴鏑，金甲春銷自勸耕。
夙好直廬遙慰問，凱歌側聽奏昇平。

壽趙司農七十

勳名清獻舊家聲，禹甸欣看偉績成。
九曲帆檣通貢道，千村煙火樂農耕。
松筠節老經霜茂，葵藿心丹向日傾。
平格自天多壽祉，羨公衍慶有餘榮。

與趙司農同年聯班感賦

許身敢謂望夔龍，班綴清華託下風。
末路自憐黃髮叟，蚤年曾比信天翁。
耽書素志今猶在，報國丹心老更同。
三百英豪零落盡，不堪回首憶南宮。

贈李秀實

曾持文柄得名賢，拖紫紆朱四十年。
昔歲含香趨建禮，今來執玉共朝天。
龍門聽雨寒更轉，鎖院懸燈皓色鮮。
端友淵源爲座主，欲將盛事古今傳。

輓京江先生

從容論道紫宸頻，二十年中手秉綸。
扈蹕天山功獨偉，運籌淮海澤猶新。
謙謙君子生南服，蹇蹇王臣拱北辰。
握手西郊成永訣，玉堂珍重讀書人。

寄裘大文侍御汪昭采編修

河梁別緒逐征篷，南北相望夜雨通。
熊軾未能酬帝簡，素車先已報哀鴻。
皋魚飲血千秋恨，庚子傷心五夜同。
蕭颯蒲帆沙市月，啼鵑緘淚寄東風。

庚子六月初七輓裘陳佩

河定民安二十春，論功還憶舊勞臣。
平成天地猶留恨，櫛沐風霜豈顧身。
歲月蹉跎絲入鬢，良朋凋謝淚沾襟。
魚書窗下依然在，悵望吳山少故人。

送少司寇李秀實歸里

丙辰諸子幾人在，白髮悽然轉自憐。
綠野多情縈夢寐，春山回首羨神仙。
三春花暖迎遲日，五柳風清散曉煙。
今日送行偏惜別，重占星聚更何年。

春日招寮屬嘗賜兔

迎駕東光荷寵襃，春郊獲兔賜常叨。
九重錫予承新渥，八載馳驅敢告勞。
歸奉老親沾聖澤，半遺寮寀被恩膏。
公堂酌酒惟相語，曾奏平成運彩毫。

次陸道長師重廣九老篇韻

與君覆載共堯天，黽勉期敦道義緣。
活水閑雲容野叟，烏臺柏府屬高賢。
機關鄭重千鈞弩，思慮深涵萬斛泉。
他日老人林下去，未忘謳詠九如篇。

吊高遐昌

虛負中朝蹇諤才，空歸林下半蒿萊。
梧垣諫草今何在，黃壤陰雲暗不開。
身後聲名應未泯，生前坎坷莫興哀。
一杯清酒臨風奠，吹送馨香入夜臺。

輓孔博士母張宜人

緬懷吾女在生時，感頌宜人慧且慈。
懿訓每煩親指授，義方常自面提撕。
何期同赴瑤池會，因得頻瞻西母儀。
歲月遷流成往事，空傳賢淑不勝悲。

雞鳴出馬蘭峪有懷范司馬

山陵雲路夜沉沉，銀闕光中聽翰音。
野色迷離霜露下，晨星寥落曙寒深。
去年共上陳情表，今日愁聞海上吟。
料得此時天上月，依然還照兩人心。

贈王木庵老人八十

杏花時雨洗輕塵，何處干旌訪隱淪。
柳帶晴煙處士宅，雲留雪嶺地仙身。
經年閉戶存真我，永夜觀心對古人。
最愛種松多歲月，蒼株先作老龍鱗。

蘇墳夜雨次韻

共識峨眉紫氣多，文章千古重東坡。
神歸天上爲霖雨，碧化長空作汝河。
馬鬣當年埋宋璧，夕陽此日聽樵歌。
春流不盡忠魂恨，萬壑濤聲漲綠波。

吊二蘇墳用原韻

雙璧佳城在此中，九原並蒂作芙蓉。
峨眉月冷鵑聲斷，南國香銷馬鬣封。
絕代勳名傷往事，千章古木亂疏鐘。
光芒萬丈知難掩，一夜風雷起臥龍。

漢口感懷

漢口淒然望落暉，傷心萬里淚沾衣。
終天有恨歸思切，異地浮家願轉違。
況是涪江風浪急，還疑鄂渚彩雲飛。
天涯此際難分手，珍重加餐待我歸。

愁　懷

風煙萬里路漫漫，淚滴征塵濕未乾。
杜宇有魂啼夜月，王孫無夢到長灘。
端居自信清修好，涉歷方知行路難。
愁對長江春水闊，石尤起處暮光寒。

荆州清明

人傳此日是清明，細雨連天倍愴情。
亂後江山無霽色，愁來風樹盡悲聲。
傷心跋涉長爲客，極目蕭條何處行。
獨在高樓頻灑淚，瞿唐水退已稱平[1]。

荆州懷古

渺渺江流逝不回，漢臣宮殿獨崔巍。
六朝勝跡歸何處，四相勳名半草萊。
戰守幾人堪恃險，興亡無故自生哀。
可憐雪嶺白衣士，猶自騎牛月下回。

題太暉觀

帝子當年此勝遊，洞簫吹破古今愁。
崔巍樓閣丹霞起，瀲灩池塘碧練流。
謖謖松風長入晝，瀼瀼葭露已驚秋。

---

[1]　原注：時譚寇初平。

百年興廢尋常事，却惹傷心易白頭。

黃陵大士閣

巍峨傑構俯江東，佳氣葱葱一望中。
雨霽山門收晻曖，雲開石壁見巃嵸。
晚潮影瀉千峰月，秋桂香生萬里風。
遙羨黃龍明德遠，平成早佐禹王功。

高樓極目對斜暉，入座清風點翠微。
綠水蒼山頻悵望，楚雲蜀岫任孤飛。
黃牛古渡煙波静，白馬空洲戰艦稀。
聞道王師收益部，席前歌舞解重圍。

江行惟見白鷗飛，葭已蒼蒼露未稀。
秋水連天千里去，暮帆載月一人歸。
波光晶晶迷沙岸，石磧重重過釣磯。
不待猿啼三峽夜，傷心自有淚沾衣。

旅次書懷

客路蕭條倍黯然，雙垂別淚楚江邊。
家園歸去三千里，京國曾遊十二年。
獅子巖前山似畫，美人峰下水如煙。
欲知兩地相思處，長在秋風明月前。

香　溪

昭君溪入漢江流，香氣團成綠水洲。
國色傾城憐薄命，寒光積雪起離憂。
夕陽晚映妝臺柳，旭日晴蒸塞上樓。

深夜月明環珮動，魂歸青草弄珠遊。

黃陵懷古

蒼苔一徑白雲封，三顧深恩起臥龍。
道出黃牛籌戰守，祀修白馬報勳庸。
秋風不老隆中樹，漢月常懸劍外峰。
大業未成名萬古，思君到處有遺踪。

桓侯廟

君侯正氣足千秋，江上祠堂劍珮留。
武定荊梁推虎將，文成刁斗羨名流。
雲安故壘烽煙静，天目孤城甲馬遊。
扶漢精靈猶未了，英風凜凜在神州。

晴川閣

江漢泱泱大國風，連天秋水碧霞空。
武昌鼓角濤聲外，漢口人煙夕照中。
晼日渴虹當檻落，回帆移鼓候潮通。
登臨不盡觀瀾意，萬派朝宗正向東。

黃州懷古

煙巒半出白雲層，覽古依稀感慨增。
赤嶼曾傳遷客賦[1]，雪堂應許後賢登。

---

〔1〕 原注：赤壁鏖兵在嘉魚，此名赤嶼，亦誤以爲赤壁。

童山野寺三更磬，隔浦人家半夜燈。
民到於今思往事，文章氣節許誰能。

九　日

停橈信宿楚江邊，嘆息重陽景候遷。
半綻黃花猶待雨，連天秋水竟如煙。
悲風落日愁歧路，醴酒紅萸憶輞川。
回首去年今日事，西陵峽裏亦潸然。

下鐘寺

層巖精舍踞崔巍，聞道蘇公載酒來。
湖口合流彭澤盡，石門中斷楚江開。
月明深夜千峰靜，風捲寒濤萬壑哀。
我欲登臨秋色晚，蕭蕭落葉滿荒臺。

感　懷

浮家萬里傍江干，兩袖清風去住難。
戀闕相如頻作賦，思鄉張翰獨憑欄。
關河歲暮風塵苦，鴻雁秋深雨雪寒。
待盼春明催北上，又將僕僕走長安。

題觀音山閣

清風江上暮雲平，晴閣登臨眼倍明。
山擁紺宮迷曉徑，風傳娑樹動秋聲。
千峰翠色浮空起，萬里帆檣逐浪行。

莫向六朝悲往事，東流不盡古今情。

太子磯

瞳瞳初日照層臺，文選樓前曉霧開。
萬疊雲煙浮野出，千峰紫翠擁潮來。
九華鐘磬空朝暮，六代園林自碧苔。
江上至今思帝子，磯頭風雨百靈陪。

張王廟

狄公門下識賢良，七十纔登政事堂。
一代勳名關社稷，千年俎豆肅江鄉。
荒城日落悲風起，古殿雲深鳥跡藏。
寄語題詩江上客，休將軼事說荒唐。

除　夕

天時人事兩蒼茫，珍重韶光一夜長。
回首故園諸弟會，驚心客歲白雲鄉。
數聲爆竹催殘臘，幾點梅花傲晚霜。
遙想鳳城歌管盛，五更銀燭滿朝堂。

飛雲樓

蓬萊峰接碧雲天，縹緲飛樓百尺連。
萬壑泉聲流澗底，千山景色落階前。
荒城日暮愁狼虎，蓽户晨炊見野煙。
自是蕭條春寂寞，落花風雨聽啼鵑。

催 耕

催耕早夜惜餘春，猶是當年杜宇身。
西蜀峰頭思望帝，洛陽橋畔憶歸人。
紅樓柳色煙中遠，紫陌桃花雨後新。
莫向柔桑歌睍睆，深閨無復夢麒麟。

海船口夜泊

灝渺東風折柳條，濤聲天半別魂銷。
蒼茫野色迷津岸，明滅魚燈趁晚潮。
半枕易驚三峽夢，孤舟誰念一身遙。
思鄉滴盡千行淚，愁聽哀猿倍寂寥。

黃鸝峽阻風雨

荊河終日雨沉沉，點綴重山黛色深。
芳草綠迷羈旅夢，濃雲碧鎖望鄉心。
江豚吹浪千峰暗，石燕旋風萬壑陰。
回首南樓春已暮，又添搖落淚沾襟。

江上雨霽

江光掩映碧雲空，萬里遙天一望通。
近看遠山青的的，又驚夕照影瞳瞳。
流鶯不愛黃梅雨，戲蝶能招綠柳風。
勘破世情無限恨，王孫芳草暮煙中。

南樓懷古

瞳瞳旭日五雲開，萬里山河入眼來。
地擁龜蒙連泰岱，天回魯甸接蓬萊。
絨麟自昔曾呈瑞，翯鳳於今正育才。
宗國典型猶在望，教人懷古重徘徊。

登岱嶽

青帝居崇五嶽先，誰將軼事問當年。
巒含列障光堪挹，霧捲群峰翠欲連。
五色鑾雲崖際宿，一簾新月鏡中懸。
憑虛已造登封頂，萬里晴空對碧天。

旅次答東魯父老口占

僕僕征途已仲春，幾時杯酒謝風塵。
微名久觖中朝望，持節今憐萬里身。
豈謂峴山堪墮淚，翻緣卧轍易傷神。
勞勞且向河東去，他日重來訪舊因。

過風后故里

風后於今尚有村，行人繫馬踏雲根。
鳴條峭拔中天近，首相神功萬世尊。
碧澗風生松有韻，蒼巖雨過蘚添痕。
更看雙樹千年柏，長共青青古廟存。

題虞帝琴堂

尚憶彈琴跡未遐，長懸舜日照晴沙。
光搖玉嶺千層雪，影落瑤池一夜花。
利國曾聞稱晉寶，和羹又得共天家。
憑欄忽見薰風起，銀漢橫波映淺霞。

憂　旱

五月神州旱未消，雲霓入望碧天遙。
徒勞圭璧登清廟，未見風雷動紫霄。
功令只今蠲聚斂，閭閻何事尚蕭條？
誰家忽有清商曲？永夜朱絃空自調。

奉命出使俄羅斯口占

閶闔鑾雲捧玉皇，同文盛治肅冠裳。
一人有道來荒服，兩曜無私照萬方。
威播樓蘭能順命，化行西域自尊王。
皇華不暇歌將父，報國丹心日正長。

居庸關早發

誰道邊城景物凄？三更斜月早聞雞。
光連古戌搖河影，寒逐清霜入馬蹄。
龍虎臺高秋色迥，軍都山曉曙雲齊。
天公有意憐行役，雨洗征塵路不迷。

彈琴峽

月傍層巒望欲迷，諸天縹緲暮雲齊。
丹峰四面雲藏屋，翠壁千重石作梯。
澗水湧花泉帶雨，疏林斜日鳥歸棲。
行人不盡登臨興，漫拂蒼苔續舊題。

鷄鳴山懷古

聞說當年帝子過，清秋匹馬渡渾河。
天連大漠黃雲合，地接平沙白草多。
諫獵空留丞相草，從龍漫羨侍臣珂。
於今大化風行遠，萬里鳴騶奏凱歌。

歸化城謁關壯繆廟

龍沙絕塞建公祠，正氣森然仰令儀。
直節可興天下士，純臣不愧古人師。
平生心事同天日，百代明禋薦歲時。
聞道遐荒能報德，千秋大義重追思。

登歸化城樓口占

萬里風雲動壯猷，斗邊劍氣映南樓。
龍門客醉燕山月，鹿塞寒生漠北秋。
秣馬不堪宵露下，司軍應念挈壺愁。
孤臣自有長纓願，忠信還期賦遠遊。

歸化城郊原蒙古持獻清茶炒糜伏迎道左喜而賦之

使星遥指古豐城，此日壺漿道路迎。
邊塞天低橫劍氣，祁連秋早動笳聲。
祇修文德遠人化，無俟勤兵絕域平。
自是聖朝威德大，蕃圖王會獻承明。

昭君青塚

獨留青塚古城隅，愧殺當年漢大夫。
萬里長城憑粉黛，千秋國士老樵漁。
溪邊流影魂飛動，塞上吹簫鳳有無？
延壽寫真君莫恨，長門空鎖月明孤。

駐軍拉拉克帶

龍沙漠漠轉多艱，憔悴風煙未解顏。
帳下青羌淒夜月，軍中白馬向邊關。
天橫沙鹵分疆界，地盡窮荒接萬山。
長路何人問行役？鐃歌高唱雪中還。

中秋前一日同陳給諫使還

馳驅萬里氣雄哉！歸馬雲屯夕照催。
天上新秋明月滿，人間負羽使星來。
風煙擊轡輪君壯，潦倒清樽共我開。
聖主賢臣今日事，燕然復有勒銘才。

立春作

千家爆竹送寒歸，又見春雲捧曙暉。
梅發南枝花影動，鳥啼綠樹暮煙飛。
田邊稚麥連雲濕，陌上柔桑帶雨肥。
錫瑞豐年應有兆，九重宵旰念民依。

楊林磯

幾年設險壯江關，吞吐風雲自往還。
雨過寒濤驚石浪，帆飛百丈觸溪灣。
波回衣帶三江水，浪疊魚鱗四面山。
莫向黃陵問巫峽，青春憔悴易蒼顏！

赭山望海

萬頃茫茫接太虛，禹功清晏奠坤輿。
兩山對峙橫天塹，一柱中流鎮尾閭。
日射滄波陰氣净，春回大地瑞雲居。
於今聖化風行遠，重譯來朝咫尺書。

勸　農

鷄鳴唱徹五更初，曉露沾衣積雨餘。
良耜於田耕澤澤，嘉禾出水綠渠渠。
十千錢鏄能勞止，百室盈寧自不虛。
小憩甘棠勤勸相，更教孝弟識詩書。

紫雲洞觀稼

憑高極目盡田桑，煙火人家慶築場。
一片野雲寒橘柚，千村香稻足倉箱。
日斜山徑牛羊下，霜落楓林虎豹藏。
自是太平多樂事，衢歌巷舞任徜徉。

清風嶺貞烈祠三首

黃塵滿目曼容災，弱質誰憐被執來。
烈性不從流水去，貞魂還共夜潮回。
題詩石壁當年恨，旌節祠門此地開。
日落秋江風雨夕，濤聲萬壑有餘哀。

即　事

直道由來俗所憎，古詩先我嘆青蠅。
經綸未布心猶歉，父老稱功愧愈增。
黍谷有時回玉律，東風依舊化層冰。
避賢久擬居林下，枉己從人實未能。

登南高峰

南山日霽曉煙開，躡屩攀蘿覽勝來。
城郭參差雲影度，江湖映帶暮潮回。
林香遠接翁家桂，峰翠遙連照膽臺。
極目吳中村落滿，作霖誰是出群才？

邳州道中口占

五更茅店聽雞啼，已有人行過小溪。
世遠難尋黃石跡，月明空照板橋西。
輕煙野竈參差見，薄日黃沙咫尺迷。
轉盼春風催淑氣，綠楊深處轉黃鸝。

涇川道中

疊嶂層巒爽氣浮，回環曲折帶溪流。
峰高萬仞雲霞滿，樹蔭千村煙火稠。
隔岸花香春未莫，遠山嵐起雨初收。
我來攬勝思人傑，造極還登最上頭。

遊茅山

偶上瑤臺第一重，晴光翠色點芙蓉。
塵埋秦政千年璧，月照茅君九老峰。
漢室當時栖隱士，華陽何處覓仙踪。
我來不盡登臨興，獨對蒼巖萬古松。

黃侍中祠

千秋節義重清華，不使浮雲白日遮。
皖上徵兵同信國，羅磯投水似長沙。
溪流不盡貞魂恨，石影常留化碧霞。
忠烈一門堪範世，邦人祠祀在江涯。

平山堂有懷歐公

煙霞城北帶橫岡，影落征帆過此堂。
坐對朱欄觀海日，看流清露洗秋光。
百年冠蓋文章地，萬古山川草木香。
安得高人來憩此，吟風弄月任徜徉。

平山堂[1]

雪盡塵消福地閑，禪房花木映雕欄。
山銜海日煙霞遠，水湧江潮宇宙寬。
俯檻千帆初破浪，凝眸萬派已回瀾。
休將往事悲今古，且作浮生住處觀。

吳門訪李光祿故宅[2]

光祿當年此卜居，今來門徑已蕭疏。
伶仃嗣子無歸計，寂寞孤孫解讀書。
祇有青山埋白骨，誰將絮酒奠荒墟。
升沉世事終難定，漫說窮鄉好結廬。

---

〔1〕 平山堂：原注 "迷樓舊址"。位於揚州市蜀岡中峰大明寺大雄寶殿西側的 "仙人舊館" 内。因坐在堂内眺望遠山，堂欄與山相平，故取名平山堂。相傳爲北宋文學家歐陽修任揚州太守時所建，他經常來此飲酒、賞景、賦詩。

〔2〕 李光祿：原注 "遂寧李子靜"。李仙根（1621—1690），字子靜，號南津，人稱 "李侍郎"。四川遂寧人，有清一代四川唯一榜眼，一代外交名臣，官至光祿寺少卿。

河 成

聖謨宵旰費籌思，奏績平成萬古奇。
聲教風行綏禹甸，江山日麗奠堯基。
千帆遠送舳艫穩，百穀春生雨露滋。
比戶安居歌帝力，河清海晏太平時。

仲秋看鮑家營新河

新河東下利帆檣，欸乃聲隨秋水長。
兩岸菜花含宿露，千村秔稻趁朝陽。
野無鴻雁鳴中澤，家有椿萱茂北堂。
河定民安稱樂土，衢歌到處頌維皇。

重陽夜夢中得“野徑清香來蓽户，人間正氣滿龍樓”之句乃足成之

洪河萬里慶安流，霜露澄瀾入季秋。
野徑清香來蓽户，人間正氣滿龍樓。
平成已荷皇天眷，豐樂還銷億姓憂。
更見重陽晴日好，遠峰縹緲望神州。

皂河化險爲平

高掛蒲帆巨浪中，青山如畫水溶溶。
勢翻雲漢飛霖雨，影息蛟龍靖北風。
兩岸桑麻隨棹碧，一天皓月印潭空。

欲尋當日封堆處，極目田禾翠色濃。

雞頭關懷古

留侯祠在碧雲岑，覽古懷賢尚可尋。
黃石授書原有意，赤松辟穀豈無心。
勳名事業存天壤，忠孝神仙自古今。
轉惜淮陰城下水，終風捲浪動哀吟。

潼　關

潼關天險帶河流，鎖鑰秦川扼九州。
三晉清光臨古渡，二華晴翠滿城樓。
風腥鐵馬華陰戍，波湧媧陵綠水洲。
多少英雄眼底事，麒麟臺上角聲愁！

濟上有感

汶水通流泗水濱，濟漕利涉幾經春。
煙空匹練光涵遠，月印寒泉净洗塵。
野色春來行路好，歡聲雨後聽時新。
從來慣作河堤使，猶憶當年潘季馴。

使節經曹縣禱雨大沛

隨車甘雨滿莘城[1]，漫説精誠格太清。
萬井提封無怨氣，四郊黎庶有歡聲。

---

〔1〕 莘城：原注"志稱曹古莘城"。

雲霓夏日消炎暑，禾黍秋天望晚晴。
莫訝使臣多顧慮，先憂後樂古人情。

登明遠樓

悠然遐想太虛寬，拄杖登高未覺難。
雲罩鐘山松影暗，月臨淮水夜光寒。
九霄雨露階前落，萬疊樓臺檻下觀。
最喜老人偏適意，清風幾度拂欄干。

春　雪

金闕鐘聲促曙暉，開簾乍見六花飛。
光含銀色三千界，瑞滿瓊樓十二扉。
江令不須誇玉樹，謝莊還喜點朝衣。
登年稔歲田家樂，明月青山待我歸。

自　嘆

謬忝銓衡愧此官，白頭歸老息肩難。
思親惟有衰年苦，獨寢無如旅夜寒。
鬢爲憂民催作雪，心思補過煉成丹。
天恩若許陳情去，菽水承歡也自安。

思　家

一春遠夢動悲笳，不盡長空霧靄遮。
隔渚始波漂落絮，空山初霽咽殘霞。
百年風木三江淚，萬里星河八月槎。

誰在遂州高處望，碧天無際月痕斜。

對紫薇花有感

何人騰步太霞宮，笑倚朱欄聽曉鐘。
丹穴尚留雙鳳影，楓林還帶九秋風。
經霜柳葉蕭條綠，宿露薇花爛漫紅。
轉盼授衣驚節序，愁看征雁月明中。

露筋祠[1]

秋水連天未有村，唐時烈女廟猶存。
當年故塚埋幽徑，此日殘碑失蘚痕。
巾幗尚知留節義，鬚眉何忍負乾坤。
行人憑吊西風起，萬頃濤聲盡日喧。

鎮江重陽

元臣猶是舊青氈，欲買茱萸少俸錢。
天上三台先一品，眼前七十欠三年。
思親歸夢隨風到，戀主葵心向日懸。
更待登高眉嶺去，黃花對酒一陶然。

星馳過泰安

僕僕風塵日又斜，星言夙駕路偏賒。
蒼茫十里煙中柳，寂寞千村月下花。

---

〔1〕　原注：見歐陽公集。

山到孟林青未了，汶流汾水浩無涯。
憑虛乞取甘霖雨，灑向畿南百萬家。

陸漫堤春雨

入望青青柳滿堤，風帆高掛與雲齊。
遙看綠野花千樹，徐聽農歌雨一犁。
茅屋雞聲驚客夢，孤舟漁火散湖西。
白頭天使宵征急，極目煙波夜色迷。

感　懷

遙憶故園春景好，紫荆紅杏滿階前。
百花潭印澄波月，萬里橋連草樹煙。
愛日每懷椿壽永，臨風却羨雁行翩。
聖朝教孝容歸省，定有溫綸出九天。

奉使詣上海

太史占天動使星，行旌兩度及郊坰。
樓臺得月重重好，花木逢春處處馨。
海澨由來無駭浪，洋船已見集郵亭。
欣逢清晏蒙庥日，記取丹青入畫屏。

紫薇花

誰將海底珊瑚樹，移向江南處處栽。
花氣晨飄香入座，霞光夜映月盈臺。
雞鳴風雨思賢俊，秋水蒹葭嘆溯洄。

記得唐人傳軼事，紫薇堂下紫薇開。

鎮江秋夜感懷

青燈獨夜倚江城，愁聽樵樓報五更。
去日漸多憐白髮，知音諒少嘆晨星。
梵雲山色孤鴻度，秋水天光一棹橫。
遙想故園兄弟樂，新醅佳釀待同傾。

賦得平原高下識恩波

玉河春水有餘清，晝夜涓涓出鳳城。
派入天津千頃碧，朝宗大海萬波平。
江湖凍解源流合，雲漢昭回氣象明。
灑作甘霖瀰六合，遍沾原隰慰蒼生。

中途遇雨

零雨濛濛遠近同，斷橋明滅有無中。
沿堤柳葉舒新綠，隔岸桃花落淺紅。
麥隴浪翻千嶂碧，鳩聲啼斷暮雲封。
行人漫指來時路，願得長風破碧空。

渡黃河

漫說乘槎犯斗牛，幾人繫楫向中流。
魚龍秋夜滄波冷，風雨中原王氣收。
一自漢皇沉璧馬，幾回明月照沙頭。
安瀾誰使淮黃合，去入滄溟到十洲。

中山曉望

中峰曉望白雲間，已報徵車出漢關。
潦倒一官違子職，慇懃萬里戀親顏。
楚山盡處魚書杳，蜀水流餘雁影閑。
回首可憐戎馬地，夜深明月滿關山。

登　樓

葉脫梧桐報早秋，曠懷歲月一登樓。
眼前山色依然碧，檻外江聲空自流。
西望岷山思故國，北懷渤海憶神州。
重來欲問金陵事，舉目凋零少舊遊。

嘉惠廟禱雨

雨澤真能救旱年，常懸賜額古祠前。
曾聞龍女聽經日，遂湧神泉出澗邊。
碑自六朝多泯滅，詩成二相得流傳[1]。
清池賸有千年樹，遙落花香入講筵。

---

〔1〕 原注：宋丞相沈該、明相國李東陽有祈雨詩。

二月三十夜，夢乘馬上坡，馬戀枯草，不進。聞大人先駐坡下村舍，遂憩息坡間，見螽斯繫綵綫放之，詠螽斯羽之什而覺。二月二十九日得家信，知二弟將扶櫬歸遂卜葬。予以君命暫留銓部，不得回籍躬襄葬事，不勝涕淚交流

君命留京不得還，思親惟在夢魂間。
肌膚銷盡形容槁，縞素凝成血淚斑。
萬里神馳丹斾轉，一江風送白雲寒。
牛眠馬鬣時入眼，嘉福何如雙相山。

思　鄉

久宦思鄉歲月深，幾回歸夢抵千金。
門前江色依然綠，檻外鶯聲尚滿林。
漫說申家新使者，更誇喬令舊知音。
曙鐘乍動驚魂覺，誰識愁人一片心。

己亥十月朔觀堂中黃花有感

朝回獨坐嘆伶俜，館閣同年曙後星。
覽鏡偏驚添白髮，挑燈且喜讀心經[1]。
力衰翻覺衣裳重，身老難邀耳目靈。
晚節清香誰得似？堂中黃菊在花瓶。

_____

〔1〕 原注：真德秀著。

過灣頭，回憶向年送大人還鄉，群寮餞別於此，不勝感愴

風送長江萬里船，叢叢芳樹點華筵。
光分睿藻來三殿，袖繞香煙自九天。
遠水孤舟秋色裏，靈椿丹桂白雲邊[1]。
何期荏苒流光速，回首灣頭二十年。

題大佛寺

涪江東渡古城頭，縹緲雲飛百尺樓。
問月亭中人已去，南禪寺下水空流。
山連來鶴千峰暮，樹集鳴禽萬壑幽。
回首可憐戎馬地，夕陽衰草古今愁。

瞿　唐

瞿唐碧鎖蜀門庭，萬里山河入眼青。
寒影倒吞凌漢樹，水光高浴綴天星。
秋深白帝楓林晚，雨過東屯夜色冥。
戰守幾人堪恃險，蕭蕭故壘傍沙汀。

丹　河

寒夜青燈滿徑霜，雞聲為報曉行忙。

---

[1] 原注：兩弟侍行。

九渠風鏤波文細，初日堤眠樹影長。
野老課農須灌溉，王孫繫馬賃壺漿。
北京村外丹河水，更助居人種地黃。

甲馬營觀音閣

簡書再捧出金鑾，感荷君恩禮數寬。
詔許乘舟由水驛，欽承使節度津關。
迢迢星漢檻前見，渺渺河山雲外看。
大士樓前今夜月，清光千里照長安。

丹沁交會

源出幽并潤土膏，劉村交會起波濤。
九衢灌溉資南畝，一水中分入衛郊。
田畯課農初播穀，司空治水亟通漕。
國民兩利紓籌策，不讓前人幹濟高。

銅雀臺

極目荒臺寂寞時，浮雲不散古今悲。
當年枉使分香計，後世空傳橫槊詩。
漳水無情金鳳去，殘碑倒影夕陽遲。
憑高慷慨情無限，終識如龍百世師。

開長樊大壩搶險

聞說徐州工正險，搶修直到夕陽西。
但云掃作中流柱，何畏梯懸樹杪齊。

荷鍤塗泥勞手足，負薪赤日走輪蹄。
黃河主宰昭靈貺，莫使飛濤怒拍堤。

聞河南水災

來賓鴻雁叫天涯，一片輕霜菊未花。
滿地淒涼誰樂土，百年歡會幾人家？
高秋木落青山瘦，野水舟橫落日斜。
不敢登高憑北望，太行雲盡易興嗟。

雪夜齋居

一片清光在玉壺，聲傳宵漏出神都。
休誇杜甫鳳池客，且覽袁安雪夜圖。
志小何能助造化？年衰只合老江湖！
陽春未會鴻鈞意，誤逐西風入座隅。

請假還鄉天津登舟順風遄行

此日登舟遇順風，片帆高掛潞河通。
諸艱歷盡勞人老，湛露初零秋水空。
便向天津離海角，即從西楚到川東。
還鄉不羨朝衣貴，爲感皇恩造化同。

乞　還

思親無日不關情，何幸今朝出鳳城。
風正揚帆知浪靜，月明鼓棹覺潮生。
年高我喜還鄉國，宦久人都識姓名。

莫訝元臣無第宅，萊公先已樹芳聲。

潞河夜行

雙懸銀燭照船明，欸乃聲中雜櫓聲。
十里柝聲驚客夢，五更魚火促雞鳴。
鑪薰布被香初歇，霜落澄潭氣更清。
不寢披衣頻問夜，夜行船上不知更。

大樟祖居

柏溝樟樹蔭茅廬，始祖由來卜此居[1]。
三派辛勤躬稼穡[2]，百年清白事詩書。
宅心忠厚貽謀在，傳世醇良積慶餘。
佑啓後人培福德，莫忘高大耀門閭。

紀　夢

蒲帆夜靜住河濱，孤月光懸萬里身。
金鼎調和曾許國，白雲歸去爲思親。
追維素履蒙恩久，懷想橋陵入夢頻。
天上不忘平水土，題詩猶屬老成人。

如意而歸

臨水登山興未休，閑身樂世更何憂？

---

〔1〕　原注：始祖萬公明初自楚遷蜀。
〔2〕　原注：始祖三兄弟，一居銅梁，至大司馬肖甫公顯；一居安岳，至侍御留孺公顯；一居遂邑，自景泰時姚安太守，至崇禎壬午孝廉科第聯綿。

聯裾蕭寺探幽徑，方駕扁舟泛碧流。
尊俎每開長壽酒，尋芳頻向浣花遊。
怡情雲外皆無累，弄月吟風得自由。

如意而來

聽鑰鳴珂夜未休，明良一德自無憂。
深宮堯舜垂衣日，側席皋夔紫禁留。
和氣千年調玉燭，歡聲萬國頌金甌。
太平有道春常在，巷舞衢歌遍九州。

元日在重慶

晴川一望曙煙收，靜坐蓬窗得自由。
爆竹千門催臘去，明燈萬盞映江流。
和風習習占年稔，春日遲遲攬勝遊。
遙憶京華多盛事，五雲佳氣滿龍樓。

連枝會

分手天涯但可憐，相逢白髮轉淒然。
幾年苦憶連枝會，此際欣遭不夜天。
堂上同看銀樹合，尊前喜詠白雲篇。
乾坤歲歲浮春色，明月今宵却更圓。

自　遣

七十六齡歸故里，雙雙白髮最堪憐。
去時錦繡趨庭上，回日祠堂拜影前。

伯叔已知零落盡，孫曾又見綵衣翩。
老人何幸承恩厚，許放還鄉祭祖先。

哀　鴻

一望汪洋劇可憐，更從何處問桑田。
雞鳴犬吠無消息，木落霜空絕野煙。
半綫東堤强挽曳，孤篷漁火傍流泉。
嗷嗷待哺民情切，引領恩膏下九天。

黑柏溝祖塋被楚民侵佔，蒙制軍清還，讀罷檄語，感而泣下

故園西望恨長吞，月近頑雲勢易昏。
旋馬久悲無夏屋，圭田何處問荒原？
幸歸百世岡巒地，得妥當年泉壤魂。
日暮秋風生萬壑，幾回衫袖掩啼痕！

萬里橋

芙蓉城外漢津梁，費氏曾乘萬里航。
玉壘祥雲開蜀道，錦江春色滿華陽。
賢豪遺跡千秋在，儒雅流芳百世香。
試問題橋雲路客，何如衣錦早還鄉？

舟次雨中望齊山

一帆風送勢如飛，隱隱齊峰盼漸微。

畫舫曉隨雙斾轉，鄉關遙望白雲歸。
但聞吹角鳴江岸，不見開尊對夕暉。
尚喜三農生百穀，霏霏時雨濕蓑衣。

月　山

過庭猶記聞詩禮，回首白雲雙鬢絲。
明發有懷恩罔極，養親不逮悔何追！
龍章鳳誥焚黃日，春露秋霜結夢思。
萬里歸來風木恨，四更吐月舊山時。

題鶴鳴山二首

紫氣連雲是鶴山，洞天雞犬隔人間。
希真已得長生訣，攬勝空餘古篆斑。
夜月幾聞龍虎嘯，白雲常伴鳳鸞還。
神仙不在彝倫外，打破泥丸第一關。

龍虎真人下太清，寶鑪神藥已功成。
白雲滿袖青山古，劍履凌霄玉珮輕。
月照石壇何寂寞，花開佛勝自分明。
罡風萬里傳丹訣，會見巖前鶴有聲。

鐢宮古柏

古柏宮墻俯碧陰，參天虬幹氣蕭森。
千年不老冰霜操，五夜能成風雨吟。
魁閣階前新歲月，九宗亭畔舊園林。
由來神物稱難得，造化全憑雨露深。

遂寧城

十年重到德陽城，人事田疇幾變更。
仙井晴霞朝氣散，鶴鳴夜月野煙輕。
郊原幾度餘烽火，父老頻經厭甲兵。
所願殘邦沾化雨，桑麻從此樂深耕。

題靈泉寺

千載靈泉古道場，唐朝名勝冠諸方。
雲籠野樹藏山寺，風送霜鐘到德陽。
石佛階前秋月冷，殘碑亭下稻花香。
梯霞直上高峰頂，萬里晴空望帝鄉。

書臺應瑞

擎天柱石拂清霄，餘韻流風未覺遙。
敢謂科名高井絡，願將忠藎答清朝。
蓬萊雲近朝霞滿，閬苑春深宿霧消。
指日山靈重應瑞，三台光映大江潮。

龍山曉鐘

響徹雲霄不厭聽，扶搖九萬起南溟。
每因紫氣窺龍劍，却向金門識歲星。
畫戟威名光典策，朱輪勳業炳丹青。
歸來更有山林樂，五柳三槐綠滿庭。

仙井晴霞

精靈長傍落星池，散作霞光映日時。
節與英名垂國史，魂應絕地享崇祠。
松風夜靜聞金馬，仙井年深見古碑。
若使當年身怕死，世間何處有男兒？

涪江晚渡

春風澹蕩古東川，楝子花開綠滿田。
百福暝鐘空象外〔1〕，九蓮明月印溪前。
天清鶴語山頭樹，日暮人喧渡口船。
鐵馬嘶風煙水闊，衡門歸去似神仙。

鶴鳴夜月

閑上高峰望德陽，旂山涪水盡蒼蒼。
丹鑪人遠苔生徑，野寺僧稀葉滿廊。
雲散漁村留月影，星回東壁映臺光。
鶴鳴石洞何須問，獨自吹簫下鳳凰。

梵雲春曉

浪暖桃花照紫袍，春風兩兩送輕舠。
酒醒畫棟珠簾捲，月滿清溪夜笛高。
樹尚栖鸞思往事，文餘吐鳳憶鳴臯。

〔1〕 百福：原注“寺名”。

雨香雲淡無尋處，林下琴書雅自操。

洪福回瀾

回瀾水口豎文峰，九十九峰入望中。
百里山川增氣象，千年人物見英雄。
光芒自是通霄漢，劍履何須問遠鴻。
絕世勳名歸道德，始知天爵有三公。

石磴琴聲

昔年三鳳留題處，斷碣猶存蕭寺中。
煙净涪江千頃碧，雲連楚澤一帆通。
坐看風色隨時變，静聽琴聲振古同。
聞説黄羅依舊在，相期重到梵王宫。

雲靈仙跡

定水閑心能愛静，由來無欲是仙家。
深山日麗催啼鳥，古洞風回聚落花。
嶺上白雲隨鶴駕，人間絃管送年華。
題詩真宰歸何處，繞石清泉映晚霞。

斾山鍾秀

萬古乾坤正氣留，鍾賢毓秀許誰儔。
群山積翠當窗見，二水中分繞徑流。

遂有禎祥開蕊榜〔1〕，始知紫綬滿皇州。
復憶大羅天上事，霓裳同詠鳳池頭。

靈泉聖境

中川名勝古今傳，清静無聲一洞天。
杳靄煙霞空法相，凄迷風雨息塵緣。
鶯巢緑樹喧流水，風動飛花落講筵。
多少詞人題不盡，高峰更有醒心泉。

玉堂朝霽

玉堂金馬有輝光，地號神皋屬德陽。
日暖揮毫聞晝漏，天清鳴鳳在山岡。
九蓮瑞色鍾祥遠，奕葉書香裕後長。
道德勳名聯甲第，五雲深處佩鏘鏘。

---

〔1〕 原注：《地志》云"此山若遇土崩，是科必有式者"。

五言律詩

恭和聖製韓莊喜雨

淑氣滿東皋，群瞻宵旰勞。
宸衷思沛澤，時雨已盈篙。
麥吐千村秀，雲開遠岫高。
豐年書大有，歌頌遍漁舠。

澹寧居同閣臣侍上親裁政事恭紀

吁咈都俞日，君臣在一堂。
用人咨岳牧，圖治選賢良。
天語霽顏久，下情敷奏詳。
香煙携滿袖，拜賜頌垂裳[1]。

恭和聖製題扇詩元韻

一畫開天地，奎光徹九霄。
宏文千載盛，敷政四時調。
道德安黎庶，訏謨化百僚。
重華今再見，因得聽虞韶。

---

[1]　原注：是日蒙賜榛。

揚州旅夜夢見先帝召問

舟泊維揚夜，朝天入夢中。
尊賢三異進，養老五更同。
咨警聲如在，遊歌事已空。
但令三載後，追詠配天功。

孝　陵

謁祀山陵日，老臣扈蹕行。
龍鍾誰得似，雁侶一行成。
雪霽雲峰靜，霜深夜氣清。
聖懷多軫念，温語並春生[1]。

新　陵

送葬梓宮日，千官淚滿衣。
德垂千古遠，神自九天歸。
白雪迎冬序，蒼山駐晚暉。
宸衷誠且敬，至孝古今稀。

擬西苑閱武

九服歸元化，天威播異方。
五花森步伐，八陣演輝煌。
朝有腹心佐，外資猛士防。

---

〔1〕原注：次日立春。

聖心兼重武，經緯共靈長。

喜　雨

應禱甘霖沛，桑麻潤澤稠。
桃花春水足，麥壠翠雲浮。
下慰臣民望，上紓宵旰憂。
豐年應有兆，喜氣滿龍樓。

萬壽壇

祝聖壇場肅，懷誠向曉來。
仁聲盈九有，和氣接三台。
到處陽春滿，彌天壽域開。
千官同舞蹈，願進萬年杯。

仙宮福胙

梧鳳朝陽際，明良一德逢。
仙宮時祭後，飲福庶僚同。
常讀鹿鳴什，永懷天澤隆。
重華今再見，惕厲望臣工。

天壇齋宿

齋宿南郊夜，一陽來復時。
曉鐘傳警蹕，列炬肅威儀。
胙饗神明格，精誠裸獻餘。
天晴占歲稔，喜氣滿階除。

玉皇觀

宮觀何年造，丹青不記秋。
文壇太史駐，勝地彩雲留。
天闕通群帝，人間有十洲。
依然神物護，此日又重遊。

旅夜書懷

親恩思罔極，血淚幾時乾？
歧路無知己，天涯畏影單。
黃牛千嶂夕，白馬一江寒。
不歷風塵苦，安知行路難？

晚次彭市河

滄江春水闊，日暮起清風。
銀漢當窗見，漁歌一棹通。
雞啼山色裏，犬吠水聲中。
晚氣催殘漏，晴雲倚碧空。

夜泊漳脊有懷三弟

薄暮滄江上，孤霞帶日紅。
漁燈明遠近，樹色隱菁蔥。
月向崑崙轉，春生碧海空。
永懷愁不寐，雲外度哀鴻。

涪江夜雨

多雨涪江夜，銜哀旅泊時。
老萊猶有綵，溫嶠已無裾。
水氣侵牀冷，鄉心入夢遲。
凄凄悲歲晚，忍讀蓼莪詩。

帳中誦《張節婦傳》喜而有作

垂老全貞節，門閭得寵旌。
松筠歲月晚，冰雪玉壺清。
教子成夫志，完貞畢我生。
誰人無至性，巾幗獨標名。

兵書峽

鬱鬱兵書峽，雄圖作楚關。
溪聲流夜月，雲氣暗青山。
猿嘯青林外，雞啼綠嶼間。
片帆明日遠，漫問大刀環。

西塞山聞雁

西塞山前景，煙霞畫裏成。
一聲秋雁度，萬里故園情。
去去征途遠，悠悠江水清。
商風吹落日，離思此中生。

裴二華員外招飲

古道存冰雪，襟期獨曠然。
開尊消白日，對景俯晴川。
酒愛陶潛菊，詩留米芾船。
知君多意氣，客路劇相憐。

池州道中作

扶杖南歸日，思鄉益旅愁。
如何辭蜀道，又復問吳舟。
楚水人千里，秋山月一鈎。
浮生長作客，到處起離憂。

閱鮑河

秋汛閱工程，不辭風雨行。
河平足國計，穀熟慰民生。
日霽山光曉，雲開海氣清。
三更遲月上，獨坐聽湖聲。

古佛寺雙松

結茅幽靜處，止有道人遊。
月帶雙松老，潮聽一夜秋。
海雲當檻入，河水向東流。
誰識此中趣？挹泉洗俗愁。

鮑營夜雨追思張夢臣

故人去幾年？風物尚淒然。
蘆雁鳴秋水，漁燈動夜船。
龍溝一夕雨，葦蕩半溪煙。
寂寞孤舟裏，愁懷自不眠。

馬連道

出郊何所往，爲訪故人居。
一片幽林色，誰憐處士廬。
黃花開霽日，清潠落園蔬。
却羨考槃下，橫經帶月鋤。

過黃天蕩順風安瀾而渡竟不知其險賦此

雨洗三山翠，波澄萬里流。
雲邊雙過雁，天際一孤舟。
風止帆飛速，潭空月影留。
爲憐黃閣老，安渡不知愁。

重經石槽有感

惆悵山莊道，頻年幾度遊。
迎鑾停曉騎，待月倚雲樓。
策馬人誰在，肩輿我自休。
紗厨無白鳥，天地一虛舟。

追思六飛兄[1]

越署銜杯處，追思尚宛然[2]。
普州猶有柏，膠水已無蓮[3]。
系出麻城派，情愴夜雨天。
何年歸故里？絮酒表新阡。

癸巳除夕喜雪

帝城值除夕，臘雪報年豐。
瑞滿三農望，瓊鋪萬戶同。
玉珂迷曉騎，瑤圃濕珠叢。
處處麥秋好，群霑造化功。

綵衣亭下見藤花開，憶去歲侍大人飲燕於此，今燕蜀兩地，不勝瞻望白雲之感

去歲承歡處，藤花今又開。
幽香留曲徑，夜月照空臺。
省覲何時遂，思親有夢回。
草堂春酒熟，萬里憶銜杯。

---

[1] 六飛兄：原注"安岳人"。張象翀，號六飛，清代安岳縣人，進士、膠州知州。
[2] 原注：來浙留飲二思堂。
[3] 原注：曾爲膠州牧。

常州道中春光明媚喜而試筆

春風晴日暖，向曉水溶溶。
試墨宣和紙，題詩太古松。
天空聞社鼓，雲净度疏鐘。
咫尺錫山下，青帘貰酒濃。

河　間

往來經此地，辛苦遍荒村。
風捲黄沙起，塵淪白晝昏。
馬疲留古驛，人困卧柴門。
無以消羈旅，新詩漫討論。

乙未五月，讀蘇潁濱《詩傳》至《陟岵章》，適值大人九十大慶，以江南之役不獲請假歸覲稱祝，敬賦一章以識望雲之意

我吟陟岵什，瞻望梵雲居。
御筆題鮐背，奎章照太虛。
躋堂金紫滿，獻壽玉醽儲。
喜應九齡兆，年延百歲餘。

夢大人[1]

親老時縈念，身安不厭貧。
青雲長作客，白髮未歸人。
夜雨和愁落，家山入夢頻。
故園歸未得，西望正傷神。

南　園

結屋環池起，孤亭渌水回。
天清鴻雁度，浪静白鷗來。
碧愛雙桐繞，紅看千日開[2]。
誰能脫簪紱？從此避塵埃。

海棠花有感

花開總不知，相對却成悲。
痛極淚如雨，愁添髮似絲。
昔陪杖履處，今值落英時。
莫怪杜工部，海棠無小詩。

萬里橋

泛泛春水綠，擊鼓啓帆檣。
流入平羌近，風生孤棹忙。

---

〔1〕原注：乙未七月十七日鎮江行署。
〔2〕千日開：原注"花名"。

費褘從此餞，漢月尚留光。
萬里從茲始，名橋意更長。

東明道中

水落樹蕭蕭，荒村半寂寥。
鳥啼天欲曙，月落路空遙。
曠野人逾冷，饑民語更囂。
嗷嗷求賑濟，難免寸心怊。

順風渡江

風正揚舟發，天門入望遙。
雲開朝霽雨，水净晚歸潮。
野色千村盡，江聲萬里濤。
平生忠信在，穩渡木蘭橈。

天署藤花七夕猶開

爛漫鳳城東，芳心含露叢。
託根在勝地，得意是春風。
七夕彩雲合，一枝照眼紅。
來朝香雨急，飄落玉堂中。

過濟寧久旱後逢甘雨大沛喜賦

甘雨隨時降，征軺近聖鄉。
中原沾潤澤，曲水漾迴塘。

田畯愁何在，農人喜欲狂。
天心終愛物，還以慰吾皇。

曹縣禱雨

雲漢昭回在，人因久旱愁。
秋田難播種，溝洫絕涓流。
望救閭閻切，啼饑蔀屋稠。
籲天甘雨降，一釋萬民憂。

紀　夢[1]

憶昔承顏日，亭前花正開。
紅霞映綵服，沆露捧仙杯。
月湧涪江浪，雲飛萬里臺。
送親歸未得，不忍詠南陔。

長女揚州相別

遠從閩海至，辛苦爲寧親。
衣錦諸兄弟，高堂二老人。
承顏歡半載，歸路泊輕塵。
邗上分離意，傍觀亦愴神。

---

[1] 原注：甲午四月五日。

燕湖關晚眺

錦綉重經處，崢嶸勝昔年。
山高偏吐月，江遠欲浮天。
雨潤千村秀，風催萬里船。
此時歸興急，夜静亦忘眠。

赤巖舊宅

不見田園路，茫然六十春。
長爲臺閣客，每憶故鄉人。
誰謂公孤貴？依然寒士身。
草廬何處在？回首但悲辛。

尚憶讀書處，青氈坐寂寥。
窗留山吐月，桂冷露含條。
抱膝吟良苦，曠懷思更超。
聖賢相晤對，雲路不知遥。

韓忠臣祠

遺廟臨江岸，清風送客船。
名留青史在，魂逐怨濤遷。
雨暗滄波夜，煙籠遠浦天。
悲涼嗟逝水，落日聽潺湲。

落　霞

落霞依遠岫，倦鳥已還林。
漏數寒更盡，潭澄印月深。
偶然清意味，即是息機心。
寂寂衡門下，永懷觀古今。

輓衍聖公

紹聖千秋緒，崇班列上公。
能由君子路，不愧古人風。
方冀鴻模久，何期絳帳空。
魯邦餘舊德，霄漢渥恩濃。

厚德應時生，巍然號老成。
家承宣聖後，國有象賢名。
冠蓋辭金闕，銘旌出玉京。
傷心今日淚，不獨爲交情。

儀徵渡江

如意巒坡出，恩輝驛路歸。
白鳥迎棹去，南雁向人飛。
江水家鄉近，晴雲畫漏稀。
應憐春夢入，明月點朝衣。

抵巫山

始遂平生願，還鄉第一程。
雲從翔鶴白，月向静壇明。
夜入思親夢[1]，朝懸望闕情。
獨憐衰暮日，尚未脱簪纓。

---

〔1〕　原注：夢雙親宛然平日。

卷　六

七言絶句

雨中送駕

雨滴天街晝漏長，雰雰潤物布春陽。
滋培恰似君恩厚，優渥均沾被萬方。

海內蒼生望歲豐，甘霖一沛麥青葱。
玉皇今日鑾輿出，雨浥輕塵到九重。

萬壽壇雨中送駕

南山獻壽彩霞紅，萬户笙歌雜曉鐘。
喜溢天門佳氣合，滿城雨露渥恩濃。

五十餘年荷聖恩，白頭啓事在金門。
天王明聖全終始，感激情深裹淚痕。

萬歲山

圖畫天然一翠屏，山連玉棟白雲橫。
清風明月元今古，盈耳洋洋絃誦聲〔1〕。

---

〔1〕　原注：内書堂在北上門内。

太廟雨中陪祀

一片煙雲覆廟墀，鴛鷺陪侍濕衣時。
上天有意消炎燠，故遣游龍作雨師。

西廠校武[1]

九天雲净曉風清，冬日温温滿帝城。
聖主臨軒親校武，持盈保泰樂昇平。

誌　喜

尊賢養老會仙才，喜動天家賜酒杯。
父子承恩同御宴，滿朝人羨綵衣回。

四世褒封在一堂，七承恩命有輝光。
恰逢老父嵩齡日，寮友歡騰獻壽觴。

自公退食日輪斜，白髮年來感歲華。
獨幸老親康健甚，手書細字競龍蛇。

堪羨天倫樂事真，康寧福壽一全人。
流光十載瑤池會，又見蓬萊席上珍。

---

〔1〕原注：癸巳。

陪祀大享殿祈穀

聖主祈年大地春，風恬日霽物華新。
固知天意多仁愛，盡是衢歌擊壤人。

己丑元旦

望闕香煙祝萬年，暫歸旅館獨蕭然。
回思戊子傳生酒，猶得稱觴父老前。

祈穀壇陪祀

元臣肅靜聽鐘聲，羽衛森森輦路明。
共竭精誠通帝座，祈年原自爲蒼生。

爐煙細細曉風輕，用慰勤民聖主情。
一念真誠孚上下，普天歲稔起謳聲。

賜　硯

王硯忻蒙賜老臣，龍函恭啟墨花新。
文房珍重抽毫日，可有嘉謨次第陳。

萬壽令節同諸臣行慶賀禮

九重喜氣滿朝堂，共祝堯天萬歲長。
三世承恩隨拜舞，衣冠同惹御爐香。

深喜天倫樂事全，祖孫輝映在聯班。
尊年已荷千秋晏，爵序還居百職先。

庚子夕月壇陪祀憶魏敏果吳北海

月壇西峙帝城邊，奔走公卿劍珮連。
回憶當年陪祀者，可憐人世隔重泉。

黃髮銷沉四十年，每思遺範一愴然。
滿朝朱紫誇榮遇，疇與高賢得比肩。

千叟宴

聖德齊天寶曆昌，法宮燕老荷恩光。
微臣職愧銓衡長，啓事頻沾御案香。

環階獻壽逾千叟，萬歲聲中拜聖人。
澄敘官方遵訓誡，太和宇宙盡陽春。

盈廷百職矢忠清，宴鎬歡娛起頌聲。
聖主知人兼善任，千秋萬歲樂昇平。

衡鑒無能愧秉銓，知人斷自九重天。
千官獻壽迎多壽，頌比岡陵億萬年。

御書亭下蓮池開並蒂蓮花

閑心定水足徘徊，喜見蓮花並蒂開。
爲釀太和元氣早，清香風送自天來。

一塵不染好根荄，迴出清波次第開。
人與花香稱並美，三生佛土夢中來。

碧池印月愛風涼，亭下荷花雙綻香。
喜動親顏頻嘆賞，人間棣萼比聯芳。

老親散步玉池間，四世趨從白日閑。
惆悵秋風萬里別，何年尊酒再承顏。

忽聞徐州長樊大壩報險，念神功默運必獲安瀾，以慰聖人南顧之心

安流無恙樊山水，屈指來朝七月天。
記得河工頻報賽，年年秋月照樓前。

秋山吐月綠楊低，乍聽鷄聲向晚啼。
定有羽書來報喜，河平歌管燕長堤。

曾記天書隆祀典，褒神靈覘享千春。
年年河水思明德，萬古平成慰聖人。

岳武穆祠

精忠報國一身亡，爲振綱常有烈光。
青史百年公論在，牟山羡水並流芳。

張秋曉發

五更秉燭聽鷄啼，煙鎖寒林霜滿堤。
老圃柴扉猶未啓，輕舠已過運河西。

范縣看衛河

魏流至此入清河，隨地更名漾碧波。
子路堤傍黄水落，孤帆一片聽漁歌。

太行堤

蜿蜒千里接東西，保障洪流金作堤。
風雨歲深波浪激，茭青蘆白共淒迷。

凉夜中元望雨

澹澹秋容媚曉山，垂垂珠露滿田間。
最宜虛室清凉夜，知是雲龍帶雨還。

秋後百日紅花盛開

伏盡炎蒸尚未消，思離畏景上蘭橈。
紅花獨自嬌秋色，翻笑西風拂柳條。

雨打殘花碧樹空，納涼猶憶北窗風。
靈泉深處幽人夢，一覺羅浮日已紅。

祈大士息風

秋水浮舟半月程，菊花天氣過嚴城。
瀟瀟夜雨雲帆落，惹恨石尤風又生。

甲馬營前晚日紅，曾傳大士有遺踪。
濤聲徹夜惱人意，端仗神靈早息風。

祈息風立應

讀罷詩篇出廟門，恬然風静浪無痕。
揚舲喜氣招舟子，鼓棹高歌對酒尊。

使節五月初八夜夢見兩大人

浣花雲淡掩柴扉，鶴髮龍鐘嘆未歸。
細雨無聲孤館夜，可憐清夢繞庭闈。

陳情誰信放歸難，衰老如何未脫冠。
百歲光陰能有幾，那堪風木夢中看。

行館清宵冷畫屏，夢中想見舊儀型。
醒來猶在天涯外，回首月山未了青。

使節駐江寧聞長孫女沒於含山

墜葉凄風助旅愁，白頭銜命到昇州。
含山咫尺傷心淚，一片雲遮落木秋。

老懷一掬淚潸潸，灑向遙天帶雨斑。
有意西風吹不斷，殷勤爲我到含山。

南旺寄富主事

指日揚帆過碧灘，南湖分水更回看。
却憐昨夜深秋雨，添得人間幾度寒？

梁真定祠

門外三槐蔭夕陰，祠堂深鎖夜沉沉。
典型先正今何在？勁竹高梧月滿林。

夏日經通州驛

皇華驛裏逢初夏，僕僕風塵度一春。
回首可憐經過處，花開花落幾番新！

五龍口

山頭凝雪山腰雨，日霽蒲帆掛順風。
不用棹歌催急鼓，輕舟早已過巴東。

新　灘

登舟一望日平西，倒削芙蓉兩岸齊。
亂石橫江飛白浪，濤聲日夜冷淒淒。

巴　東

三峽隆冬樹不凋，忽逢山帶雨瀟瀟。
一灣風順一灣利，指點奇踪慰寂寥。

巫　山

雲雨高唐原託諷，癡人說夢到而今。
丹巖翠壁千山月，照見瑤姬夜夜心。

十二峰前江水深，天風引籟入松吟。
千潭印月清無底，洗盡雲華不染心。

蝦蟆泉

初見峽中一綫天，青葱古樹老巖邊。
舟人指點蝦蟆水，品入茶經第四泉。

翠壁千尋百丈溪，山回路轉野人迷。
蝦蟆洞口清泉水，流出巖前未足奇[1]。

長壽白龍山雪庵和尚遁跡處

霜隕長陵落木秋，荒煙漠漠覆山頭。
雪庵和尚龍山跡，香水於今萬斛流。

白　嘆

皤皤白髮一元臣，日日瞻雲念老親。
及到歸來泉壤隔，空將血淚灑黃塵。

連枝會

連枝重會樂天倫，喜氣欣逢大地春。
酌酒勸酬無別語，惟將忠孝答皇仁。

---

〔1〕原注：見《王安石集》。

耆年會

天地蘧廬一夢間，方瞳鶴髮老深山。
誰知錦里耆英會，祇得浮生半日閑。

登打鐘寺山

憑高一望彩雲間，水繞方城碧玉環。
兩岸遠峰青似染，靈光朝拱向臺山。

荒煙野草探春遲，風雨銷磨少故知。
若向圖經尋往跡，今無片石古人碑。

吊德吾龐氏[1]

一生心事少人知，魂傍空門覺後遲。
惟有靈泉山上月，年年常照碧琉璃！

歲月如流去不回，性靈不昧識如來。
欲知覺後三因處，春入山花依舊開。

開　印

慚愧端揆獨坐中，金章紫綬又春風。
堂前古柏靈光在，老幹偏承雨露濃。

---

〔1〕 德吾龐氏：龐德吾，本名龐再翀。《遂寧縣志》載原詩有語云：“靈泉寺左張文端公題龐再翀墓
碑……蓋悲其志也。”

寄懋文

青燈黃卷舊生涯，清白曾傳文獻家。
水繞旂山應有兆，蟾宮看取一枝花。

春　雪

天視斯民著意憐，預將瑞雪報豐年。
高田優渥低田滿，麥秀如金榆作錢。

白　雲

白雲深處是鄉關，酒熟花香任往還。
爲報曉鐘莫驚起，且容歸夢到旂山。

聞懋行櫬歸

櫬回萬里路途長，稚子孤鸞枉斷腸。
汝若有靈應化蝶，也隨丹旐到家鄉[1]。

壽　杯

日暮歸來把酒杯，高年相對喜顏開。
不知身世怡情日，到老清閑得幾回。

---

〔1〕 原注：楊明之化作蝴蝶歸去。

皇輿圖

山河一統在圖端，兩派朝宗碧海寒。
千古幅員今廣大，萬年王氣畫中看。

思　子

月華流影照相思，風動甘泉燭淚餘。
露下梧桐秋氣早，好憑歸雁附家書。

康熙九年以前進士止餘三人

五十餘年黃髮臣，祇餘三個老風塵。
臨軒感荷君王問，握璧誰爲席上珍。

一榜三老[1]

熙朝儒術重元臣，白髮龍樓荷聖恩。
海鶴精神冰雪操，一時同榜得三人。

詠　柳

春風吹破萬條青，一氣陶鈞未杳冥。
獨喜壚前饒翠色，不因秋露怕飄零。

---

〔1〕　原注：政府王太倉，司農趙武進，予爲太宰。

初夏藤花始開

白頭留滯在天涯，愁見枯藤又吐花。
今歲遲開原有意，晴雲一片擁朝霞。

冒雨出署

銓衡堂下槐花落，半送天邊風雨聲。
却喜今朝消暑氣，不須油幔出皇城。

偶　題

共說年年白髮新，天涯猶是未歸人！
盈觴壽酒稱重慶，遊子應憐衣點塵。

憶涪水端陽

鼉鼓因風吹爽氣，高標映水發清光。
龍舟舞罷歸家去，蒲酒盈樽吸月香。

盈樽蒲酒人皆醉，野老村翁杖策遲。
雙雁雲邊無信息，誰言浣水勝當時？

人到清閑寄薜蘿，扁舟一葉剪江波。
笠簑煙雨隨時泊，魚躍鳶飛入眼多。

天空海闊思何窮？人在黃粱一夢中。
回首青山人不老，蓴鱸依舊滿江東。

千年文獻德陽城，瑞應旂山喜氣生。
一片書臺頂上月，照人心地獨分明。

今年海棠未開

去歲看花三月裏，一春開遍滿枝紅。
今來不見東風暖，寂寞空庭夕照中。

署中藤花六月重開

盛夏薰風到玉堂，綠陰深處有微涼。
今年兩度藤花發，瑞應捷書奏未央。

焚香五夜獨勤求，早靖烽煙足解憂。
塞上月明馳露布，策勳喜氣滿皇州。

天署新槐

墀下新槐手自栽，綠陰叢裏見花開。
暗香浮動無人識，留取清光點露苔。

早 梅

大地春回發早梅，一枝先向百花開。
清香自足留天壤，豈爲和羹結子來？

署中藤花

鐵骨芳心老歲華，東皇雨露潤無涯。
恍疑天上紫雲色，散作階前雙樹花。

閱歷年華久更香，天生勁質領群芳。
羞將濃艷隨時好，愛伴清高在玉堂。

七　夕

鵲橋仙珮夜珊珊，月掛高樓燭影殘。
牛女渡時風浪靜，無情銀漢水空寒。

乞巧樓前奏管絃，離思別怨動秋天。
世間多少傷心事，莫笑牛郎會隔年。

春　柳

麗日和風宿霧消，清池玉露滴花朝。
新傳淑氣催黃鳥，楊柳青青蔭御橋。

己亥八月二十八日夜夢見大人

極目雲山枉斷腸，夜深魂夢到江鄉。
依稀猶似趨庭日，爛縵春光晝錦堂。

重九思子

憶爾登程淚滿衣，秋風搖落雁南飛。
簡書鄭重勤王事，指日功成奏凱歸。

燕郊遲趙司農不至

向夕朱輪滿道橫，北風吹送夜寒生。
相期不至空惆悵，獨自燕郊路上行。

桃花寺

木落山空境更幽，寺門斜日照林邱。
洪鈞一氣青陽轉，又傍桃花作勝遊。

寒月霜天出鳳城，誰憐衰老繫離情。
自嗟不及雲中雁，北向南賓取次行。

雪鬢龐眉邁古稀，禦寒猶是去年衣。
敝車羸馬行人識，笑問高年胡不歸？

馬蘭峪回至薊州

乘月敲門旅店開，相看盡是謁陵回。
老人馬上添精彩，霜鬢冰鬚逐隊來。

經林河好女塔

好女遺踪何處尋，居人指點在荒岑。
無勞下馬披殘碣，月印林河已了心。

平　安

王母瑤池望月時，風聲不撼萬年枝。
青精香羡人長壽，聚窟風輕花落遲。

栲

散材虎目免雕鐫，不幸之中得保全。
獨怪香椿名更大，春秋兩度八千年。

楝　樹

見説蛟龍畏楝花，移栽何不向江涯？
更聞彩鳳來求實，人羡朝陽第一家。

萬壽菊

風雨崇朝滑路斜，老人愁坐在天涯。
夜來却有還家夢，喜見庭前萬壽花。

興州道中聞夫人恙愈

皓首何能得自如，塞垣歸旆是秋初。
細君無恙邀天幸，竟獲相隨入故廬。

古北口遇雨

斜風細雨日相催，黍穗芟花眼暫開。
萬里秋聲天外意，斷橋流水石邊苔。

堯亭古柏

孤幹亭亭塞上稀，高枝密葉影相依。
霜風眾木凋零盡，依舊長青蔭夕暉。

石　匣

石匣城邊月正明，一年兩度數歸程。
昔人藏劍知何處？碧落秋空露氣清。

仙　鶴

認人眼睫有靈毛，獨立瑤池意自高。
萬里摩天珠樹宿，一聲清唳徹雲霄。

憩三家店大士庵老僧稱張趙二公天下知名

露殘空夜獨奔馳，白髮悽然不自持。
司馬何因名尚在，荒村老叟也都知。

南天門瞻禮大士

天闕慈雲仰更高，大千世界望鈞陶。
此時一灑瓶中水，煦育枯楊長緑條。

柳

含煙帶雨映前峰，嫋嫋遊絲落照中。
劉尹當年廳事樹，每因清德想高風。

庚子七月二十五日出塞偶作

白花緑葉未經寒，風動微香零露團。
點綴清秋新氣象，天然一幅畫圖看。

勿　藥

鶴髮齊眉二老人，歷官中外總清貧。
家園萬里歸何日，相對如賓轉自親。

庚子中秋憶懋文昆弟

西來爽氣曉煙輕，燭影文光共愛晴。
遙意蟾宮折桂客，捷音指日出層城。

兄弟翩翩入錦城，凌雲健鶚欲爭鳴。
秋風丹桂攀援處，先作霓裳第一聲。

鎖院沉沉曙色清，光芒文陣勢縱橫。
完場已及中秋節，應向宮花早報成。

文星下界影先翻，炯炯紅光矯首看。
舉子當年今在者，白頭冷署一官寒〔1〕。

回首當年辛苦地，青燈五夜一豪吟。
今來西望蓉城月，露冷蓮房何處尋。

明遠樓中噴異香，文昌下降擁輝光。
當年嘉瑞非無應，皓首空憐歲月長〔2〕。

萬里駿

昔年出使俄羅斯，萬里馳驅一駿奇。
步影追風堪足比，功成應不數青獅。

逸足超群驥子齊，草枯井竭向風嘶。
歸時行盡流沙路，猛氣驕騰在碧蹄。

---

〔1〕　原注：羅士柏秋曹主事。
〔2〕　原注：己酉文場秋夜，士子江公葉、羅士柏見文昌帝君現明遠樓上。

奏凱新從紫塞來，關門驚喜得龍媒。
誰知韓幹丹青妙？畫入麒麟生面開。

大地風輕入四蹄，超騰曾向玉關嘶。
可憐淮上催花雨，一夜飛英踏作泥。

庚子九日

徹夜西風聲勢狂，曉來人説是重陽。
如何氣候遲時令？菊滿籬邊不放香。

秋風楊柳葉梳黃，冷露無心菊正芳。
造化一般榮悴異，誰將消息問穹蒼[1]？

中州進土靈芝

中天寶氣聚嵩邱，化作靈芝不記秋。
出自土中香撲面，蟾蜍瑞應萬年留。

西藏既平，喜兒子凱旋有期

一掃煙塵萬里清，星馳露布入重城。
蕩平絕域龍顏喜，朝野歡欣聽凱聲。

予子凱旋應有期，白雲悵望莫興悲。
佇看朱夏歸來日，正是黃香扇枕時。

---

〔1〕 原注：梳柳本“柳條風脆已梳黃”劉炳句。

哭大司農趙松伍同年

如公福澤古來少，清白聲名天下知。
全受全歸無恨處，龐眉皓首到瑤池。

共銜君命出金鑾，鎖院沉沉玉漏寒。
剪燭論文深夜裏，一輪明月照欄干。

馬蘭峪裏雪花明，二老連鑣待曉行。
回首可憐成往事，斷鴻孤影喚愁生。

廣渠門外聽悲歌，歸傍青山繞孟河。
世事百年終有盡，獨留遺愛楚江多。

戴村龍王廟祈雨立應

靈應龍祠不記年，齋心虔禱意愴然。
一犁甘雨隨時降，潤我東人萬頃田。

戴村壩

汶流不許歸東海，引入南湖運白糧。
千里帆檣明月夜，薰風吹送棗花香。

曹縣湯王陵廟禱雨立霈

桑林應禱有遺音，千古猶傳澮澤深。
廟祀何分偃與亳，由來直道在人心。

仰承宵旰愛民心，疾苦愁聞淚滿襟。
天上英靈如有在，曹南何異禱桑林。

曹南為喜沐神庥，一雨能消萬姓愁。
敢謂精誠昭感格，天人自古氣同流。

有渰淒淒起頌歌，隨車珠玉滿城多。
黃雲翠浪田家樂，到處耕鋤雨一蓑。

雨　夜

甘雨及時催稻花，隨風入夜點平沙。
東陂南陌通村路，割盡黃雲萬億家。

三伏炎氛鬱不開，陰雲含雨却低回。
徒嫌紈扇無風力，盼望雷聲送雨來。

雷聲忽送迎秋雨，洗盡炎蒸未覺遲。
靜夜涼風生爽氣，老人穩睡五更時。

清　貧

清貧一念永無差，自在安身即是家。
斗室不慚酣睡穩，焉知人世有榮華？

送　人

天涯相送難為別，況復情深憶故鄉。
珍重前程俱萬里，還期鳴鳳在朝陽。

柳

靈和殿下護春煙，想像風流二月天。
移向離亭分手處，依依青影落尊前。

即　景

雙飛燕子舞林塘，漫捲湘簾入畫堂。
賸有看花春興在，海棠吐艷欲生香。

莫愁湖

龍盤虎踞號神都，厭氣埋金枉自愚。
何似魚磯垂釣叟，一蓑煙雨莫愁湖。

清　閑

鶴髮蒼顔一老臣，炎天未暇息紅塵。
何時高臥幽窗北？得作清閑自在身。

貢院百日紅

託根不作柳藏鴉，獨秀嫣然映晚霞。
赤日晴曛顔色好，誤疑春醉海棠花。

夜　雨

一枕清凉減百憂，不知日影上簾鈎。
鐘聲驚破黃粱夢，空羨人間有莫愁。

殘紅宿雨帶輕風，點綴東籬花氣濃。
春意中含秋意在，何須零落始知空！

秋風應候滿林臯，晴日蒸紅映絳袍。
朝望山中雲影散，漁舟江上逐輕濤。

辛丑季夏三日

七十三齡歲月長，思歸未遂鬢如霜。
一生淡泊無憂懼，樂得清貧晚更香。

嘉惠廟禱雨

重掃雩壇更薦馨，精誠一念感千靈。
可憐億萬蒼生苦，引領滂沱應畢生。

紅　梅

一枝濃艷向春芳，醉入東風映曉妝。
不作桃花貪結子，託根到處有清香。

齋宿容臺歸夢

齋宮獨夜正思鄉，月色朧朧照玉堂。
魂夢不知歸路遠，臨風直到遂州陽。

思　鄉

鬱鬱無聊爲憶鄉，夜深歸夢到華陽。
相憐唯有川前月，不厭清貧照北堂。

沙　市

感事興懷一愴神，楚王勝跡等飆塵。
多情最是西江月，依舊清光送旅人。

再過荊州

楚水悠悠蕩月明，輕舠兩度暗傷情。
垂楊不解含哀意，依舊飛花點客程。

秋日感懷

潦倒鄉心此倍生，秋懷無處不傷情。
那堪薄暮孤舟裏，更聽蕭蕭夜雨聲！

下弦月

嫦娥昨夜罷紅妝，淡掃蛾眉朝玉皇。
擲却玉梳尋不見，西風吹罷碧天長。

桓侯廟

銅羅古渡蜀江東，多謝君侯賜順風。
愧我輕舟無一物，揚帆載石鎮空舸。

秋水封峽，蜀舫不得進，余禱於江神，是夜水退

黯淡關河嘆絕裾，滿江明月夜窗虛。
扶持全仗神功力，一夜水消三尺餘。

峽行苦雨

東川一路宿沙頭，曉夕江干雨未休。
莫道天公晴日少，恐將孤月照人愁。

筒　酒

水月松風相與清，江城濁酒復同傾。
醉眠好作還家夢，遮莫鄰雞報五更。

旅夜書感

天末城西古萬州，煙波無際碧雲愁。
三軍不作刀環夢，一夜鉦聲繞戍樓。

泊鳳凰灘

江光晶晶水雲輕，百丈灘頭月正明。
回首荆南人已遠，秋聲處處喚愁生。

石寶磯

平明別涘灑行舟，山自無情水自流。
薄暮鄉關何處是？滿天風月上江樓。

平都山

山光漠漠夜雲輕，仙井三更月正明。
一自方平乘鶴去，時人艷說有長生。

訪何羽聖不遇

涪江秋水碧雲空，霜葉楓林也自紅。
惘悵故人何處去？鈎深堂在月明中。

大渠夜泊口號

無邊落木送殘秋，愁聽寒濤急水流。
今夜不知何處宿，長江萬里一孤舟。

懷兩弟二首

瀟瀟風雨泊江干，吹落桃花滿地丹。
雁影悠悠雲外盡，思君何處倚欄干？

水國風生棣萼香，夜深微雨入船涼。
憶君遥在孤舟裏，愁聽渝州清漏長。

雲安道中

烏啼芳樹促飛花，麥隴青青曲徑斜。
夾岸松篁迷去路，炊煙起處有人家。

韓忠臣祠

秋夜澄江月正明，沙場燐火傍風生。
東流不盡忠魂恨，萬古潺潺皖水聲。

紀　夢[1]

昔年曾向帝城遊，孤負青山十二樓。
莫問桃源題詠處，風光依舊水東流。

宿舌口

青山面面欲相留，慚愧春風月下樓。
十里鶯花啼不住，片帆早已過沙頭。

旅店口占

晴光影落半荒臺，楊柳春深傍酒杯。
春色不知離別恨，山花依舊向人開。

題田家

一生受用是田家，弄月吟風傍水涯。
海燕雙飛看未足，綠楊深處有桃花。

大清河紀夢

魯國山河壯帝都，聲名文物重寰區。
大清爲兆千年瑞，留與興朝作識圖。

---

〔1〕　原注：癸巳正月三日。

襄縣旅館書壁

團團黃蓋照烏紗，夢入茅簷旅店家。
豈是客星通帝座，漫勞先兆報燈花。

白　雲

白雲遙望北風寒，詠罷黃花淚不乾。
長路關山千萬里，祇憑雁足報平安。

金　山

屹然砥柱在中流，爲障狂瀾不自由。
從此朝宗歸大海，清江皓月照行舟。

皋亭道中

青青陽柳弄輕柔，風惹鶯聲宿雨收。
三月皋亭山下路，桃花如錦滿汀洲。

雲　栖

流水高山夏日舒，蓮池曾此樂幽居。
斷橋碧澗清風嶺，天畍煙霞好結廬。

湖　上

六橋風雨透紅霞，一片笙簫傍水涯。
春到西湖偏可愛，綠陰深處有桃花。

曉行曲

匹馬翩翩趁曉行，關城曙色動高旌。
書生一紙安邊檄，能掃黃塵萬里清。

老親拜賜參

尚方珍品到人間，喜溢臣門舉首看。
咫尺天顏親拜賜，受恩逾重報恩難。

宿重興集

孤帆一片月輪高，又入中河泛暮濤。
今夜重興集下泊，鳳城銀漢首頻搔。

中元侍大人祭先妣

白髮嚴親捧祭觴，哀余無母淚沾裳。
爲憐患難同甘苦，未獲安居共一堂。

邳徐一帶雨暘時若，禾黍成熟，人民安業，中有高人栖遲，洵足樂也

穩臥閑窗不讓仙，開門禾黍滿莊前。
一犁時雨清涼夜，始信人間別有天。

觀河圖

五十餘年一老翁，不辭風雨在河工。
思親五夜心徒切，回首家園夢想中。

興福院乘涼

憑高四望豆花香，風送深林夏日涼。
靜坐片時消暑氣，人間此地即天堂。

銅奶奶廟河徙六里，化險為平，喜而賦之

河海咸呈清晏圖，銅工險汛獨愁予。
安瀾全仗神明力，大溜南移六里餘。

早起持籌集眾思，午時忽報大河移。
神靈感應昭今古，萬姓歡騰到處知。

朱家莊對岸引河

欲使吳莊水勢平，開渠引溜直東行。
神龍變化能驅水，仁聽河頭風雨聲。

徐州道中

萬戶晨炊見曉煙，農人共慶食爲天。
淮徐一路秋成好，燕子樓頭聽管絃。

奉聖寺古樹

古樹難爲大厦支，橫秋老氣亦神奇。
幾經風雨存貞幹，留與山門作護持。

高郵道中

九載勞心爲治河，櫛風沐雨靖洪波。
平成奏績民安樂，感戴堯天祝頌多。

津亭不忍聽驪歌，去住關情奈爾何。
回首淮南辛苦地，愴懷風雨淚痕多。

澄城道中

歸雲擁樹滿村陰，零雨濛濛馬跡深。
觸目黍苗將實穎，觀風莫負愛人心。

大寺椿花

四月椿花滿樹開，垂垂結菓向如來。
幾人解得南華意，只待陽回春自回。

潼　關

信馬垂鞭意自閑，遠青惟見少華山。
芃芃禾黍千村秀，始識黎氓處處安。

太白騎驢處

把酒臨風憶李公，詩豪才氣貫長虹。
薦賢爲國誰堪比，萬古風流感慨中。

寇萊公故里

太華間氣産萊公，青史曾傳社稷功。
我亦高山思仰止，樓臺無地與君同。

郭汾陽祠

唐室中興第一功，純忠千古數英雄。
當年不遇青蓮薦，空老華山草澤中。

趙城媧皇陵

尚有殘碑誌女皇，補天遺石說荒唐。
亭亭古柏千年物，老幹凌雲傲雪霜。

風陵河湧豈徒然，潼志楊文已共傳。
此地媧皇留古塚，誰將真偽問黃泉。

對　菊

籬畔芳心迥絕塵，韓公妙與菊傳神。
冰霜高節知難並，留贈蒼顏鐵面人。

水簾洞

飛波千尺瀉天風，點點珠璣灑碧空。
日午洞頭尋醉石，不知身在水晶宮。

思　親

思親到老更情深，偶讀邱詩得我心。
萬里路行經半載，一封書到值千金。

寄懷魏蔚州

山川間氣鍾英俊，司寇賢聲天下聞。
嘆息一毛離鳳穴，欲穿虎豹與爲群。

浣花溪

梵安隨世作低昂，月白風清花自香。
錦里至今推杜甫，誰知任氏舊山莊?〔1〕

盆　梅

玉兔園中梅早發，天風吹送到京華。
枝頭幾點香生座，漏泄春光是此花。

張欽閉關

誰守居庸百二關，張欽節義重如山。
丹心不放鑾輿出，三疏忠言勸駕還。

---

〔1〕任氏舊山莊：原注“梵安乃杜甫宅，崔寧妻任夫人居之，後捨爲寺”。

六月初三夜大雷雨

深夜無眠風雨聲，曉來猶見黑雲橫。
幽人一枕清凉夢，洗滌紅塵萬種情。

六月炎蒸舉扇勞，綠槐静夜捲風濤。
分明一枕及時雨，睡起不知紅日高。

余闕祠

山河破碎識忠臣，百代英靈廟祀新。
直爲綱常存萬古，芳流青史有傳人。

癸巳冬齋宿署中

風送鷄聲雜曙鐘，嚴宵寒氣滿齋宫。
陽生冬至子之半，一日光添一綫中。

歲寒草木凋零盡，獨有孤松映雪青。
天上栽培因篤厚，温温冬日照巖扃。

萬里駿[1]

畫圖出使指邊陲，萬里平沙匹馬隨。
今日軍回非辱命，金鞍神駿漢宫騎。

---

[1] 原注：出使俄羅斯名馬。

癸巳歲暮感懷

登第今逾四十年，舊遊漸覺少英賢。
歲寒惟有六君子[1]，鶴髮酡顏轉自憐。

三百人中最少年，頗思倔强步前賢。
今來圭角銷磨盡，夙夜傴僂玉殿前。

大羅天上榜開時，各折蟾宮桂一枝。
老去不堪回首憶，同朝白首更伊誰。

趙郎中宅碧桃盛開

碧桃雙樹倚簷生，坐愛風光眼倍明。
豈爲妝臺添喜氣，故將艷色媚春晴。

銓部藤花

忽見繁花綴碧枝，蒼然古幹不凡姿。
春風先到天官署，散作清香滿鳳池。

綵衣亭藤花

又覯花開傍小池，依然去歲介觴時。
今年獨作望雲客，寂寞清香飄晚颸。

---

〔1〕 六君子：原注“謂安溪、太倉、太宰、司農，崔、王兩卿貳”。

署前藤花盛開口占

紫蕊繁枝繞玉堂，春風乍拂動幽香。
挺然不變凌霜節，剩有清陰映夏凉。

雨後芍藥鮮妍可愛

夜雨溶溶點嫩黃，朝來淑氣媚紅妝。
薰風盡掃狂蜂蝶，獨倚朱欄一片香。

杏

董奉栽成滿樹黃，天中初熟得新嘗。
仙人更有延年術，不獨春芳泗水堂。

椿　花

香餘葉老惜春回，一樹繁英媚日開。
留許枝間如白晝，兒童錯認梨花來。

五十年前錦里花[1]，今來獨自憶京華。
大椿喜報八千歲，留與天朝國老家[2]。

---

〔1〕原注：曾於李宅見之。
〔2〕原注：大人去年居此，椿花開盛。

梅　花

老幹花開逗雪遲，芳心料得少人知。
商家有日求調鼎，好向絲綸閣下移。

經景州

雪净無塵夜氣清，春風先到廣川城。
人間漫説三眠柳，獨背寒燈聽漏聲。

奉使南行新城，逢元旦望闕行慶賀禮

玉階元日擁千官，拜舞朝天萬國歡。
仗節老臣心戀闕，每依北斗望長安。

甸臺遇長子北上

仗節南行復命遲，青燈孤影鬢如絲。
獨憐天上蛾眉月，偏照團圓三五時。

春度齊河已散寒，東風晴暖報平安。
行囊惜少胡威絹，父子關情制淚難。

萬里雲霄路不迷，鳳凰容彩異山雞。
羽衣還有將雛樂，阿閣巢成一處栖。

崛山古柏

遠山沿嶺自成林，歷歷嚴霜歲月深。
那解移情憐翠柳，春來不改歲寒心。

新春見梅花

亭亭吐艷作年芳，不畏青霜裊裊香。
陸凱不來誰贈遠，義山空自斷離腸。

人日過泰安

泰山福地逢人日，得意春風動彩毫。
莫訝巖巖多氣象，中臺望重本來高。

經齊河蔣節度寄春醪

東行那得酒如泉，擁被焚香夜未眠。
一盞芳醪春色老，談經猶自憶彭宣。

王祥故里[1]

當年預識三公貴，解道呂虔贈佩刀。
今日庾郎最年少，莫言草色妒青袍。

〔1〕原注：沂州。

楓　橋

閶門闤闠接楓橋，幾度經過水月遥。
今日重來憶張繼，暮煙疏雨草蕭蕭。

元　宵

元宵燈火九衢開，薰動陽和淑氣回。
今夜驛亭高處望，一橋明月照行臺。

輓總漕郎少司馬

寒盡春宵月正高，懷人新淚濺征袍。
轉漕此日需材急，風雨何人不憚勞。

行臺後園梅花雨後春寒尚未放香

雨肥紅綻尚含香，欲待東風透晚妝。
可要燒春承暖玉，一杯長對鬱金堂。

晴日梅花

風動梅花滿院香，先春獨自占年芳。
中天雨露承優渥，不信離人有斷腸。

尋芳無處醉流霞，獨夜空庭一樹花。
正憶遊春光福路，畫船簫鼓繞村斜。

駐節蘇臺夢見大人

仗節南行已仲春，天涯猶是未歸身。
姑蘇臺上清宵月，萬里西風夢老親。

開山井

百尺鑿山得石泉，世衡清澗美無前。
於今又見忠臣蹟，玉虎牽絲汲井還。

惜紫薇花

白露秋深雁影單，紫薇花剩兩枝殘。
多情未許風吹盡，留待來朝仔細看。

枇　杷

林香不畏荔枝欺，名品由來備四時。
茂苑城邊稱碩果，梵雲回首嘆歸遲。

蘇臺五日楝花香，東洞庭邊枇杷黃。
爲憶赤巖山下樹，空垂葉露在窮鄉。

椶竹杖[1]

聞道邛州生瑞竹，天然拄杖老翁持。
仙人九節今須得，直道猶存不用疑。

憶景洪宇先生

早年折桂帝城遊，不覩音容五十秋。
聞道君平多道術，清風明月自悠悠。

蘇州行館夢龐德吾先生

曾飲梨花酒一壺，當年徒步到皇都。
自言流落江湖久，寂寞人間一老夫。

萬里蘇臺入夢頻，生平義氣足通神。
魂歸雁塔春山綠，屈指靈泉第一人。

羊叔子故里

清德懸魚食報豐，誌傳折臂出三公。
芙蓉列障依然在，冷落荒煙蔓草中。

---

〔1〕 原注：墊江、銅梁川東皆有。

桃

爲想延年結愛深，瑤池獻壽重如金。
歲星歸去虛惆悵，可要移根到上林。

杏

忽見杏花開滿林，松醪相對灑煩襟。
曲江園裏神仙會，忍負青雲一片心。

小園花色媚春深，近砌初開應候新。
終笑朱陳千萬樹，題詩惟有姓蘇人。

良鄉十三屯雷雨

電繞雷驅捷有神，翛然一雨浥輕塵。
須臾霽月當空照，天祐蒼顏白髮人。

勞勞嘆

老氏修真儒踐形，俱從安穩得長生。
勞勞晝夜無停息，何暇崆峒問廣成[1]。

---

〔1〕　原注：十五日二更至四更未休。

饒陽道中思六飛

路出饒陽憶髯公，花封名在鶴琴空。
春風回首峨眉月，影落平羌江水中。

贈趙雲龍

曾是當年治水人，功高疏鑿亦愴神。
歸來白石蒼松下，海闊天空任養真。

河行紀異

扁舟黑夜黃河裏，履薄臨深更損神。
自有神明來助佑，不知身是險中人。

蘇州行臺夢見大人^[1]

行臺寂寞夜沉沉，白髮思親意念深。
歸夢家園天性樂，承顏猶是老人心。

黃鶴樓

辛氏樓前舊酒家，橘皮畫鶴足生涯。
子安一日乘雲去，檻外空餘白浪花。

---

〔1〕 原注：乙未四月廿八之夕。

吊故通判劉可聘

潼水棠陰尚滿林，除殘聲價重如金。
冥途應有秦臺鏡，照見憂民一片心。

大夫亦有刑於化，少婦猶能死故墟。
泉路悠悠何限恨，黃昏風雨夜啼烏。

夢傅太宰

紫薇爛縵露華濃，明月流輝兩地通。
征雁懷人秋水隔，夜來有夢逐西風。

紫薇花

綠陰深處夕陽斜，爛漫還開兩樹花。
晴日午風偏覺媚，紅霞一片落誰家？

大　文〔1〕

蹇蹇王臣昔著聞，立朝正色欲超群。
平生心事何能了？留得西湖一片雲。

---

〔1〕 原注：七月廿八辰入夢。

翠　鳥

一片空明水月光，碧梧紅樹映池塘。
銜魚翠鳥欄干立，也愛南園草閣涼。

蜀　事

雀喧斜日樹驚秋，綉軔雕鞍不自由。
誰是綸巾羽扇客，木牛流馬也生愁。

閏三月初八日，夢中仿佛南屏山下。大人衣冠如平日，安步前行。中間一使者，五叔隨其後。予訝使者何僭也？旁一人云：乃叔精靈，聞有諭祭，來同享。非在世凡體，使者未之見也。覺而悽然賦此

一盞黄封灌地香，精靈如在酌言嘗。
金莖玉露幽明重，罔極恩深淚萬行。

寂寞殘更燭影紅，天親相見樂無窮。
銅臺漏盡天將曙，覺後方知是夢中。

扶　筇

新得仙人九節杖，相扶欲上最高峰。
終焉未免兒童笑，何不山中作醉翁？

田　家

荷鋤隴上自相親，饁餉田家作苦人。
自有壺漿供笑語，新經靈雨浥輕塵。

禾黍芃芃願不違，銜泥燕子繞梁飛。
閨中少婦條桑去，携得盈筐趁早歸。

懷柔道中

環山雲霧鎖崔嵬，雨漲寒泉浸綠苔。
遠望平疇葱蒨色，新涼爽氣襲人來。

夫人七十壽

淡泊生平樂在中，榮膺冠帔自雍容。
兒童未識夫人貴，不改儒門布素風。

南湖水静夜無煙，開遍蓮花馥滿天。
未得移來將壽酒，舉頭遥望白雲邊。

兒孫幸有紹書香，雖乏田園也不妨。
但荷主恩許歸去，一帆同慶得還鄉。

江南別去十經春，老態年年白髮新。
回望故鄉歸不得，相思俱是夢中人。

宦情早已嘆飄蓬，那及江邊一釣翁。
五畝未營林下宅，不知何地傍雲松？

新開嶺白雲

深山雨後氣猶寒，拄杖登臨未覺難。
今日憑高無限意，白雲看罷倚欄干。

懷　歸

天心若欲解離傷，那怕江邊道路長。
指日西征飛報捷，主恩應許早還鄉。

一間房見山光

雨餘驛路净紅塵，月落風凉似早春。
忽見山光醒客眼，白雲深處更無人。

重經山店有感

曾憶黃花過水濱，兒童慣見往來頻。
青山繞舍依然在，迎客門前少一人。

讀孫冕七十詩有感

七十風光嘆轉蓬，應謀泉石作愚公。
莫將天下清閑福，一棹煙波讓釣翁。

碧　桃[1]

呼嵩祝壽萬人家，群坐經棚到日斜。
回憶十年人事改，空餘庭下碧桃花。

喜　雨

靈雨濛濛潤物深，三農早見遂歡心。
懸知南畝分秧處，陌上垂楊籠翠陰。

悼懋行

落雁階前月影深，如何掌上一珠沉。
精魂應悔迷真性，悽切萱堂白髮新。

祈穀壇陪祀[2]

萬里無雲天氣清，暖香繞殿日初明。
和平九奏來神聽，祥報豐年到鳳城。

---

〔1〕原注：經壇鄰家。
〔2〕原注：己亥六日。

走馬燈

燈月交輝照客衣，鈿車香騎走如飛。
吞花臥酒誰行樂，留住春光不放歸。

阿喜塞口

巴塘雲影日悠悠，黑水金沙繞塞流。
一夜悲風搖草樹，千山明月照江樓。

對藤花懷富太宰

白髮朝回入署中，藤花相映綠槐濃。
清香滿座同誰賞？人在雲山第幾峰？

丹心切切効精誠，大廈焉能獨力成。
試問銓曹誰共濟，山公啓事舊知名。

新正入朝

曙鐘初動正陽開，北闕晨趨劍珮來。
喜遇晴光迎暖日，紫薇佳氣映三臺。

通州道中大風

雞鳴戴月踏冰河，風起邊隅冷更多。
誰似山中高士臥？每從枕上聽樵歌。

和少司馬蔣雨亭駐節金沙江上原韻

金沙江上駐高旌，慷慨臨戎報國情。
一掃煙塵應計日，歡聲萬里奏清平。

增竈量沙此日稀，騰歡軍士不言饑。
須知上將抒奇策，獻捷金門有賜衣。

歲暮憶子

關塞風霜拂曙袍，馬前唯見雪風高。
男兒到此心偏壯，勿負人中一世豪。

凱　歌

先取巴塘向北行，軍威直到藏王城。
雪山回首低如屋，喜見荒原春草生。

皮船也自渡江河，得勝連營盡凱歌。
欲挽銀河天上水，從教西去作恩波。

囊橐餱糧載滿車，飽騰士馬盡歡娛。
弨弓仰視雲中雁，露布同時寄捷書。

旗隊紛如錦綉堆，銀鞍金甲抗聲回。
天風净掃西河路，早向金門獻捷來。

合州冷泉

碧山緑樹隱雲端，兩派泉分旱不乾。
寂寞金魚遊泳處，無人知道此寒泉。

懷劉了庵先生

當時遺筆在温泉，蘚跡碑痕亦可憐。
惆悵無人爲拂拭，雨香雲淡自年年。

空見巴山渝水長，舟人指點是公鄉。
更看萬仞煙霞外，緑樹紅花照夕陽。

又題温泉

獨尋春色上高臺，鳥語花香淑氣回。
洗盡人間無垢體，滿天風雨一時來。

官濺溪

碧山重疊暗青雲，風送禽聲入耳聞。
溪上楊花飛似雪，扁舟一葉趁斜曛。

修竹深林繞徑迷，馬遲路滑怯春泥。
行人憔悴無寧處，却恐寒山日向西。

綠樹紅花伴紫蘿，白雲無奈別離何。
可憐衣帶盈盈水，從此含愁日更多。

慶元山

他日歸來第四臺，獨尋春色幾徘徊。
五文錦上分明見，好向觀音瓶內開。

暮春歸赤巖舊居

白首還鄉故舊稀，桃花落盡李花飛。
玉屏山下森森柏，不改清陰待我歸。

壬戌春，余同二三兩弟侍先大人遊大佛寺，見席文襄公及虛山送季弟海山謫判彝陵詩。今遵旨假滿還京，重經此地，撫今追昔，不勝感愴。次石壁元韻

苦憶靈椿老樹花，脊令逐隊舞晴沙。
今來勝跡無尋處，惟見飛鴻帶落霞。

漁 磯

茅屋鷄鳴莫厭聽，籬邊風静落花輕。
一竿煙雨蒼苔濕，好向漁磯穩處行。

舟次華容界夢見趙司農

何事舟行夢見君，依依猶似附青雲。
醒來却是華容路，流到金山水自分。

賜金莊先太傅公舊宅，白首歸來瞻望，白雲渺渺，音容不可復識，不勝感愴

今朝何幸識漁磯，多感君恩暫許歸。
他日山靈應笑我，又承寵命入黄扉。

交河蓮窩偶題

高閣清凉堪避暑，風吹香氣襲人衣。
蔭麻坐愛深林好，倦鳥依人不欲飛。

牛欄山

嵐光倒影落清潯，流出雙峰直至今。
漫説金牛遺古跡，空教人向洞中尋。

金牛古洞杳難尋，野水孤舟傍柳陰。
六月火雲揮汗日，不堪來此聽龍吟。

人 日

人日晴和泰運逢，白頭官舍又春風。
梅花雪裏香常在，一氣渾然造化中。

春日重遊靈泉寺

杏花時雨浥輕塵，馬踏春泥不厭貧。
如意歸來如意去，暫於林下作閑人。

雍正甲辰二月十五日遵旨回京

風雨初晴二月天，行旌又上峽中船。
誰憐白髮蒼顏叟，來往紅塵路八千。

速還黃閣承恩重，凛凛天顏咫尺前。
雲水茫茫三峽路，敢扶筇杖再朝天。

合州縉雲温泉

古原幽徑掩莓苔，不見樓船簫鼓來。
今日山靈開霽色，温泉池上濯纓回。

五言絕句

輞川桂花

舊移月裏樹，鬱鬱傍層城。
池上秋風發，清香滿座生。

嚴子陵

聞道嚴灘水，溶溶七里清。
可憐江上月，偏照釣臺明。

己亥除夕夢中得句

報國心思切，年衰不自由。
欲知萬里路，天際一歸舟。

清明雨

清明雨應時，大地報春知。
陌頭楊柳綠，却待曉風吹。

對司古槐

千秋孤幹在，古木比貞臣。
飽歷風霜苦，全生天地仁。

水仙花

一片芳心異，含香向早春。
與梅能傲雪，先伴歲華新。

夢　中

隔岸高原迥，荒田一葉秋。
往來俱未定，疑是夢中遊。

巫　山

地有天然美，巫山十二峰。
誰能遊覽遍？月引度深松。

古體詩

館中讀書言志

聖主方右文，遴選重館閣。
榮哉白玉堂，清禁聞鈴索。
愧予草茅姿，學淺年猶弱。
吹竽濫木天，豈云縻好爵。
幸讀中秘書，青藜每灼灼。
鳳儀當聖朝，誰不鳴且躍。
同官共切磋，梓材加丹臒。
竊喜蓬生麻，敢曰雞群鶴。
問予何所志，所志殊落落。
誠意與正心，寧靜甘淡泊。
亦知與俗違，實乃中心樂。
上不負朝廷，不不負所學。
恥與肉食鄙，易我藜與藿。
松柏畏爭妍，圭璋豈雕鑿。
浩然俯仰間，不愧亦不怍。
願言觀太虛，春風滿寥廓。

送張簣山學士還里

清河賢學士，大雅衆所稱。
南宮拔第一，燦燦垂元燈。
講學績微言，道統關廢興。
又復秉亮節，意氣常崚嶒。
寧爲董彊項，不作蘇模棱。
一朝犯顏諫，夫豈伴食能。
邱壑本素志，長嘯歸廬陵。
輕裝不盈輛，躡屩且擔簦。

此心何所似，譬乃玉壺冰。
元首今稱聖，終當念股肱。

漢川歌

去歲赴江東，今年過湖北。
飄飄柳絮飛，何似浮萍客。
終天恨何深，異地難爲別。
負米與絕裾，賢豪同悅惜。
忽驚春草芳，啼盡子規血。

集蓼篇

庚申蜀道通，音書報貞吉。
張子戀庭闈，陳情問家室。
維時開滇南，旌旗蔽白日。
朝廷正需才，未許歸蓬蓽。
瞻雲懷屺岵，出入惟銜恤。
啓處不敢康，中心如有失。
閉戶對聖賢，津梁更絕跡。
東南民力竭，財賦屢密勿。
移余督學使，易以蘇州缺。
天子重守土，宸章出玉闕。
微才典劇郡，憂懼何時畢。
單車出帝里，一鶴逐清瑟。
舟過濟灘上，饑民半啼血。
慘慘高寶地，田廬俱漸滅。
暴關復重重，盡是虎豹窟。
孛星入吳分，洪水瀕蕩潏。
賦疲災害並，我聞心慘裂。
憂時崇澹泊，去弊戒覆轍。
清風動四野，遠邇民大悅。
功令急催科，醫瘡肉戰慄。

民貧如鵲面，官昏似黑漆。
治蘇豈無術，所貴得其實。
減賦選循吏，三策良不拙。
慈烏啼幕府，蓼莪篇竟没。
我心如刀割，何日到天末。
白馬辭黃幄，素車走巖穴。
蒼茫奔德陽，寒冰刺徹骨。
攀轅泣吳市，制撫資行楫。
飄飄一葉舟，囊橐無長物。
萬里山川險，愁聽盡白髮。
我行復乏資，憂深心如結。
慟哭江天迥，悲風共憂咽。
陰雲慘不舒，紛紛六出雪。
童僕不見親，怨貧非裋褐。
嬌兒對面啼，惴惴寒風冽。
除夕涉波濤，獻歲馬當驛。
村醪薦祀事，野梅堪把折。
慘澹情懷惡，風雨中夜發。
人生豈鐵石，寧不悽且切。
元宵抵鄂渚，魚龍江上別。
聞說鄒長倩，荊南方駐節。
白舫乘往返，寧憚江湖闊。
雲安天色改，赤甲妖氛豁。
捷音西北來，真欲忘飢渴。
挈宅歸田里，免受亂離聒。
云何夏水壯，鳥飛不可越。
龍山仍羈旅，極目高崒屼。
清名適自娛，憔悴幾愁絶。
緬懷庚子孝，澄潭照秋月。
荒凉白禪寺，寂寞居廬闥。
鼙鼓聲方静，城邑固騷屑。
邱陵應有神，喬木勿見伐。
哀哀憚人意，艱苦難備述。

赤壁古風

高陵不可陟，極目霸圖消。
春濤撼塔影，鼓枻過山椒。
悲風東北起，赤壁自蕭條。
妒殺周郎魂，飄飄不可招。
朝看沙鳥耋，夜聽鬼神憀。
戰場等野土，歌哭任漁樵。

白雲篇

五月榴花開欲然，邊方舉鼓靖烽煙。
憔悴王孫歸興發，夢魂飛越白雲巔。
白雲漠漠拂石城，含哀遊子易傷情。
傷情江上風潮壯，腸斷雲山萬里程。
眼看一春花鳥去，綠水蕩漾歸何處？
仰天大叫驚神明，陰風凄切聲相助。
鳥悲花自落，行人爲辛酸。
百年有恨憑誰訴，況復崎嶇行路難。
四知楊震清修苦，一鶴趙公徹骨寒。
此際熊丸那堪嚼，寫憂惟應金罍酌。
嗟哉人世大炎涼，俯仰天光始寥廓。
麥舟贈，雪夜訪，千秋意氣凌霄上。
誰道英雄辱泥塗，竟隨砂石委草莽。
鳳飛千仞碧梧栖，腹心自張公侯綱。
夷齊清風首陽高，生在商周空勞勞。
太真絕裾悲今古，元直忠孝凌蕭曹。
吾將歸去承菽水，舞綵斑斕學此老。
君不見，女媧鍊石補天工，撑拄周山使不倒。

卷 七

雜　記

　　公少讀書赤巖精舍。環舍皆山，極其幽異，四時佳景，靜觀自得。顏氏之簞瓢，袁安之臥雪，處之晏如也。唐李嘉詩云："萬卷常開帙，千峰不閉門。"先生況味似之。於是，晝則授徒講學，孜孜不倦；夜則青燈黃卷，晤對聖賢。喟然嘆曰："不義之富貴，我得志弗爲。孟子，真我師也。孔子曰：'君子喻於義，小人喻於利。'孟子曰：'雞鳴而起，孳孳爲善者，舜之徒也；孳孳爲利者，蹠之徒也。'是義利兩途，乃吾儒聖狂之關、誠僞之界。"有志於學者，辨之不可不早也。辨之如何，在於窮理，以致知篤，實以力行而已。《易》曰："顏子有不善未嘗弗知，知之未嘗復行。"必如此，乃可謂真知真行。苟知而不行，猶弗知也。先生由是聞一善言，見一善行，取其超卓者，筆之於書，以之致知，以之勵行，著有《信陽子卓録》。求端用力上、用力下，修己治人上、治人下，觀聖賢，辨異端，凡八卷。

　　館課，格物致知。論其大略云，司馬君實謂物爲外物，而去之，則涉於虛；朱子謂即凡天下之物，而窮之，則病其繁。此即物有本末之物。格其物之本者，而物之末自治矣。如顏子克己而"三月不違仁"、曾子"三省吾身"，而唯一貫之傳是也。故程子書"致知在格物"，則所謂本也、始也。治天下、國家，必本諸身。其身不正，而能治天下、國家者無之。格，猶窮也；物，猶理也。猶曰："窮其理而已。"程子之言豈欺我哉？

　　上遣學喇沙里，召見於懋勤殿，天顏開霽，垂問殷勤。命書、賜坐、賜茶，御賜太液鮮鯉，因素重先生人品，故以郎官得邀殊賞。其爲順天鄉試同考官，取《春秋》士王瑞、喬文錦、董佩笈及繡尹澍、邵宏魁、馮保住、代乂、汪養純、張其祚。其爲會試同考官，取《禮記》士王吉武、汪霖、何喬雲、李華之、張榕端、裘充美、陳溶沈、曾頤、徐必遴、王雲鳳、高遐昌、陸賓、黃圖昌、劉炯保、民石禄、齊體物等十六人。其爲武會試同考官，取邢簡、駱儼、紀之慧、趙連璧、徐超、梁堂珊等三十八人。其閱廷試貢卷於朝房，取楊兆億、洪品等若干人。

　　銓補江南學道，尋奉旨簡知蘇州府事。蘇郡政繁賦重，最號難治。上以先生賢能，故有是命。郡守出自特簡，本朝所僅見也。膺命後，有奏除浮糧、保舉循吏、請寬考成等疏，不果上。秋七月赴任蘇州，徐公健庵、葉公訒庵餞先生於都門外，葉於席間促徐作送別詩，徐誦白香山"登第昔年同座主，題詩今日作州民"之句以贈先生，葉贊其恰合。

　　知兗州府事，以六事率屬：一澄清吏治，二懲創胥役，三嚴察逃人，四清釐保甲，五端士習，六靖盜源。初，大賈葉有才失盜於東阿，捕役周世遜唆有才僞指張景昭、張保賞、張二瞎子、張英、郭棟宇五人爲盜。東阿令及前守刑訊之，不勝拷掠，業誣服，而贓未獲。先生撿案至此，心疑之，爲之緩其罪，後獲真盜，搜贓有據，景昭等始得脱。郯人王之範失盜，捕役誣執蘇賓甫於官。賓甫畏刑，妄扳王汗宰等多人，令具獄。先生察其情可異，欲訊未得間也。姑禁之逾數月，會真盜被擒，賓甫等六人乃得生。又蔣民鳳者，向傭工於王養秀家。窺其有米，迫於飢寒，遂挽鍾虎山等乘夜攫取之，令已作盜論。先生矜其情，僅以竊斷之。沂州王廷秀有一妻賈、一妾李。而李擅專房之寵，賈素銜之。無何，秀死。賈遂嫁李於娼家，分散其子女，亦慘酷矣。李隨以欺奸事控嫡子，立極必欲置之死地，不更毒乎？東充李觀察遽坐立極，奸狀獄成。適徐撫軍新涖任，駁令先生覆勘細鞫之。知李以立極爲賈之愛子不誣，以奸不足以殺之。必殺嫡子，賈仇始報。觀察心服，遂釋立極，而差等賈李之罪。

鄒民宋某嫌其婿貧，遂匿女於濟寧次婿之家，將他適，婿尚未之知也。比來逆女已失所在，因倉皇奔控於轅隨令。鄒民夫婦對簿云：「已賣兵船，不知何往矣！」先生察得女所匿處，次早召之至，命鄒夫婦視之，曰：「此非若女耶？」宋服厥辜而歸女於其婿。闔郡驚以爲神。

先是兩江督臣員缺，吏部依例以楚撫開列。至十六日，奉上諭，內外官員有操守清潔、才具優長可繼于成龍者，各舉所知以聞。於是，尚書梁公清標、宋公德宜、沙公澄、李公之芳、魏公象樞、杜公臻，總憲余公國柱，暨侍郎、詹事、科道等合詞舉先生。及直撫格爾古德，郎中蘇赫、范承勳，僉事趙崙，知府崔華，知縣陸隴其疏上留中。

山東巡撫徐公特薦先生廉潔持身，勤慎敷政，允稱表率，臚其最績凡十一條，以聞於朝。疏略云：本官冰蘗自持；凡一切餽遺陋規，嚴行禁革；本官正己率屬，實心行政，不時嚴飭有司，凡徵收錢糧不許加收火耗；本官督催二十七屬錢糧並不差擾，皆歲內依限全完；本官值南北交衢，政事煩冗，日夜殫心盡力，勤勞稱職；本官聽訟公明，是非立剖，兩造悅服，郡無冤民；本官督修河工，堤岸堅固，河道深通，並督催河銀，依限全完，河柳、茼麻等項及時運赴，河上有濟，急需革除積弊並不擾民；本官考試童生，遵照部頒條例遴拔真才，凡孤寒皆獲登進之路；本官飭屬嚴行保甲，盜賊潛踪；本官興行教化，每月朔望，宣揚條例並飭各屬遵行不息，士民感悟風俗還淳；本官捐俸修葺學宮，煥然聿新，時勉勵各學教官訓課士子勤學敦行，多士奮興，文風丕振；本官賦性澹泊，日用蔬菜皆見發價值，並無剋扣，商賈輻輳。徐公諱旭齡，字元文，號敬庵，乙未進士，浙江杭州人。

聖駕南巡，恭迎於東郊，先生次大僚，俯伏道左嵩呼。禮畢，上命乘馬扈蹕，列閣臣前，蓋異數也。敕與閣臣議周公祀典。十八日，車駕過闕里，隨至曲阜城東，召見行在，鴻臚卿引朝，甫出未至邸。上遣侍衛喇爾、太中書開齊禮引至。上前問：「汝年幾何？」對曰：「臣年三十七歲。」問：「居何處？」對曰：「臣籍四川。」問：「是嘉定縣否？」對曰：「臣是遂寧。」問：「屬何府？」對曰：「屬直隸潼川州，非府轄。」問：「充郡年歲如何？」對曰：「荷皇上洪福，充郡年歲豐稔，民生樂業。」問：「地方安靜否？」對曰：「安靜。」問：「清書猶記得否？」對曰：「清書臣猶能記憶。」問：「清話會說麼？」對曰：「臣久爲外吏，清話無人對說，雖猶記得，但恐說的不能中節。」問：「汝父母在否？」對曰：「臣父見存。」問：「汝父係何官？」對曰：「臣父蒙上恩，誥封刑部員外郎加一級。"問："汝兄弟有做官的麼?"對曰："臣有兩弟,俱係生員,尚未出仕。"問："汝比前何清癯耶?"對曰："臣爲外官,每事自辦,不覺勞苦。"問："張獻忠亂時,爾在何處?"對曰："維時臣尚未生,臣父避亂深山未及於難。"問："汝還不曾去赴任麼?"對曰："臣蒙上恩,陞河東運使,恭遇皇上東巡,千載奇逢,迎接後方敢赴任。"上曰："這個是。"命喇侍衛送出行宮,及回寓已漏下二鼓矣。次日黎明,上服補服親祀先師,行三跪九叩禮,先生陪祀焉。祀畢,扈從瞻仰先聖及四配儀容,縱觀檜樹古碑,會駕幸孔林,先生先驅回金口壩恭接。上還行宮,上諭乘馬隨駕,即偕大學士明馳至上前,詔馬首近前者,三問："百姓都好麼?"對曰："百姓都好。"將入郡,問："此是何門?"對曰："是東門。"俄望石坊巋然,問："石坊是誰家的?"對曰："是范廷弼的。"問："如何有兩座?"對曰："范廷弼、范叔泰父子二人。"問："是何官?是進士否?"對曰："明季進士,官給事中。"比至坊前,上按轡諦視,問："有後人麼?"對曰："有一生員。"問："城內有鄉紳麼?"對曰："本朝有一進士徐既同。至於舉人,三十年來缺科,今歲甲子纏中一杜蘊璣。"問："有古跡麼?"對曰："有杜甫臺,即古南樓也,唐人杜甫省父於此賦詩。又有顏淵陋巷在焉。"上曰："是一簞食瓢飲之顏淵耶?"對曰："是。"問："城外有古跡否?"對曰："無之。"問："距運河若干里?"對曰："六十里,即濟寧州地方。"問："汝至其地否?"對曰："臣曾至其處。"問："濟南府到過否?"對曰："到過。"上曰："兗郡荒凉不及濟南遠矣。"問："爾說話不似四川語音。"對曰："臣蒙恩選入翰林教習清書,故聲音少改。"又問："此地有明季進士麼?"對曰："無有。"問："有通古學秀才否?"對曰："山左士子專習時文,讀古書者不多見。"過廢王城,問："是何坊?"對曰："是魯王建坊其中,即魯王廢城。"問："府署在何處?"對曰："前面即是。"問："汝習何經?"對曰："習《詩經》。"過府前,問："是何衙門?"對曰："是知府衙門。"問："參將衙門在何處?"對曰："在東北角。"隨出西門,上命暫退。十九日,西郊送駕。爲山東武鄉試正主考,取王琦等六十人。

釋冤民邱世榮等,凡六案,先生總以察覆盆爲守郡要務。一、平陰稚子邱小三死於非命。邑令執訊里鄰世榮與焉。因其父宗堯有嘆息聲,遂疑世榮。令驗治,誣服律以故殺。先生觀爰書,嘆曰："此非信獄也,小三十齡非雞奸之時。世榮妻妾三人,傸居一室,青天白日,非行奸之地。且比鄰而居,果小三詈罵不從,則茅檐蓽屋並不深邃,豈不聲聞於外耶?"罪疑惟輕,姑保釋世榮而細訪真兇。二、曹氏孫衝斗被奪,誣指李進奉。先生察其非罪,釋之。三、部發重犯王三解浙,與王倫偕行。途中以倫換三至浙,供調換者沂州解役,及奉部文研審。先生細察調換情由,應在前塗,與沂無涉。後江督檄查,果係於北直清河地方,沂州兵役乃釋。四、總河差官張志遠宿梁欽店中,夜被藥迷,失行囊,遂執欽於官。淮揚道批府案究,歷三年而未得其情,河憲檄究府,照強盜律擬。先生歷陳其可疑狀,往復數四,乃得減杖。五、東平人侯大經因倱媳解氏孤嫠並其女進姐、貴姐處於其家。外戚解克璣不悅,流言交攻,遂致解氏母女互訐。李僉事經東平案,驗侯小全奸進姐是真,具獄以聞於撫軍批令。先生覆勘,思小全係進姐之叔,事果真,則傷風化,虛則有玷此女終身名節。因令穩婆同其母驗視之,渾然一完璧處子也。事乃白，而小全等以釋。六、劉新宇者，魚臺之捕役也，與其婿士文謀黄恩房産未得，乘他人失盜，遂威協駱善景安首恩爲盜復[1]。

自兖郡曉發，過御橋。父老子弟俱進酒，歌南北曲一套以餞。其曲曰：

【新水令】喜神君得遇聖明時，洙泗濱失了杜母。看壺漿今日獻祝，雨露再來麽？只恐鳴珂股肱良，竟入居青瑣。我等兖城紳士商民是也。念我郡疊罹災荒，小民疾苦，莫爲撫字，幸遇張大老爺，本貫四川潼川遂寧縣人，中庚戌進士，由庶常部郎出守吾兖。上體朝廷，下悉民隱。清正持己，不受屬官一文；仁慈馭衆，不取閭閻一物。闔屬鼓舞，共謂古今所未有。不意治方一載，擢任河東，攀轅無路，卧轍難留。今當起程之日，聊具水酒一杯，輿歌一曲，乞留遺愛，以誌不忘耳。他日倘得大老爺再來，則吾民之幸也。

【步步嬌】頌德歌功非輕瑣，績比漁陽過，恩深似大河。感極生悲，不禁淚墮。無從借寇來，且作扳輿卧。

【折桂令】想當初福星一路，道不拾遺，夜不閉户，親課農桑。栽培庠序，絶無賄賂。這異政升聞黼座，丹詔下建節司鹺。

【江兒水】還勝龔黄輩，今將去似梭，後來誰個勤恩我？拜祝蒼蒼須默助。俾吾鄒魯陽春布，教養惠施黎庶。多士臣工，偏奪我使君一個！

【雁兒落帶得勝令】看街頭綵結多，鬧耳底笙簫過。望行旌，眼漸迷。欲瞻仰，把音容塑。任百計，總難留，怎打得愁城破？雙眉緺似鎖，如何教萬姓真無措？天嚨！快還我賢父母。

【僥僥令】分難排帝闕，人盡念彌陀，叩七寶蓮花座。早開府，安撫我。收江南呀，皇仁天下盡包羅。這河東路，應沐恩波。就樹甘棠，奈迅速抛東魯，户祝家尸，户祝家尸，忙將德政倩文人譜。

【園林好】當日個，竹馬迎多；今日裏，山叟奔波。携鳩杖，一文送别咸離却，考槃阿齊，叩首涕滂沱。

【沽美酒帶太平令】况當初，録文科；更後來，典試科。玉尺冰壺作楷模。因士爲民首，特加意搜羅。更百姓群歌來，暮看猛虎，早渡齊河。不禁的衢歌巷舞，待頌揚勒石嵯峨。俺呵，共追隨，向前道左。呀！那曉得同心人夥。

【尾聲】看起來惟有清官好，朝野公評豈舛訛？從今後，萬載千年頌不磨。歌畢，士庶環跪而泣，吏胥亦聲淚俱下。先生顧而凄然，亦不禁涕泗之横集焉。

與少司馬石公議除督捕三弊。督捕，本朝特設之官也。一、凡堂上恤有司功名、憫小民身家從寬完結者，嚴禁司胥毋得從旁竊掠，以致在外指騙。二、北直、山東附近州縣，預將逃人情事託囑官吏者，察出加等議處。三、司務收文每故意遲延，致滋弊竇，嗣後須令廳官親身收訖。即刻呈堂檢閲、掣籤、批發各司，批回亦令廳官驗發，以去勒索之弊。石公深以爲然，即飭滿漢司官照議遵行。

偕熊蔚懷讌集談岱記：熊以先生曾守兖郡，問彼地不已。先生曰：“語云‘安若泰

---

[1] 原注：栽贓於其室，魚令具獄。先生察其誣乃釋恩而罪新宇焉。

山，危如累卵'，累卵者，嶧山古名也。其山積石玲瓏，遠望如傾囊狀，若可危故耳。又憶曩在河東，見酒甕巨身細頸小口，始悟韓信木罌而渡者。惟罌細頸，方可架木而渡，若南方京師之甕，豈可渡哉？噫！格物而不身歷其境，皆臆説也。"熊服其論。

與王嶽生先生、許西山侍御論元儒理學。是時，方尚宋學。王語許曰："理學多在中州，如明初有曹月川，爲薛文清之首唱。"先生曰："曹月川，真豪傑之士。當元季理學不講之後，而能特立獨行，以開明初風氣之先，關繫吾道絶續，其功不小。其解西銘通書最簡明，如云無極而太極，謂無可明言之極乃太極也。"西山曰："元之許魯齋是亦理學也。"先生答云："邱瓊山以魯齋曾爲宋進士，獨不取之，若劉静修則稱理學矣。"王公嶽生問於先生曰："成王賜周公天子禮樂，有諸？"先生曰："程子已與王安石辨之晰矣。安石謂周公有非常之功，應有非常之賜。程子云：'曾參之孝，孟子謂事親若曾子可矣。以孝，是人子分内事，何得謂非常之功？'"王因曰："果無賜天子禮樂事，觀《魯頌》無祀周公樂歌而止載僖公諸什，則魯之僭出於後。故孔子曰'禘自既灌而往者，吾不欲觀之矣。'"王公又問曰："夏時冠周月，曾質疑於顧亭林不能決，後閲《王陽明集》，且謂時月俱改，此何以辨之？"先生曰："以夏是冠周月是謂悖周，若時月俱改，則以冬爲春，以秋爲冬矣。《春秋》何以書'六月不雨'，冬無水惟六月應雨，而冬宜冰。可知時月未嘗改。善哉！楊用修之言曰'周建子爲歲首，以是月爲元旦'。行朝覲會同之禮耳。農時乃依四時之序，此通論也。至《豳風·七月》諸章，時月俱合夏時，乃周公述大王時事耳。宋儒不察，或拘七月之什，或執十月之交，或泥孟子七八月之間旱，紛紛聚訟，奚益哉！"

與湯潛庵談日講經義及下河工程。先生之學體用兼備，湯公至談及日講"闇闇如也"句，先生云："闇闇，和悦而静之意，今訛爲'静'字。夫静，則和而不流，妙正在此。若'静'則有何意味？"湯又問："下河工程可能成否？"答云："皇上軫念淮揚民生昏墊，亟欲登之衽席，仁心自可格天，倘得公忠之臣，本至誠以奉職，不用一私人，不侵一文錢。奏銷到部，不需索勒掯以致掣肘，則河工何患不成？否則不可知矣。"湯因點首云："水必歸海，開下河以入海，實有益於上河，而靳輔必欲阻撓，將來自有衝決，當遭譴責也。"

上賜廷臣宴，時二十六年也。先生年三十九歲，元旦入朝。先生以兵部隨正紅旗第三棚，得紅梨四枚、黄梨一、酥餅一、柑子七，携歸敬薦祖宗於邸。又以光禄公在籍未嘗君食，西望拜獻，然後敢食，且以梨一枚賜家衆，亦令九叩而均分食之。

時會推河南臬司，吏部擬二人以奏，均不稱旨。上云："如張某者居官甚優，前在兗州府，操守更好。人臣必品行端方，操守廉潔，斯爲足尚。"

湯潛庵先生來會御試。"天有四府，聖人有四府"，其説出邵子《皇極經世》書。天有四府，謂春、夏、秋、冬；聖人有四府，謂《易象》《詩》《書》《春秋》。邵子以經配四時，湯先生云："邵子書如云'皇帝王霸鳥獸草木'，原未易解。余亦就素所學者陳之耳。"先生答曰："春夏秋冬，天之時也，氣爲之行也；《易》《詩》《書》《春秋》，聖人之言也，心之聲也。聖人之心，正天地之心，亦正聖人之氣。順，則天地之氣亦順。天，以氣感人，以心通其道，一而已矣。君子致中和而天地位，高宗恭默思道而帝賚良弼，天人相與之際，呼吸可通，一誠爲之也。邵子曰'天以時授人，聖人以經法天'，其意甚當。至謂觀於春而知易之所存云云，似屬附會刪書，斷自二帝，《詩》與《春秋》皆在周家未有三經之先，獨無夏秋冬乎？"湯先生深以爲然。

與王嶽生先生論王新建良知之學。王問："王陽明之學何如？而謗之者謂其近於禪。"先生曰："陽明四句教法，無善無惡，心之體有善有惡。意之動，知善知惡，是良知；爲善去惡，是格物。其弟子王龍谿則流而入於禪矣。"王又問三教異同，先生曰："古來闢佛者衆矣，惟蘇子由之論爲最確。其言曰'佛之道與吾儒之道同也'，而闢之者必謂其異，'佛之教與吾儒之教異也'，而佞之者必謂其同。此中異同之故，只因初起時略差些子故也。"王又問："陽明攻朱子，朱子亦有不是處否？"先生曰："朱子是處多，非處少。學者亦學其是而已矣，若自己未到朱子地位，而輒敢議其非者，不知量也。竊怪今之學者不務爲己之學，專好談朱陸異同，分門立戶，是何異同室操戈？"王曰："然！"

判旗丁鍾直之女歸民。鍾直未投旗之先，有一女許配民間，因其幼，同挈至旗。後已及笄，伊主欲留之，婿鳴於官。先生斷令歸民，婚配婿，挈其女歡忻叩謝而去。

偕徐嘉炎尚論古人。徐問："王陽明何如？"先生曰："古人都各有是處。"又問："陽明四無之説，今人多議之？"先生曰："上天之載，無聲無臭。《易》云'繼之者，善也'，陽明無善無惡，心之體，豈妄言哉？"問："文中子何如人？"先生曰："論人當觀其世。六朝喪亂之後，上無禮，下無學。文中子以英發之年，挺然以聖賢之學爲己任，真豪傑之士也。且興唐之佐如魏徵、房杜輩皆出其門。年僅三十有六而道行河汾，名垂後世，洵非後世人所可及者。"又謂："漢之經學無如揚子雲，而朱子以莽大夫少之，何也？"先生曰："自孔孟而後，明易數者，漢推子雲，宋儒程子、邵子皆取之，朱子書以莽大夫。至明洪武間，遂黜其祀，此子雲遭時之不淑也。"徐又問："葉子吉先生嘗言，孔明不如伊尹至尊，斷以易地則皆然，信然乎？"先生謂："伊尹耕莘野，孔明隱隆中，其處同也。湯三聘，劉三顧，其出同也。輔昭烈以紹正統，與相湯以王天下，奚異哉？至於地有偏全，事有成敗，時也！易地皆然，大哉言乎！"又問："古人有體者俱有大用否？"先生曰："古人有全體必有大用，如戰國之孟子、荀卿，宋之朱子俱有作用，惜當時不能用耳！"徐曰："葉子吉、魏環溪洵當世賢者。余嘗物色時賢於魏公前，魏公首推先生，信不誣也。"先生遜謝不敏焉。

徐孟樞《誦鬼詩》云："仕路無媒君莫悲，憑欄看取牡丹枝。姚黃魏紫俱零落，能得春風有幾時？"先生聞之曰："富貴利達當如是觀，是亦救世清凉散也。"

判趙沛生夫婦歸於一。趙棄妻於前主之家，而別投其主。事覺到部，司議分拆夫婦各歸其主。先生不許，令夫婦併歸前主。而後主則追趙之身價給還之。司官云："近有議拆之案？"先生曰："無之。前曾有一案，夫賣旗下而妻在民家，故余將其夫斷旗而不及其妻，至欲完娶，則聽其自便。與此案事不相侔，及檢視果然。"

上特召至殿上，問《易解》異同，時熊孝感、李安溪論易理頗有異同。上問先生孰是，對曰："臣學問疏淺，未能窺易道之精微。平日所學，但遵朱子章句，未嘗敢臆爲發明也。至於熊、李二臣之論斷，據臣愚見度之，熊講聖人借數以明理，因理以立數，言簡而意明，其説似較是。"

時有毀東坡爲賊者。先生曰："孔子乃萬世儒道之宗，尚稱老子曰'吾見老子，其猶龍乎！'"又曰："吾之於人也，誰毀誰譽？今之學者，專好訾議古人，是與塚中枯骨打仗。欲殺之，彼不知痛；毒詈之，彼不知辱。若有真本事，何不與活人打仗？如郭御史這樣方是一條好漢子。"郭公諱琇，剛方正直，不畏權貴，爲一時名臣。

上欲行幸江南，親視河工並觀察民情，周知吏治，特點大臣十六員隨駕，先生與焉。初八日，隨駕出永定門至南閣莊駐蹕。自此以後，朝暮恭詣行在。十一日，大霧，行次馮家莊，途中桑棗成林，村園交錯，遠近老幼雲集道旁，咸瞻天仰聖。先生曰："此所謂聖人作而萬物覩乎！"

從臣憩監生尚琰家，言逃人拿鵝之害。尚云所謂拿鵝者，逃人解部後，捏供、窩留妻子、寄囤財物。遂奉部文行查或竟提拿，而其家立破矣。近來無此，掌科陳世安舉手向先生，曰："此先生爲督捕之功也！"

至濟南府，從上觀趵突泉。三泓噴薄，如飛濤濺雪，有御書"激湍"字在焉。從官俱留題。上入撫臣署觀珍珠泉，承旨書泉亭扁額"清池"。水沫自下噴起，如貫珠纍纍，真奇觀也。閱畢，上坐飲泉亭，詔部院諸臣留題扁額，以誌一時之盛。禮部侍郎張英書"澄懷"二字，翰林學士李光地固辭乃止。次及先生，奏以字拙不敢書。上云："朕昔年曾召爾書小楷，未見爾寫大字，試寫何妨？"先生起立云："臣昔在翰林，曾奉上命，今不習久矣。"内侍恭展高麗紙，並捧尚方筆硯至，先生敬書"源清"二字以進，上顧謂裕親王曰："彼字頗佳！"

渡黃河，日暮昏黑，望火光人語響處識渡口，過河，於天妃廟登岸，沿岸尋舟不可得。地勢高低，黑夜乘馬，幸不失墜，自覓一船，喘息方定，復爲内府御帳人奪去。先生徘徊河畔，幸得少宗伯敦復張先生舟暫憩。

至清水潭視河工險地。有堤捍禦湖水，號爲險工。諺云"日費斗金，不敵西風一浪"者，即其處也。先生隨駕登岸四顧良久，乃還舟中。

時已抵揚州。駕幸平山堂，撤御饌賜焉。抵揚子江，隨駕遊金山。風恬浪靜，水天一色。上命從臣俱乘舟往遊焉。

上幸虎邱，吳中士女咸感蠲賦之恩，焚香迎駕幾億萬人。松江民張三才上疏請免浮糧。上召先生問曰："蘇松浮糧有無，汝知之乎？"奏云："臣當年爲蘇州府時，查府志載蘇州錢糧原八十萬，張士誠加爲一百萬，明洪武加至三百餘萬，正統年間減去四十萬，尚餘二百六十萬，至松、常、鎮三府亦聞賦稅太重。前年恩免江西袁、瑞二府陳友諒浮糧。如照減，則吳民沾恩矣。"命撫臣洪之傑查浮糧原委，至更深不得，乃請敕在京户部查覆。

隨駕幸鄧尉山。青山拱揖，水光蕩漾，松篁掩映，臺殿參差，梅花滿地，香氣襲人。先生流覽久之，曰："昔人云'遠望疑爲雪，聞香知是花'，殆爲今日寫照。"

吳江生員陳嚴獻所爲《〈易〉集注》。上命先生同學士李光地閲視，其文義俱平平。先生曰："此不過《本義》略爲增删。其與朱子不合者，則取漢唐宋人疏義補之，非有高出古人之見也。然以諸生而留心古人易理，志有足嘉。較彼腐濫詩文者爲優也！"

隨駕行幸吳山，登山之巔俯眺。城中煙火萬家，東則錢江環繞，西則湖光瀲灩，周覽久之。上賚扈從群臣，賜先生內絎三端，陪祀禹陵。

上以先生端方廉能，擢浙撫即赴任。先生謝恩畢，隨奏云："奉旨令臣今日上任。伏念臣以孤遠，小臣扈從南來，謬叨今職，從此天顏日遠，未卜瞻仰何日，必欲遠送聖駕，伏祈俞允。"上命侍衛駕小舟渡先生登御船，謂先生曰："卿在地方做好官，愈於遠送矣！"對曰："臣蒙皇上特達之知，自當盡心竭力以圖報稱於萬一。"上曰："人能做好官，不惟一身顯榮，且能光宗耀祖。否則，喪身辱親，何益之有？"對云："臣子受國厚恩，不思報效，反貪贓玩法，則良心先死。陽爲王法所必誅，陰爲鬼神所必斥也！"上大喜，取御書一幅賜先生曰："此乃昨日所書，但倉卒之間點畫不甚佳耳。"復對云："臣自今以後，覩御書如得覲天顏矣！"乃拜而出。二鼓，回至蘇門外之楓橋。適總督遣知府劉廷璣賚印至，先生拜而受之。

貢院觀風。是日天色晴和，春光明媚。諸生聞風而就試者三千六百有奇。

湖上微行，六橋之旁，桃柳爭妍，湖上佳景，此時第一。先生恐遊人雜沓或有匪類生事，因變服色屏輿從而出。

湖州鄉紳徐方虎、海寧查聲山來會。查言："楚北歲荒民饑，地方未寧。新節度吳桐川移屬官賀儀爲賑饑之需，而榜其手摺於壁。"先生曰："是亦權宜之屬。"又徐謂先生云："德清漕弊坐坊捕快已蒙禁革，可謂無微不照，目前各官遵奉約束，竟無科派。民風漸覺丕變，守此而靜治之可矣，若欲興利，恐奉行不善，地方又多一事。"先生喜其達於時務。

原任山東巡撫錢珏來會。錢珏，湖州人。言："里中有徐維均女芳引未婚而殉其夫，可謂烈矣，例無旌表，惜哉！"先生聞言深加嘆息，即飭知府厚葬之，重其節也。

譾主司張編修希良、王郎中謙，席間評論當代人才優劣。王郎中云："曩令城步縣，與苗人接壤，數被侵犯，余練民兵七百名以禦之，曾大創苗人千數。但嘗聞湖南黃羊山綿亙常、岳、寶、辰四府，箐洞鳥道，亡命者恃險竄匿其中。必得良有司撫諭之方可，非兵力所能攻也。且湖南將材甚多，惟彝陵總兵郭忠孝爲優耳。"先生是其言。張編修云："陸隴其、邵嗣堯、彭鵬素有令名，昨九卿翠之甚當！"先生曰："陸之廉、邵之能，知之久矣。彭令三河，僉老役解少婦一事，余承乏督捕時，深嘉其留心民隱，即此一端可知。"

與司道馬如龍、成泰慎、王興禹商修《全浙志書》。先生採取浙省人物，閱至《海寧志》載曹烈婦《詠臘梅》詩云："添得冰霜枝葉無，此花自與衆花殊。共知秋菊貞心在，尚有黃梅抱樹枯。"因顧謂馬成諸人曰："余聞曹婦之名久矣，今觀其傳，讀其詩，乃貞烈中斷不可埋沒者！"按黃梅子抱樹不落，浙有其樹，先生嘗親見之。

晤高士黃宗羲。宗羲，字梨洲，閉戶著書六十餘年。先生嘗嘉之曰："薦修國史，群情爭赴，宗羲不出，可謂高士矣！"至是年已八十有五，聞先生爲當代正人，聲名洋溢，故造轅請見。先生見之與語曰："近世講學者甚多，而真人品頗少，無真人品，由無真學問也。如魏環溪之剛方，湯潛庵之清修，孫徵君之行詣，庶幾言行相顧者乎！"梨洲云："若明公清正範俗，村媼黃童莫不知之，纔是時習的道理。"先生曰：

“聖賢之學，原要坐而言，起而行，在一鄉則化一鄉，在一國則化一國，非徒託之空言而已。”

端午日，閱邸抄知荷天語優獎，先生感激益切。上召中堂伊桑阿、總憲于成龍至前諭云：“近聞天下督撫，共知砥礪名節，非往日可比。而其中之最優者，莫如浙江巡撫張某二臣。”遂咸頌至尊聖明，衡品允當。先生見之曰：“爲國爲民乃臣子分内事，戒貪戒酷，天理所當然。荷蒙天語獎賞，令我刻骨銘心矣！”

大計本章卓薦處州知府劉廷機、杭州同知祝宗哲、石門令傅以履、昌化令錢士鉉、諸暨令毛上習、孝豐令蔣遠發、義烏教諭邱克承、縉雲縣丞陳之琦八員，參處者四十七員，時人莫不服其甄別之公。

登赭山。一望洪濛者爲大洋。兩山對峙，江水海潮俱從此出入，中突雷山若砥柱。所以捍海勢而聚風氣者，全賴乎此，俗呼海門是也。潮入隘口，束不得橫，怒激而東，乃東又有山與赭相望。潮至東又爲此山所障，復鼓怒而出，東西蕩擊勢盛，波湧高可二三十丈。先生覽之嘆曰：“地方之所以恃保障者，洵在此石塘耳。夫塘有外護則潮不能衝囓石堤，内固始可以經久也。修之所宜亟亟乎！”居頃之循故道，還入署中，傳集司府縣公議估工速修。至於水衝竈地，此坍彼漲當以有餘補其不足，並永著爲令。

先生勘海塘時，觀赭、龕二嶺，俱有烽墩、海門鐵炮二位。沿途五里一墩，聞昔人曾有號令，每墩備有旗燈，如外洋有賊船則陞一炮。晝則扯旗，夜則懸燈。賊船若近，則陞二炮、扯二旗二燈；船若到岸，則加至三炮、三旗三燈。此墩達於彼墩，不過頃刻，已達省下杭城知之，於一炮即發兵往援，二炮則益兵，三炮則大兵齊至。防海之法，誠爲甚善，而相沿日久多廢弛者，先生檄飭職任封疆及汛防弁員，依制舉行。

先生訪得祖廟巷胡于斯之婦，未婚與寡母同居守節一十七年。其鄉人之妻爲旗人乳母，與王四苟合。王四窺其女少艾，闖入卧室，其母喊叫，四鄰畢至。王四始逃，此四月十一日事也。眾訴於縣，縣畏旗人不敢問，僅責勾引之人並逐鄰婦而已。先生查王四係正白旗張佐領之披甲，發理事祝同知詳將軍，照律重處。勾引者著該縣枷示滿日，再行重責。老母保護其女不致失節，賞之。

諭蘇知府寄語督院曰：“督院，爾親家也，既爲國家大臣，全須爲國爲民耳，不可貪污以玷官箴。若以朝廷之刑賞爲督臣作威福之具，本院素性剛毅，從不畏人，當不顧同寅之雅誼矣。爾其傳語督院，使彼知之。”蘇應命而去。

校武於東場，日晚觀湖。先生坐帳下，見標下弁兵操練騎射。甫畢，有聲如轟雷震耳。土人報曰：“錢塘潮至矣！”先生因往觀之，江上白浪高騰如銀山萬疊，有翻天攪地之勢。先生因作《觀潮詩》一絕。

題報通省錢糧歲内全完。浙江錢糧浩繁，每有拖欠參罰。原其拖欠之故，皆因督撫自受饋獻。則司道索之知府，知府索之州縣，州縣派於里遞。非加火耗，即於刑名得錢。夫天地生財止有此數，官既掊克，則民自困窮。錢糧抗逋，有自來也。先生涖浙以來，不受屬員分毫，下亦凛遵清節，愛養黎元。故里閭富庶，踴躍急公，錢糧皆歲内全完，前後共六年一轍。

查議水利。水利一職，各府皆設通判以掌之。誠以民田旱澇皆係於水，必使疏導有方，蓄泄得所，而後旱澇無虞。居是官者，自當隨地制宜，悉心疏瀹，以盡厥職。乃水利各官於本等職業全未究心，倘猝遇水旱為災，遂致拯救無策，顧名思義，能不愧乎？即如植城中河，開瀹日久，又漸淤塞。艮山門直抵長安鎮河，在在淺阻，沈塘灣堤岸頹廢，新河壩至聖塘橋亦皆壅塞。且西湖一水，原以淳蓄諸出溪水分流以救附近各邑之田。自豪僧奸民日加侵佔，致使湖小沙積。餘杭南湖，受注天目山水，以免下流衝決。浙西水利實居其半，所關甚要。近今有無壅滯，亦應查明。嘉屬海鹽以至海寧東濱海塘，尤當及時修固，以備捍禦風潮。石門城灣河路淤塞。此係運河，亟宜開瀹。湖屬北濱大湖安吉、孝豐、武康、長興、德清諸州縣，衆山之水匯出苕、霅二溪，時遇霉雨，洪水驟發，每泛濫於嘉、湖二郡，不得插蒔。作何先事預防疏瀹歸湖之處，水利官亦當詳查區畫。郡城南門至東門運河交，近來壅塞，以致漕艘臨兌撥運維艱。一遇洪水，郭西田畝每多淹没，應作何疏瀹？紹屬之三江閘乃利民扼要之地，務使不時稽查，疏其泥沙補其罅隙。其鑒湖臨平諸處或關一郡或關一邑，皆當瀹其支流，酌其蓄泄以補水旱之患。蕭邑之西江塘有關山陰、會稽、蕭山三縣民命，令作何修築堅固，為永久之計。其麻溪壩所重與江塘等亦當查驗，有無坍損並為詳覆。其餘各州府縣隨地有山川，即隨地有水利。總在為民上者，細心講究，因地制宜，則旱澇有備，災祲可免。該水利官通查所轄境內山川、湖港、圩岸、陂塘、堰揭、閘硐。有關一郡一縣之民田者，何處宜蓄、何處宜泄、何處宜瀹、何處宜築，逐一確查備議具詳。

放告親審其刁誣者，責警有差。有錢塘民許瀹不義，屢教不悛，又以兄弟爭產舊事瀆告。先生諭之曰：「爾之銀錢房屋，皆爾父母所遺也。獨不思爾在母腹中只一塊血肉，豈有銀錢帶出？爾父母死，爾力有餘，該一力擔承早葬入土，豈可與爾兄爾弟較出葬之費，停柩不葬乎？凡人生一子，則憂其獨；生三四子，則喜其相扶持。今觀爾如此不孝之狀，反不如獨子之能葬親也。理當杖斃，本院不忍即誅，發《身鏡錄》一册，著交杭守化誨，以動其天良。」

議設錢塘江救生船。江中水急，潮後更險。先生向已禁止船戶不許多載，尤恐風暴不常，有覆舟之患。令司道各官議修救生船以待，其舟子工食，則撥本院座船工食十分之五以與之。

修舉育嬰堂成。《周禮》：「養萬民者，其道有六而慈幼居其首。」厥後漢章帝時下詔曰：「嬰兒無父母親屬及有子不能養食者，廩給如律。」宋高宗紹興十三年及理宗淳祐七年，更創慈幼局。一應遺棄小兒，民間有願養者，官為倩貧婦，就局乳視，官給錢米如令。雖當時所行仁政各有不同，皆能順時布惠，利濟溥矣。迨至近代，或以為迂闊而難久，或以為繁重難舉而此制以廢。先生治浙於農田水利，吏治民風無不經理盡善，而恫瘝在念。凡所以濟人利物者，必修舉之。聞會城舊有育嬰堂在吳山之麓，所以收恤幼稚使得生全者，制未盡協，乃集郡中良善大倡厥義。即館驛故址建為三楹，而列甲乙舍於其側。募貧婦之為乳媼者，使字養之。驂從經臨，往往憑軾問計一兒一年所食粟米幾何；布帛絲枲之為襁褓衣裳者幾具；其冬爐夏扇所以為兒晨昏者幾事；其有疾須方藥能為小兒醫者何氏之子；其乳媼計一歲所食幾何；傭值所給者幾時當發；其有夫而貧無栖止者，亦使與婦同止者何鄉之民；又恐遲久不繼市田數百畝，其阡陌積貯爲何邑之土；邑之善良能佐成其事月積日考者爲何邑之父老紳士。法制必期於盡善，力行必要於可久。而浙嬰之所賴以活者，遂無算矣。

卞令之來自京都將之福建撫軍任，過晤。卞述在暢春苑陛見時，或問："浙江巡撫不要錢，何以能此？"卞對："以從讀書中得來。"或又問："得非講道學者乎？"卞又對："以口未嘗講學，實心圖'報國'二語！"先生遜謝之，夫卞公二語可謂深知先生者矣。

上云："朕見捐納官員內多不堪者，前九卿必欲議定行何也？"凡三問而諸臣多不能答。上乃問先生曰："當日會議捐納，汝原未嘗與聞，前又參之良是而九卿皆以爲可，不識何意，汝試言之！"先生奏云："群臣皆淺識耳，皇上聖明獨見及遠大，天下幸甚！"

承旨往祭西岳、西鎮及西瀆。詔許省親，先生聞命不勝歡忭致踴躍起舞者再，至是領祭文、香帛並龍旗、玉仗、黃蓋、金牌乘傳而去。

晚泊嘉定州，入城造長婿王德聞宅，視婿家頗窄，女衣布衣皆垢敝。先生語之曰："汝爲總憲女，而一寒至此，我竟不能少有以遺女，真堪痛心！"女曰："大人清節，貲財非所敢望也，雖貧苦安於命耳。"先生曰："此是退一步法。汝能作如是想，則心自寬也。"言畢，俱潸然出涕。

召至便殿問所過地方官政何如，奏云："微上問，臣固將以疏進。惟陝西籽粒一案，前奉有五年分完。凡原未借領，官吏捏報者，許小民首告之。旨而窮鄉編氓至今未聞天語，當日之未經借領者，歷年既久，經手之官大半去任，無從核實，小民受累。至山西州縣有司私派頗多，民多怨之，前科道所參之員應行革退，另選循良以撫綏地方。臣昨辦事衙門見有晉撫停止大計揭帖。夫此等害民之官，一日不可姑容，今於計核之期已逾半年，豈可再緩？"上云："私派乃巡撫之過耳，與地方無涉也。"先生頓首曰："陛下此言誠明見萬里矣，但最可恨者巡撫耳。命派一分州縣便加至十分，其禍民愈毒也！"上云："州縣官甚多，一時可盡去之否？"對曰："杜之昂所參圍城一案，十五州縣俱宜去之。餘敕撫臣速定八法，糾察各屬，以除民害可耳。"

上御講筵，先生遵儀注侍於東班，滿漢講官進講"中也者，天下之大本"四句，《易經》"惟深也，故能通天下之志"二句。講畢，賜宴於太和殿墀，歸以宴上果品薦於祖先暨景太夫人，榮君賜也。

議于成龍請開捐納三事不可行。成龍以河工費繁請開捐納。上命先生酌行。乃查得藩臬係地方大吏，科道係言官，參遊武職無捐文官之例，此三條斷不可行，覆奉報可。

上諭曰："張某做官極好，朕所素知。今到浙江，朕親自訪聞，不獨百姓人人稱好，即滿洲營官兵亦人人稱好。是張某之做官已到至極之處，真可異也！若天下巡撫俱如此做好官，天下之民俱安，朕何憂哉？"所語甚多，大學士阿蘭泰撮其大概如此。

先生同傅司寇往各州縣親查籽粒，有咸寧等十七州縣籽粒銀兩俱係百姓實得，咸陽等十二州縣將籽粒銀兩賠米雇車使用，餘銀給散百姓。同州等州縣有侵蝕之處，將藺佳選、關綉、王宗旦照律擬斬，總計侵蝕銀二萬兩零，賠米雇車銀九萬兩零，百姓實得銀三十九萬兩。揆此，布哈所告吳赫侵蝕之處是虛，但吳赫等奉部屢次駁查，不將各州縣侵蝕那移之處據實聲明。乃以鄠縣、渭南二縣有侵蝕外，其餘各州縣並無侵蝕。捏造假册具題有玷大臣之職，相應將吳赫革職，原任總督佛倫降四級調用，布哈因緊急軍需挪用銀一萬五千兩、米三千六百石，仍應免其追取。至西安，將捐納米石事專令巡撫貝和諾明示，各官或有米麥銀兩限內運入省倉，違限拿問委道官。賈鋐督催通判張晟查空倉收貯，故得如限補足前次。巡撫巴錫疏稱長永二縣折米銀十萬餘兩貯藩庫。先生偕傅司寇率同城督撫等官親往藩庫兌明，交與巴巡撫取收管。日後倘有虧空，著落該撫賠補，於疏內聲明行知督撫在案。迨後此銀虧空照案責令巴錫賠補，傅司寇方服先生有先見之明，不然且賠累及已矣。

從前河工每年動支公帑銀五百餘萬兩，一經決堤冒破者復以千萬計，而究其所以用之實數尚不及半。大抵上而部費，下而道員以降俱飽其囊橐，而總河則於中饜飫之。此功之所以不成，而財之所以日耗也。先生至查核原數備入清册，每年減十分之七，而浸浸乎河日以治。

夫水性就下，以海為歸，理固昭然也。自攔黃誤設而海口不通，黃流不暢，河工愈壞矣。先生至，鋤其壩，清水衝刷淤沙，洗滌旬日之間，深至三丈，寬至百丈有餘，河水滔滔入海，遂沛然莫禦焉。告成，先生親詣相度，少有一芥之梗者，督河兵決去之。抵海口，乘扁舟一葉直至大洋覽觀水勢。時早潮未來，天朗氣清，浪靜風恬，碧波無際。但見海鶴回翔於霄漢之間，俯眺十洲，扶桑可指。至是，猶欲鼓棹以進，榜人不可，乃已還泊於六套之荒汀，旋大雷雨。異哉！迅且烈者，發於返棹之後。是誠皇上洪福而亦先生之忠能格天乎！

上命使者持各省行取知縣姓名至。問先生誰為居官甚優者。先生遂疏靳讓、梁任、魏某、方某等四人以對，俱擢臺垣。後靳抗疏直言，遷通州牧，尋陞兩學使，有清名，以親在謝事，終養焉。梁為吏科，獨嚴一介之節，後卒於京之佛寺，獨一僕泣於屍旁，而棺衾莫措，長安人聞風賻之，始獲攜柩歸，至今稱為清介士。

德州迎駕，先生俯伏道旁。上見之，詳詢河道情形，先生備述以對。上大悅曰："卿操守卓越，任事勤勞，故以人所難克之功而次第就理，真社稷之福也！"對云："此皆皇上指畫精詳，乃克臻此耳。"

隨駕巡視河工，由清口煙墩至桃源駐蹕。上視清水暢流，黃河深通，顧謂先生曰："異哉！此二十餘年所僅見者也。"先生奏曰："皇上天授神智，三閱河工，洞悉水利，不惜數百萬帑金以拯生民於袵席，此精誠所以上格蒼穹，而河伯之所以效靈呈瑞也！微臣受恩深重，慚無報稱，乃蒙天語嘉獎，不勝惶愧矣。但臣年已衰老，久未省親，幸逢河慶安瀾，海內晏如，伏乞陛下放歸田里，終養老父，小臣幸甚！"上曰："卿父雖老，精神尚健，卿姑緩之。"先生含淚而退。

由高郵、寶應達邵伯，沿堤竚望，桑麻滿目，人民安堵，上喜形於色。抵邵伯，見更樓已修，河道疏通，指先生嘆曰："三十八年朕泊舟於此，水盈堤不及頂者數尺，且聞此口決塌倒傷人實多，今日快睹成平者，卿之功也。"

上諭吏、工二部曰："黃、淮兩河關係運道民生，最爲重要。朕念治河國家大事，夙夜廑懷，未嘗少釋。披圖咨眾雖已悉其源流，水勢變遷不常，必真知洞晰，方可實見施行。是以不憚勤勞，屢親巡閱察其險易之形勢，審其疏導之機宜緩急，次第具有成畫。至簡命河臣，倚任甚切，凡所屬官吏皆聽選用。大修工程費以數百萬計，歲修帑金亦以數十萬計。乃康熙三十七年，黃、淮並漲，總河董安國不堅築堤堰，疏通海口，因而河身墊高，溢出河岸，以致倒灌洪澤湖口。湖水從六壩傍泄，由運河入下河，淹沒民田，於是罷董安國，以于成龍代之。朕隨授以治河方略，詳加指示。三十八年，親往閱河，駐蹕清口河干，又面諭于成龍清口宜築挑水壩，挑黃水，使趨北岸，方可免倒灌清水之患。隨指定其地，再三申命。不遵朕旨，至無成功。及用張鵬翮爲河道總督，面諭之，頃已發帑數百萬。令大臣官員往高堰河堤開六壩，使逼洪澤湖水暢出清口。而清口築挑水壩尤爲緊要。此壩不築，則黃水頂衝，斷不能使向北岸，湖水必不能暢流。張鵬翮遵奉朕言，壩工築成。黃水直趨陶莊，清水因以直出，疊經伏秋大漲，並無倒灌之事。其濬張福口引河，築歸仁堤，疏人字河，芒稻河，涇、澗等河，開大通口，皆遵朕旨，一一告竣。今年春，朕閱河至桃源，見龍窩等處頂衝危險。今遵築挑水壩，此壩工刻日訖事。河勢遂平，仲莊閘口以與清口相對。簡命改由楊家莊，漕輓安流，商民利濟。往時黃水泛漲，或與岸平，或漫溢四出。今黃河深通，河岸距水面丈餘，縱遇大漲亦可無虞矣。張鵬翮所修工程雖悉經朕裁斷，而在河數載，殫心宣力，不辭勞瘁，又清潔自持，一應錢糧俱實用於河工，無纖毫浮耗，深爲嘉悦。所屬大小河員並皆勉力赴工，共襄河務，亦屬可嘉。自總河以下各官爾二部即詳加議敘具奏，特諭。欽此！"於是加先生太子太保，又加五級効力，大小河官各加級有差。

連兒窩地方接駕時，上復幸江南。先生星馳往迎，連兒窩地方見上於舟中，賜坐並克食，拜而受之。上問河工近日情形，先生以"安瀾"對，上大悅。上視淮、黃安瀾，堤防堅固，天顔開霽，賜克食多品。先生拜而受之，隨遣僕馳至蜀中，奉光禄公以享君恩焉。送駕於德州。

東光縣接駕，駐蹕王家莊，召對良久，籌畫河工善後之計甚詳。

蘇州知府陳鵬年以清介鯁直忤噶禮，噶必欲置之死地。先生察其冤，陳等俱得從寬，噶於是深恨先生。時長公爲懷寧令，隸噶宇下居官，大著賢聲，撫司道府已列卓異之選。噶懷私忿汰之，語人曰："據若父，吾且殺此子。以其爲民之望也，姑免之，尚望卓異乎？"聞者遂益服先生之公，且不私其子，而深恨噶禮之奸，爲妨賢病國云。

上以光禄公高年遠來，特隆異數。先賜御饌，以先生大臣令幼子鵬飛扶掖入，問答良久，命内侍扶出，真異數也。上賜諸老人宴，召光禄公至御前，親賜御酒。拜而飲之，乃退。内侍捧袍套各一、帽一、端硯一，以賜先生，隨光禄公於宮門外謝恩。

上以先生知人之明也，薦舉之公也。至是曰："卿所薦李陳常居官果優，今尚有如其人否？"先生熟思之良久，乃奏曰："福建藩司李發甲達於政事，周祚顯清風竣節，可任用之。"上乃擢李爲湖南巡撫。詔大學士九卿甄別翰林官，侍讀文志鯨於中堂李光地前跪，先生曰："朝班中從無翰林跪稟之例，且詞臣之體統安在？"文大慙，衆卿咸曰："公言是也。"時長子卓薦詣闕引見，奏履歷云："四川舉人。"上問："何府？"奏稱："直隸潼川州遂寧縣。"上顧公問曰："是卿家何人？"對云："即臣長子。"上爲之霽顏。

同少宰李、湯二公祝賴大司寇令堂壽，賴夫人年九十一，容貌豐滿，神氣有餘。祝壽畢，夫人指公謂其子曰："阿立昂邦，天下有名，第一清官也。"

集朝房議給甘肅荒地牛種。第一款，無依窮民撥給荒地。公曰："此等窮民既無田產衣食靡資，撥與荒地，何處得牛得種？則牛種不可不給也。"第二款，五戶給牛一隻、羊十隻，每年取牛犢、小羊。公曰："五戶共給牛一隻，令其蕃息，獨陽不生，獨陰不成，犢從何來？若令耕田五家輪使，邊方有此揖讓之禮乎？此草疏者，乃紙上空談耳。九卿若不妥議，外官如何奉行？"赫宗伯曰："每戶給牛一隻。"穆司農曰："安得有如許之牛？"公曰："不然，成大事者不惜小費，宗伯言是也！"後定議每丁給羊十隻，每二丁給牛一隻，六年生息還官。

上曰："張伯行爲人何如？"奏云："操守廉潔，但負性執拗。"上因將封疆大吏行事得失往復開示，張伯行爲人多疑，常恐人害他，出入防護撥兵圍守，又上密摺云："臣命旦夕難保求，皇上亦加防護。""朕看此摺，其才不濟！"奏云："前恭誦教，張伯行訓旨甚是。"上曰："卿向督河時，朕嘗下旨教卿防人闇害，以逐日巡河在波濤中，不得不加堤防。"奏云："荷蒙皇上洪福，得有今日。"上問公："卿請訓旨麽？此案差他人去審，張伯行不服。卿是他老師，差卿去審他，自然服。"奏云："張伯行爲人執拗，服與不服不敢定，臣惟從公審理。"

公渡黃河至大王廟前，登岸觀清口形勢，陶莊引河淤爲平地，新長沙嘴挺入河心逼溜，卞家莊回溜倒灌運河。張福河口新淤沙灘橫攔口門只存一綫，引黃溜倒灌湖中。河勢改變，心甚慮之。適趙總河至面詢清口何故倒灌，據云："湖水小之故。六壩見在堅固，俟黃水落清水溢出，即刷淤泥去矣。前已經過二次，似無妨礙。"公曰："不然，當訪問老河官講究補救之策，疏通陶莊引河，導黃溜北行，將張福口、爛泥淺引河頭，疏通導清水出口。其六壩蔣家閘，當親身密行查勘。恐有網利之徒偷開泄水之弊，切不可委員代勘，致受賄欺蔽也。"

張伯行拜跪不知規矩，奉旨改正，因詰問："伯行，海賊在何處？"伯行奏云："海內無大賊，小賊原是有的。"上問："小賊爲誰？"伯行以唐阿四一案對。上問："此是以前拿的。"伯行觳觫不能言。又詰問："你進摺說蘇州有海賊，朕左右亦有海賊，這是有的麽？"伯行奏云："是有的。"又詰問："你摺上說散帽子的，請朕行查天下。據各省回稱並無有此等人。"伯行支吾："蘇州原有散帽子的。"上詰問："爾疏稱到蘇州移風易俗，民生安裕。朕曾說爾此言大。爾四年以來累斃民命，盈寧之象反不如前，豈非空言寡效？"伯行奏云："臣立志原要如此，臣之心原係爲國爲民，只因才短不能。"上曰："爾無爲國爲民實跡，空言圖報可乎？"伯行奏云："才短昏庸，臣之罪也。求皇上廣好生之德。"上云："爾之性命求生，爾將江南無辜之人監斃無算，獨非性命乎？爾讀書不透，故爾糊塗！"伯行叩頭不能對。上命之出。向公問曰："卿審張伯行事如何？"奏云："審問伯行，據供謊報海賊，是其錯處，俱已招認。皇上責備張伯行讀書不透，每事糊塗，真洞見肺肝。伯行尚不知叩頭流血負罪引慝，則其昏庸無知可知。”上曰：“張伯行果不要錢麼？”奏云：“百姓都說張巡撫不要錢，但賦性糊塗。皇上命臣等清理積案三百餘件，皆平常小事，遲至五年、四年、三年不結，今一經清理之後，民免拖累，莫不感頌我皇上至聖至明，無微弗照也。”上云：“噶禮因犯別罪處決，張伯行以殺噶禮爲快，心可謂不自反者！”奏云：“張伯行昏庸無知，焉明此理？伏懇皇恩寬免死罪。”奉旨張伯行從寬免死。

上諭曰：“巡撫收節禮，屬官必加火耗。陳賓曾奏‘州縣火耗一分不許收’，范時崇奏云‘州縣不許要火耗，何以養廉’。”公奏云：“巡撫要節禮乃尋常事，只須不遇事生風，恐嚇屬官，索詐鄉紳富民，以司道爲耳目，擇州縣之殷實者，苛索財物，致虧空庫帑，便是好巡撫。至於州縣火耗，地方有大小，錢糧有多寡，有加一分二分不等。江南錢糧多有加幾釐者，上司節禮辦公事，養家口，皆出於此。相沿已久，百姓不以爲苦。惟私自加派詞訟取錢，顛倒是非，詐害富民，百姓生怨，若禁火耗則生事取錢矣。”

上問：“瓜州城池修石堤保固，卿聞之乎？”公奏云：“臣去年冬間聞，奉特旨諭總河會同江南督撫勘修石堤，保固瓜州城池。目前尚無所聞。”上云：“沙洲加長以致瓜州危險。修理石堤必保固城池，以全百萬生靈，非止爲運道計也！”奏云：“譚家洲加長逼溜衝及瓜州，往年黃河灣曲之處，奉旨取直，於河工有益。”上云：“大江中建雞嘴，挑引河未曾行過。保固瓜州城池最爲要緊，卿留心訪問。”復奏云：“向曾啓奏河工，蒙我皇上數次親勘指授方略。河工告成，淮揚民生得所，漕運巡行。今已二十餘年，河工舊人凋謝，新來者未能熟悉機宜。伏乞皇上將陳鵬年發往河工効力，相助趙世顯料理，庶於河務有益。”上問：“陳鵬年辦事之才何如？”奏云：“陳鵬年辦事之才好，操守謹慎。”

內閣傳九卿議元旦請視朝。王太倉令其子奕清語馬大學士云：“宋仁宗時，元旦日食，契丹不臨朝，仁宗聞之以爲悔。本朝曩歲正旦日食，內閣九卿會議停止視朝。檔案可考，豈可違背？如必欲奏請，決不書名！”馬公答以商之九卿，如不可行則止。公曰：“太倉持正，真宰相之言也。”衆聞之以爲然，後議元旦漢大臣隨內大臣在午門前行禮。公曰：“日食不視朝，皇上之敬天也。群臣於午門前望闕叩頭，臣子之敬君也。”

派陝西軍前効力道府等官員奉旨：“這所派十員，依議。其張鵬翮有盛京做知州之子，趙申喬有革職在內行走之子，此二人亦派出。”公隨具摺謝恩云：“今臣之子遼陽知州張懋誠，奉旨前往陝西巡撫綽奇處効力，聞命之下甚切感激，臣惟有訓飭臣子，以圖報聖主高厚之恩於萬一耳。”

上問：“卿善飲否？”奏稱：“每晨飲一小杯以禦寒，平常不飲酒。”又問：“卿今年七十幾？”奏云：“臣年七十一歲。”上曰：“卿五十五歲便云年衰，今七十有一矣。”奏云：“臣蒙皇上天恩保全，得延歲月。”上曰：“你與我俱一樣七十歲人。”奏云：“我皇上天行健，自是萬壽無疆。”上嘆息謙讓。奏云：“皇上肫誠愛民，仁心仁政，天地同流。昔人云‘有大德者，必得其壽’，數理有必然也！”

問："卿前舉以行取知縣爲誰?"奏云："此人名陸師。"上問："居官操守何如?"奏云："操守謹慎。"上曰："九卿説張應詔操守好，辦事平常，召見時聽其言論與陳璸相似，必能辦事，將來官大或變操守難預定。"奏云："天恩如此鼓舞，張應詔蒙特授巡鹽御史，自當勉力報効，不敢變其所守。"

東撫李樹德稱，山東火耗一錢三分以一分三釐代賠虧空。户部議稿欲行，公倡言曰："定例内無許加火耗一錢三分。地方官私加猶畏功令，奉旨許補虧空則公行無忌，其害無窮，各省尤而傚之，民何以堪? 不如慎之於始也。户部必欲准行，予必不畫題。"貝宗伯、孫司馬、屠副都、喬給事等俱以爲是。張司寇執筆將户部稿改，無庸議。

上顧公曰："熊賜履有數千門生，身歿之後，無人照看。其長子瘋病而亡，止存二幼子，朕諭江南織造照看。"奏云："皇上垂念舊臣，恤及其子，莫不感激!"上問曰："熊賜履學問如何?"奏云："學問甚好!"又問："於今似這樣學問人有否?"奏云："天下有學問之人或者有之，臣見聞不到。就目前見在之人如熊賜履之學問甚少。"上曰："曾從熊賜履讀書，知其學問，於今果然少矣。"又問："康熙九年以前進士尚有人否?"奏云："在朝康熙九年進士大學士王掞與臣二人而已。"又問："李光地是爾同年否?"奏云："李光地、徐乾學等俱臣同年。"上曰："還有趙申喬。"奏云："趙申喬身後又蒙皇上天高地厚之恩，人人感激。"上黯然者久之，曰："庚戌距此四十九年。昔年召見，爾尚年幼，今也老了。"喜而大笑，公復奏云："皇上聖性記得甚是。年少時蒙召見，今白頭猶得頂戴。君恩真天高地厚，莫罄名言者矣。"

上召公至御座前曰："今年夔堯奏摺稱，三路平藏大兵凱還，俱由四川一路歲底可到。糧餉俱已齊備，平藏之舉不得已而爲之，滿洲、蒙古大兵奮勇進前，豈意雲南、四川緑旗官兵奮勇出力，至從古未至之地平定西藏，可爲奇矣!"

辛丑六十年，七十三歲。春正月朔上表行慶賀禮，元日，大學士、尚書十四老臣獻壽共一千有十歲。

内閣九卿等奉旨："朕於河務留心最切，經歷最深。往年屢次閲河時精力尚强，親乘小舟，不避水險，各處周覽，凡水泉原委，皆知之甚悉。著令張鵬翮到山東，將朕此旨詳諭巡撫，申飭地方官，令其相度泉源蓄積湖水，俾漕運無誤，正易易耳。黄河關係最大，自元至明，歲有衝決，未有安瀾二十餘年如今者，然圖治已治，保安已安，河工雖已告成，尤當時加巡視，不可疏忽。今春多風而少雨，恐秋間雨水必多，地方官宜加意堤防。張鵬翮去看山東運河由臨清起至韓莊閘，離邳州不遠，並去看邳州低窪之水曾否泄出太行堤，曹縣至豐縣止，亦當往看，有好司官多帶兩員去彼地，有用著之處即留彼料理。欽此。"

過銅雀臺。登臺望漳河兩派合流至臺下會合。但土人云："夏秋水長泛濫三四里，流至曲周入天津海，與志書所載至館陶入衛之説不符。"至磁州問："滏河出西山，北流邯鄲，東過廣平，通直沽河，沿河州縣引水灌田，民自享其利。"又按《磁州志》，漳水由臨漳縣流至館陶入衛河，又一支流至滹沱河入天津，則條緒分明矣。

壬寅六十一年春正月朔，諸大臣早朝進獻壽摺，有詩六十歲以上官員共一百六十七員。按年摺奏晏滿老人於乾清宮，序齒不序爵，將漢官名摺啓奏，奉旨："伊等不便照滿洲坐班，照伊品級坐班。欽此。"

乾清宮賜宴。黎明入朝，齊集景運門，侍衛拉什遵旨，序爵坐班，巳時魚貫而入至乾清門。上設寶座於宮門內，大學士王掞捧表文跪進，有頃傳旨，大人們行禮後飲宴，公與大學士兩王同席。席列漢饌八飯，湯麵各一碗，特賜關東魚一銀盤、奶茶一碗，又賜酒一鍾。飲畢，宦官捧大壽桃一盤，以次分賜各官。傳旨召大學士、尚書、侍郎、卿貳、科道翰林至東暖閣。上端坐坑上，賜大臣等席地坐氈墊。上諭曰："今日天氣和暖，春節無事，君臣白髮相對，敘老年閱歷之事，爾等識之。"洋灑千言。語畢，出乾清門，行謝恩禮，傳上諭，侍衛扶掖而出。南書房傳旨："正月初五日，與宴官員內能詩者各做七言截句一首，俱就本人職掌立說。欽此。"

暢春苑奏對引見行取知縣沈敏達等三十員，各念履歷訖。上云："此一班人還好，說話明白。"內陳守創稱係常熟知縣行取，上問："在常熟幾年？"回奏："三個月。"上詰問："三個月如何行取？"公奏云："原任浙江巡撫、今見任左御史朱軾保薦陳守創、吳隆元、戴兆佳，是以行取守創復奏，初任真定知縣，趙宏爕保舉大興知縣，丁憂服滿，補常熟縣。"上云："朱軾薦人還不差。"

九卿同奏祈雨摺子。上覽畢，言曰："不下雨，米價騰貴，發倉米，平價糶糝子米，小民又揀食小米，且平日不知節損，爾漢人一日食三頓，下晚還吃酒。朕一日食兩餐，當年塞外出師，日食一餐，今十四阿哥領兵在外亦然。漢人若能如此，則一日之食可足兩日，奈何其不然也？"奏云："小民不知蓄積，一歲所收，隨便耗盡，習慣使然。"上云："朕每食止一味，如食雞則雞，食羊則羊，不食兼味，餘者賞人。七十老人不可食鹽醬醎物，下晚不可食飯，遇晚則寢，不可燈下看書。朕行之久而有益，曾語李光地，卿以爲何如？"奏云："皇上起居飲食皆與聖賢之道相合，節飲食，嚮晦晏息，此皆易理。"

諭曰："求全責備，吹毛求疵，非用人之大道！人孰無過？只可節取，保其目前不能保其將來。必苛責其將來，則人不敢保。有德有才始終如一，號爲全人者，難得。有德而才少亦可用也，有才而無德斷不可用，若只不要錢不能辦事如僧道者，然只可用以守庫守門而已。居官者始而好，繼而不好，有負國恩，天必不容。如趙世顯晚節不終，讀書之人若此，豈不大喪生平讀書之謂何？河工告成二十餘年，向年三月十八日，朕與卿在此處講論河工極其詳細。河工乃底於成，卿尚只擇其最不好者參處。今陳鵬年太嚴，參處多人，將舊人一概不用，只用新人，恐河官疾仇陰壞河工。朕爾來憂心河務，今年必須保固安瀾，方無他虞。"奏云："皇上指示河工方略周詳盡善。今年之河官遵守成法，實心修防，永固安瀾矣。其《治河方略》一書，乞早賜頒行，令河工人員誦讀學習，方知修工之法。"上曰："此書固宜頒行，但情形隨時變易，今日之情形與當年之情形不同，即如《河防一覽》與如今不相同，須將新舊河工集成一書爲有益。"奏曰："聖諭極是。臣觀歷代河時時變遷，俱不能如本朝運道籌畫盡善，糧船通行司河者凜遵方略，因時修防，久而勿替可也。"上首肯。

天語垂問："卿年七十五、七十六？"奏云："七十四。"又問："孫子年幾何？"奏云："二十九歲。"問："有重孫麼?"奏云："有，重孫年尚幼。"上曰："卿當年補刑部主事。年甚幼稺，考清書頭一名，今年久清書想俱忘矣。牛鈕是爾同科否?"奏云："是臣同科進士。"天顏大喜，笑而言曰："朕在此處是朕年高，今卿來覺年更高矣。"奏云："皇上萬壽，與天地同久長，臣等保佑餘年，皆聖主洪福之所庇也。"

上諭："吏部聲名，外人議論不好。雖不議及爾，爾係一部之長，如何不約束衆人?雖曰清官自了而已。"奏云："皇上聖訓甚是。但吏部事務繁雜之處，不得不上達天聽。近來銓選款項繁多，人雜而不安本分。即如滿官原二十一班，今多至三十餘班，每一缺出，數人相爭。明知例不當得，串通書辦，彼此呈告。幸而合例者得之，難免撞木鐘之弊，不合例不得者，則布散流言。臣居官五十三年，受皇上知遇殊恩至於白首，凛凛小心，人亦無詞可加。至於他人則任意謗毀，加以不美之名。如選司官員，臣等揀能辦事之人，列司十日，請託不遂，即興謗言，怕事累及，避往閑散司分總。仗皇上天地之仁，日月之明，洞察人間情偽，吏部官員始得有措足之地。"

賜克食米糕一盤、蕨菜一盤，內侍傳旨："南方蕨菜不甚佳。此產自關東供上方之需，其味甚好。昨賜之魚，乃皇上親釣得者。轉諭爾知。欽此。"公跪聆之下，天恩高厚，感激非可言盡。捧回京邸薦之祖考，榮君賜也。

上問公曰："卿目好了?"奏云："臣眼好矣。衰庸老臣，荷天語垂問，竊幸眼目從此好矣。"

集暢春苑謝賜御稻穀種。公同諸大臣具奏懇恩頒給廣種，奉旨每人給二石赴瀛臺領訖，具奏謝恩。

引見月官長孫勤望甫念履歷。上云："此大學士之孫歟?"佟大宰對曰："是。"上又云："此人為人好!"及起身，上復云："張懋誠之子也。"公感戴高厚，歸寓語子孫生生世世銜結難酬[1]。

公祖籍楚之麻城，出伏八公之後，郎中垣麟出伏二公之後，水源木本，昭穆秩然。內閣傳旨"與吏部張垣麟，著以給事中，缺出即補。"公出見族孫曰："爾公忠，辦事受知聖主，大為家門生色。當益勉力，報効仰酬天恩可也。"

怡親王傳旨："河南巡撫石文焯奏稱黃、沁河之水長發，漫溢姚期營無堤之處，衝決詹家店、馬營口三十丈。著派出大學士張鵬翮前往河南，會同總河齊蘇勒、巡撫石文焯、侍郎稽曾筠，將乘秋水減退，永遠保固之處，詳加議定。張鵬翮親身持來具奏。欽此。"恭領聖諭。上曰："以年，不當出差；以位，亦不應出差。環顧群臣內，無有知河務者，不得不差卿去。朕心甚為不安。卿高年之人，途間飲食衣服必需人照應，著帶長子御史懋誠去。"奏云："皇上體恤下情，垂念衰老，真天地父母之恩也。臣長子留京辦事，臣長孫張勤望官閑事簡，伏乞皇上允臣帶去。"上曰："爾此孫好，帶去好!"出養心殿側門，二內監傳旨："知爾清貧，賜盤費千金。"奏云："臣家一食一衣，皆君恩之賜也。出差例有勘合，夫馬廩給俱出公家，斷不敢領賞。"內監轉奏復傳："此係上在藩邸餘積，並非庫銀，即領受不必固辭。"奏云："軍需浩繁之時，

---

[1] 此以後雍正初年。

臣若家資有餘，尚當助餉，此去河南不遠，安忍受皇上厚賜？”内監復傳旨：“爾雖清官，朝廷之賜，義不可辭。”敬聆天語叩首領訖。先是奏事畢，上於御前賜扇一匣曰：“此朕親書字扇，欲進先帝而未果者，今以與鄉歸邸。”嘆曰：“大哉！王言至矣。皇恩奚以報稱高厚？雖年力衰邁，肝腦塗地所不辭也！”其奏摺：“山東運河交巡撫料理；江南黄、運兩河要緊，齊蘇勒會議完即回江南；由張秋至馬營口一帶水勢情形，差工部堂官看閲；中牟黄河决口一帶水入洪澤湖，商量堵築一工程，必須諳練河官。”奉硃批：“是，依議。”養心殿進見。上曰：“此行勞苦了。因彼時議論紛紛，故遣卿前往。河神見憐老臣，即爲安瀾，朕心甚是嘉悦。圖内加修工程甚是明白，惟釘船挑水壩後擬築堤攔截漫灘之水，此處尚須斟酌。”

　　奉旨同馬大學士行掃青禮。先請聖祖神牌，次請大行皇太后神牌。馬大學士掃青於滿字上，公掃青漢字。蓋奉特旨派用耆舊大臣也。出京凡經四月至家，途間一切饋遺不納，惟居官有賢聲及門下士之來謁者，接見訓誨務期立品修身爲國家有用之人。舟中吟詠成帙，多感慕君親及憑吊古蹟之作。抵京傳旨著等候賜鹽水錠、紫金錠、素珠、避瘟丹、大香普、小葫蘆、雄黄墜、蟾酥錠、班竹扇、香袋、茶葉各色共計十八種，賜克食、麵點、奶餅、糟鰣。午時召見於養心殿，近御座前請安。上曰：“朕躬甚好，卿面目甚好，毫無風塵之色。卿大事已完，心無繫念，一心輔朕，再經十年賜卿再回家。”言及平西海，天心甚爲喜悦，跪聆温綸，藹然春風和氣之薰被也。賜哈密瓜五枚，面謝恩而出。至實録館語學士登德及總管翰林王世琛等曰：“實録修成，先帝功德傳於後世，臣子之報答在是矣。即如堯舜爲聖君，賴有《尚書》以傳之。至今人知有堯舜，豈堯舜以前無聖君乎？特其書不傳，人不知爾，趁此時老成猶存，文獻足徵，修書猶易。若遲延歲月，慮記憶失實也。”

　　欽差御醫劉、趙二公來邸，以病體不能出迎，猶於卧室正衣冠向天使奏云：“老臣抱病不能入閣辦事，中心難安。蒙皇上天高地厚之恩，感激非可言喻，臣謹望闕先行謝恩。”天使云：“聖上有旨，老先生高年抱恙，不必謝恩，恐致勞頓，俟全愈之日再行入朝謝恩，惟遵旨爲是。欽此。”

　　病中遣長子率家孫進《海防疏》，並賫前於聖祖時所奏海上情形、防緝二原疏稿及海圖並《籌海重編》。上召見於養心殿，向長子問曰：“爾父親好麽？”奏云：“臣父蒙皇上天恩，賜御醫調治，又賜尚方珍品，如今微好！”上顧家孫勤望曰：“是兒品格甚好，是爾子也？”奏云：“是臣長子。”上諭勤望曰：“你好生努力讀書。”勤望叩頭。上又曰：“此奏朕交與九卿議有幾條可行者。教你父親好生調養，我曾教你父親要吃甚麽東西。與醫官説，我這裏東西很多，來要我喜歡，越要越喜歡。”隨賜天家食物多品，又賜人參三斤。

　　户部查虧空銀兩一案。議責令從前堂司官分賠，蒙皇上洞悉，銀庫欠缺於馬齊、張鵬翮等無涉。當年庫銀原自充足，自陶和氣補授統領後，庫銀始有侵盜情弊。將年久、原在户部之馬、張等特下恩旨寬免，並顔料庫内虧空俱行豁免，至是大學士臣馬齊、張鵬翮、田從典，尚書臣張伯行等俱疏奏謝，公因抱病，遣長子隨大學士等代謝。

文端公年譜後跋

憶自庚午歲報以童子科，荷公甄拔得列門墻，迄今二十五年矣。

公之嘉言懿行，學問經濟，固已悉其大略。甲午春長公卓薦入都報等因，請公庚午前後事所未覩聞者輯爲年譜。乃自公嶽降之辰，泊抵大冢宰任，凡八卷。報不敢妄贊一辭，而文章、學問、勳業、事功、致君、澤民，已彪彪炳炳，令人見之莫不起敬矣。繼自今掌邦政，以澄清吏治、蕭敝皇猷，更進而贊襄密勿，調燮陰陽、喜起明良未有艾，則其爲譜亦正未有艾矣。夫報之輯公譜者，亦非報之敢於倡也。在昔先儒其立身行事，可以質當時而傳後世者，莫不有年譜。蓋本其平日所不愧不怍者，門人紀錄之，則報等是役，蓋亦行古之道云爾。門人費朱報跋。

後 序

朱金山

遂寧張太夫子自弱冠登仕，揚歷中外。出秉節鉞，司文衡，總河務；入參機密，筦喉舌，躋天卿。峻節清操可光史册者，固已彪彪炳炳，皆能言之矣。至其夙夜靖共，期不負所學，小心勤慎之意固非紀載所得而傳，而傳亦不能盡也。然公以一身係朝野之望者數十年，遐方學者聞公之名，思得公生平閱歷行事之詳。而一時頌公之德者，或各舉其見聞之一隅，而不能彙其全也，山是以有年譜之述焉。

山獲登公嗣公存庵夫子之門，既益稔公生平行事，而親炙公之光儀，又不啻如東人之覩元公，赤舄袞衣皆令人起敬。蓋公之所必傳者固無待於是編，其所不能傳者是編亦詎足以傳之？然可藉是以見公學問、文章、政事之大略，而備史氏之採擇，使天下之欲覩景星鳳皇者，亦於是編而仿佛焉。夫臣道無成代終，大臣之謀國也，不必有赫然震世之蹟，而天下陰受其福。況今聖天子勵精於上，四海承平日久，爲臣者奉法守職而已。若臯、夔、伊、旦書册所傳者，不過數大事，而後世頌明良者，莫及是編於公之嘉謨嘉猷，正不必悉載，第略舉其大端，亦可以見公之功業，非徒務爲駿厲絶俗已也。

竹閣碑記

徐　潮

　　自古東南爲財賦之區，歲漕粟百萬石以實京庾，而浙省居什之三，是以功令甚嚴，自出口過淮以及抵通各程有定例，逾期則參罰及之，蓋國之大命係於漕，故立法不得不重，然漕之大命又係於民，故加惠不可不周。有勞不恤，有困不甦，則運丁窮而漕不得以時竣事也；有利不興，有害不除，則農民匱而粟不得以時而上納也。惠民以通漕，胥仰賴於上慮之周詳矣。

　　歲在辰巳，聖駕南巡，洞悉運丁之苦，思復漕舊以起尪羸。而又深念裕國端在養民，特簡我大中丞張公撫浙，以作霖雨。甫下車，弊絕風清，民氣和樂，而吾儕由是雀鼠無耗、婦子以寧，仰副司農之籌畫，俯惜衛所之艱難，胥是道也。

　　迨辛未冬，忽奉部檄有留漕十萬之命。維時閲已經告竣，糧艘皆已出境，修船雇募之用已費，月糧工食之銀已散，一時外省情形有内部所未及料者。公心知其不可，即日詢謀。糧憲具得其狀，乃毅然身任出疏，請以三十二年之糧抵留。此係仁恩特沛，孰敢更張？其議疏上之後，不知者無不惴惴爲公慮。蒙皇上深鑒，其便竟得報可一轉移，間而上下皆安，全省之運並旗丁感恩莫大焉，且有不關於漕而咸得以蒙其澤者。

　　如昔之大吏惟政刑錢穀是問，而我公獨以教化爲先，出其胸羅之萬卷，薈爲敦行之鴻册，頒行合屬，奉爲楷模，遍示編氓，咸知服習，是我公之教化不啻家喻而户曉也。至於課士而衡其高下，訓鐸而勵其儀型，轉儇薄而規先民，宏樂育而啓後進，聖廟將圮則捐俸修葺，以振文風；賓興載舉則潔己監臨，以重令典。豈非械樸作人、菁莪造士者哉？

　　公於他事靡不彈心。即如鹺政，朝廷命使者惟督理如額而已。胥有蠹徒、有蝎商，有時集枯竈，有時竭澤。自公爲政而一清奸藪，溥利廛中，灌輸以時。公私無滯，是公之大有神於國課者也。天災流行，時或有之，然莫甚於庚午寧、紹二郡之水災，漂流居民，冒没城郭，環數百里膏壤蕩滌一空，生產盡廢，雖十年而難復也。賴公捐貲倡始，各屬以次勸募，下逮紳士富民，各有輸助，遂立得千萬石之米以起溝壑。又爲具題蠲其歲賦。不閲歲而安堵如舊，重生百萬之民命。是公之大有造於災黎者也。又因海塘之舊特築堤岸以捍江潮，疏西湖之水導其支流以利灌漑，此又公之繼白香山、蘇文忠而流惠無窮者也。

　　公有愛民實心，常恐下吏奉行之不力；公有衛民至意，又虞奸民爲害於不虞。既已差員巡緝，復時躬行察訪，遂令其鴟角不張，鷹眼皆化，道路無梗，閭井晏如。不怒而威，不言而化。嗚呼！至矣。乃若育嬰堂之設，其來雖久，而保姆衣糧之需、藥餌工費之役，常憂不給。自公建坊施澤而民興於慈，而赤子之全育蓋不少焉。

杭俗有喪，富者艱於地，貧者艱於費，以致入殯於室，權厝於野，甚且終不歸土，委於榛莽者有之。自公曉諭諄諄，立期埋瘞，古所稱仁及生死者不如是耶。蓋公嚴以律己，正以率屬，庭泯懸魚之跡，政驅害馬之群。六年以來，刑清訟簡。公餘適志湖山，扁上諭於新亭，神交壯繆，手題“忠仁兼至”四字，復鑿一泉顔曰“清平”。公之風流直駕四賢而上之矣。夫公昔者出使萬里，片言折服俄羅斯之革心向化，聖天子方倚公爲長城，不獨東南半壁藉公爲重而已，端揆虚席已在旦晚。念公撫我以來愛民惠澧美不勝書，真有百世不能忘者，吾儕上爲國則供漕之役，下顧家則皆公之民也。謹並疏其略勒石，以誌不朽云。

竹閣書院記

戴　紱

今天子御極二十八年春，復古者巡狩之典，南至於浙，問民所疾苦，察吏治之賢否。慶讓既行，萬姓忭舞。於時扈從諸臣，皆文武佐命有幹濟者。會前撫以事去官，天子顧念浙民風俗偷靡，匪得廉静正直、和平寬大，其人不足以革薄從忠，惟大理張公克祇厥職，乃命留撫浙民。公請扈從蹕至京然後之任，弗許，遂單車涖浙。公視事之煩簡，俗之淳薄，汰其尤者。蚤夜不遑，事雖巨細，罔不躬親。養民以仁、訓士以義、戢兵以法，而有恩刊《敦行録》以與大小群吏提撕而警覺之。歲大旱，輒步行以禱。饑則貸錢，儲粟以防糴之高下。復念鹺政之弊，諸商之困，謂不恤商無以裕國，乃盡除無名之斂，罷常賦之羨入者，而商困始甦。期年之後，政已大和，農忭於野，商歌於市；一切儇薄之輩，咸革面洗心，蒸蒸向風。

視事六年，天子嘉公治行，詔以公爲右樞。朝京師未至，道改公視江南學政。公承司馬之命，明日即復單車去，書策、行李、肩舁之夫不過數人。道旁觀者無不嘆息，膠序之士作爲詩歌，民扶老携幼、擁馬首、牽舟楫，幾不得行。公曰：“吾何德於爾民？惟是聖天子親巡浙東西，念民力已竭，吾涖兹土宣示德意，養以無事之福，不敢滋擾以爲民與商累而已。且後將有才優於吾以厚植爾民者，無以我爲念也。”

公去，未逾年，家尸而户祝者遍十有一郡。而吾桑梓之業鹺於浙者感公之德、戴公之深，謀所以祠奉公以誌不朽者，乃於西湖孤山之麓得竹閣廢址，蓋當日白刺史、蘇學士流連觴詠之所。諸君捐貲購田與僧易其地，鳩工庀材。告成之日，虔奉公位於堂，而仍奉白、蘇兩公於後閣，以弗隳舊蹟，請記於余。

余曰：諸君之祠公於竹閣者，蓋欲以公儷白與蘇也。然余觀公之用心，豈特爲白與蘇而已哉？將比跡於周召以答聖天子之知，而矢其誠一之節，故膺分陝之任、荷保釐之寄。無矜色，無倦容，不以功名自詡，亦不以毁譽自疑。文武忠孝一根於心性，得失窮達一任乎天，真其自命有如此者。今公視學日竣行且入告，天子方倚公爲左右。澤可遠施而功德垂於無窮，雖使周公、召公復生當不能以遠過矣，又何白與蘇之足云？雖然，古之仁聖賢人出處功業不同，而道德則一。白之恬淡，蘇之氣節，二賢亦不相侔，而其有惠愛遺於浙民，文采表於後世曾不少異。則公之德業毗美周召曾無過情，而文章華國、惠愛浙民，即謂白、蘇二公輝映後先奚不可者？此亦諸君竹閣書院之建之意也。

公諱鵬翮，字運青，蜀之遂寧人。舉庚戌進士，選翰林院庶吉士，改刑部主事至郎中，出知蘇州。丁內艱，服除知兗州。九卿會推天下清廉第一。轉河東運使，陞督捕理事官，遷大理少卿。奉使倭羅斯，還從車駕南巡，遂以御史中丞巡撫兩浙。今視江南學用大臣，從公始異數也。江南北之士，歌公者碑刻所在皆是，非獨浙人於是焉？記時康熙三十四年孟冬穀旦。

江陰縣書院記

秦松齡

風俗之厚薄視乎士習。士習者，小民之所望而趨也。士習端而天下之風俗可得而正矣。然而士習之升降，豈士所能自爲必爲之？上者有以感動而興起之，而後知所慕而爲善，則學使之責爲至重也。今國家振興文教，愛養人材，所以委任學使者亦既專且重矣。而數十年以來，士習未盡丕變，禮義廉恥之俗猶未盡興，澆凌之習猶未盡革者，何哉？蓋國家所以屬望於士者，欲其先德行而後文藝，而學使之考校所重者專在文，則士方爭務浮華以希遇合而不暇及於德行。嗚呼！學使之條教所以勸人興行者，非不詳也。其核士行之優劣而爲之賞罰者，非不嚴且備也。而士卒莫之趨者，則以失其教化之本，而科條政令之施，徒爲文具而無實也。

《書》曰："爾身克正，罔敢弗正。"苟學使之所以自處者，不能無分毫纖芥之私，則士已窺其隱而竊議之，而乃欲以科條文具動人之愧悔，豈可得乎？

今少司馬遂寧張公，公正廉潔，人不可干以私，其視學江左也，行李蕭然，無僕從車馬之盛。既受事，嚴絕請託，豪胥猾吏屏跡匿影。居恒躬自節儉，藜羹脫粟，有布衣所不能堪者，公處之泊如。其苦節清修，既有以風屬士子而動其頑廉懦立之志，然後刊布條教，訓之以忠孝，道之以仁義，儆之以非法。及其衡文之日，則又屏去一切浮靡綺麗之詞，惟經術是尚。於是江南人士咸曉然，知公之所以教者在彼而不在此也。

嗚呼！士習之不端久矣。其強有力者，往往交結官府，凌轢鄉里以爲能，而其罷弱不振者，乃至蠅營狗苟，莫知自愧。由是里巷小民皆曰："彼讀書明禮義者，所爲猶且如是，吾儕小人其何有焉？"故風俗益以日偷，幾有極弊難挽之勢。使在位者盡得如公正己率屬，以興起多士而爲小民倡，則風俗何患不古哉？始公以都御史巡撫兩浙，操守爲天下最。天子知公賢，特破常格以九列大臣委以學政。江南士人耳公名久，故其向風也，尤易所謂舉一人而天下化者，於是可以覘其概矣。乙亥秋，公試事既竣，吳中四郡之士構書院於江陰學宮之東偏中，奉公位相與講習其中，而屬余爲之記。余謹按其實而書之，使後之人有所觀法且以頌聖天子知人善任，使並爲士子慶云。

南旺書院碑記

今上御極之六十年春三月，命吏部尚書遂寧張公鵬翮至山東相視河道，巡行堤岸。伏惟我皇上萬幾就理，而於河務尤爲廑念，躬臨閱視至於再三，凡全河之形勢險要瞭如指掌，復慎選在廷重臣，授以方略，俾收成效。數十年河伯效靈，安瀾志慶，皆皇上之睿慮周詳，亦先後諸臣殫心宣力之所致，而惟公之懋績則莫爲與並也。

公歷大司馬、大司農，以陟大冢宰。凡大政必待文公以舉，大事必待公以定，大疑必待公以決，及夫各省大僚有煩宸斷者，亦必令公行而聽理之。公與余家兄同握銓衡，持正秉公，肅清私弊，循資序格，嚴冒濫，抑躁進，仕途無壅滯之虞，銓政有疏通之慶，歡頌之聲徹於輦下。今者銜命出都，余幸獲奉車塵，備指使溯河而南，見夫濱河居民歌公之德。而美公之功者固百萬家如一人，數十年如一日也。

至南旺之分水口，則南北分流，濟漕利運之要地。時因雨澤偶愆，公俾余留此以酌其機宜，重天庾也。公事之暇，父老向余盛稱公治河時德隆功懋，吏民共創書院以與夏禹王廟、宋司空祠鼎峙而三，永垂不朽。詰旦攄誠往謁，歷其階穆然如有思也，登其堂皇然如有慕也。既而曰："公之立德、立功以永垂不朽者，其惟是乎？雖然，觀一鄉可以知天下矣，觀今日可以知百世矣！公之不朽即此而在，其誰曰不然耶？"於是塗以丹堊，加以藻繪，煥然而一新之。非徒以明余高山景行之思，將以風示來茲，俾其思所以垂諸不朽，咸奉公以爲師法云爾。是爲記。

河成賦

張懋誠

維皇有道，建極萬方。敷天浴德，率土流光。波臣効順，海若呈祥。覩安瀾而思聖，測百谷以來，王挽奔濤於天上兮，行安流於地中；麗晴沙之紅日兮，登瑤海於清風；鞏金甌而永固兮，欣玉粒之常供；匯百川而歸源兮，合萬派以朝宗。

粤五行之災沴，惟水勢之稽天。匪一見於伊祁，沿歷祀而皆然。殷五遷、漢再徙，潰酸棗、決瓠子、溢館陶、塞屯氏，亘東郡與金堤，波連蜷而疊起。維時湛玉以作歌，從官負薪以止水，抑河伯之不仁，雖雄才而難已。頓邱、澶州疊爲汪洋，商胡六塔，聚訟譸張。自賈魯之建議，挽河流而東行。然一水之暴可禦，而兩瀆之潰難防。去其害者良不易，兼其利者倍非常。六壩開分流分，則力弱淤泥日積而將乾；攔黃築下擁分，則上潰決口時發以騰瀾。糜金錢而無算，徒望洋以浩嘆。對洪流而束手，將粒食以奚飧？獨深宸衷之慮，三巡淮海之區。旗懸明月，旆樹魚鬚。玉虬聘於霞表，綉幕俯乎天衢。龍舸電集，豹尾風呼。遠覽形勢，近度輿圖。如穹蒼之覆物分，靡纖悉之或外；引恫瘝於在抱分，覺昏墊之爲最；定睿算於成竹分，孰當疏而當汰；發內帑之儲積分，期永定夫礄帶。

閉六壩、築高堰、開引河，清流共喜其方張；（折）〔拆〕攔黃、闢陶莊、建御壩，橫波不患其獨強。灣環而力猛，何如直注以爲良；挾風而岸懼，不若鎮鐵以難傷。修歸仁，出灘湖之怒波；加遙堤，修南北之陂陀。汰冗員，稽侵那。人字河、芒稻河，出作入息之不擾；開蝦溝、理鬚溝，含哺鼓腹之興歌。方略獨斷，指授周詳；豐功偉績，搦管難量。如綸聖訓，似水臣心。勞怨不恤，寒暑相侵；力殫王事，神謨是欽。惟聖人之御宇，致瀛海之無驚；世運亨而山川奠乂，帝德懋而天地平成。呼陽侯填巨壑分，蛟龍不敢揚波；命庚辰鎖支祈分，鯨鯢靜以安窩；長堤宛如崇墉分，植紅蓼而長青莎；遊騎分其款段分，跨錦轡而鳴玉珂。暢流若江漢之歸，會同爲漕渠之助，來貢輸之萬艘，錦纜徐牽；閱轉運之千帆，長風竟渡。今日之波恬浪靜，皆昔日之電掣雷轟也；今日之檣安帆穩，皆昔日之岸塌崖傾也；今日之田疇如故、廬井依然，皆昔日之白波山立、駭浪砰鍧也。四巡收大禹之績，一朝釋宵旰之憂。西北神鼇永奠，東南玉粒有秋。洪水平而五穀熟，五穀熟而民人育。蓋至今日而共享唐虞之福。

跋

先文端公遺書其散失也久矣。銓自有知識以來，但耳各書名，而實未嘗親見，因留心搜集。或僅得其半，或得其全，而未能言返，因借而抄録，共得《河防志》以下若干卷。其餘有採入《四庫》而未得見者，有外間尚行而吾蜀無有者，有一時採集以示勸戒而存不存未可臆斷者。於是嘆公之學業勛名，有非偶然儻獲之可云也。蓋就所已備者而觀之，當其讀書赤巖，幾幾乎有不求聞達之高致焉。及受聖祖知遇，而與當時諸大老相切磋。劇益如二魏之清介，李文貞、湯文正之理學，郭清獻、趙忠毅之面折廷爭，公皆與之上下。其議論而黎獻如黃梨洲先生，又公所及憲老者也。而一時名臣如陸清獻、張清恪，又公同舉及爲其所舉者也，誰謂公之出處有一可議者哉？至其治民治河，則一本於清介守法、不生事端爲主。故能受特達之知所至，獲以成功而不負君不負民也。或謂公內外無奇功，而治河則以齗齗爲公病。夫此豈其實哉？今試觀遺書而知之矣，然銓猶以公書未盡出，則世之不知公者不足怪也，因與吾友李子荳原共商之，且出各書求其衮輯，荳原又益所未備，共得八卷，以爲全集。集既成，因以歸。銓謂是書出而世之不滿於公者猶嘵嘵然也，是亦無忌憚之尤者歟。光緒七年冬至，冰雪堂後人張知銓跋。

附　録

張鵬翮佚文

李實傳[1]

　　李實，字如石，別號鏡庵。其先湖北之麻城人。自遠祖志高，徙東川遂寧之安仁里，至曾祖茂華，又遷邑南郭學宮之後。祖元桂，邑庠生，以善書稱。父，鶴來公，諱友松，少通經義，善書法，精醫術。萬曆庚戌大疫，備諸藥石以施，全活甚衆。

　　公生艱乳，恩養於外。至十歲呼歸，送鄉校。塾師曰："汝入學晚，試爲我答一對。"云："日月天之眼。"應聲曰："草木地之毛。"性穎敏，日誦數千言。歲十三，即善屬文。十七入泮，文日有名。丁劉孺人憂，鹽提舉鄭公延教其子，公曰："若許麻衣出入方可。"鄭愈心重之。後幾匝歲，鄭署邑篆。公一日晨赴館，宅門未啓，有役見服麻，訝云："立此安俟？可亟去！"蓋役輩尚不知公久爲提舉西席也。嗣又丁父憂，鶴來公有侍婢，彌留時盡匿橐貲。親友咸噪，謂"奚以治喪"？將究侍婢，公不許。事畢遣之，終不言及。自是館家之留耕堂，學徒至，未嘗較脩脯。

　　丙子，舉於鄉。痛懲當時惡習，士偶叨一第，即多納投獻，把持武斷，爲鄉曲患。自誓一切禁絕，閉戶讀書。教子弟如諸生時。

　　癸未成進士，選長洲令。長洲繁敏，爲天下最。公單車遄赴，不鶩虛聲；晨出夜入，日有程約。刑獄立意求生。不數月，循名大著。撫軍張公抵任，各屬吏見，即問長洲令。公出，張曰："吾在江上，已聞長洲名；今到吳，道府、紳衿、岷庶無間言，是用何調停法？"公曰："知縣用不調停法，若用調停，即有調停不到處矣！"撫軍稱善久之。時吳縣令丰采出公右，長洲劉學博以兩令質之徐勿齋。勿齋素有人倫鑒。曰："長洲如鏡，吳縣如珠。"劉未達曰："珠善滾盤，恐終滾滯一邊，鏡越磨越亮。"至今人猶稱之。

　　乙酉夏，去官，卜鄉之上清江居焉。是秋，公子少司農仙根，方奉其母自蜀至，則公已辭榮高蹈矣。喜少司農至，傾囊授之曰："吾宦物如是，此後活計惟汝矣。"檢之，止二百餘金。少司農廬曰："家累六百，指此奚以濟？"公笑曰："吾已愧古之受一錢、載一石者矣。比吾離任時，庫金積九萬零，戒吏役毋妄竊。今竊多者死，竊少者刑。使吾一或不慎，今安得復見汝等哉！"明年春，湖賊大起，燒劫無虛日。一夕，噪及近鄉，且正向清江，聞艘後忽呼："前行！不得近北岸，岸有李公，勿驚動也。"

　　〔1〕編者按：明清兩代，遂寧有席（席書、席春、席豪）、黃（黃珂、黃峨）、呂（呂大器、呂潛）、李、張（張鵬翮、張問陶）五大家族，李實及其子李仙根爲李氏家族的代表。李實（1596—1674），字如石，別號鏡庵，明末清初遂寧人。崇禎十六年（1643）進士，授長洲（今蘇州市）知縣，有政聲。順治二年（1645）辭官居長洲清江，杜門著書，著有《蜀語》，爲研究四川方言之專著，共收錄巴蜀方言詞語五百六十三條，是研究明代四川方言的重要材料。下文係張鵬翮爲李實所撰傳記。

自此數年，無一艘犯清江者。

值澇，移莳之雙塔，杜門著書，不問瓶罄。然吳中紳士、農賈，知與不知，喜饋公酒、米、布、絹，公亦不忍概却之。平居，未嘗妄交遊，輕笑謔，獨與人士講道論德。辨晰古人文義，輒亹亹忘倦。每晨起，先看書一二卷，然後盥漱。

二氏百家，無不搜覽。嗜書法，真、草皆闖入昔賢堂奧。自少司農歷仕，凡三沐恩，例誥封朝議大夫；而傴僂俯仰，彌自貶損。性不喜紈綺，衣履至敝如新。寄居吳門，撫藩以下，絕不聞有李封君者。晚尤邃精於《易》。屬纊前三日，攬衣危坐，命子若孫至，附手書遺事七則，一遵典禮，至期翛然而逝，年七十有八。其所著《四書》、《春秋》、《易》、《禮》、字學、杜注、邑志、佛、老、家乘疏解編纂甚多，尚藏於家。

論曰：吾鄉鏡庵先生，幼而純樸，長而循謹，言行必軌於尺度。其為人務實而遠華，及令吳，甫逾載，設施亦多所未竟，乃吳人愛之慕之，適館授餐，留三十年之久而不厭。嗚呼，非其德操感人之深，而能如是乎！而風流自此遠矣。邑人張鵬翮撰。

【原載】光緒三年重修《遂寧縣志》卷四《藝文》

羅明宇傳

先生諱珊，號明宇，順慶南充人也。其上世多隱德，至先生之父友芳公而益懋。生先生，倜儻有遠識，遭時不淑，躬耕養母。

會甲申亂，饑饉兵燹無寧土。先生憂之，率妻孥奉母避難，雖顛沛流離，奉母如平時，屢涉危地，終鮮驚怖。蓋先生善趨避，委曲保全，不敢以震撼遺太孺人戚。忽一夕，賊驟至，先生度不免，會部領素德公，為營解相從，數十家恃以無害。居數日，賊説先生從事，先生婉辭，强之偕行。至中途，偵賊首前，從間道出，避跡深山。

辛卯歲，王師底定，烽煙少熄。先生奉太孺人，卜西充城之東五里許，暫家焉。將漸次謀歸南充，值太孺人喪。先生哀悔過情，得疾不起，卒年四十有八。

先是，先生於流離患難中，嘗謂其子承順，吾此生學業不就，為時勢所迫，汝其發憤下帷，以振家聲。丙申，就叔父西溪先生學，寒暑不少輟。於己酉登賢書，與予為同年友。迨癸丑北上，待命揀選，嘗過予署，述其尊人明宇先生遺事，屬予為之狀。予何敢以不文辭？方吾蜀大亂，四維不張，奸宄之徒爭入賊伍以快私志者，實繁有徒。而先生獨能搶攘仳離間，奉母避難，無改素履，積德不倦，以大其後裔。其賢不肖，為何如哉！雖以早世未得移孝作忠，然天生賢嗣，行躋清華，珥筆東觀，以竟先生未竟之志，其亦可無憾於九京也夫。

【原載】民國十八年新修《南充縣志》卷一三《藝文志》

錢晋錫神道碑

　　余不敏，蒙聖恩，揚歷中外四十餘年，與當世賢士大夫遊，從無筆墨應酬，非敢傲也。蓋賦性迂鈍，欲自藏其拙耳。今太倉京尹錢公與余訂交有年，其治行諫章，耳聞目覩心契者久矣。令嗣汝馱，余舊屬吏也，肯堂克肖，以平賊功，余薦之佐司農，公餘踵門述其先人行狀，乞余一言刊石隧道以誌不朽。余與公兩世交，見知最確，其香名清政，微令嗣請行且誌之，曷敢以不文辭。

　　公諱晋錫，字方來，號再亭，裔出海虞何氏著姓，自公八世祖道晟公繼於婁東湖川錢氏，始爲婁人，世爲錢氏。傳至五世浩川公桓，前明己丑登籍，累官至南贛巡撫，歷任宦績俱載於天啓三年追贈諭祭文内。弈葉相傳，科名不替。至孫訥齋公陞，誥贈通奉大夫，生五子，公行第二。

　　生而秀慧，十歲通五經四子書。年十八入泮，旋食廩餼。年三十得選拔貢入成均，考教習第一。凡南北六試棘闈，得而復失者再。後受里人之侮，赴選京華，除杭之富陽令。時閩逆初平，先山東李相國加大司馬衘督師於衢州，部署撤兵，滿漢官兵不下數萬，俱從富春江凱旋，酬應夫船，供頓糗糧，日不暇給。吏白例當科派里民承應，公叱吏去，不以累民，自治具與之迎送，亦各極歡洽，聲譽遂起。後謁李制臺於三衢，即括目相待，不以書生薄之。其治縣也，減火耗、省圖差、恤夫役、免行户、革老小鹽之苛索，却富紳之饋遺，鑿大嶺石磴以利行人，輯學宮頹圮以敦根本，皆善政也。其善政之大者，壬戌年江水横發，上游竹木房舍蔽江而下，人畜漂泊無算，公買舟載米哺饑者，全活甚多。捐俸造災册，凡勘費不下八百餘金，不取償於民。得免正供四千五百金，災黎獲蘇。又邑之漾陂、孫家閘，公皆建堤以規水力，復錢塘沙地數千畝，邑人德之，至今謳頌，比美於蘇堤、白渠云。五年，邑大治，上官一舉卓異，銓部又復行取。於丙寅春北發，士民遮道留之不得，相與立祠於邑，同公之從祖震宇公炳，前明令斯邑而有善政者也，並列於祠而尸祝之。其爲邑令者如此。

　　行取入都，適公之同曾葰湄公三錫由廣西羅城令行取，奉旨親試凡三十六人，公與弟聯名，公補禮垣，葰湄補御史，兄弟並躋臺省，一時稱盛事焉。次年丁卯，都門旱，公上疏請祈雨。越三日，傳至内閣，宣旨云：“錢晋錫本未嘗不是，朕看雨不是輕求得來的，必要人事盡了方可感格，且大家修省去。”未幾，皇上親步禱，公偕百職事扈從至正陽門，大雨如注。即奉命掌禮垣印，稽察錢局、鼓廳，俱守正不阿。又上保舉不可廢、鹽引不可增諸疏，參兩廣鼓鑄之弊，陳浙省造船之累，並蒙優納。其爲諫官者如此。

　　迨内陞通參，旋轉督捕理事官，捐贖兵燹遇難之民，痛懲投旗陷主之逆，與王新城先生同官，協恭辦理，聲望漸隆。旋陞右通政，得侍經筵，充武殿試讀卷官，賜宴賜鈔。後陞僕卿，位登八座矣。時值大差，需駱駝二百隻，滿同官俱奉差在外，上駟、武備兩院錯愕無以應，公乃片言部署，三日間得駱駝於七百里外，事克有濟。余於斯時即心讋公之善應變也。其爲京堂者如此。

後即蒙上擢尹京兆。公以"清、慎、勤"三字爲科律，一意興利除弊。上劇邑需才一疏，爲首善擇官，所舉稱得人。陳請以錢易銀一疏，便琉璃、亮瓦兩廠之窮民居於官地，租稅得免追呼。疏劾煤牙之壟斷，疏請斂妻之欽恤永著爲令。他如五城鋪戶免點卯之誅求，九門房稅革新增之名目，以及府屬胥蠹、畿輔土豪除惡務盡，旗民俱服敬不敢犯。又如立義學於金魚池。凡膳給寒士之饘粥，建造館舍之栖息，延請師傅之啓迪，皆公身任之。又題請宸翰，蒙皇上親書"廣育群才"之匾，恭懸堂上，多士觀感奮興。三年中，從義學潛修，取巍科、登翰苑者接踵。再疏請修葺貢院，躬親督率，易號板，增房舍，疏水道，整垣墉，務規於盡善而後已。疏請廣順天解額，則應運作人之化行。疏請普濟堂之御書，則恤孤養老之意遂。有利必興，無善不舉，士民之餉其福而食其德者，蓋不啻翱翔於太和之宇矣。余知公之經濟一皆原本於學術，輦下措施如是，將來出任封疆，展盡其底蘊，更不知發皇何似也。無何山左歲祲饑民雲集於京師，公募捐好義者於齊化門外煮粥賑饑，一如富鄭公青州賑濟流民法，日三四千人，饑者食之，病者醫之，老幼有序，男女有別。死者棺之，又爲之措地瘞埋，誌其里居姓氏於棺以相別識。其遣歸井里者則爲之親給錢米，營辦舟車以遞送焉。其粥廠之設廣寧門外普濟堂者，一如前式。自冬徂春，公救死扶傷，奔馳兩地，日無寧晷，不覺積勞成疾。然猶時與饑民相接，染感疫氣，遂深，至夏病發不支，竟歿於王事。其爲京兆者如此。此其生平之宦跡，余列在同官，皆所目覩者也。

若夫居家之孝友，親在則請假省親，兼程視疾，親歿則哀毀逾常。五十而慕，卜葬水涸，海風送潮，純孝感天，里中人皆能道之也。伯兄歿於富春官署，哀慟欲絕，治喪盡禮。長姊嫁於盛氏，早寡，周恤備至，歿後請坊立墓前以表其節。弟病禱於神，願減己算以延弟壽而慰親心。撫子侄則出入顧復、一體無間，婚嫁子女悉準於禮，敦三族以重本原，厚里黨以敬桑梓。前里人之侮公者，公且以爲有成己功焉，終身不與之校。與人交，無論貴賤不敢慢。重然諾，敦信義，久要不忘。遇人有急則義形於色，傾筐倒篋所不計也。教訓諸子惟以忠孝忍密爲主，讀書砥行爲先，毋奢淫，毋謫貨，毋殘忍。故禦下和平，臧獲婢子未嘗輕加聲色，宗黨中所常稱述也。此其生平之行誼，余叨在世講，皆所耳聞者也。

跡公之生平，其立身行道卓卓可稱有如此，豈第功名中人哉？居家無愧爲孝子，立朝無愧爲純臣，蓋聖賢之流亞也，余焉可自藏固陋而不爲之一表揚耶！

公生於前明崇禎癸未年二月二十九日戌時，卒於康熙甲申年六月初七日辰時，享年六十有二。誥授通奉大夫、順天府府尹加一級。配吳氏，誥贈夫人。男子六人：汝馳、汝驄、汝騏、汝驥、汝駿、汝驤，女子五人，孫男十人，孫女九人。

乃爲之銘曰：婁水望族，彭城著焉。中丞肇興，德業穿然。篤生再亭，克紹前賢。春江民母，頌聲早傳。梧垣亮節，讜論回天。職司喉舌，侍從經筵。命作大尹，敦敢撓權。三輔稱治，政以身先。勤勞王事，嘔爲國捐。承恩卜吉，鳳里新阡。鬱鬱佳城，億萬斯年。

內閣大學士兼吏部尚書年家眷弟遂寧張鵬翮頓首拜撰。

【原載】錢泰階等纂修《（江蘇太倉）彭城錢氏世譜》卷三，1913 年木活字本。該文原名《大京兆再亭錢公神道碑》

重修運城碑記

河東御史臺與鹽法使者所駐之地，曰運城，專城也。淮、浙、長蘆鹽司皆隸郡衛，非專城，其故何哉？蓋煮海煙竈延綿沙際，防禦增築之事，府州守令任之。河東鹽池百二十里，專屬鹽務官管轄，冀、豫、雍、梁，四千里民食仰給於此。國賦所儲，群商所處，諸路所通，百物所聚，去郡治既遠，而解州、安邑又城小不足以容。城之特建，其勢然也。城周垣九里四門，計一千七百丈。肇始於元，迄今三百餘年，其間或修或圮，前使者勞績猶在。

皇上御極二十三年，河東鹽使需人。上命舉清廉素著者，廷臣謬以鵬翮上聞，制曰："可。"恭遇聖駕東巡，臨視闕里。鵬翮祗候充郡，特蒙召見，行在溫語垂問。承恩扈蹕，仍留典山東武鄉試。事竣，之官。核引通鹽，恤商利民，先舉其綱。閱池濬渠、厚堨修城，尤爲緊要，方將次第行之。柏臺李公請旨之檄已下，於是捐財用而不費公帑，稱畚築而量給民力，平板幹，刉溝洫，鳩工命日，程物興作，制不逾舊，役不違時。始於康熙二十四年九月，明年三月告成。凡墉堞皆甃磚甓，樓櫓皆塈丹漆，曩之卑者崇，狹者廣，傾者植，頹者完。落成之日，登埤四覽，竊有感於懷焉。

夫鹽政無修城之責，然運城廢興乃鹽政大事，必際其時，得其人，始可事治而政舉。嘗南望中條，矗立屏障，接連行陘，介山北峙，峨嶺環抱，汾澮襟其東，黃河帶其西，城之險阻可憑也。賈旅輻輳，儥販雲集，軩蹄聲互雜糅於闤闠間者，敂關警樓不可以無稽。池之旁，大舜之琴臺在焉，歌南風之詩遐想乎上世？自禹營安邑，三代而下，牧民固圉皆以城郭爲先務。故周文王作城於朔方，而以南仲；宣王作城於東方，而以仲山甫，盛世君臣於爲國之本末，先後皆有條理。吾故曰：必際其時，得其人，然後事治而政舉也。今天下車書大同，聖天子誕敷文德，協和風動，治益求治，安愈思安，日與公孤坐而論道，猗歟休哉！可謂際其時矣。我柱史勒公以覺羅奉命來巡，圖公以閣學出撫三晉河道，觀察于公擢撫畿旬，江南中丞湯公晉秩宗伯，皆蒙聖朝不次之用，即大小百執事，罔不感發興起，刻自砥礪，以自効於盛世，海內額手慶得人焉。予萬里孤臣，荷特達之知，簡拔督䑠，黽勉循分以盡掌筴理財之實，去其不便而行其便，慎修厥政，期於有成，以對揚休命，豈特修城一事已哉？然予因補敝葺廢，修捍一方，有慕南仲、仲山甫之功，而予則愧非其人也，有負於聖天子委任之至意多矣，遂爲文鏤諸城隅，以告後來者。

【原載】清乾隆五十五年本《河東鹽法備覽》卷一二《藝文》

皇清誥授奉政大夫吏部稽勳清吏司員外郎
念蓼白公暨元配誥封宜人党氏合葬墓誌銘〔1〕

　　白夫子先生者，關中科貢世家也。康熙己酉典試蜀闈，叨列及門，親炙儀範，含膏飲醇，德深罔極。憶都門惠別，音徽緬渺。迨待罪河東，馳介走候，先生溢矣。捐館持訃，悲咽久之。即牲帛致賻，車過腹疼，度所難免。嗣奉簡命，巡撫浙江，凜遵例禁，師生交際。長公覿面失之，負譽莫贖。頃聞荊山王乘六狀，得預先生翔實，謬爲誌事用修，弟子缺職。

　　按：白，古百字，其氏百里奚後，一説白、裴同姓，詳誥贈，公誌無庸贅。維以明初避亂，遷自晉洪洞始，傳之六世，諱鳳，以宿學明經著名邑乘，一時伯仲，若鸞、若文魁，咸成鄉進士。以後科貢出身，發必三人，遂稱澄邑，世閥。遞及七世乃祖，諱自成，舉耆賓，有積行，生子五，其季諱昇，弱冠采芹，學富志遠，艱於紹聞，年六十乃舉先生。先生幼聰穎，初應童子試，即爲邑令所器，命以今名，諱意，字獻赤，別號念蓼。性純孝，甫十歲，太翁病痺且瘦，先生日侍湯藥，除穢滌器，凡四載，不少懈。及卒，盡哀盡禮。時年十五，即負顯揚志，煢煢無所歸，詣姊家，習舉子業三年，學有成。遭家不造，橫禍顛越，則是遨遊以酒，然懷中卷未釋也。年幾壯始入泮，不六載而登乙第，順治戊子科中式舉人十四名。公車載躓，司馬弗升，祇命一藉文林，榮逮所生，再命大夫，進贈爵秩，庶幾少伸展親志願，但張、孫兩母俱贈宜人，獨繼母党氏，苦志鞠育，先生慕倍所出，或醉或否，呼即在側。況當會場未竟，聞母疾驚歸，七藝曾售，惜無全璧。爲將母也，何乃無例訑計，引咎曷極，先生可謂事親不敢有孝名者與？

　　至若委贄服官，筮仕山西安邑知縣，首重民數，招流亡七百餘家，增設里額安集之，民戴其德，名白棠里，亦猶引涇漑田之白公渠也。他如撤席延士，洽化寧人，清心平讞，著爲虞州紀事不可縷悉。三年政成，陞廣西永寧知州。安民去思不忍忘，碑之西郊。永寧古百粵地，居民猺獞雜處，少文教，先生創建聖廟，勸學興行，民風翕然丕變。康熙癸卯，取內簾舉名雋五，人心咸服。六載考績，擢吏部稽勳司員外。先生居銓曹，言事稱旨，冢宰深器之，因得主攝銓政。有或宜超選者，宜改銓者，宜授大小職者，悉即就任受。至於各衙門考選久停者，力舉復行，庶寮允協，繇是寵榮罩被，頒賜表裏參茶，錫之誥命。先生傴僂弗遑，即擬解組，一洗固寵污習。欵承上傳

　　〔1〕　編者按：此文簡稱《白意及妻党氏合葬誌》，張鵬翮撰文，中憲大夫、雲南沅江府知府、兵部督捕、清吏司郎中覃□世篆蓋，中憲大夫、江南徽州府知府、前刑部福建清吏司郎中范惟霖書丹。墓誌年代：清康熙二十九年（1690）二月七日。出土時間：1972年。出土地點：陝西省澄城縣。

命，典四川己酉科鄉試，隨得士四十有九，陞之司徒，爲舉人。或謂陸莊無荒，勉爾遁思，先生卧而不應。延至庚戌秋，適以詿誤免，振衣歸里，嘯傲煙霞，或酣飲一室，擊唾壺，仰天歌，嗚嗚於呼！先生殆結想在雲溪醉翁間者，若論鄉情高誼，則凡戚黨知交，吉凶賓嘉，罔弗傾心匡濟，惟畏人知者。即如爲邑里除荒租，減鹽額，殫財力斡旋而功不已居，亦犖犖大可見矣。所以家無儲蓄，琴書自娛，泊如也。抑且不邇聲色，不御姬妾，以視妾不衣帛者，不又加尚哉！天胡奪之速也？所著有《性鑒辨疑》諸書，嗣刊。

若乃党宜人者，奉姑惟孝，相夫子惟敬。先生宦遊十餘年，農未嘗輟耕，子無敢曠學，躬織紝不易素履，處高明不殫揶揄，載膺封誥，驕矜不形於色，臧獲不及於僕婢。風鑒家取暗靨徵貴，聞宜人左足心黑子如指，洵不誣也。

先生生於萬曆四十六年十二月十七日辰時，卒於康熙二十一年十月十四日亥時，享壽六十有七。宜人生於萬曆四十六年十月二十三日子時，卒於康熙二十九年二月初七日酉時，享壽七十有五。子男三：長王綸，康熙壬子拔貢，署寶鷄、眉縣、府谷縣教諭，配路氏，繼姚氏；次王紳，庠生，配王氏；季王經，庠生，配楊氏，繼党氏，蚤逝。女二，長適邑庠生党象鼎，次字蒲庠生原濬長，閨殤。孫男六，爲綸子者快、慎、悟，姚出；爲紳子者恪，貢生，娶路氏，繼徐氏；恬，庠生，娶徐氏、侯氏、曹氏，繼王氏，俱王出；爲經子者愷，貢生，娶康氏、單氏，繼王氏，党出。孫女二，長適邑庠生路衡，綸之女，路出；次適郃陽縣貢生范光詒，紳之女，王出。曾孫男一，恪子銓保，曾孫女四俱幼。

茲值合祔歸窆，殯於鎮之東阡。銘斯窀石，永垂勿替，銘曰：

夫子之塞也，處孤厄而自得；夫子之通也，顧移孝而作忠。時行時止，莫窺其涯涘；匪夷匪惠，伊誰爲之媲？天□宜人，貴而能貧，穀不異室，歿而偕□，佳城鬱鬱，祀歲勿勿，憑吊洛東，夕陽秋風。

賜進士第、巡撫浙江等處地方、提督軍務、都察院右僉都御史、門生張鵬翮頓首拜撰文。

重建黄忠端祠堂碑銘

康熙庚午七月，餘姚大水，漂没民廬以千計，黄忠端公之祠在黄竹浦者亦沉焉。於是搢紳大夫、門生故吏各捐貲襄事，遷其祠於新城南門之左。

按：有明之亡，由於天啓年逆奄魏忠賢煬竈借叢，擅作威福，其時造符命、頌功德者遍天下，雖昔之獻諛新莽至於四十八萬七千五百七十二人，不是過也。又以嚴刑黑獄鉗鍵其不附己者，公三疏劾奄，清言勁論，朝端倚以爲重，故一時君子執利刃以齒腐朽，過分涇渭，驅宵小而合之。陰謀日固，公雖毅然守正不阿，獨以爲乘墉問鼎之奸，豈口舌可除，務在潛消而默奪之。故阮大鋮發難去國，公挽之以濟時艱，而左忠毅不可。大鋮因呈身逆幕，爲其謀主楊忠烈二十四罪之疏未上。公諷之以楊邃庵之事，忠烈不能從。及萬郎中杖死，公勸之去，以韓文劾瑾之事明之，忠烈遷延不能決，遂及於難。魏廣微以奄宗得相，魏忠節將劾之，公曰："南樂之父允貞清流也，彼恐墮其家聲，猶有顧忌。今若許揚幽昧國狗之瘠，無不噬也。"忠節不聽，廣微遂取宦籍姓名，一一指摘之，以授逆奄，奉爲聖書，流放殛殺，皆由此出。汪文言之獄，逆黨定謀以入。楊左公授畫於鎮撫劉僑，單辭不及而獄解，僑頗洩其語，於是逆黨謂諸公徒負氣易與耳。惟黃某深沉有遠慮，必爲吾儕患。俟公出，而復捕文言，楊、左六君子始不免焉。乙丑冬，訛言繁興，謂三吳諸公謀翻局，用李實爲張永主之者，公也。逆奄聞之，偵者四輩至吳，茫無踪跡。逆黨懲前汪文言事，忌公益深，因譙呵李實，使之出疏自解，而七君子逮焉。

嗚呼，自古邪正不兩立，小人奸詭百出，結黨援，憑城社，以肆其毒；而君子獨挾其直方之氣，不能藏器待時，委蛇觀變，何怪乎兔爰而雉罹禍其身，以及於其國也？公當逆奄之亂，慮深計遠，調其水火，欲使金錢銅鐵無礙鑄鼎。向使楊、左諸公協從其計，則傾否扶危之事猶可冀幸於萬一，而禍當不若是其烈矣。其奈孚號莫濟，一木難支，卒以身殉之，豈不悲哉！公沒僅一年，而逆奄與其黨皆駢首縶足以委於荒煙蔓草間，向之氣焰薰灼，蓋已漸滅而無復有存者。而公以忠懷亮節垂芳於青史，推重於寰宇，即今將七十載。適以支祁鼓浪，祠宇湮流，其卜地襄工，以竭蹶而不憚勞費者，是秉彝好德，人有同心，公之靈爽，豈以生死爲存亡乎？

祠既成，乞言於余。余素景仰公者，故樂道其事，以想見其爲人，乃碑而銘之曰：

混滉姚江，理學是衍。德業文章，聿推新建。繼此者誰？黃公莫先。公生不辰，貂璫逞亂。棄鼎寶瓠，一日百戰。巖巖黃公，犯顏直諫。並戒同列，旁燭隱患。哀哉貞士，或殛或竄。鵬鳩爭鳴，卒及於難。廟祀歷年，俎豆於粲。淫潦稽天，助虐閹宦。遷而新之，桷栭輪奐。傳之永久，精誠靡散。

【原載】清光緒《餘姚縣志》卷一一一《典祀》

重修臥龍橋碑記

按新繁爲成都屬邑，士厚民淳，即古沃野之區。去城西五里許有龍藏寺，乃唐明皇西幸時駐蹕地。左有臥龍橋，亦創自天寶間。寺與橋取名之義，想出於此。橋跨沱水而立。稽沱，即《禹貢》"岷山導江，東別爲沱"。是爲一邑要地。閱今歲久，或興或廢，修葺無常。近因變亂後傾圮更多，凡塗輿往來輒病涉焉。識者蒿目時艱，莫能發策。時家大人卜居會城，凡鄰邑橋梁數勤補助，故新邑父老知之者素，遂相率而謁募焉。家大人曰"此予志也"，於是量力捐資，共勸厥成。凡缺者補之，圮者植之，庀材鳩工，不數月而告成。諸父老曰："此盛事也，不可不記。"乃順流赴杭，詣予以告，且求數語刻石以示來茲。予敢弗從？因考橋梁之設，制自古昔。夏令有司沮之官，山林之沮則開鑿之，川澤之沮則舟梁之。雖所職甚微，爲政亦末，然得失治亂於是乎在，抑主持風教者之責也。故先王之教曰：「雨畢而除道，水涸而成梁，所以廣施德於天下。」子路治蒲，溝塗備飭，孔子曰：「善哉！恭敬而信。」橋梁之所繫，其重如此。按浙省爲東南水區，予涖任來，雖戒飭屢行，缺略猶多。況吾蜀兵燹之餘，地荒民貧，謀生不瞻，何暇他爲。是役也，任事者無畏難苟且之心，相從者無慳吝推諉之志。所以一人倡之，衆人和之，俾家大人亦得小助涓埃以成百世不刊之利。此誠風俗人心轉變之機括也。雖然法省則民逸而趨役者衆，賦平則養給而從善也輕；今於困瘁之餘而爲利濟之舉，非令而行，勿亟而攻。於戲！亦可以觀今日之蜀政矣。康熙三十二年月日。

【原載】清乾隆《新繁縣志》卷一二《藝文志》

建修文廟碑記

　　嘗讀《普志》，見俗尚絃誦，士多民少，聯翩科甲，史不絕書，則豈人盡縫掖哉！良由聖教彰明於上，家詩書而戶禮樂，故君子樂得其道，小人咸正其志，風俗淳厚，人心敦龐。猗與盛哉，何道之隆也！

　　自明季弗造，流氛肆虐，向之宮廟輝煌者，鞠爲茂草，數十年來，日望良牧之撫綏經營而弗可得。陳公以三楚名儒，尹茲遂郊，甫下車，即毅然以修學爲己任。癸酉冬，獲讀太史宋公序，知遂學告成，兼知公前大倡建於荊門，視遂學，則二見矣。讀竟大慰余望，不勝驚喜，且深爲采風者致慶焉！

　　未幾，陳公攝普篆。涖普之日，城僅二客民，深林密菁，坐衙署如居深山。公惻然憫之，除多方薙剔，立保甲，興義倉，招徠黔楚流民，以廣生聚外，首務亦惟建學是急。因約束諸生，催募各匠，鳩工庀材，區處周至，成計不日。而公之修學且三見矣。

　　普人士致書南省，請余紀事。余以爲學宮關乎世運，世運興隆，人皆務學，雖海隅日出，罔不率俾。前，上元甲子，我皇上崇儒重道，親臨闕里，釋奠釋菜，隨立貞珉，御書「萬世師表」。余得扈從，親見典祀，且復飭天下有司俱得修學，歷今一十二載，而公以數月攝篆，建修文廟，夫非信道專篤，卓立不回，何能到處創建若此？從斯而廟貌維新，聖靈妥矣，瞻拜肅矣。各遂其志，猶然昔之詩書也；崇尚齒讓，猶然昔之禮樂也；鼓振新之氣，全雍和之風，猶然昔之淳厚敦龐也。後之君子，舉廢修墜，踵事增華，將道統授受之原，聖學體用之規，相與闡發之罔遺，普人士出應大廷，入膺公卿，黼黻皇猷，經綸海宇，公不已開風氣之先也哉！

　　公諱愚，號咸庵，己酉經魁，湖廣興國州人。例得紀載，以爲後鑒。

　　康熙三十四年乙亥蒲月，兵部右侍郎提督江南學政遂寧張鵬翮撰。

【原載】清乾隆《安岳縣志》卷七《學校》

華嚴寺重修菩提殿記

　　溯夫庚戌書升，於今二十八載矣。丁丑秋，奉旨省親，代祭江瀆，目擊吾鄉之土田易治，桑麻蓁茂，四民樂堵，萬姓咸熙。極之道觀僧院，莫不嚴莊穩固。休哉，何治之隆與？抑聖朝有道而乃民安物阜如斯也。公所外，倏有衲子趺跏。余曰：“此四民之客也。”進而與之言。僧合十起曰：“成都之西，崇郡之北，舊有華嚴寺焉，唐段文昌與韓昌黎讀書嘯歌處也。其址蓋辭樓下殿，穴距橫原，面西流而環繞，枕西山而層巒，左有鳴鳳高岡，右有歇馬平原。春夏則鳥言花笑，秋冬則雪霽雲蟠。煙霞迷樹，幽靜堪禪，雖名山之遺錄，亦勝地之大觀。無何劫遇甲申，垣頹礎敗，僅存古砌而已。幸逢運會甲子，僧師祖入幻來自蜀東，發願開建，募眾鳩工，博採群楨，匠斲千株，兩殿齊修，榱題仍古。十有三年，乃樂成功。又有比鄰居士魏斗恒，上殿塑大佛一尊，天花寶蓋，仍裝天神一堂；有善士劉天德作韋馱一尊，金龕一所；眾善王希望、嚴文啓、陳永貴，信女羅氏等同作阿難、迦葉二尊；周茂九、王永登作伽藍一尊；馮時榮作祖師一尊，龕二座，報鐘一口；大檀越謝伯元中殿塑延壽大佛，滿堂天花寶蓋，金龍雙掛；謝復偕、淡得本同作上殿西方境、飄海觀音、八難羅漢全堂，使人生敬。若幻師祖脫化入淨，大眾來觀，人天際會。欲磨石鐫碑，竊恥禪不能文，恭逢宰官念佛，爲我信手拈筆。”余曰：“修善原無計功之心，創業貴有垂遠之慮，勒石之舉，亦期於久安長治也。第紀其人，紀其功至，而道成已，爾奚以文爲？若夫積善期獲善，種福則收福，此又人道一定之理耳，余復何贅哉！”

　　住持僧圓惠、明睿，亦有建寺四至界碑，略云：自灌陽香雲禪院來是，遇老翁秦某告以寺舊址，遂住錫焉。

【原載】民國《崇慶縣志·宗教第九》

鎮平將軍徐公遺愛碑記

　　嘗觀《甘棠》之詠召公，《鄭人》之歌子產，皆以當時功德及人，黨術之間，斟酌飽滿而情見乎辭也。鎮平將軍徐公，當吳逆、譚宏之亂，兩次躬擐甲冑，統領滿漢大兵克取東川，覆巢之際，僉謀勦洗。將軍秉天地好生之心，力排群議，一不妄殺，殲厥渠魁，脅從罔究。所完聚者數千家，所完全者數萬眾，其濊澤之所潤、仁風之所扇，至今灼灼，在人耳目。雖曹魯公之下江南，蔑以加諸。夫崇勳酧庸，朝廷之大典；感恩報德，人心之自然。今將軍位崇屏翰，券錫河山，崇勳之典已酧。而夔人沐公再造之恩，思欲俎豆遺像，以比韋南康，使天下後世，覩徽烈與白鹽赤甲並高，甚盛事也。春秋之義，以勞定國，則祀之；能扞大患，則祀之。公之功烈如此，德澤如彼，詎止白帝烏蠻之頌，即雕題漆齒之區，咸知中國有司馬矣。今夔之士大夫與夫閭巷童叟，旦夕思慕將軍之功德，懇懇無已，其又能已於言耶？昔宋廣平有惠政於廣州，民請立遺愛碑。當時廣平當國，故不得不爲禁止。茲夔之紳士耆耋，遠丐余言，勒碣以誌不朽。此其感恩報德，出於天良。鎮平徐公所居之位，又不同於廣平。則是舉也，何殊南國之詠召公、鄭人之歌子產哉！爰略述其梗概，以俟後之君子採擇而播之史册云爾。

　　賜進士出身、兵部左侍郎、提督江蘇等處學政、前翰林院庶吉士、刑部主事、禮部儀制司郎中、知蘇州府鎮江府兗州府、河東鹽運使司行（缺字）兼理糧餉、都察院右副都御史張鵬翮撰。候選知縣王陳錫書丹。康熙三十九年兵民某某公立。

　　按：此碑在白帝城對面山半坡，舊志未載，茲從碑上抄來。噫，徐將軍之德，張相國之文，二者俱堪不朽。

【原載】清道光《夔州府志》卷三六《藝文》

《使秦草》序

　　德清蔡公以康熙五十二年春奉天子命入秦祭告，兼歷全省營伍，犒賞軍士。是歲，皇上六旬萬壽，行慶施恩百禮，具舉禋祀賞賚，神人胥洽。秦疆域甲天下，華岳、黃河在其封內；古帝王陵寢，自軒轅以下，咸載祀典。而邊陲遼遠，師旅勤勞，尤爲九重所軫恤。用是慎簡近臣，銜詔西徂。

　　公以清華重望，侍禁闥久，親見聖天子敬天愛人，籌邊講武，無一不厪於宵旰，宜其仰體聖衷，祗事宣惠，以對揚簡命。事竣還闕，公手錄其道途題詠，裒集成帙，曰《使秦草》，屬余爲之序。

　　余嘗謂帝王功德隆盛，必有文學之臣，以鴻詞鉅筆，鋪張其休，美播之四方，垂之萬祀。我皇上誠格幽明道，綜文武五十餘年，昌熾之運，日昇月恒，廷臣歡踴，咸思作爲文章，廣揚大業。而公馳驅關隴，既能宣廣主上之德，意復以餘力拜揚賦詠。今讀其詩，體正而麗，氣壯而和，颯颯乎三百篇之遺音，發乎性情，諧乎律呂，洵足以形容美盛，鼓吹休明者也。

　　詩三百篇，大率紀載政治，其言祭告，則曰懷柔百神；言出使，則曰王事靡監。至於《采薇》《采芑》諸詩，憫士卒之任勞，美軍容之孔武，指事矢音，悉與政治相表裏。然則《使秦》一編，采掇國風，敷陳雅頌，深有得於四始六義之旨，而藉是以紀大祀大賚之政典，昭德象功，奏明堂而薦清廟，顧不偉與？余讀之卒業，鼓舞嘉嘆，自忘其譾陋，而序之如此。遂寧張鵬翮。

【原載】康熙五十七年本《使秦草》，清蔡升元撰

康熙《張氏族譜》序

　　張於姓最蕃，自黃帝第五子揮，爲弓正，賜姓張，此吾張姓始之矣。迨其後，顯於周，盛於漢唐，望於清河，蔓於晋楚間，其詳見於世系。而家於遂寧之慧雲山者（即黑柏溝），則自明初萬公遷蜀始之矣。數傳後，子孫繁盛，科第蟬聯，德澤綿遠，稱世家焉。舊有族譜，毀於兵燹。今余老且病，率長子誠，共襄而集之，存此大略，使子孫知吾家之所自始，是尊祖敬宗、敦本合族之意也。此一本也，枝葉繁盛。自一世以至於世世，溯其始，一也。惟相勉於君子，相戒於小人焉，則可矣。蘇東坡曰："讀是譜者，孝弟之心，油然而生。"存孝弟之心，行仁義之事，出爲忠臣，處爲端人，爲士者詩書，爲農者勤儉，使稱爲清白吏子孫，不亦美乎？伏牀口授，囑而筆之，用以書諸譜端，而爲之序。

　　雍正三年上元日，鵬翮運青氏書於懷冰雪堂。

【原載】民國《遂寧張氏族譜》卷一《原序》

《潘氏家乘》敍

　　《詩》有之曰："本支百世。"夫世遞相傳，沿至百世，則代遠時遷，滄桑屢易，同宗共祖之裔，愈繁愈疏，不有譜以紀之，昭穆之序，何由而正？親親之誼，何由而篤乎？故孝子慈孫，報本追遠，未有不以宗譜爲兢兢者也。

　　余奉命總理河道，曲阿雲嵋潘世兄來謁，以其家乘，囑余爲之序。檢其世系，則自晋安仁公子良卿由榮陽扈蹕南遷，卜居延陵鎮，繁衍至今，已四十餘世矣。

　　竊維聖朝定鼎以來，三吳潘氏，科第蟬聯，讀書中秘及博學宏詞，卓異薦舉者，絡繹不絕。溯其由來，則皆河陽花縣之苗裔焉。雲陽一派，詩禮傳家，人文競秀，世秉教鐸，廩貢青衿，聯綿累奕。暨吾師文翁先生，以名進士起家，政蹟宦聲不減昔日河陽之譽。蓋源遠流長，百世其猶未有艾也。今因其家譜葺成，謹附數言於簡端。至於克繩祖武，以大其聲，不無望於繼起者。

　　時康熙四十三年孟冬穀旦，欽差總督河道兼理軍務、都察院左副都御史、兵部尚書、年家世弟張鵬翮拜撰。

【原載】清宣統元年江蘇丹陽《潘氏宗譜》卷一

家書四幀

一

入春以來，兩讀手教，深荷垂注，計事得邀照映，感不去懷。東郡一章，出於公心。惜乎，爲例所格，乃老年兄亦加扼腕，緇衣之好，實有同心矣。復聖門坊傾圮，弟既居此邦，自當力任其事，不待諄囑。至書院顛末，藩司觀旋之日，已聞大略。今臺諭復及之，容令司道郡邑熟籌以報也。辱在契厚，諸凡幸爲留意，不吝指南，是所禱切。澺源倡和詩《小清河二刻》奉塵清覽。老年兄爲海内宗工，乃自忘其陋，舞斧於大匠之門，真不滿一笑也。

弟名箋具印。

二

客夏，重承教愛，復荷寵餞，飽德銘心，曷有紀極！履任來，簿書鞅掌，心勞政拙，久稽謝恫，時切悚惶。承諭貴鄉所行事宜，翩雖賦質駑鈍，敢不竭蹶遵奉，幸藉餘波，東魯時和年豐，民生樂業，貴桑梓亦無不拜老先生之賜矣。去秋，得瞻復聖廟貌，益切景行仰止之思。近閲邸抄，知有榮遷之喜，由此端揆節鉞，指日以俟，殊爲欣忭，專力肅賀崇禧，不腆侑函，伏惟鑒茹，臨啓馳溯。

名另具春。

三

去秋邵伯別後，殊切懷思，老年兄弟，未知何日復歡聚一堂，如戊子夏日同綵衣稱觴時也。冬間，閲蜀闈《題名録》，知懋文又落孫山，爲之惋惜，然從此益加勤學，卯闈自是得售。積德讀書，惟吾弟吾侄勉之。

今春復回司寇，旋轉司農。聖恩高深，慚無報稱，夙夜悚惕，幸滿漢和衷，勉循職業。三月二十三日，接清江家信，王成等清吉回南，捧誦大人手諭，知兩弟暨侄輩於去歲十月内清平還家，爲之欣慰。今歲，大人壽誕，愚兄遠寄京抵，不獲偕兩弟稱觴獻壽，惟有西望神馳、祝頌大人福壽康寧而已。

聞黑柏溝世産被楚人侵佔，十里周圍之田地，雖難以盡復，然祖塋之山前山後及大灣、祖基兩河口交會處，二弟田土，關係風水，斷不可輕失。前寄信節度公侯皋長道此苦情，不知曾飭行地方官取復否？便中寄來一信，以慰懸切。朝中公政繁冗，里中親友，不及逐一修候，晤間惟道我相念之意，安分守貧以享昇平之福可也。

赤崖第一山讀書處，關夫子廟不知可能修建否？有《第一山口占》二律，録以奉聞，如廟成，即刻石廟内，以傳於後，見吾兄少時讀書處，風雨聊牀，不減東坡兄弟徐州黃樓故事也。詩曰：

殷勤學孔顏，寂寞在深山。明月臨窗靜，清風拂戶閑。青燈照四壁，光氣徹雲間。風雨連牀夜，談經數往還。

報國丹忱盡，殘年致政還。秋風思故里，晴日愛家山。知止心能靜，無機意自閑。歸來相聚首，免老別離間。

其告祠焚黃之禮，想已行矣。餘不多及。四月二十八日。

四

五月二十五日，予自熱河行在率月官引見事畢回京，接安純所帶家信，無一語及月山祠墓事。而琴隨私回，杳無一信，鬱鬱於中。越二十八日，琴隨使王德送家信至，問以家鄉事，一無所知，所可知者，賢弟信內之語耳。所云懋文看守月山祠墓，懋德看守兩河口祠墓，令懋宗董理，俱照議行。黑柏溝有始祖墓，尚未有祠，須令懋德兼看，以防楚人侵佔。所云二處祭田招佃鄰佑，地方保結，官給執照，所慮固是。然可暫而不可久，終不若己之子孫居於斯、種於斯，歲時祭祀，一氣感通之爲得也。其嘉福橋祠墓，聯芳看守，先大人既有成命，聯芳死而其子繼之，亦情理宜然。若遽爾更改，三年無改之謂，何矣？但聯芳之子齊賢等，亦常敬慎，恪遵遺命，設有力不足處，須婉言相商，豈可藉詞支飾，有傷先大人恤族贖回之意乎？此處建祠置地，以供祭祀，百世不移者也。非一己之私物，豈可分與聯芳？其言之謬，可知矣。先是，聯芳來南，稱其守祠殷勤，恐外人不諒，視以僕隸，爲其子孫之累。予矜其意，手書一札，大意言：大人念聯芳之父，原係一本，從南部贖回，其子聯芳輩實係族人，非家人也。有女聽其婚嫁，有子聽其讀書考試，如斯而已，並無所謂印信執照也，取手札驗之自明。賢弟既云未曾親見，何遽信琴隨無稽之言耶？但此處地土，除撥三弟守墓人一段外，今現存地若干畝，每年收糧若干石，納錢糧若干兩，齊賢母子等，一年合用若干石，尚該存若干石，可能足春秋兩祭之需否？煩賢弟酌妥而行，難以遙度也。又云：月山祠堂照數令懋文監修，斷無花費，其如何修理之處，並未聲明於我，心有戚戚焉。

我年老矣，屢次陳情，國有師命，未蒙放歸。夙夜所關心者，先人之祠墓耳。祠堂雖建，片瓦竹壁，恐難經久，必照南方祠式椽上布板，板上布以灰泥，泥上蓋瓦，覆以筒瓦，護以檐釘，四面砌以磚牆，灌以油灰，棟宇植立堅固，方免風雨鳥鼠之患，可垂永久，以此地距縣頗遠，後世子孫，日遠日疏，不得不過慮耳。本鄉燒磚之匠，雖有造筒瓦之人，或求之他處，未嘗不知其難。特令琴隨帶罪而來，在此修理完固，方可回南，茲聞將俸銀交與賢弟，即飄然而去，可恨極矣。前此石人石馬，佋輩領價未修，八與十以此爲口實，若祠堂不照此修理堅固，不惟無以妥先靈，亦無以慊吾兩老人之心。兩訊來人，知賢弟耆年身健，相見有期，佋輩守分，睦鄰可喜。途長紙短，書不盡言，統惟心照。庚子六月十五日，冰雪堂手書。

【原載】民國《遂寧張氏族譜》卷四《家書》

張鵬翮世系

胡傳淮

元明之際，由於戰亂，四川人口銳減，田地荒蕪，經濟蕭條，文化板蕩。據有關史料記載：明洪武初年，四川省境內登記的戶籍僅八萬多戶，實際人口也不滿百萬。鑒於四川地區地廣人稀，急待墾殖，明政府多次組織鄰近四川的湖廣（今湖北、湖南等地）移民入蜀，掀起了“湖廣填四川”的第一個高潮（第二個高潮發生在清初）。到洪武十四年（1381），四川人口猛增至一百四十多萬，這對四川經濟文化的發展起了很大的促進作用。“湖廣填四川”起於元末明初，並一直持續至清朝中期，可以說是一場歷時四百多年的大移民運動，這在中國移民史上也是不多見的。說起自家的根，今天不少四川人言必稱“根在湖廣麻城孝感鄉”。

據《遂寧張氏族譜》（民國十三年刻本）記載，張氏原籍湖北省麻城縣孝感鄉，明代洪武二年（1369），遷入四川遂寧縣黑柏溝。入川始祖爲張萬，至張鵬翮，已歷九世。其世系如下。

第一世

張萬，原籍湖廣省麻城縣孝感鄉白獺河之綠柳村（今湖北省麻城市白塔河村），明洪武二年（1369）遷蜀，卜居遂寧縣黑柏溝，卒葬黑柏溝大樟樹灣。

黑柏溝位於遂寧市東部，距遂寧城十餘公里，明代、清代和民國時期均爲遂寧縣所轄。1954年，黑柏溝始劃歸蓬溪縣管轄。黑柏溝全長十餘公里，分上下兩溝。上溝大樟樹灣和下溝兩河口，均爲張氏祖居地。兩河口有張氏祠堂、祖塋，大樟樹灣有始祖祠、祖塋。大樟樹灣與兩河口相距七公里許，前者今屬蓬溪縣任隆鎮黑柏溝村五社大樟樹灣，後者今屬蓬溪縣金橋鎮翰林村兩河口。清初名臣張鵬翮《大樟祖居》詩云：“柏溝樟樹蔭茅廬，始祖由來卜此居。三派辛勤躬稼穡，百年清白事詩書。宅心忠厚貽謀在，傳世醇良積慶餘。佑啓後人培福德，莫忘高大耀門閭。”自注：“始祖萬公，明初自楚遷蜀。始祖三兄弟：一居銅梁，至大司馬肖甫公（張佳胤）顯；一居安岳，至侍御留孺公（張任學）顯；一居遂邑，自景泰時姚安太守（張贊），至崇禎壬午，孝廉科第聯綿。”張問陶《船山詩草》卷七載有其乾隆五十七年（1792）春回故鄉所作《樟樹灣祠堂月夜同壽門（張問萊）弟作》一詩，詩中有句云：“疏籬明夜人，老樹立村名。”大樟樹灣就是因灣內有一株高大古老的樟樹而得名，其樹古幹虯枝，亭亭如蓋，惜今已毀。

關於遂寧張氏源流，除張鵬翮三派説外，另有一説，最早載於清代梁恭辰撰《池上草堂筆記》。清錢泳《履園叢話·報應》卷十六和近人王德昭《清代科舉制度研究》

亦有載。張百齡一日對客人説："我本漢軍張姓，先世係江西人。自元以來，積德累世，人無知者。某公精堪輿，嘗卜一地，葬其先人。葬畢嘆曰：'吾子孫如不墜先業，後必出三公。'……葬後生子五人，分居五處：其一處湖廣，後生江陵相國居正，謚文忠；其一處四川，入本朝，生遂寧相國鵬翮，謚文端；其一居江南，生京江相國玉書，謚文貞；其一居安徽，生桐城兩相國，英謚文端，子廷玉謚文和；其一居長白山，入漢軍，即吾先代也。"張百齡於嘉慶十八年，以兩江總督協辦大學士，卒謚文勉。合計一支，五房而出六宰相（張居正、張鵬翮、張玉書、張英、張廷玉、張百齡），今尚科甲蟬聯，卿貳接踵。[1]張氏一支五房出六宰相，風光佔盡，有清一代，鮮與倫比。

張萬卒後，葬大樟樹灣觀音寨山中麓，其墓今存，人稱"始祖墓"。墓碑縱 2 米，橫 0.8 米，厚 0.3 米，碑面文字大多剥蝕，今僅存"張公諱萬之墓"等字。清康熙末年，張鵬翮在京師曾多次向家人寫信云："聞黑柏溝世產被楚人侵佔。十里周圍之田地，雖難以盡復，然祖塋之山前後及大灣，祖基兩河口交匯處，二地田土關係風水，斷不可輕失。""黑柏溝有始祖墓，尚未有祠，須令懋德（張鵬翮侄子）兼看，以防楚人侵佔。"清初大批移民入川，形成"湖廣填四川"的第二次高潮，張鵬翮時任户部尚書，老家田產祖塋還被湖廣來的移民侵佔，無計可施，可見其廉潔正直，不恃勢壓人。後來清還，張鵬翮作有《黑柏溝祖塋被楚民侵佔，蒙制軍清還，讀罷橄語，感而泣下》一詩，詩中有句云："日暮秋風生萬壑，幾回衫袖掩啼痕。"

第二世

張永成，張萬長子，贈封承德郎、禮部儀制清吏司主事，娶余氏。卒葬遂寧土橋鋪（今遂寧市安居區聚賢鄉）。

第三世

張贊，永成子，字邦翊，號靖翁，生於明永樂十三年（1415）十一月十四日。景泰四年（1453）舉人，五年（1454）三甲第一百六十七名進士。歷官禮部主事、員外郎、郎中。天順八年（1464）出任雲南姚安府知府，惠政卓著，吏民稱歌。《雲南通志》《姚安縣志》《明清進士題名碑錄》有載。娶王氏，子二人、女一人。卒於弘治二年（1489）三月，葬土橋鋪，崇祀名宦祠、鄉賢祠。《遂寧縣志》有傳。

第四世

張福暎，張贊次子，隱居不仕。

第五世

張尚威，福暎子，處士，爲張鵬翮之高祖。卒葬黑柏溝小樟樹灣，其墓今存。墓

---

[1] 轉引自光緒丁未年（1907）所纂《張氏宗譜》卷中。

碑縱 2.9 米，橫 4.6 米，厚 0.6 米。墓碑主文爲"明處士高祖考張尚威公之墓"。墓碑聯其一爲"精炳日星名重鐘鼎，真存華岳氣壯山河"，其二爲"昭奕祀祖功宗懋，序一家世代源流"，橫額"水源木本"。清代張邦伸《錦里新編》卷二載："文端公高祖葬遂寧黑白溝，山勢雄峻，落穴端平，惟元神水直出，不能百步轉欄，形家以爲貴而不富。張氏自文端公後，科甲連綿四五世。至船山，官階俱至府道以上……累世皆以清節著，家無餘貲，彼形家風水之説，誠非無因也。"[1]

第六世

張惠，尚威長子，字教庵，隱居不仕，積善好施。生於明嘉靖十五年（1536）二月初二日，配孟氏，子五人。卒於崇禎五年（1632）十二月十八日，享年九十七歲，學者私謚"三多先生"，葬祖塋兩河口雙相山。清康熙時狀元韓菼撰有《教庵公傳》，載於民國《遂寧縣志》卷五和《遂寧張氏族譜》卷二。其墓今存，位於蓬溪縣金橋鎮翰林村兩河口雙相山中麓，墓碑高 2.1 米，橫 0.93 米，厚 0.23 米，碑文完好。墓碑中行碑文爲"皇清誥贈光禄大夫太子太傅文華殿大學士兼吏部尚書崇祀鄉賢顯曾祖考教庵府君之墓"，右行碑文爲"雍正二年歲次甲辰仲春月吉立"，左行碑文爲"賜進士出身光禄大夫太子太傅文華殿大學士兼吏部尚書加一級曾孫張鵬翮"。

第七世

張應禮，張惠次子，字和齋。生於明萬曆六年（1578）三月十六日。娶周氏，子九人。官懷遠將軍都司僉書。卒於崇禎十一年（1638）十一月十二日，與張惠合葬於兩河口雙相山。其墓今存，墓碑高 2.2 米，橫 0.92 米，厚 0.22 米，碑文完好。墓碑中間碑文爲"皇清誥贈光禄大夫太子太傅文華殿大學士兼吏部尚書前懷遠將軍功加遊擊崇祀鄉賢顯祖考和齋府君之墓"，右邊碑文爲"雍正二年歲次甲辰仲春月吉立""賜進士出身光禄大夫太子太傅文華殿大學士兼吏部尚書加一級孫張鵬翮"，左邊碑文書寫張應禮曾孫張懋誠、張懋齡等十一人和元孫張勤望、張勤寵等三十二人之名字及官職。

第八世

張烺，張應禮第四子，字衝寰，號松齡。生於明天啓七年（1627）五月二十三日，卒於康熙五十四年（1715）八月初二日，享年八十九歲。配景氏，側室季氏。子六人：鵬翮、鵬翼、鵬翚、鵬飛、鵬翥、鵬搏，女二人。景太夫人爲張鵬翮生母，生於明天啓四年（1624），卒於清康熙十九年（1680），初葬遂寧玉堂山，後遷葬祖塋兩河口雙相山。清武英殿大學士、禮部尚書熊賜履撰有《景太恭人墓誌銘》。其墓今存，碑文爲"皇清誥贈光禄大夫太子太傅文華殿大學士兼吏部尚書正一品景太夫人之墓"。惜墓碑於 1959 年冬"大躍進"修建夥食團大竈時拆毁。

---

〔1〕 張邦伸：《錦里新編》，巴蜀書社，1984 年。

康熙帝曾書"鮐背神清""養志松齡"二匾額賜張烺。康熙五十二年（1713）三月，逢康熙帝六旬萬壽，張烺穿巫峽，渡黃河，經數千里到京城爲康熙帝祝壽，天顏大悅，頒賜珍膳並召見，復賜老人宴。張烺與宋犖、徐潮、王鴻緒、許汝霖、徐元正等名臣坐前列，傳爲美談。四月，詔問張獻忠入川始末。法式善《陶廬雜録》卷一載：康熙五十二年四月，上問尚書張鵬翮曰："明末張獻忠兵到四川，殺戮甚慘，四川人曾有記其事之書籍否？"張鵬翮奏："無有記其事者。"上曰："……爾父今年八十有七，以張獻忠入川時計，約已十七八歲，必有確然見聞之處，爾問明繕摺進呈。"後來由張烺口述，張鵬翮繕疏上聞。

張烺著有《燼餘録》《松齡老人筆記》等書。《燼餘録》自録其生平，起於天啓七年，止於康熙五十四年，記載了明末清初八十餘年見聞，對張獻忠據蜀記載尤詳，對研究明末清初四川歷史和張獻忠起義均有很大價值。明末清初，四川進入了一個比宋元之際時間更長、情況更烈的戰亂與殘破時期，四川人民再次遭到了今天難以想象的災難。從宏觀上看，可以說是四川歷史上最殘酷的一場浩劫。《燼餘録》載："吾族自麻城遷蜀家於遂寧之黑柏溝，有明三百年，族姓蕃盛，乃散居於邑西縱溪、土橋、治口、鳳臺等處，計十三房，凡萬有餘人。""劫運後，逃散死亡，靡有孑遺，獨余從萬死一生中，得延餘生。""遂寧爲水陸要衝，賊衆往來，非寧區。"明末張氏一家，"三世一宅，僮僕百餘人"。順治二年（1645）十月，遂寧城中居民在戰亂中被大量屠殺，"城中居人，無一存者。賊又擄其丁壯千餘人，帶至西洲壩，盡殺之。余諸兄及族姓之在城者，悉遭其厄"。"余乃悉窖藏其米穀等物，奉母入深山中。""蜀民至是殆盡矣。"清代官方史書大多認爲這場浩劫是"張獻忠勦四川"造成的，而張烺實事求是地認爲這是由戰亂、瘟疫和天災交織而造成的。《燼餘録》載："又有瘟疫之祲，猛虎之災。""今統十分而計之：其死於獻賊之屠戮者三，死於姚黃之擄掠者二，因亂而自相殘殺者又二，饑而死者又二，其一則死於病也。"順治十八年（1661），四川全省總人口纔九萬左右，於是清政府大規模地組織移民入川，這是繼明代初年的移民入川以後，更大規模的"湖廣填四川"移民運動。《燼餘録》有一萬餘字，載於《遂寧張氏族譜》卷四，有民國十三年刻本，胡傳淮撰有《燼餘録注》。

張烺卒後，葬於遂寧縣三匯場慶元山（今屬重慶市潼南區小渡鎮月山村所轄）金簪子坡，其墓今存。清保和殿大學士、禮部尚書陳詵和康熙時狀元王敬銘分別撰有《光禄公傳》，載於民國《遂寧縣志》和《遂寧張氏族譜》。

第九世

張鵬翮，字運青，號寬宇，張烺長子，船山高祖。生於順治六年（1649）十一月十七日，卒於雍正三年（1725）二月十九日，配唐氏，子二人：懋誠、懋齡，女三人。

順治五年（1648年）五月二十日，張烺一家遷居順慶府（治今南充市順慶區）鄰水縣，第二年十一月張鵬翮出生。八年遷居於西充縣槐樹場大堰溝；十二年，遷居於杜家；十三年，遷居於鹽亭縣廖家溝；十五年，遷居於西充石板場老鸛村。直到順治十八年（1661），始歸遂寧，居縣東河沙鄉之赤崖溝（今船山區河沙鎮赤崖村）。張鵬翮撰有《第一山精舍讀書記》，記其少時在赤崖山讀書情況，並作有《赤崖舊宅》詩。康熙七年（1668）遷遂寧廣濟壩，居張烺岳父景運亨宅。

康熙八年（1669），張鵬翮考中舉人。九年考中三甲第一百二十二名進士，選翰林院庶吉士。歷官蘇州知府、兗州知府。二十八年三月至三十五年正月任浙江巡撫，後任江南學政、刑部尚書；三十七年任兩江總督；三十九年三月至四十七年十月任河道總督；四十八年二月至五十二年十月任戶部尚書；五十二年十月至六十年任吏部尚書；雍正元年（1723）二月至三年二月任武英殿大學士兼吏部尚書、太子太保、太子太傅，卒諡文端，廷推天下第一清官。康熙二十七年（1688）出使俄羅斯，爲中俄簽訂《尼布楚條約》做出了重大貢獻。張鵬翮爲雍正初期領導集團的核心人物，揚歷中外，集文學家、詩人、水利專家、外交家等身份於一身，爲清代二百六十八年中，蜀人官位最顯赫、名聲最響亮的人物。蔡美彪等著《中國通史》（第九冊）對張鵬翮治理黃河的功績做了高度評價。

張鵬翮從政五十餘年，名滿天下。康熙三十九年（1700），康熙帝諭大學士曰："鵬翮往陝西，朕留心訪察，一介不取，天下廉吏無出其右。"僅在此一年內，康熙帝稱贊張鵬翮爲好官、清官即不下十次之多，御賜張鵬翮之詩、聯、匾、書畫等，多達十餘件。卒後，雍正帝親自爲他撰寫祭文、墓碑，稱他"矢志端方，持身廉潔"，"志行修潔，風度端凝"，"流芳竹帛，卓然一代之完人；樹範巖廊，允矣千秋之茂典"。評價之高，無出其右。清代著名文學家彭端淑《張文端公傳》云："公自弱冠入仕及爲相，凡五十餘年，名滿天下，主上不疑，同官不忌，考諸史冊，往往難之。"著有《冰雪堂稿》《如意堂稿》《治河全書》《奉使俄羅斯行程紀略》《兗州府志》《遂寧縣志》等十餘部著作。光緒八年刊刻《張文端公全集》，凡八卷，內有詩二卷，詩風純實簡正，自是正聲。生平事蹟見《清史稿》卷二七九本傳、《清史列傳》卷一一一本傳、彭端淑《張文端公傳》、陸耀《治河名臣小傳》、李元度《國朝先正事略》及《國朝名臣傳》、《中國文學家大辭典》等。清遂寧張知銓（張鵬翼六世孫）編《張文端公年譜》、《清詩別裁集》、《國朝全蜀詩鈔》、《蜀雅》、《晚晴簃詩匯》，胡傳淮《張鵬翮詩選》《張鵬翮研究》錄有其詩。

張鵬翮卒後，歸葬遂寧中安里慶元山金簪子坡。唐太夫人卒葬山東曲阜縣之南官府馬鞍山。民國元年（1912），由蓬溪縣劃出東鄉十一個場鎮，遂寧縣劃出上安、中安、下安三里，建立東安縣（因位於潼川府之南，後更名爲潼南縣，2015年更名爲潼南區）。張烺、張鵬翮父子墓所在地慶元山劃歸潼南縣。慶元山今屬重慶市潼南區小渡鎮月山村，張氏父子墓仍存。張鵬翮在慶元山金簪子坡下的第三臺土上，坐北朝南。墳墓比普通墳塚略大，墓前立有一通墓碑，碑高1.445米，寬0.67米，厚0.145米。墓碑有三行文字，左行"雍正四年春二月吉旦"，中行又分兩小行："皇清文華殿大學□□"（以下文字漫漶），"書少保文端□□"。右行"孝男禮科□□□"（以下文字漫漶）。碑文是張鵬翮生前、逝後的授職和諡封，與《遂寧縣志》《遂寧張氏族譜》相符合（《清史稿·張鵬翮傳》及《辭海》載張鵬翮爲"武英殿大學士"，均誤，應作"文華殿大學士"）。

張煃墓在慶元山金簪子坡下第四臺土上。張鵬翮《慶元山》詩中所云"他日歸來第四臺，獨尋春色幾徘徊"即指此。其墓坐北朝南，墳塚略小，墓前有一與張鵬翮墓碑相仿的碑石，但碑面已嚴重剝落，衹有中央"户部"二字尚依稀可辨認。張煃生前曾"誥封光禄大夫、户部尚書加三級"。

在慶元山下祠堂灣，原建有張公祠，坐北朝南，是兩個一進兩層的四合院，建築精美，有客廳和守墓人的住所，現大部分房屋已拆除。慶元山爲一走勢壯觀的峰群，透露出一派雄秀之氣。三百多年過去了，當時祭祀、紀念性建築今已大多殘破，尚存者唯張煃、張鵬翮兩墓塚。

康熙十四年（1675），張鵬翮召對懋勤殿，命坐賜茶，問父母無恙否，榮遇殊甚。遂寧張氏家族遂仿周公得禾、孔子受鯉之意，以十六字爲字派名子孫。十六字派爲懋勤顧問，知遇崇隆；清正仁厚，進德立功。從第十世起，遂寧張氏就以這十六字爲字輩給子孫命名。

第十世

張懋誠，字孟一，號存庵，張鵬翮長子，船山曾祖。生於康熙六年（1667）十月二十日，卒於乾隆二年（1737）十一月十八日，娶羅氏（四川閬中人、青州知府羅大美之女）、朱氏。子五人：勤望、勤寵、勤保、勤河、勤復，女九人。康熙二十六年（1687）舉人。歷官安徽懷寧知縣、奉天遼陽知州、通政使司通政使，署工部右侍郎，誥授通奉大夫，著有《通政詩集》一卷。性忠直，有氣節，卒葬遂寧樓山（今遂寧市船山區永興鎮）。《遂寧縣志》有傳，其子張勤望撰有《通奉公行述》《羅太夫人行述》（載民國《遂寧張氏族譜》卷四）。

第十一世

張勤望，字孚嘉，號蓮洲，船山祖父。生於康熙三十三年（1694）五月二十九日，卒於乾隆二十二年（1757）四月十四日。娶岳氏（四川南江縣人，進士岳度女）、楊氏。子八人：顧鑒、顧霖、顧京、顧墀、顧鑾、顧瀛、顧普、顧振，女二人。蔭生，歷官寧國府知府、山東登州府知府，署登萊青海防兵備道，誥授中憲大夫。時人稱譽曰："不愧天下清官張相國之孫，二十年塵案，片言決矣。"所至卓有循聲，無愧賢良。善詩，民國《遂寧縣志》載其詩六首。《遂寧縣志》有傳。卒葬兩河口，其墓今存，爲張勤望與妻岳氏、楊氏三人合塚墓，位於四川省蓬溪縣金橋鎮翰林村兩河口小灣人形山中麓。墓碑高 2.2 米，横 1.0 米，厚 0.2 米。碑文中行爲"皇清誥授中憲大夫知山東登州府知府事署登萊青海防兵備道顯考張公孚嘉府君之墓"，右行爲"光緒九年歲次癸未仲春月中旬日穀旦"，左行爲"男顧鑒、顧霖、顧京、顧墀、顧鑾、顧普、降服男顧瀛、顧振、侄顧禄，孝孫問安、問陶、問萊重立"。妻岳氏碑文爲"誥封恭人顯妣張母岳太恭人之墓"，妻楊氏碑文爲"例贈孺人庶妣張母楊老孺人之墓"。

第十二世

張顧鑒，字鏡千，號冰亭，船山之父。生於康熙六十年（1721）四月十四日，時張鵬翮任吏部尚書，喜初得曾孫，取“張曲江千秋金鑒”之義，以命是名。卒於嘉慶元年（1796）十二月十二日。娶李氏、周氏（山東即墨人）。子三人：問安、問陶、問萊；女二人，長女適浙江歸安監生潘本侃，次女張筠適驤黃旗漢軍襲騎都尉高揚曾（過去，學術界不少人認爲張筠之夫爲漢軍高鶚，實誤，此可參見拙文《洗百年奇冤，還高鶚清白——高鶚非“漢軍高氏”鐵證之發現》，載 2001 年《紅樓夢學刊》第三輯）。三子二女之生母，均爲周氏。乾隆六年（1741）張顧鑒中順天鄉試副榜，歷官河南安陽知縣、山東館陶知縣、湖北均州知州、荊門州知州、漢陽府同知、雲南開化府知府，誥授朝議大夫。卒後與李氏、周氏均葬兩河口祖塋。張顧鑒善詩，與著名詩人袁枚爲少年詩友，著有《近花窗詩稿》《耐舫近稿》《擷芳集》等詩集。《四川歷代文化名人辭典》《遂寧縣志》有傳。

第十三世

張問安，字悦祖、季門，號亥白，張顧鑒長子，船山之兄。生於乾隆二十一年（1757）十二月十四日，卒於嘉慶二十年（1815）正月初五。娶陳慧殊（1755—1783，浙江海寧人，江西南安府同知陳億女，著有《香遠齋稿》）、王氏、文氏、吳氏。著有《亥白詩草》八卷，存詩八百四十餘首。夫妻均葬兩河口唐家灣小月亮坪。亥白爲清代詩人、書法家，詩才超逸，與船山號稱二雄。其生平事蹟可參見拙編《張問安詩選》《張問安研究》和《清代詩人張問安行年簡譜》（發表於《川北教育學院學報》2000 年第 4 期）。

張問陶，字樂祖、柳門，號船山，張顧鑒次子。生於乾隆二十九年（1764）五月二十七日，卒於嘉慶十九年（1814）三月初四申時。娶周氏（涪陵人，左都御史周興岱女）、林頎（江蘇人，四川布政使林儁女，著有《林恭人集》）。張問陶著有《船山詩草》二十卷、《補遺》六卷。其詩書畫，遍傳宇內，是清代一流的詩人、書畫家。卒後寄殯蘇州光福鎮玄墓山，後歸葬故鄉兩河口祖塋，其墓位於今蓬溪縣金橋鎮翰林村兩河口唐家灣小月亮坪金子土內，1959 年毀，2014 年重修。周氏、林頎亦葬兩河口。其生平事蹟可參見《張問陶年譜》（巴蜀書社 2000 年初版，2005 年修訂再版）、《張問陶研究文集》。

張問萊，字承祖、壽門，號旗山，張顧鑒季子，船山之弟。生於乾隆四十年（1775）正月十八日，卒於道光十八年（1838）七月初八日。娶楊繼端（1773—1817），子一人：知訓。卒後，與楊繼端均葬兩河口唐家灣月亮坪。張問萊爲蜀中才子，與著名書法家梁同書爲忘年交。楊繼端，四川旺蒼縣（後遷居南江縣長赤鎮）人，松江府知府楊璽女，字明霞，號古雪，清代女詩人、畫家，著有《古雪集》，今存詩四百四十八首，詞三十二闋。其生平可參見《清代女詩人楊繼端考略》（2009 年發表於《內江師範學院學報》）。《巴蜀文化大典》贊揚張氏“丈夫兄弟三人皆才子，妻子姐娌三人均詩人，當時文壇傳爲佳話"。

　　從明初入川始祖張萬，至清乾嘉時張問陶，共計十三世，即張萬→張永成→張贊→張福暤→張尚威→張惠→張應禮→張烺→張鵬翮→張懋誠→張勤望→張顧鑒→張問陶（兄問安、弟問萊）。

　　張問安、張問陶無子，族人認爲："船山爲一代名人，固不可無後；而亥白係六房大宗，尤不可闕如，因飭族議，以讀書明理者嗣之。"遂衆議以張知訓（張問萊子）承嗣問安，繼大宗兼祧本支；以張知防（張問伸子、張勤望曾孫）承嗣船山，故船山嗣子爲張知防。

　　目前張氏後裔還散居於遂寧市城區小東街御書樓、船山區仁里鎮乘龍村、船山區北固鄉玉堂寺、船山區新橋鎮象山和蓬溪縣任隆鎮黑柏溝村樟樹灣、金橋鎮翰林村兩河口等地，已發展到第二十一世"厚"字輩了。今張氏後裔有兩千餘人。

　　遂寧張氏家族是一支興盛時間長達兩百年左右，在政治上和文學上都有重要影響的大家望族。此可參見胡傳淮編著《清代蜀中第一家：蓬溪黑柏溝張氏家族》《張問陶家族詩歌選析》等書籍。從清初張鵬翮入仕，到清中葉張船山中進士，這期間張氏中進士者三人，中舉人者九人，成貢生者十八人，爲官者達數十人，既有文官，亦有武將。一人入《中國通史》，二人入《辭海》，三人入《清史稿》列傳，四人入《中國文學家大辭典》。清代遂寧人入鄉賢祠者八人，而張氏一族就佔了七人之多。張鵬翮是清代蜀人中官位最顯赫、名聲最響亮的人物。張船山爲清代蜀中詩冠，也是當時一流的大詩人和書畫家。其詩，天才踔厲，價重鷄林。"才雋之士，多則傚之……朝鮮使人求其詩，至比之鷄林紙價。"當代清詩研究專家錢仲聯先生"力主將乾隆三大家中之蔣士銓換爲張問陶"[1]。其書畫，蜀中從清代後期起民間就有"家無船山畫，不算書香門"，"家無船山字，枉爲讀書人"之説。清末民初著名學者楊守敬（1839—1915）在《學書邇言》中云："乾嘉間書家，大抵胎息金石，博考名跡。惟張船山、宋芷灣純不依傍古人，自然古雅。此由天分獨高，故不師古而亦無不合格。"由此可知，船山詩書畫三絕，博大精深，風行宇内，"四海騷人，靡不傾仰"（梁紹壬《兩般秋雨庵隨筆》卷八）。因此，無論從政治上或從藝術上，都有必要對清代遂寧張氏家族進行全面深入的研究。

　　【原載】《張鵬翮研究》，胡傳淮主編，中國文聯出版社2011年

---

〔1〕《錢仲聯學述》，浙江人民出版社，1999年。

後　記

　　一代名臣張鵬翮，勤於治學，著述等身。然除《治河全書》二十四卷得到國家古籍整理出版專項經費資助，於 2007 年由天津古籍出版社影印出版，以及戴甫青整理本收入《中國黃河文化大典》，於 2022 年 12 月由中國水利水電出版社出版外，其餘著作大多未加整理，至今塵封於各大圖書館。尤其是《遂寧張文端公全集》八卷，收錄了張鵬翮一生的主要詩文、奏疏，於清光緒年間由四川遂寧張知銓（張鵬翼六世孫）依據世代家藏的張鵬翮手稿刊出，十分珍貴。此書問世一百多年來，一直沒有點校整理過。二十世紀八十年代曾列入四川省古籍整理出版規劃，因多種原因整理出版未果。直到 2015 年，四川省蓬溪縣政協纔把《遂寧張文端公全集》的點校整理列入工作計劃。

　　2015 年 1 月 19 日，蓬溪縣政協溫勉雙主席主持召開了《遂寧張文端公全集》整理啓動會，成立編委會。3 月 24 日，經《巴蜀全書》編纂組和評審組專家審議，《遂寧張文端公全集》整理納入國家社科基金重大委託項目、四川省重大文化工程《巴蜀全書》編纂規劃，列入《蜀學叢刊》出版。4 月 3 日召開的《遂寧張文端公全集》整理研討會確定了參與整理人員分工。其具體分工：全書統稿修改審訂，撰寫前言、附錄、後記，胡傳淮；書稿初審，岳敦雲、成鏡深；標點，鄧尚培（卷首、卷一），梁勁松（卷二、卷三），岳敦雲（卷四、卷五），王勇（卷六），唐芙蓉（卷七）；清樣審訂，戴甫青；複印工作底本、校對，鍾子寬、胡雲柯。11 月 2 日，經四川省蓬溪縣文廣局、民政局批准，蓬溪縣張鵬翮文化研究會成立，爲整理《遂寧張文端公全集》工作起到了推動作用。

　　2016 年 3 月，完成《遂寧張文端公全集》標點整理初稿；5 月，完成全書統稿審改。

　　本書立項和出版，得到了四川省蓬溪縣人民政府的大力支持；得到了四川大學古籍整理研究所所長、中華文化研究院執行院長、《巴蜀全書》總編纂舒大剛教授，四川大學古籍所副研究員李冬梅博士，四川大學出版社舒星編輯等學界、出版界友人鼎力相助；得到四川美術學院肖志教授提供張鵬翮畫像，在此深致謝忱！

　　這是《遂寧張文端公全集》問世百餘年來，第一次對其進行點校整理，希望在保存巴蜀文獻和推動張鵬翮的研究上起到一定作用。這只是一種嘗試，一種探索，希望拋磚引玉，以待來哲。因整理者學識所限，兼之時間倉促，缺點和錯誤在所難免，敬祈方家學者郢正。

胡傳淮

2016 年 9 月 15 日初稿、2023 年 3 月 1 日定稿於蜀中赤城